크레이지 리치 아시안

케빈 콴 장편소설 이윤진 옮김

CRAZY RICH ASIANS
by KEVIN KWAN

Korean translation rights arranged with ICM Partners, New York, N.Y. through EYA (Eric Yang Agency), Seoul.

이 책은 실로 꿰매어 제본하는 정통적인 사철 방식으로 만들어졌습니다.
사철 방식으로 제본된 책은 오랫동안 보관해도 손상되지 않습니다.

우리 어머니와 아버지께

차례

영, 첸, 그리고 샹 가문

(간단한 가계도)

샹 룽마(재산을 축적함) **+ 왕 란인**(하루 24시간 주 7일 마약을 흡입함)
중국과 싱가포르

영 가문

제임스 영 경 + 샹 수이(재산을 물려받음)
싱가포르

펄리시티 영 + 해리 렁
싱가포르

헨리 렁 주니어 + 캐슬린 카
싱가포르

피터 렁 박사 + 글래디스 탄 박사
말레이시아 쿠알라룸푸르

알렉산더 렁
(아직도 결혼을 안 함)[6]
싱가포르

아스트리드 렁 + 마이클 테오
(아들 1명, 캐시언)
싱가포르

캐서린 영 + M.C.[2] 왕자 딱신 유갈라
태국 방콕 및 스위스 로잔

M.R.[3] 쩨사다보딘드라 유갈라(제임스)
태국 방콕 및 스위스 로잔

M.R. 마힌사티랏 유갈라(매슈)
태국 방콕 및 스위스 로잔

M.R. 아티따야 유갈라(애덤)
태국 방콕 및 스위스 로잔

필립 영 + 엘리너 숭
오스트레일리아 시드니 및 싱가포르

니컬러스 영
(레이철 추와 열애 중)
뉴욕

첸 가문

첸 차이테이 + 로즈메리 영(제임스 영의 누이)
싱가포르

메이블 첸 + 알프레드 샹(샹 수이와 남매)
싱가포르와 영국

리처드 <디키> 첸 + 낸시 탄(주디스 리버 핸드백을 세계에서 가장 많이 소장함)
싱가포르, 홍콩, 스페인 마르베야

마크 첸 + 버나뎃 링(사교계에서 미인으로 이름난 재클린 링의 사촌)[8]
(아들 1명, 런던의 올리버 첸)
싱가포르와 중국 베이징

애나 메이 첸 + 조지 여
밴쿠버 브리티시컬럼비아

클래런스 첸(<불쌍한 클래런스 삼촌>으로 통함)[9] **+ 베티나 카**
하와이 호놀룰루

샹 가문

앨프리드 샹(재산을 물려받음) **+ 메이블 첸**(어린 친척들 사이에서 <인조인간>이라는 별명으로 불림)[1]
싱가포르와 영국 서리

빅토리아 영
싱가포르와 런던

알렉산드라 <알릭스> 영 + 맬컴 청 박사
홍콩

에디슨 청 + 피오나 텅
(자녀 3명)
홍콩

세실리아 청
(아들보다는 말들과 더 많은 시간을 보낸다)
+ 토니 몬커(아들 1명, 제이크[4])
홍콩

앨리스터 청
(키티 퐁[7]과 열애 중)
홍콩

레너드 샹 경 + 인디아 헤스키스 부인
싱가포르와 영국 서리

찰스 샹 교수 + 앤 라이건
싱가포르와 영국 버킹엄셔

프레더릭 샹 + 퍼넬러피 커즌 부인
싱가포르와 영국 글로스터

커샌드라 샹
(다른 이름으로
<아시아 뉴스 라디오 제1 방송국>)[5]
싱가포르, 영국 런던과 서리

1 아르헨티나에서 성형 수술을 받으면 이렇게 된다.
2 M.C.는 몸 차오Mom Chao의 약자로 태국의 국왕 라마 5세(1853~1910)의 손주들에게만 주어지는 칭호이며 아직까지 왕족으로 여겨지는 무리 중 가장 젊은 세대이다. 영어로 이 칭호를 번역하면 〈제후 전하〉다. 태국 왕실 일가의 먼 친척들 중 다수가 그렇듯, 그들은 연중 일부를 스위스에서 보낸다. 그곳의 골프 필드와 교통 여건이 훨씬 좋으니까.
3 M.R.는 몸 랏차웡Mom Ratchawong의 약자로 남성 몸 차오의 아이들에게 내려지는 칭호다. 영어로 번역하자면 〈명예로운 자〉라는 뜻이다. 캐서린 영과 딱신 왕자의 세 아들들은 모두 귀족 집안 태생인 태국 여성들과 결혼했다. 이 아내들의 이름은 모두 경이로울 정도로 길며 태국어를 할 줄 모르는 사람들에게는 발음하기조차 힘들고 이 소설의 내용과는 상관없기에 여기서 제외했다.
4 그가 아끼는 유모와 함께 마닐라로 도주해 세계 가라오케 대회에 참가할 계획이다.
5 그녀가 뿌리는 악명 높은 가십 소문들은 BBC 방송보다도 빨리 퍼져 나간다.
6 말레이시아 여성과 함께 혼외 자녀를 한 명 이상 낳았다(그 여성은 이제 비벌리 힐스에 자리한 럭셔리 콘도에서 산다).
7 홍콩 드라마 배우로 그녀가 「와호장룡 II」에서 빨간 가발을 쓰고 등장했던 여자애라는 소문이 있다.
8 하지만 안타깝게도 그녀는 외모가 외가 쪽을 닮았다.
9 1980년대에 그의 싱가포르 부동 자산들을 수백만 달러에 팔고 하와이로 이사를 갔다. 그래서 〈그때 단 몇 년만 더 기다렸다 팔았다면〉 지금 억만장자가 돼 있었을 것이라며 애통해한다.

프롤로그: 사촌들

런던, 1986년

니컬러스 영은 호텔 로비의 가장 가까운 의자에 털썩 주저앉았다. 그는 싱가포르에서부터 16시간을 비행했고 히스로 공항에서부터는 기차를 타고 왔으며 그 뒤로 비에 흠뻑 젖은 거리를 터덜터덜 걸었다. 그래서 한껏 지친 상태였다. 그의 사촌, 아스트리드 렁은 그의 옆에서 추위를 참으며 몸을 떨고 있었다. 이게 다 아스트리드의 어머니이자 니컬러스의 다이 고 저 — 광둥어로 큰고모 — 펄리시티 때문이었다. 펄리시티는 아홉 블록밖에 안 되는 거리를 택시로 가는 것은 죄악이라고 했다. 그 바람에 모두들 피커딜리 지하철역에서부터 그 먼 길을 걸어와야 했다.

누구든 그 광경과 마주했더라면 유달리 침착한 여덟 살배기 남자아이와 천생 여자 같은 야리야리한 여자아이가 조용히 구석에 앉아 있는 모습이 인상적이었을 것이다. 하지만 로비를 바라보는 자리에서 레지널드 옴스비가 알아챈 것이라고는 어린 중국 아이들 두 명이 축축한 코트로 다마스크 소파에 얼룩을 남기고 있다는 것뿐이었다. 문제는 그것만이 아니었다. 세 명의 중국인 여성들이 그 근처에 서서 각자 물기를 휴지로 바삐 닦고 있었다. 또 10대 한 명은 로비를 성큼성큼 가로지르며 흑백 바둑판무늬 대리석 바닥에 운동화로 진흙 발자국을 남기고 있었다.

프런트 데스크 직원들을 시키기보다는 옴스비 본인이 직접 나서서 이 외국인들을 쫓아내는 것이 효율적이리라. 그렇게 생각한 옴스비는 중이층에서 후다닥 내려갔다. 「안녕하십니까. 저는 이곳의 총지배인입니다. 어떻게 도와드릴까요?」 그는 단어마다 발음을 과장하며 천천히 말했다.

「네, 안녕하세요. 이곳에 예약을 잡아 놨어요.」 여자는 완벽한 영어로 대답했다.

옴스비는 놀라워하며 그녀를 응시했다. 「어떤 성함으로 예약하셨는지요?」

「엘리너 영과 가족들이에요.」

옴스비는 얼었다. 기억나는 이름이었다. 더군다나 이 단체 손님은 랭커스터 스위트룸을 예약했지 않은가. 하지만 그 〈엘리너 영〉이 하필 중국인일 줄은 누가 알았으며 대체 그녀는 어쩌다 여기까지 오게 됐단 말인가? 도체스터나 리츠 호텔에서는 이런 부류의 손님을 받아들였을지도 모르겠지만 이곳은 캘소프였다. 조지 4세가 치세하던 시대부터 캘소프-캐번디시-고어가(家) 사람들이 소유해 온 그 캘소프, 잡지『디브레츠』나『고타 연감』에 등장할 법한 가족들이 소수 정예 모임 장소로 애용하는 그 캘소프 말이다. 옴스비는 후줄근한 여자들과 물을 뚝뚝 떨구고 다니는 아이들을 보고 고민했다. 어크필드 후작 부인이 이곳에서 주말을 보낼 예정이었다. 내일 조식을 먹는 장소에 〈이런 사람들〉이 나타난다면 그녀가 어떻게 반응할지 상상할 수조차 없었다. 그는 빠른 결정을 내렸다.「정말 죄송합니다만, 그 성함으로 예약된 방을 찾을 수가 없네요.」

「확실한 건가요?」엘리너가 당황하며 물었다.

「네. 확실합니다.」옴스비가 긴장된 미소를 보였다.

펄리시티 렁도 자신의 올케를 따라 프런트 데스크로 다가섰다.「무슨 문제 있어요?」그녀는 어서 방으로 들어가 머리를 말리고 싶은 마음에 조급히 물었다.

「알라막,[1] 우리가 예약한 기록을 못 찾겠대요.」엘리너가 한숨을 쉬었다.

1 말레이 은어로 〈세상에〉나 〈신이시여〉처럼 충격을 받거나 격분했을 때 쓰는 감탄사. 〈알라막〉과 〈라〉는 싱가포르에서 가장 흔히 쓰이는 은어다. (〈라〉는 접미사로, 강조하고자 하는 모든 말의 뒤에 붙일 수 있는데 왜 사람들이 그렇게 쓰는지는 알려지지 않았다, 라.) 별도의 표시가 없는 주는 모두 원주이다.

「어째서요? 올케가 다른 이름으로 예약한 건 아니고요?」 펄리시티가 물었다.

「아니에요, 라. 제가 왜 그랬겠어요? 저는 언제나 제 이름으로 예약하는데요.」 엘리너가 짜증을 내며 대답했다. 왜 항상 펄리시티는 그녀를 무능하다 여길까? 그녀는 다시 총지배인을 돌아봤다. 「저기요, 다시 확인해 주시면 안 될까요? 제가 이틀 전에도 예약을 다시 확인했었거든요. 저희는 이곳의 가장 큰 스위트룸을 쓰기로 되어 있어요.」

「네, 손님께서 랭커스터 스위트룸을 예약하신 것은 알고 있습니다. 하지만 기록 어디에서도 손님의 존함을 찾을 수가 없네요.」 옴스비가 우겼다.

「잠시만요. 우리가 랭커스터 스위트룸을 예약했다는 것을 아신다면서 왜 우리에게 방을 안 주시는 거죠?」 펄리시티가 혼란스러워하며 물었다.

〈이런 젠장.〉 옴스비는 실수한 자신을 욕했다. 「아니요. 그게 아니라 손님께서 잘못 이해하신 것 같네요. 제 말은 손님께서 랭커스터 스위트룸을 예약하셨다고 생각하시겠지만, 그에 대한 기록을 전혀 찾을 수 없다는 것입니다.」 그는 잠시 돌아서서 다른 서류들을 뒤지는 척했다.

펄리시티는 윤을 낸 오크 카운터 너머로 몸을 숙였다. 그러고는 가죽 장정의 예약 기록부를 자신의 앞으로 끌어와 넘겨 보기 시작했다.

「여기 보세요! 바로 여기에 〈엘리너 영 — 랭커스터 스위트룸 4박 예약〉이라고 쓰여 있잖아요. 이게 안 보이세요?」

「손님! 그것은 비공개 자료입니다!」 옴스비는 격분하며 쏘아붙였다. 그 바람에 그의 두 부하 직원들이 당황하며 조마조마한 시선으로 총지배인을 바라봤다.

펄리시티는 머리가 벗어지고 있는 붉은 얼굴의 그 남자를 응시했다. 갑자기 상황이 아주 명확해졌다. 그녀는 어린 시절 싱가포르 식민 시대의 쇠퇴기를 겪었고, 그때 이후로는 이런 종류의 비열한 우월주의를 본 적이 없었다. 그래서 이런 공공연한 인종 차별은 사라졌다고 생각했는데……. 「총지배인님,」 그녀는 예의를 차리며 단호히 입을 열었다. 「이 호텔은 싱가포르 성공회 주교의 부인인 민스 씨께서 저희에게 강력히 추천해 주신 곳입니다. 그리고 그쪽의 예약 기록에서 저희 이름도 〈분명히〉 확인했어요. 대체 무슨 말도 안 되는 상황이 벌어지고 있는 건지는 모르겠지만 저희는 매우 먼 거리를 이동해 왔고 저희 애들은 지쳤으며 추워하고 있습니다. 마땅히 저희가 예약한 방을 주시기를 요구합니다.」

옴스비는 분개했다. 감히 마거릿 대처스러운 파마에, 어처구니없는 영어 발음을 구사하는 중국 여자가 자신에게 이런 태도로 말하다니! 「안타깝게도 손님께 내드릴 수 있는 방이 전혀 없습니다.」 그가 선언했다.

「이 호텔 전체에 방이 하나도 안 남았다는 말씀이신 건가요?」 엘리너는 못 믿겠다는 말투로 물었다.

「네.」 옴스비는 퉁명스럽게 대답했다.

「그럼 이 시간에 저희는 어디로 가야 한단 말입니까?」 엘리너가 물었다.

「차이나타운에 있는 숙소를 알아보시는 게 어떠신지요?」 옴스비가 콧방귀를 뀌었다. 그는 이 외국인들에게 자신의 시간을 충분히 낭비했다.

펄리시티는 그녀의 여동생, 알렉산드라 청이 짐을 지키며 서 있는 곳으로 돌아갔다. 「드디어 들어가는 거야? 따뜻한 목욕이 너무 당긴다.」 알렉산드라가 의욕적으로 말했다.

「그게, 이 끔찍한 인간이 우리에게 방을 안 내주겠대!」 펄리시티는 분노를 전혀 숨기지 않고 외쳤다.

「뭐? 왜?」 알렉산드라가 혼란스러워하며 물었다.

「우리가 중국인이라서 그러는 것 같아.」 펄리시티는 자신이 말하면서도 믿을 수 없다는 투로 설명했다.

「굼 수에이 아!」[2] 알렉산드라가 탄성을 냈다. 「내가 그에게 말해 볼게. 나는 홍콩에서 살아서 그런 유의 인간들을 언니보다 많이 다뤄 봤다고.」

「알릭스 아가씨, 신경 쓰지 말아요. 그는 전형적인

2 광둥어로 〈이렇게 구릴 수가!〉라는 뜻.

앙 모 가우 사이[3]야!」 엘리너가 한탄했다.

「그래도, 여기는 런던 최고의 호텔들 중 하나였던 것 아니에요? 어떻게 이런 식으로 나오고도 무사할 수 있는 거죠?」 알렉산드라가 물었다.

「그러게 말이다!」 펄리시티가 격분하며 말을 이었다. 「영국인들은 보통 굉장히 호감 가는 편이던데. 수년간 이 나라를 방문하면서 이런 식의 대접을 받은 것은 처음이야.」

엘리너는 머리를 끄덕이며 동조했다. 하지만 그녀는 이런 낭패가 벌어진 데에 펄리시티 형님의 책임도 일부 있다고 생각했다. 형님이 그렇게 기암 시압[4]하게 굴지 않고 히스로 공항에서부터 택시를 타고 올 수 있게 허락했다면 그들은 훨씬 덜 추레한 행색으로 도착할 수 있었을 것이다. (물론 그녀의 시누이들이 언제나 그렇게 볼품없는 차림으로 다닌다는 사실 또한 도움이 안 됐다. 지난번에 다 함께 태국으로 여행 갔을 때 사람들이 그들을 그녀의 하녀들로 오해했을 정도니까. 그 이후로는 그녀도 그들과 함께할 때면 평소보다 수수하게

3 호키엔어의 매력적인 구어 표현. 글자 그대로 해석하면 빨간 머리(앙 모) 개똥(가우 사이)이다. 모든 서양인들을 지칭하는 말이며 주로 〈앙 모〉로 간단히 줄여서 사용된다.

4 호키엔어로 〈쩨쩨한〉, 〈궁색한〉이라는 뜻. (싱가포르인 대부분이 영어를 쓰지만 흔히 말레이어, 인도네시아어, 그리고 다양한 중국 방언들을 섞어 써서 〈은어〉라 지칭되는 지역 사투리를 만들어 낸다.)

입고 다녔다.)

알렉산드라의 열두 살배기 아들, 에디슨 청은 긴 유리잔에 담긴 탄산음료를 홀짝이며 어른들에게 태연히 다가갔다.

「에구머니, 에디! 그건 어디서 났니?」 알렉산드라가 외쳤다.

「당연히 바텐더에게서 받았죠.」

「값은 어떻게 낸 거야?」

「안 냈어요, 바텐더에게 우리 스위트룸에 달아 달라고 했는데요.」 에디가 대답했다. 「이제 방으로 올라가도 돼요? 배가 고파서 룸서비스로 음식을 시켜 먹어야겠어요.」

펄리시티는 못마땅해하며 고개를 저었다. 홍콩 남자아이들은 응석받이로 유명했다. 하지만 이놈의 조카는 심한 구제 불능이었다. 그를 기숙사 학교에 보내기 위해 이 나라에 방문한 것은 잘한 일이었다. 이곳에서 이놈도 철 좀 들겠지. 차가운 아침 샤워에, 보브릴을 바른 딱딱한 토스트는 이놈에게 딱 필요한 처방이었다. 「아니다, 아니야. 우리는 더 이상 이곳에 있지 않을 거란다. 우리가 앞으로 어떻게 할지 결정하는 동안 가서 니키와 아스트리드를 봐주렴.」 펄리시티가 지시했다.

에디는 그보다 어린 그의 사촌들에게 걸어가며 비행기 안에서 하던 게임을 재개했다. 「소파에서 내려와!

기억하라고. 내가 〈회장〉이니까 나만 앉을 수 있는 거야.」 그가 명령했다. 「자, 니키. 내가 빨대를 빠는 동안 유리잔을 들고 있어. 아스트리드, 너는 내 비서실장이야. 그러니 너는 내 어깨를 마사지해야 해.」

「왜 오빠만 회장이야? 왜 니키는 부사장이고 나는 비서인데?」 아스트리드가 항의했다.

「이건 내가 이미 설명한 것 아니야? 나는 너희 둘보다 네 살이 많으니까 회장인 거야. 너는 여자니까 비서실장인 거고. 나는 어깨를 마사지해 주고 내 정부(情婦)들을 위한 보석을 골라 줄 여자가 필요해. 내 제일 친한 친구인 리오의 아버지, 밍 카칭 아저씨는 홍콩에서 세 번째로 부자인데 그 아저씨의 비서실장이 그렇게 한단 말이야.」

「에디 형, 내가 형의 부사장이길 바란다면 나에게 형의 유리잔을 드는 일보다는 중요한 걸 시켜야 하잖아.」 닉이 반발했다. 「우리는 아직 회사가 뭐를 만드는지도 정하지 않았다고.」

「내가 결정했어. 우리는 주문 제작으로 리무진을 만들어. 롤스로이스나 재규어처럼.」 에디가 선언했다.

「더 멋진 걸 만들면 안 돼? 타임머신 같은 것 말이야.」 닉이 물었다.

「이건 자쿠지랑 비밀 공간, 제임스 본드형 비상 탈출 좌석 같은 옵션들도 있는 진짜 특별한 리무진이라고.」

에디는 말하는 중에 소파에서 튕겨져 나오듯 급히 일어나다가 닉의 손에 있던 유리잔을 쳤다. 로비에 잔 깨지는 소리가 쨍 하고 울려 퍼지고 사방으로 코카콜라가 쏟아졌다. 급사장과 호텔 컨시어지, 안내 데스크 직원들이 아이들을 노려봤다. 알렉산드라는 경악하는 마음에 격렬히 삿대질하며 현장으로 황급히 달려왔다.

「에디! 네가 한 짓을 봐라!」

「제 잘못이 아니에요. 잔을 떨어뜨린 사람은 니키라고요.」 에디가 핑계 대기 시작했다.

「그렇지만 형의 잔이잖아. 게다가 형이 내 손을 쳐서 떨어뜨린 거라고.」 니키가 자신을 변호했다. 옴스비는 펠리시티와 엘리너에게 다가갔다. 「죄송하지만 저희 호텔에서 나가 주셔야겠습니다.」

「이곳의 전화기만 쓰면 안 될까요?」 엘리너가 애절하게 부탁했다.

「아이들이 오늘 밤, 꽤나 충분히 일을 저질렀다고 생각하는데 그렇지 않으십니까?」 옴스비는 씩씩거렸다.

아직도 보슬비가 내리고 있었다. 그래서 펠리시티가 공중전화 박스 안에 서서 급히 다른 호텔들로 전화해 보는 동안 가족 무리는 브룩가(街)의 녹색과 흰색 줄무늬 차양 밑에 옹기종기 모여 있었다.

「다이 고 저는 저 빨간 공중전화 박스 안에 계시니까 보초막에 있는 군인 같네요.」 닉이 지켜보며 말했다. 그는 상황이 이상하게 돌아간다는 사실이 오히려 재밌었다. 「엄마, 오늘 밤 잘 곳을 찾지 못하면 어떻게 할 건가요? 어쩌면 하이드 파크에서 잘 수 있을지도 몰라요. 거기에 거꾸로 선 나무라고 불리는 엄청난 너도밤나무가 있어요. 그 가지들이 진짜 밑에까지 드리워져 있어 거의 동굴 수준이에요. 우리 모두 그 밑에서 안전하게 잘 수…….」

「헛소리하지 마라! 아무도 공원에서 안 잘 거야. 다이 고 저가 지금 다른 호텔들에 전화하고 있잖니.」 엘리너가 말했다. 그녀는 아들이 본인에게 득 되지 않을 정도로 지나치게 설친다고 생각했다.

「오오오, 나도 공원에서 자고 싶다!」 아스트리드가 즐거워하며 소리쳤다. 「니키, 우리가 아마[5]의 집에서 그 커다란 쇳덩이 침대를 정원으로 옮긴 뒤 별 밑에서 잤던 밤 기억나?」

「흥, 너희 둘이 룽 카우[6]에서 자든 말든 나는 상관 안 해. 하지만 나는 클럽 샌드위치랑 샴페인이랑 캐비아를 시킬 수 있는 널찍한 로열 스위트룸에서 묵겠어.」 에디가 말했다.

「에디, 말도 안 되는 소리 좀 그만해라. 네가 언제 캐비아를 먹어 봤다고 그러니?」 그의 엄마가 그에게 핀잔

5 광둥어로 〈할머니〉라는 뜻 — 옮긴이주.

6 광둥어로 〈시궁창〉이라는 뜻.

을 줬다.

「리오네에서 먹어 봤어요. 그 집 집사는 우리에게 항상 작은 삼각형 토스트 빵에 캐비아를 대접하더라고요. 캐비아도 항상 이란 벨루가 거예요. 리오네 어머니께서 그게 최고라 하시거든요.」 에디가 외쳤다.

「코니 밍이라면 그런 말을 하고도 남지.」 알렉산드라는 드디어 그녀의 아들이 더 이상 그 가족에게서 영향을 받지 않을 것이라는 사실에 안도하며 혼잣말로 중얼거렸다.

공중전화 박스 안에서는 펄리시티가 지지직거리는 전화로 싱가포르에 있는 남편에게 고충을 설명하고 있었다.

「그런 말도 안 되는 일이, 라! 당신이 방을 달라고 강하게 요구했어야지!」 해리 렁이 거품을 물며 말했다. 「당신은 언제나 너무 친절하다고. 이런 서비스업종 사람들에게는 그들의 사회적 위치를 상기시켜 줘야 할 필요가 있어. 그들에게 우리가 누구인지는 말했어? 내가 지금 당장 산업통상부 장관에게 전화하겠어!」

「진정해, 해리. 당신이 그런 식으로 해봤자 도움이 안 돼. 내가 이미 열 군데 넘는 호텔들에 전화했어. 오늘이 영연방 기념일인 줄 누가 알았겠냐고? VIP라는 사람들은 다들 이 동네에 모였고 모두들 방을 확실히 예약한 상태야. 불쌍한 아스트리드는 홀딱 젖었고. 당신 딸이 감기 걸려 죽기 전에 오늘 밤에 묵을 곳을 빨리 찾아야 해.」

「당신 사촌, 레너드에게 전화는 해봤어? 기차를 타고 서리로 바로 갈 수도 있잖아.」 해리가 제안했다.

「해봤지. 그는 집에 없었어. 주말 내내 스코틀랜드에서 들꿩 사냥을 한대.」

「상황이 완전 꼬였네!」 해리가 한탄했다. 「내가 싱가포르 대사관에 있는 토미 토에게 전화해 볼게. 그들이 상황을 해결해 줄 수 있을 거야. 이 망할 인종 차별주의적인 호텔의 이름이 뭐라고?」

「캘소프.」 펄리시티가 대답했다.

「알라막, 거기 루퍼트 캘소프 어쩌고저쩌고가 소유한 곳 아니야?」 해리가 갑자기 기운을 차리며 물었다.

「난 그건 모르겠는데.」

「어디에 있는 거야?」

「메이페어. 본드가 근처 말이야. 이 끔찍한 총지배인만 아니었다면 사실 꽤나 아름다운 호텔이야.」

「그래, 거기가 맞는 것 같아! 지난달에 캘리포니아에서 그 루퍼트 뭐시기와 다른 몇몇 영국 애들하고 골프를 쳤었어. 그가 그의 호텔에 대해 얘기해 주던 것이 기억나는군. 펄리시티, 내게 생각이 떠올랐어. 내가 그 루퍼트한테 전화할 거야. 그대로 기다리고 있으면 내가 다시 전화할게.」

세 중국 아이들이 호텔 정문을 박차고 도로 들어왔다. 옴스비는 믿기지 않는다는 눈빛으로 그들을 멍하니 바라봤다. 그가 그 무리 전체를 쫓아낸 지 한 시간도 채 되지 않은 상황이었다.

「에디 형, 나는 내가 마실 음료수를 가져올 거야. 형도 마시고 싶으면 직접 가져오도록 해.」 닉이 그의 사촌형에게 단호히 말하며 라운지로 걸어갔다.

「네 어머니께서 말씀하신 것 잊지 마. 우리가 콜라를 마시기에는 시간이 너무 늦었어.」 아스트리드는 남자애들에게 주의를 주면서 그들을 따라잡기 위해 로비를 뛰어갔다.

「그렇다면 나는 럼과 콜라를 마시겠어.」 에디가 뻔뻔하게 말했다.

「대체 이게 무슨 짓들이야…….」 옴스비가 고함을 치며 아이들을 가로막으려고 폭풍처럼 로비를 가로질렀다. 그가 그들에게 닿기 전에 갑자기 루퍼트 캘소프-캐번디시-고어 경의 모습이 나타났다. 루퍼트 경은 중국 여성들을 로비로 안내하고 있었다. 그들에게 투어를 해주는 중인 것 같아 보였다. 「그리고 제 할아버지께서는 1918년에 르네 랄리크[7]를 불러들여 대강당에 있는 유리 벽화들을 제작하셨어요. 물론 복원 작업을 감독하던 루티언스[8]가 이런 아르누보적인 장식들을 좋아하지 않

7 René Lalique(1860~1945). 프랑스의 유리 공예가 — 옮긴이주.

았다는 사실은 말할 것도 없고요.」 여자들은 친절하게 웃어 줬다.

직원들은 황급히 정신을 차렸다. 그들은 수년간 호텔에 발을 들이지 않았던 이 연로한 귀족이 나타난 것에 놀란 상태였다. 루퍼트 경은 호텔 총지배인을 향해 고개를 돌렸다.「아, 이름이 웜스비였지 아마?」

「네, 각하.」 옴스비는 상사의 말을 정정하기에 너무 어안이 벙벙해 그냥 대답했다.

「아름다운 영 부인, 렁 부인, 그리고 청 부인을 위해 방들을 준비해 주겠나?」

「하지만 각하, 제가 방금…….」 옴스비가 거부하려고 했다.

루퍼트 경은 옴스비의 말을 묵살했다.「그리고 웜스비. 자네에게 임무를 맡기겠네. 직원들에게 매우 중요한 공지를 해주게나. 캘소프 호텔의 관리자로서 이어지던 내 가족의 기나긴 역사는 오늘 저녁부로 끝났다네.」

옴스비는 도저히 이 상황을 납득할 수 없어서 루퍼트 경을 멍하니 바라보았다.「각하, 분명 무슨 착오가 있겠…….」

「아니야. 착오는 전혀 없어. 내가 조금 전에 캘소프 호텔을 몽땅 다 팔았다네. 호텔의 새 소유주, 펄리시티 렁 씨를 소개하네.」

8 Edwin Lutyens(1869~1944). 영국의 건축가 — 옮긴이주.

「뭐라고요?」

「그래. 링 씨의 남편, 해리 링 씨 — 참고로 내가 페블비치 골프 코스에서 만난 작자인데 치명적인 오른팔 스윙을 갖고 있는 유쾌한 친구네 — 가 내게 전화해서 멋진 제안을 해줬지. 나는 이제 이 고딕풍의 쓰레기 더미에 대한 걱정 없이 일루서라섬에서 낚시를 하며 시간을 보낼 수 있게 됐네.」

옴스비는 입을 헤벌린 채 여자들을 바라봤다.

「여러분, 여러분의 귀여운 아이들이 있는 롱 바에 합석해 다 같이 건배 한번 할까요?」 루퍼트 경이 쾌활하게 말했다.

「좋은 생각이네요.」 엘리너가 대답했다.「하지만 먼저, 펄리시티 형님, 이 남자분께 하고 싶으신 말씀이 있지 않나요?」

펄리시티는 옴스비를 향해 돌아섰다. 그는 이제 기절하기 일보 직전인 모습이었다.「아, 네. 제가 잊을 뻔했네요.」 그녀가 미소를 지으며 입을 열었다.「죄송하지만 저희 호텔에서 나가 주셔야겠습니다.」

1부

세상 어디에서도
중국인보다 부자인 민족은 발견되지 않았다.

이븐 바투타, 14세기

니컬러스 영과 레이철 추

뉴욕, 2010년

「정말 확실히 그러기를 바라는 거야?」 레이철이 김이 나는 찻잔 표면을 호 불며 다시 물었다. 그들은 티 & 심파시 카페에서 둘이 늘 앉는 창가 자리에 앉아 있었다. 닉이 방금 그녀에게 아시아에서 함께 여름을 보내자고 초대한 상황이었다.

「레이철, 나는 네가 오기를 정말 바란다니까.」 닉이 그녀를 안심시켰다. 「너도 이번 여름에 강의 뛸 계획은 없었잖아. 그러니 뭐가 걱정이야? 덥고 습한 날씨를 못 견딜까 봐 그래?」

「아니, 그게 아니라 자기는 친구 결혼식 들러리 때문에 많이 바쁠 거잖아. 자기를 방해하고 싶지 않아서 그렇지.」 레이철이 말했다.

「어떻게 방해한다는 거야? 싱가포르에 머무를 기간의 첫 일주일만 콜린의 결혼식에 신경 쓰면 돼. 그다음부터는 우리끼리 아시아 이곳저곳에서 놀며 쉬며 남은 여름을 지내면 된다고. 제발 같이 가자. 내가 자란 곳을 자기에게 보여 주고 싶단 말이야. 내가 제일 좋아하는 장소들에 모두 데려가 주고 싶어.」

「자기가 총각 딱지를 뗀 그 성스러운 동굴에도 데려가 줄 거야?」 레이철이 장난스럽게 한쪽 눈썹을 치키며 놀렸다.

「물론이지! 우리끼리 당시 상황을 재현할 수도 있어!」 닉이 오븐 열기를 아직도 품고 있는 스콘 한 조각에 잼과 크림 덩어리를 바르며 웃었다. 「게다가 네 친한 친구 한 명도 싱가포르에 산다고 하지 않았어?」

「맞아. 대학 때 내 절친, 페익린.」 레이철이 말했다. 「걔도 수년째 나보고 놀러 오라고 하긴 했는데.」

「그러니까 더욱 가야지. 레이철. 너는 그곳을 정말 좋아할 거야. 게다가 내가 장담컨대 너는 그곳 음식에 환장할걸! 싱가포르가 지구상에서 가장 음식에 집착하는 나라라는 건 알고 있어?」

「자기가 먹는 것마다 찬양하는 모습을 보면서 그게 그쪽 국가적인 트렌드인가 보다 생각하긴 했지.」

「캘빈 트릴린이 싱가포르 길거리 음식에 대해 『뉴요커』에 쓴 기사 기억나? 너를 그 사람도 모르는 지역 맛집들에 데려가 줄게.」 닉이 한껏 부푼 스콘을 한 입 더 베어 물고는 그것을 가득 문 채로 말을 이어 갔다. 「네가 이 스콘들을 얼마나 좋아하는지 알아. 우리 〈아마〉의 스콘을 먹어 보면 정말…….」

「네 아마께서 스콘을 구우신다고?」 레이철은 상상해 보려고 노력했다. 전통적인 중국 할머니가 정통 영국식인 이 과자를 만드는 모습이라.

「그게, 할머니께서 직접 스콘을 굽지는 않으시지만, 어쨌든 할머니는 세상에서 가장 맛있는 스콘을 갖고 계셔. 너도 곧 알게 될 거야.」 닉은 말하면서도 반사적으로 주위를 살피며 그 아늑하고 아담한 장소에서 누군가가 그의 말을 엿듣지는 않았는지 확인했다. 아무리 할머니의 스콘에 대해 얘기한다지만 그곳에서 무신경하게 다른 스콘에 찬사를 보내는 것도 좀 그랬으니까. 그러다가 그가 가장 좋아하는 카페에서 환영받지 못하게 되는 건 싫었다.

옆 테이블에서는 한 아가씨가 손가락 크기의 샌드위치들을 높이 쌓아 놓은 3단 트레이 뒤에 웅크리고 숨어 그들의 이야기를 엿듣고 있었다. 그녀는 그 내용에 점점 흥분했다. 저 남자가 그일지도 모른다고 생각했지만 이제는 1백 퍼센트 확신할 수 있었다. 니컬러스 영이 맞았다. 풀라우 클럽[1]에서 그들의 자리를 버젓이 지나며 그녀의 언니, 샬럿에게 숨 막히는 미소를 보냈던 그

1 싱가포르에서 가장 저명한 컨트리클럽. (그 회원권을 따기란 기사 작위를 받는 것보다도 어렵다고 한다.)

니컬러스. 당시에 그녀, 셀린 림은 열다섯 살밖에 안 되었지만 그 후 절대로 그날을 잊지 못했다.

「저 사람이 렁 형제 중 한 명이니?」 샬럿과 셀린의 어머니가 그때 그렇게 물어봤었다.

「아니요, 쟤는 렁 형제의 사촌인 니컬러스 영이에요.」 샬럿이 대답했다.

「필립 영의 아들 말이니? 어머나, 언제 저렇게 컸지? 너무 훤칠하게 자랐는데!」 림 부인이 감탄했다.

「그는 옥스퍼드 대학교를 막 졸업했어요. 역사학과 법학을 복수 전공했고요.」 샬럿은 어머니의 다음 질문을 예상하며 덧붙였다.

「왜 그에게 가서 말을 걸어 보지 않았니?」 림 부인이 흥분하며 물었다.

「엄마가 내게 감히 다가오는 남자마다 쫓아 버리는데 내가 뭣 하러 그런 수고를 하겠어요.」 샬럿이 퉁명스럽게 대답했다.

「알라막, 이 바보 같은 계집애야! 나는 돈을 노리는 작자들로부터 널 보호하려는 것뿐이야. 이 애는 차지하면 대박 나는 거야. 이 애를 네가 〈치엉〉해라!」

셀린은 그녀의 어머니가 정말로 언니에게 이 남자를 〈쟁취〉하라고 부추긴다는 사실을 믿을 수 없었다. 그녀는 호기심 어린 눈빛으로 니컬러스를 바라봤다. 그는 이제 그의 친구들과 풀장 옆, 파랗고 하얀 줄무늬 파라

솔 자리에서 생기 넘치게 웃고 있었다. 멀리서도 그의 존재는 두드러졌다. 다른 친구들은 규정대로 이발소에서 머리를 잘라 놓은 반면, 니컬러스는 완벽하게 흐트러뜨린 검은 머리에 중국 아이돌급 외모, 그리고 비현실적으로 짙은 속눈썹을 갖고 있었다. 그는 그녀가 본 남자 중에서 가장 귀엽고도 이상적인 남자였다.

「샬럿, 가서 토요일에 있을 네 모금 행사에 그를 초대해 보지 그러니?」 그들의 어머니는 계속 부추겼다.

「그만해요, 엄마.」 샬럿은 이를 악물면서도 미소를 보였다.「내가 알아서 잘하고 있어요.」

그러나 이제 와서 따져 보자면, 샬럿은 알아서 잘하지 못했던 게 분명했다. 니컬러스는 샬럿의 모금 행사에 한 번도 모습을 비추지 않았으니까. 그건 림 부인을 영원토록 실망하게 만들었다. 하지만 풀라우 클럽에서의 그날 오후는 셀린의 10대 시절 기억에 영원히 새겨졌다. 그랬기에 6년 후, 지구 반대편에서도 그녀는 여전히 그를 알아볼 수 있었다.

「해나, 너와 그 찐득하고도 맛난 두부 푸딩을 같이 찍어 줄게.」 셀린이 핸드폰을 꺼내며 말했다. 그리고 핸드폰 카메라를 그녀의 친구가 있는 방향으로 들었으나 렌즈 포커스는 니컬러스에게 은밀히 맞췄다. 그녀는 사진을 찍은 뒤, 이제는 캘리포니아 애서튼에 살고 있는 언니에게 즉시 이메일로 보냈다. 몇 분 후, 그녀의 휴대폰이 띠링 울렸다.

언니: 헐 대박! 저거 닉 영이잖아! 너 어디야?

셀린 림: 티 & 심파시.

언니: 같이 있는 여자애는 누구야?

셀린 림: 여친 같아. ABC[2] 같아 보여.

언니: 흠…… 반지 보여?

셀린 림: 반지는 없네.

언니: 제발 날 위해 몰래 감시해 줘!!!

셀린 림: 언니 나한테 큰 신세 진 거야!!!

닉은 카페 창문 밖을 바라보며 감탄했다. 창밖의 사람들은 작은 개들과 함께 그리니치가를 따라 행진하고 있었다. 거리는 마치 도시에서 가장 유행하는 품종들을 위한 패션쇼 무대 같았다. 1년 전만 해도 프랑스 불도그가 대세였다. 하지만 이제는 이탈리아 그레이하운드가 프랑스 놈과 접전을 벌이고 있는 모양이었다. 닉은 다시 레이철을 바라보며 그가 하던 주장을 재개했다. 「싱가포르에서 여행을 시작하는 것이 좋은 이유는 그곳이 완벽한 베이스캠프이기 때문이야. 말레이시아는 다리 하나만 건너면 되고, 홍콩, 캄보디아, 태국도 금방 넘어갈 수 있어. 인도네시아 섬들을 돌아다녀 봐도 되

2 American-born Chinese의 약자로, 미국에서 태어난 중국인.

고…….」

「다 엄청 황홀한 계획이긴 한데, 10주라니…… 내가 그렇게 오랫동안 타지에 있고 싶은지도 모르겠어.」 레이철이 중얼거렸다. 닉의 의욕이 그녀에게도 전해졌다. 그리고 아시아를 다시 방문한다는 생각에 그녀도 매우 흥분됐다. 그녀는 대학교를 졸업하고 대학원에 가기 전 1년간 청두에서 강의를 했다. 하지만 당시에는 중국의 국경 너머로 여행할 자금이 없었다. 경제 전문가로서 그녀도 싱가포르에 대해 충분히 많이 알고 있었다. 그곳은 말레이반도 끝에 있는 작고 매력적인 섬으로서 불과 몇십 년 만에 영국 식민 벽지에서 백만장자들이 가장 많이 집약되어 있는 나라로 거듭났다. 그런 곳을 직접 가까이서 본다는 것은 매력적인 일이었다. 특히나 닉이 그녀의 가이드 역할을 해준다면 더더욱 그랬다.

그럼에도 불구하고 레이철은 이 여행에 대한 무언가가 계속 조금 걸렸다. 이 제안이 암묵적으로 의미하는 바가 무엇인지 고민할 수밖에 없는 상황이었다. 닉은 이번 여행이 정말 즉흥적인 것처럼 말했다. 하지만 그녀는 그를 알았다. 이번 여행은 그가 겉으로 드러내는 것보다 훨씬 많은 고민을 들여 계획한 결과일 것이다. 그들은 거의 2년을 사귀었다. 그리고 이제 그는 고향으로의 장거리 여행에 그녀를 초대했다. 더군다나 그의 가장 친한 친구의 결혼식에 함께 참석하자고 한다. 이것이 정말 그녀가 짐작하고 있는 바를 암시하는 것일까?

레이철은 짙은 금빛의 아삼 차가 들어 있는 그녀의 찻잔 안을 들여다보며 잔 바닥에 어지러이 고여 있는 찻잎들로부터 무언가 신성한 메시지를 읽어 낼 수 있기를 바랐다. 그녀는 한 번도 동화 같은 결말을 꿈꾸는 부류의 소녀였던 적이 없었다. 게다가 중국인 기준에 따르면 29세인 그녀는 노처녀로 분류됐다. 그녀의 참견쟁이 친척들은 끊임없이 그녀를 누군가와 엮어 주려 했다. 하지만 그녀는 20대의 대부분을 대학원 졸업하고 박사 논문 끝마치고 학계에서의 커리어를 시작하는 일에 투자했다. 그럼에도 불구하고 이 놀라운 초대는 그녀 내면의 어떤 희미한 직감을 건드렸다. 그는 나를 고향으로 데려가고 싶어 한다. 그는 내가 그의 가족과 만나기를 바란다. 그녀 안에 오래도록 잠들어 있던 로맨스 세포가 깨어나고 있었으며 이에 대해 그녀가 해줄 수 있는 대답은 오직 하나뿐이었다.

「내가 언제까지 다시 돌아와야 하는지는 우리 학장님과 얘기해 봐야 알겠지만, 그래! 같이 가자!」 레이철이 선언했다. 닉은 테이블 너머로 몸을 기울여 그녀에게 환희의 키스를 했다.

몇 분 후, 레이철 본인도 본인의 여름휴가 계획을 확실히 알기 전이었지만, 그녀가 했던 대화는 세부 내용까지 이미 바이러스처럼 널리 퍼져 전 세계로 돌고 돌기 시작했다. 셀린 림(파슨스 디자인 스쿨에서 패션 전공)이 캘리포니아에 있는 그녀의 언니 샬럿 림(최근에 벤처 투자가 헨리 치우와 약혼함)에게 이메일을 보내자, 샬럿은 싱가포르에 있는 그녀의 절친 대프니 마(베네딕트 마 경의 막내딸)에게 전화를 걸어 숨도 쉬지 않고 들은 바를 알렸다. 대프니는 또 여덟 명의 친구들에게 문자를 했으며 그중에는 상하이에 있는 카먼 퀙(〈설탕 왕〉 로버트 퀙의 손녀)이 있었고 그녀의 사촌, 어밀리아 퀙은 니컬러스 영과 함께 옥스퍼드 대학교를 다닌 사이였다. 어밀리아는 묻지도 따지지도 않고 홍콩에 있는 그녀의 친구, 저스티나 웨이(라면 대기업 상속녀)에게 즉시 메시지를 보냈다. 허치슨 왐포아 기업에 다니는 저스티나의 사무실과 로더릭 량(량 금융 회사의 설립자)의 사무실 사이에는 복도 하나뿐이었다. 그래서 저스티나는 불가항력적으로 이 흥미진진한 토막 소문을 공유하러 로더릭의 회의를 방해해야 했다. 로더릭은 그다음에 그의 여자 친구, 로런 리에게 스카이프로 전화를 걸었는데 로런은 마라케시에 있는 로열 만수르 호텔에서 그녀의 할머니 리 용치엔(소개할 필요도 없는 유명인), 그리고 이모 패치 테오(1979년도 미스 대만이었으며 통신업계 거물인 딕슨 테오의 전부인)와 함께 휴일을 보내고 있었다. 패치는 풀장 옆에서 영국에 있는 재클린 링(자선가 링 인차오의 손녀)에게 전화를 걸었다. 그녀는 그렇게 하면 재클린이 직통으로 커샌드라 샹(니컬러스 영의 육촌)에게 연락할 것을 너무도 잘 알고 있었다. 그리고 커샌드라는 매년 봄마다 서리에 있는 그녀의 드넓은 가족 사유지에서 시간을 보냈다. 그리하여 이 진기한 소문 한 줄기는 아시아 젯셋족들의 은밀한 네트워크를 통해 빠르게 퍼져 나갔다. 몇 시간 내로 이 특권층 집단의 거의 모든 사람들은 니컬러스 영이 싱가포르 고향 집으로 여자 친구를 데려온다는 사실을 알았다.

그리고, 알라막! 그것은 엄청난 소식이었다.

2

엘리너 영

싱가포르

모두들 〈다토〉[3] 타이 토루이가 80년대 초에 룽하 은행을 도산시키는 지저분한 방식으로 첫 거금을 모았다는 것을 알고 있었다. 하지만 그 이후로 20년간 그의 아내, 〈다틴〉 캐럴 타이가 적절한 자선 사업을 벌인 덕분에 타이 가문의 이름이 존경받는 것으로 거듭날 수 있었다. 예를 들어, 매주 목요일마다 다틴은 그녀의 가장 가까운 친구들과 함께 침실에서 성경 공부 모임 오찬을 주최했으며 엘리너 영도 그 자리에 꼭 참석했다.

캐럴의 집은 키암 호크 로드 주변에 사는 모두가 〈스

3 말레이시아에서 굉장히 높이 평가되는 명예로운 직위(영국의 기사 작위와 비슷하다)로 말레이시아 9개 주들 중 하나의 왕족 통치자가 수여하는 것이다. 이 직위는 흔히 말레이시아, 싱가포르, 그리고 인도네시아에 있는 강력한 사업가들, 정치가들, 그리고 자선가들에게 상을 내리기 위해 사용된다. 어떤 사람들은 이 직위를 얻기 위해 수십 년씩 아첨하기도 한다. 다토의 아내는 다틴이라고 불린다.

타 트렉 하우스〉라는 별명으로 부르는 거대한 유리와 철강 구조물이었다. 하지만 그녀의 궁전 같은 침실은 사실 그 안에 위치하지 않았다. 대신 포스트모던 타지 마할 같은 풀 파빌리온, 즉 수영장을 에워싼 백색 석회 요새 속에 숨겨져 있었다. 그녀 남편의 보안팀 조언에 따라 그렇게 배치된 것이었다. 그곳에 도달하려면 석회암 정원을 따라 뱅뱅 도는 오솔길을 따라가든지 직원 숙소를 통과하는 지름길로 가야 했다. 엘리너는 언제나 더 빠른 길을 선호했다. 도자기처럼 하얀 피부를 유지하기 위해서 부지런히 해를 피해야 한다는 이유도 있었지만, 그녀는 자신이 캐럴의 가장 오래된 친구로서 대문 앞에서 기다리고 집사를 통해 소개되는 등의 모든 형식적인 헛짓거리들을 면제받아도 된다고 여겼기 때문이었다.

게다가 엘리너는 부엌을 지나가는 것을 즐겼다. 쭈그리고 앉아 에나멜 이중 냄비들을 지켜보던 늙은 아마들은 언제나 엘리너를 위해 냄비 뚜껑을 열어 캐럴의 남편 때문에 끓이고 있는 연기 자욱한 한약재들(캐럴 남편의 말에 의하면 〈천연 비아그라〉)의 냄새를 맡아볼 수 있게 해줬다. 그리고 마당에서 생선을 손질하는 부엌 하녀들은 영 사모님의 턱까지 내려오는 세련된 샤기컷 머리 스타일과 주름 없는 얼굴을 보라며, 절대 60세로 보이지 않는다고 찬양을 해댔다(물론 엘리너가 엿들을 수 없는 거리로 가버리면 영 사모님이 얼마나 비싼 최신 성형 시술을 받았을지 격정적으로 토론하기도 했다).

엘리너가 캐럴의 침실에 도착할 때쯤에는 성경 공부 모임의 정기 참석자들, 데이지 푸, 로레나 림, 나딘 쇼가 집합해 기다리고 있었다. 가혹한 적도 지방의 더위로부터 피신한 그곳에서 이 오랜 친구들은 방 여기저기 나른히 너부러진 채 자신들의 스터디 가이드에 따라 지정된 성경 구절들을 분석했다. 캐럴의 청(淸) 시대 황후알리[4] 침대 위, 명예의 자리는 언제나 엘리너의 차지였다. 물론 그곳은 캐럴의 집이고 억만장자 자본가와 결혼한 사람도 캐럴이었지만 캐럴은 여전히 엘리너를 따랐다. 둘은 어렸을 때 세랑군 로드에서 이웃사촌으로 지내며 자랐고, 그때부터 지금까지 항상 이런 식이었다. 그랬던 주요 이유는 중국어로 말하는 집안 태생인 캐럴이 영어를 우선 쓰도록 키워진 엘리너에게 열등감을 느껴서였다. (다른 이들 또한 엘리너에게 굽실거렸다. 이렇게 결혼을 대단히 잘한 부인들 사이에서도 엘리너는 필립 영의 부인이 됨으로써 그들 모두의 우위에 섰기 때문이었다.)

4 말 그대로 풀이하면 〈노랗게 꽃피우는 배[梨]〉라는 뜻. 굉장히 희귀한 자단목이며 지금은 사실상 멸종됐다. 최근 수십 년 사이에 황후알리 가구는 안목 있는 수집가들 사이에서 굉장한 인기몰이를 했다. 따지고 보면 모던 스타일과 매우 잘 어울리기도 하니까.

오늘의 점심은 손으로 뽑은 국수에 메추리 고기 조림과 전복을 얹은 요리였다. 그리고 데이지(고무 회사 오너 Q. T. 푸와 결혼했지만 원래는 이포 웡 집안의 웡씨로 태어난)는 전분기가 가득한 국수 가닥들을 힘겹게 떼어 내면서 동시에 킹 제임스 성경에서 디모데전서를 찾으려 노력하고 있었다. 짧은 파마머리를 하고 무테 독서용 안경을 코끝에 걸친 그녀의 모습은 여학교 교장 같았다. 64세인 그녀는 여기 모인 여자들 중 가장 나이가 많았다. 그리고 다른 사람들은 모두 뉴 아메리칸 스탠더드 성경을 보고 있었지만 데이지는 언제나 그녀의 판본을 고집하며 말했다. 「나는 수녀원 부속 학교에 다니면서 수녀들에게 배웠어. 그러니 언제까지고 킹 제임스 성경을 읽을 테야.」 미세한 마늘 국물 방울들이 휴지처럼 얇은 책장에 튀었다. 하지만 그녀는 그 든든한 책을 한 손으로 펼쳐 놓으면서도 용케 다른 손으로 상아 젓가락들을 능숙히 다뤘다.

그동안 나딘은 그녀 나름의 성경인 『싱가포르 태틀』 잡지 최신호를 바삐 넘겨보고 있었다. 매달 그녀는 딸 프란체스카, 즉 그 유명한 〈쇼 푸드 기업 상속녀〉의 사진이 그 잡지의 〈호화 파티〉 코너에 얼마나 많이 실렸는지를 확인하고 싶어 안달이었다. 나딘 자신도 사회면에 고정으로 등장하는 인물이었다. 가부키를 연상시키는 메이크업에 열대 과일 크기의 보석 장신구들, 그리고 거꾸로 빗어 과하게 부풀린 머리 스타일을 한 귀부인, 나딘. 「아이야, 캐럴, 『태틀』 잡지에 네 기독교 자선 단체의 패션 갈라 파티에 대한 기사가 두 페이지 가득 실렸어!」 나딘이 탄성을 질렀다.

「벌써? 그게 그렇게 빨리 나올 줄은 몰랐는데.」 캐럴이 언급했다. 잡지 편집자들은 끊임없이 그녀의 〈고풍스러운 상하이 여가수〉와 같은 외모를 찬양했다. 하지만 나딘과 다르게 그녀는 자신을 잡지에서 발견하는 것이 언제나 조금 부끄러웠다. 캐럴은 모든 거듭난 기독교인들이 그렇듯 매주 몇몇 자선 갈라 파티에 참석하는 것을 의무적으로 받아들였다. 또 그녀의 남편이 지속적으로 그녀에게 〈마더 테레사 행세가 사업에 득이 된다〉라고 상기시켜 주기 때문에 그렇게 하는 것도 있었다.

나딘은 반질거리는 그 페이지들을 위아래로 훑었다. 「그 레나 텍이라는 여자는 지중해 크루즈에 갔다 오고 정말 살이 많이 쪘네. 그렇지? 그놈의 무한 리필 뷔페 때문에 그런가 보다. 그런 곳에서는 언제나 돈 낸 만큼 뽑으려면 더 먹어야 할 것 같은 느낌이 들잖아. 레나도 조심해야겠다. 텍 가문 여자들은 다들 발목이 두꺼워지고 말았잖아.」

「그녀는 자신의 발목이 얼마나 두꺼워지는지 별로 신경도 안 쓸걸. 그녀의 아버지가 돌아가시면서 그녀에게 얼마나 물려줬는지 알아? 그녀와 그녀의 다섯 형제들은 각자 7억씩이나 챙겼다고 들었어.」 로레나가 다리를 뻗고 누울 수 있는 긴 의자에서 말했다.

「그게 다야? 나는 레나가 10억은 갖고 있는 줄 알았는데.」 나딘이 콧방귀를 뀌었다. 「어, 엘, 너무 이상한데. 어째서 네 예쁜 조카, 아스트리드의 사진은 하나도 없는 거야? 그날 사진 기자들이 다 그녀 주위에 벌 떼처럼 몰려 있던 게 기억나는데.」

「그 기자들은 시간 낭비하고 있었던 거지. 아스트리드의 사진은 절대 어디에도 실리지 않아. 그녀가 10대였을 때 이미 그 애의 엄마가 모든 잡지 편집자들과 거래를 했거든.」 엘리너가 설명했다.

「대체 왜 그런 짓을 했대?」

「아직도 우리 남편 집안의 가풍을 모르는 거야? 그들은 인쇄 매체에 실리느니 차라리 죽음을 선택할 사람들이잖니.」 엘리너가 말했다.

「뭐라고? 너무 잘나신 몸들이라 다른 싱가포르인들과 어울리는 모습을 보이지도 못하겠다는 거야?」 나딘이 분개하며 말했다.

「아이야, 나딘. 잘난 척하는 것과 신중히 행동하는 것에는 차이가 있잖아.」 데이지가 나섰다. 그녀는 링이나 영과 같은 가문들이 자신들의 사생활을 지키는 일에 집착한다는 것을 너무도 잘 알았다.

「잘난 척하는 것이든 아니든, 난 아스트리드가 굉장

하다고 생각해.」 캐럴도 끼어들었다. 「있잖아, 원래 말하면 안 되는 건데, 아스트리드가 이번 모금 행사에서 가장 큰 액수의 수표를 써줬어. 그리고 그것을 익명으로 남기겠다고 고집하더라고. 그녀의 기부 덕분에 올해의 갈라 파티는 지난해 기록을 경신할 정도로 성공적이었어.」

엘리너는 중국 본토에서 새로 온 예쁘장한 하녀가 방에 들어오는 모습을 눈여겨봤다. 그녀도 다토가 자주 들리는 〈직업소개소〉에서 직접 골라 온 여자애들 중 하나일까? 그 직업소개소는 중국에서 가장 미녀가 많다고 소문난 도시, 쑤저우에 있었다. 「오늘은 뭘 보여 주려고?」 엘리너는 캐럴에게 물었다. 그사이에 하녀는 낯익고 부피가 큰 자개 궤짝을 침대 옆에 놓았다.

「아, 버마 여행에서 내가 사 온 것들을 자랑하고 싶었어.」

엘리너가 의욕적으로 궤짝의 뚜껑을 확 열어젖히고는 그 안에 쌓여 있는 검은 벨벳 트레이들을 차근차근 꺼내 보았다. 목요 성경 공부 모임에서 그녀가 가장 즐기는 활동 중 하나는 캐럴이 새로이 사들인 보물들을 구경하는 일이었다. 곧 침대 위에는 눈부시게 번쩍이는 보석 장신구들이 쫙 깔렸다. 「정말 정교하게 만들어진 십자가들이네. 버마가 이렇게 보석 세팅을 잘하는지 몰랐는데!」

「에이, 아니야. 그 십자가들은 해리 윈스턴 작품들이야.」 캐럴이 설명했다. 「루비들만 버마에서 왔어.」

로레나는 점심을 먹다 말고 일어나 곧장 침대로 다가가더니 리치 크기만 한 루비들 중 하나를 전등에 비추어 보았다. 「아이야, 버마에서는 조심해야 해. 그쪽에서는 흔히 루비에 붉은색을 더 입히려고 합성 처리하거든.」 로런스 림(오리엔트 주얼리 림스의 사장)의 아내로서, 로레나는 이 주제에 있어서 권위자였다.

「루비는 버마 것이 제일 좋은 줄 알았는데.」 엘리너가 반응했다.

「여러분, 버마라고 그만 좀 부릅시다. 그곳은 미얀마라고 불린 지 20년도 더 지났다고.」 데이지가 콕 집어 말했다.

「알라막! 어쩜 언니는 그렇게 니키랑 똑같이 말해? 내 말을 항상 그렇게 정정한다니까!」 엘리너가 말했다.

「아, 니컬러스에 대해 말이 나와서 말인데, 그는 뉴욕에서 언제 도착한대? 그가 콜린 쿠의 결혼식에서 신랑 들러리 아니야?」 데이지가 물었다.

「맞아. 그렇지. 그런데 언니도 내 아들 알잖아. 그 애에 대해서는 뭐든 내가 가장 마지막에 알게 된다고!」 엘리너가 불만을 토로했다.

「걔는 너와 함께 지낼 거 아니야?」

「물론 그렇지. 언제나 우리와 먼저 지낸 다음에 〈우

리 어르신〉 댁으로 가잖아.」 엘리너가 말했다. 〈우리 어르신〉은 그녀가 시어머니를 부르는 그녀 나름의 별칭이었다.

데이지는 목소리를 낮추며 말을 이어 갔다. 「그럼, 너희 어르신은 니키의 손님에 대해 어떻게 반응하실 것 같아?」

「무슨 말이야? 무슨 손님?」 엘리너가 물었다.

「그 애가 결혼식에…… 데리고 온다는…… 그 손님.」 데이지가 천천히 대답하며 짓궂게 다른 여자들과 눈빛을 주고받았다. 그들은 모두 그녀가 누구에 대해 말하고 있는지 잘 알고 있었다.

「무슨 말을 하고 있는 거야? 그 애가 누구를 데려온다고?」 엘리너가 조금 혼란스러워하며 물었다.

「걔가 최근에 사귄 여자 친구, 라!」 로레나가 밝혔다.

「절대 아니야! 니키에게 여자 친구가 있을 리 없어.」 엘리너가 고집했다.

「어째서 네 아들에게 여자 친구가 있다는 것을 그렇게 믿기가 어려운 거야?」 로레나는 물었다. 그녀는 항상 니컬러스를 그의 세대 애들 중에서 가장 매력적인 젊은 청년으로 꼽아 왔다. 거기에 영 가문의 재력도 그렇게 받쳐 주고. 아무 짝에도 쓸모없는 그녀의 딸, 티파니가 그를 한 번도 꼬시지 못했다는 것이 진심으로 아쉬울 따름이었다.

「하지만 너도 이 여자애에 대해 들어는 봤을 것 아니야. 뉴욕에서 온 여자애.」 데이지가 속삭였다. 그녀는 자신이 엘리너에게 이 소식을 전하게 됐다는 사실이 너무나 즐거웠다.

「미국인 여자애라고? 니키가 감히 그럴 리 없어. 데이지 언니, 언니가 전하는 소식들은 언제나 타 파 카이[5]였어!」

「무슨 말이야? 내 소식들은 타 파 카이가 아니야. 제일 믿을 만한 정보원으로부터 들은 것이라고! 어쨌든, 그녀가 중국인이라던데.」 데이지가 위로했다.

「정말? 이름이 뭐야? 어디에서 온 애래? 데이지 언니, 그녀가 중국 본토에서 왔다고 하면 나 충격받아서 쓰러질 거야.」 엘리너가 경고했다.

「대만에서 왔다고 들었는데.」 데이지가 조심스럽게 대답했다.

「이런 세상에. 〈대만 토네이도〉는 아니어야 할 텐데!」 나딘이 깔깔거렸다.

「그건 무슨 말이야?」 엘리너가 물었다.

「대만 토네이도들이 얼마나 악명 높은지 너도 알잖아. 그들은 예상치 못할 때 훅 들어오고, 남자들이 그들에게 홀딱 빠지면 눈 깜빡할 사이에 사라져 버려. 물론 그것도 남자들이 갖고 있던 돈을 단 한 푼도 안 남기고

5 말레이어로 〈부정확하다〉라는 뜻.

다 쓸어 간 후지. 딱 토네이도처럼.」 나딘이 설명했다. 「그들에게 당한 남자들이 내 주위에 너무나 많아. K. C. 탕 부인의 아들, 제럴드를 생각해 봐. 아내가 그를 싹쓸이한 후 탕가(家)의 가보들까지 다 갖고 튀었잖아. 아니면 불쌍한 애니 심도 있어. 그녀는 타이베이에서 온 그 라운지 가수에게 남편을 뺏겼대.」

그 순간, 캐럴의 남편이 방에 들어왔다. 「안녕들 하십니까, 여성분들. 오늘 예수님의 시간은 어떠신지요?」 그는 한 손으로 헤네시 코냑이 담긴 술잔을 돌리고 다른 손으로 담배를 뻐끔뻐끔 피워 대며 물었다. 그의 투실투실한 모습은 어떻게 봐도 아시아 재계 거물의 캐리커처 그 자체였다.

「안녕하세요, 다토!」 여자들이 다 같이 대답하며 서둘러 자세를 좀 더 점잖게 고쳤다.

「다토. 여기 있는 데이지 언니 때문에 쓰러지겠어요! 언니는 모두에게 니키가 대만인 여자 친구를 사귀고 있다 말하네요!」 엘리너가 외쳤다.

「진정해요, 레아레아.[6] 대만 여자애들은 사랑스럽답니다. 정말 어떻게 남자를 돌봐야 하는지 잘 알지요. 게다가 그녀는 당신이 니컬러스와 이어 주려고 하는 그 모든 버릇없고 잘못 자란 여자애들보다 더 예쁠지도 모르죠.」 다토가 웃음을 짓더니 갑자기 목소리를 낮추며

6 엘리너의 애칭 — 옮긴이주.

말을 이었다. 「어쨌든, 제가 당신이라면 당장은 젊은 니컬러스보다 시나 랜드 주식을 더 걱정하겠는데요.」

「왜요? 시나 랜드에 무슨 일이 벌어지는데요?」 엘리너가 물었다.

「시나 랜드 〈터우 투에우〉. 거기는 무너질 겁니다.」 다토가 만족스러운 미소를 지으며 발표했다.

「하지만 시나 랜드는 블루칩이었잖아요. 어떻게 그렇게 됐죠? 제 오빠의 말로는 그들이 중국 서부에서 이런저런 새 프로젝트들까지 땄다던데요.」 로레나가 반박했다.

「제 정보통이 확실히 전하기를 중국 정부는 신장 지역에서 벌이려던 그 거대한 신개발 프로젝트에서 발을 뺐다더군요. 저는 제 주식을 방금 버리기로 했고 주식시장이 마감되기 전까지 매시간 10만 주씩 팔 겁니다.」 그 말과 함께 다토는 코이바 시가를 빨아 거대한 연기 구름을 내뿜고는 침대 옆에 있는 버튼 하나를 눌렀다. 반짝이는 수영장을 바라보던 드넓은 유리 벽면이 캔틸레버식 차고 문처럼 45도 돌아갔고 다토는 본채로 향하는 정원으로 느릿느릿 걸어 나갔다.

몇 초간 방에는 일절 미동도 없었다. 마치 각 여자의 머릿속에서 과부하로 돌아가는 바퀴 소리가 들리는 것 같았다. 데이지가 갑자기 의자에서 벌떡 일어나며 바닥에 국수 쟁반을 엎었다. 「빨리, 빨리! 내 핸드백 어디 있어? 내 주식 중개인에게 전화해야 해!」

엘리너와 로레나도 둘 다 허둥지둥 그들의 핸드폰을 찾았다. 나딘은 그녀의 주식 중개인을 단축 번호로 저장해 놨기에 이미 핸드폰에 대고 소리 지르고 있었다. 「다 매각해 버려! 시나 랜드 주식 말이야. 맞아. 모조리 매각하라고! 방금 확실한 정보통에게서 들었어. 그건 가망 없대!」

로레나는 침대 반대편에서 손으로 핸드폰을 고이 감싸 입 가까이에 대고 있었다. 「데즈먼드, 상관없다고. 제발, 그냥 바로 보유량을 줄이기 시작해 줘.」

데이지는 과호흡하기 시작했다. 「섬 퉁, 아![7] 매초마다 수백씩 잃고 있다고! 내 빌어먹을 주식 중개인은 어디 있어? 그 머저리가 아직도 점심 식사 중이라고만 해 봐!」

캐럴은 침착히 그녀의 침대 탁자 옆에 있는 터치스크린 패널을 향해 손을 뻗었다. 「메이메이, 들어와서 이곳에 엎질러진 것들을 치워 줄 수 있겠니?」 그 후, 그녀는 눈을 감더니 하늘을 향해 양팔을 들어 올리며 큰 소리로 기도하기 시작했다. 「오, 축복의 근원이 되시며 우리를 직접 구원해 주신 하느님 아버지. 우리는 모두 주님께 죄를 지었기에 오늘 겸허히 주님의 용서를 구하고자 합니다. 우리에게 축복을 내려 주시는 주님께 감사드립

7 광둥어로 〈내 마음이 찢어진다〉라는 뜻.

니다. 오늘 우리가 함께 동료애를 나누고 풍족한 양식을 누리고 주님의 성스러운 말씀의 힘을 깨달을 수 있게 해주셔서 감사드립니다. 엘리너 자매님, 로레나 자매님, 데이지 자매님, 그리고 나딘 자매님이 자신들의 시나 랜드 주식들을 매각하려고 합니다. 그들을 잘 굽어살펴 주시옵소서…….」

캐럴은 잠시 눈을 떴다. 그리고 최소한 엘리너만큼은 자신과 함께 기도를 하고 있다는 사실에 만족해했다. 하지만 당연하게도 그녀는 알지 못했다. 저 고요한 눈꺼풀 아래로 엘리너는 완전히 다른 무언가를 기도하고 있다는 것을. 대만 여자애라니! 주여, 제발 그것은 사실이 아니라고 해주시옵소서.

레이철 추

뉴욕

쿠퍼티노에서는 이제 막 저녁 식사 시간이 지났을 것이었다. 그리고 레이철은 닉의 집에서 보내지 않는 밤마다 자기 직전에 어머니에게 전화하는 습관이 있었다.

「로렐 글렌가에 있는 큰 저택을 거래시킨 사람이 누구게?」 케리 추는 전화를 받자마자 흥분하며 베이징어로 자랑했다.

「와, 엄마, 축하해요! 그럼 이번 달에 세 번째 거래를 성사시킨 것 아니에요?」 레이철이 물었다.

「맞아! 내가 작년 거래 성사 기록을 깼어! 봐봐. 내가 로스 알토스 사무실에 있는 미미 셴과 같이 일하기로 한 것은 옳은 결정이었다니까.」 케리가 만족스러워하며 대답했다.

「엄마는 이번에도 〈올해의 부동산 중개인〉이 되실 거예요. 저는 알아요.」 레이철은 대답하며 그녀의 머리에 베고 있던 베개를 털어서 다시 부풀렸다.「저에게도 신나는 소식들이 좀 있어요……. 닉이 이번 여름에 그와 함께 아시아에 가자고 제안했어요.」

「정말 그랬어?」 케리는 목소리를 한 옥타브 낮추며 반응했다.

「엄마, 다른 이상한 생각 하시진 마세요.」 레이철은 어머니의 그 뉘앙스를 너무나 잘 알았기에 어머니에게 주의를 주었다.

「하이야! 무슨 생각 말이니? 네가 작년 추수감사절에 닉을 집으로 데려왔었잖니. 그때 너희 두 잉꼬들을 본 사람마다 너희가 완벽한 커플이라고 하더라. 이제 닉이 자기 가족들에게 너를 소개할 차례인 거네. 그가 청혼도 할 것 같니?」 케리는 자제하지 못하고 말을 쏟아 냈다.

「엄마, 우리는 단 한 번도 결혼에 대해 얘기해 본 적이 없어요.」 레이철은 어머니의 기대치를 낮춰 보려고 했다. 그녀도 이 여행이 암시하는 모든 가능성들에 대해 기대감은 있었지만 그렇다고 지금 어머니에게 바람을 넣을 일도 아니었다. 그녀의 어머니는 이미 지나치게 그녀의 행복을 신경 쓰고 있었다. 그래서 어머니의 기대치를…… 너무 많이 높여 놓고 싶지는 않았다.

그럼에도 불구하고 케리는 기대감으로 부풀어 오르고 있었다.「우리 딸. 나는 닉과 같은 남자들을 알아. 그가 아무리 보헤미안 추종자인 척해도 뼛속 깊이는 결혼할 부류의 남자야. 그는 가정을 꾸리고 아이들을 많이 갖고 싶은 거야. 그러니 더 이상 낭비할 시간도 없고.」

「엄마, 일단 그만하세요!」

「게다가 네가 그의 집에서 자는 날들이 벌써 일주일에 몇 차례씩 되잖니? 너희들이 아직 동거를 안 한다는 것이 오히려 충격이다.」

「딸에게 남자와 한집 살림하라고 부추기는 중국인 엄마는 엄마밖에 없을 거예요.」 레이철이 웃었다.

「중국인 엄마들 중 서른을 바라보는 노처녀 딸을 둔 엄마도 나밖에 없으니까 그렇지! 사람들이 거의 매일 너에 대해 얼마나 물어보는지 알기는 하니? 이제 네 편을 들어 주는 것도 힘들다. 아니, 어제도 말이야. 피츠커피에서 민 청 씨와 우연히 마주쳤는데 이렇게 묻더라고. 〈따님이 먼저 커리어를 쌓기를 바라셨다는 것은 압니다. 근데 그 애도 이제 결혼할 때가 되지 않았나요?〉 민 청 씨 딸, 제시카는 페이스북 회사에서 서열 7위인 잘나가는 남자와 약혼한 것 알지?」

「아, 네, 네. 그 이야기는 다 알고 있어요. 약혼반지 대신에 그녀의 이름으로 스탠퍼드 대학교에 장학금을 기부했다면서요.」 레이철이 지루하다는 투로 말했다.

「게다가 그 애는 너만큼 예쁘지도 않아.」 케리가 분해하며 말했다. 「네 삼촌과 이모들은 다들 오래전에 너를 포기했지만, 나는 언제나 알고 있었어. 네가 제대로 된 놈을 만나려고 기다린다는 것을. 물론 너와 같은 대학 교수를 골라 와야 했겠지. 최소한 너희 자녀들은 학비 할인을 받을 수 있을 거야. 그래야만 너희 둘이 애들을 대학까지 보낼 수 있을 테니까.」

「삼촌과 이모들에 대해 말이 나와서 말인데요. 제발 다른 사람들에게 바로 소문내지 않겠다고 약속해 주세요. 네?」 레이철이 애원했다.

「하이야! 알았다, 알았어. 네가 언제나 조심스러운 애라는 것도 알고, 너도 실망하고 싶지는 않겠지. 하지만 나는 내심 무슨 일이 벌어질지 알고 있단다.」 그녀의 어머니는 즐겁게 말했다.

「글쎄요. 뭔가가 진짜로 벌어지기 전까지는 이렇게 설레발 칠 필요도 없잖아요.」 레이철이 주장했다.

「그럼 너는 싱가포르에 도착하면 어디서 지낼 거니?」

「닉의 부모님 댁일걸요, 아마.」

「그분들은 단독 주택에서 사니, 아파트에서 사니?」 케리가 물었다.

「전혀 모르겠네요.」

「이런 것들은 알아 놔야 해!」

「왜 알아야 하는데요? 엄마가 싱가포르에서 그분들에게 집이라도 파시게요?」

「그게 왜 중요한지 알려 주마. 가서 너희 둘이 잠을 어디서 잘지는 알고 있니?」

「잠을 어디서 자다니요? 엄마, 무슨 말씀을 하시는 거예요?」

「하이야, 네가 손님방에서 잘지, 닉과 방을 같이 쓸지 알고 있냐고?」

「그런 생각은 미처 못 했…….」

「딸아, 그런 게 가장 중요한 거야. 닉의 부모님도 나만큼 개방적일 거라고 생각해서는 안 돼. 너는 싱가포르에 갈 거야. 그리고 그 싱가포르계 중국인들은 중국인들 사이에서도 가장 보수적이라고. 알아? 그쪽 부모님이 너보고 가정 교육을 잘못 받았다고 생각하지 않았으면 한다.」

레이철이 한숨을 쉬었다. 어머니가 좋은 의도로 이렇게 말한다는 것은 알고 있었다. 하지만 다른 때와 마찬가지로 레이철은 어머니 덕분에 혼자였다면 절대 상상하지 못했을 세부 사항들에 대해 신경을 쓰게 돼 스트레스를 받았다.

「이제 네가 닉의 부모님께 무슨 선물을 드릴지 계획해야 해.」 케리가 의욕적으로 말을 이어 나갔다. 「닉의 아버님께서 무슨 술을 좋아하시는지 알아봐 봐. 스코치? 보드카? 위스키? 사무실 크리스마스 파티에서 남은 조니 워커 레드가 몇 병 있어. 그중 하나를 보내 줄 수도 있단다.」

「엄마, 저는 그분들도 그쪽에서 구할 수 있는 술 한

병 달랑 들고 가지는 않을 거예요. 미국에서 그분들께 가져다드릴 수 있는 가장 완벽한 선물이 뭐일지 생각해 볼게요.」

「오, 닉의 어머님께 딱 맞는 선물이 있다! 메이시스 백화점에 가서 에스티 로더에서 나오는 그 예쁘장한 금색 파우더 콤팩트를 사 드리렴. 지금 그거 행사 중이라 비싸 보이는 가죽 파우치 가방과 립스틱, 향수, 그리고 아이 크림 샘플을 사은품으로 준다더라. 내 말 믿어. 아시아 여성이라면 다들 그런 사은품들을 좋아하기 마련이야…….」

「엄마, 걱정하지 마세요. 제가 알아서 할게요.」

니컬러스 영

뉴욕

닉은 낡은 가죽 소파에 구부정히 앉아 학기말 리포트들에 점수를 매기고 있었다. 그때 레이철이 가볍게 운을 뗐다. 「있잖아…… 우리가 자기 부모님 댁에서 지내는 동안 어떻게 지낼 거야? 한 방을 같이 쓸 거야? 그랬다가는 부모님께서 충격받으실까?」

닉이 고개를 갸우뚱했다. 「흠. 한 방을 함께 쓸 것 같은데…….」

「그럴 것 같다는 거야, 그렇다는 거야?」

「걱정하지 마. 그곳에 일단 도착하면 모든 게 알아서 어떻게든 굴러갈 거야.」

〈알아서 어떻게든 굴러간다〉라. 다른 때 같았으면 레이철은 닉의 그런 모호한 영국식 표현이 매력적이라고 생각했을 것이다. 하지만 이 순간만큼은 그것이 살짝 답답했다. 그녀가 불편해하는 마음을 감지하고는 닉이 자리에서 일어났다. 그러고는 그녀가 앉은 자리로 다가가 그녀의 정수리에 부드럽게 뽀뽀했다.「긴장 풀어. 우리 부모님은 잠자는 문제에 신경 쓰는 그런 분들이 아니야.」

레이철은 그것이 정말일지 궁금했다. 어쨌든 다시 미국 국무부 웹사이트에 나온 동남아시아 여행에 대한 조언을 읽어 보기로 했다. 그녀가 그렇게 노트북 컴퓨터의 빛을 받으며 앉아 있으니 닉은 감탄을 금치 못했다. 자신의 여자 친구는 기나긴 하루를 마치고도 어쩌면 이렇게 아름다울 수 있을까! 그가 어쩌다 이런 행운을 만났을까? 해변에서 방금 아침 조깅을 하고 온 것 같은 이슬 머금은 피부하며 쇄골에 닿을락 말락 하는 흑요석 같은 까만 머리하며…… 그 모든 것이 자연스럽고 복잡하지 않은 아름다움을 구사했다. 그가 자라면서 봐온, 언제나 레드 카펫에 설 태세가 되어 있는 여자들과는 너무나 달랐기에 그녀의 미모가 돋보였다.

이제 레이철은 검지로 그녀의 윗입술을 생각 없이 매만지기를 반복했다. 그녀의 눈썹도 살짝 일그러져 있었다. 닉은 그 몸짓의 의미를 너무도 잘 알고 있었다. 그녀는 무엇을 걱정하고 있는 것일까? 그가 며칠 전에 레이철을 아시아로 초대한 이후부터 그녀의 걱정들은 지속적으로 쌓여 왔다. 그들이 어디서 지내게 될까? 그의 부모님께 무슨 선물을 드릴까? 그가 부모님께 그녀에 대해 무슨 이야기를 했나? 그녀는 그 영특하고 분석적인 머리로 이번 여행의 모든 면들을 지나치게 고심하고 있었다. 그가 그것을 막을 수만 있다면. 아스트리드의 말이 맞았다. 그는 이제 막 그것을 깨닫고 있었다. 아스트리드는 그의 사촌일 뿐만 아니라 그가 가장 많은 이야기를 털어놓는 제일 친한 여성 친구였다. 그래서 그는 일주일 전에 그녀와 전화 통화를 하며 처음으로 레이철을 싱가포르에 초대할까 생각한다고 밝혔었다.

「무엇보다 이번 일로 너희 관계가 곧바로 더 진지해질 것이라는 사실은 알고 있지? 정말 그렇게 진지해지기를 바라는 거야?」 아스트리드가 단도직입적으로 물었다.

「아니. 글쎄…… 어쩌면. 이건 그냥 여름휴가일 뿐이잖아.」

「니키, 정신 차려. 〈그냥 여름휴가〉는 아니지. 여자들은 그렇게 생각하지 않아. 그리고 너도 그건 알고 있잖아. 너희가 진지하게 사귄 지 거의 2년이 되어 가고 있어. 네 나이는 서른둘이고 이제까지 네가 집으로 데려온 여자는 한 명도 없었어. 이것은 큰 도약이라고. 모두들 아마 네가…….」

「제발, 결혼의 〈결〉 자도 꺼내지 말아 줘.」 닉이 미리 방어막을 쳤다.

「봐. 너도 모두들 정확히 그 생각을 하리라는 걸 알

고 있잖아. 게다가 장담컨대 레이철도 그 생각을 할걸.」

닉이 한숨을 쉬었다. 왜 모든 일에 이런 식으로 의미부여를 해야 하는 것일까? 성가시게. 그가 여자의 관점에 대해 물어볼 때마다 이랬다. 어쩌면 아스트리드에게 전화한 것은 별로 좋은 생각이 아니었을지도 모르겠다. 그녀는 그보다 6개월 빨리 태어났을 뿐이지만 가끔은 그에게 지나치게 큰누나 행세를 할 때가 있었다. 그는 변덕스럽고 될 대로 되라는 식으로 굴 때의 아스트리드가 더 좋았다. 「나는 단순히 레이철에게 내 세상의 일부를 보여 주고 싶을 뿐이야. 그냥 아무런 조건 없이. 그게 다라고.」 닉이 자신의 입장을 설명해 보려고 했다. 「그것을 접했을 때 그녀가 어떻게 반응할지 보고 싶은 마음이 있는 것 같아.」

「〈그것〉이란 우리 가족을 말하는 거잖아.」 아스트리드가 말했다.

「아니. 우리 가족뿐만 아니라 내 친구들, 싱가포르 섬, 전부 다. 무슨 공식 외교 행사가 아니면 내 여자 친구와 휴가도 갈 수 없는 거야?」

아스트리드는 잠시 말을 멈추고 상황을 가늠해 보려고 했다. 그녀의 사촌은 그 누구와도 이렇게까지 진지해진 적이 없었다. 그녀는 알고 있었다. 그가 자기 자신에게 인정할 준비가 안 됐다 하더라도 최소한 무의식적으로는 결혼식장으로 향하는 중요한 절차를 밟고 있었다. 하지만 그 단계는 굉장히 조심스럽게 접근해야 하는 법이었다. 니키는 정말 자신이 터뜨릴 지뢰들을 마주할 준비가 돼 있을까? 그는 자신이 태어난 세계의 곡절들을 꽤나 잘 잊고 사는 편이었다. 어쩌면 그들의 할머니가 그를 언제나 감싸 줬기 때문일지도 모르겠다. 그는 할머니의 눈에 넣어도 안 아픈 손자였으니까. 아니면 닉이 그냥 아시아 바깥에서 너무 오랜 시간을 살아서 그런지도 모르겠다. 어쨌든, 그들의 세계에서는 절대로 공식적으로 알리지 않은 상태에서 이름 모를 여자를 집으로 데려오지 않았다.

「나도 레이철이 좋은 사람이라고 생각해. 정말이야. 하지만 네가 그녀를 집으로 초대하면 네가 원하든 원치 않든 너희 둘 사이가 바뀔 거야. 너희들의 관계가 그것을 버텨 낼 수 있을지 걱정하는 건 아니야. 너희는 잘 버틸 수 있을 테지. 오히려 다른 사람들이 어떻게 반응할지가 걱정되는 거야. 우리 섬이 얼마나 좁은 동네인지 너도 알잖아. 우리 가족들이 어떻게 나올 수 있는지도…….」 스타카토로 비명을 지르는 경찰차의 사이렌 소리에 갑자기 아스트리드의 목소리가 들리지 않았다.

「이상한 소리가 들리는데. 너 지금 어디야?」 닉이 물었다.

「길거리에 있지.」 아스트리드가 대답했다.

「싱가포르에?」

「아니, 파리에.」

「뭐? 파리?」 닉이 혼란스러워했다.

「응. 베리가(街)에 있는데 경찰차 두 대가 쌩하니 지나갔네.」

「네가 싱가포르에 있다고 생각했어. 너무 늦은 시간에 전화해서 미안해. 네가 있는 곳이 아침이라고 생각했어.」

「아니야. 괜찮아. 정말이야. 아직 새벽 1시 반밖에 안 됐어. 그냥 호텔로 걸어 돌아가는 중이었어.」

「마이클도 같이 있는 거야?」

「아니. 그는 중국으로 출장 갔지.」

「너는 파리에 무슨 볼일이 있는 거야?」

「그냥, 너도 알다시피 나는 매해 봄마다 여기로 여행 오잖아.」

「아, 맞다.」 닉은 아스트리드가 매년 4월마다 파리에서 유명 디자이너 브랜드 옷들을 자신에게 맞춰 가봉한다는 것이 생각났다. 그는 전에 그녀와 파리에서 한 번 만난 적이 있었다. 마르소 거리에 있는 이브 생로랑 아틀리에에서 그가 아스트리드를 보며 느꼈던 경이로움과 지루함이 아직도 떠올랐다. 당시에 그녀는 바삐 움직이는 재봉사 세 명에 둘러싸인 채 하늘거리는 의상을 두르고 마치 수도승처럼 서서 시차 적응을 하느라 다이어트 콜라를 마구 마셔 대고 있었다. 그런 그녀는 바로

크 그림 속 인물 같았다. 17세기에서 날아온 스페인 공주가 고풍스러운 의복 맞춤 행사를 거행하는 모습이었다. (「특히나 영감이 없는 시즌이었어.」 아스트리드는 그렇게 말하며 그해 봄 〈단〉 열두 벌만 샀다. 그렇게 1백 만 유로가 훌쩍 넘는 돈을 썼다.) 닉은 그녀를 제지할 사람이 아무도 없는 이번 여행에서 그녀가 돈을 얼마나 썼을지 상상하고 싶지도 않았다.

「나도 파리가 그립다. 거기에 간 지 백만 년은 된 것 같은데. 거기서 에디 형과 다녔던 그 미친 여행 기억나?」 닉이 물었다.

「아이요, 제발 생각나게 하지 마! 그때를 마지막으로 다시는 그 망나니 오빠와 스위트룸을 같이 쓰지 않겠어!」 아스트리드는 자신의 홍콩 사촌 오빠가 다리를 절단한 스트리퍼와 미니 슈크림을 들고 있던 모습을 절대로 잊지 못할 것이라 생각하며 몸을 부르르 떨었다.

「조지 5세 호텔의 펜트하우스에서 묵고 있어?」

「언제나처럼.」

「너 정말 습관의 노예다. 너를 암살하는 건 무진장 쉽겠어.」

「네가 시도해 보지 그래?」

「그럼 네가 다음번에 파리에 갈 때 알려 줘. 내가 특별 암살 키트를 들고 그쪽으로 날아갈지도 모르지.」

「나를 쳐서 기절시킨 뒤 목욕탕에 넣고는 전신에 염

산을 뿌리려고?」

「아니. 너를 처리할 때는 그보다 훨씬 우아한 방법을 써야지.」

「그럼 와서 나를 잡아 보시지. 5월 초까지 여기 있을 거야. 곧 너도 무슨 봄 방학을 맞이할 때 아니야? 주말 껴서 레이철과 파리로 좀 길게 놀러 오는 건 어때?」

「그럴 수 있었으면 좋겠네. 봄 방학은 지난달이었어. 그리고 우리 대학 부속 임시 부교수들에게는 추가 휴일이란 없지. 하지만 레이철과 나는 이번 여름 방학을 통째로 쉴 수 있어. 그래서 그녀가 나와 함께 고향으로 갔으면 하는 거고.」

아스트리드가 한숨을 쉬었다. 「그녀를 데리고 창이 공항에 도착하는 순간 무슨 일이 벌어질지 알기는 하는 거지? 마이클과 나도 처음 공식적으로 사귀기 시작했을 때 얼마나 사람들이 잔인했는지 잘 알잖아. 그게 5년 전이었는데 그는 아직도 그런 상황에 적응하는 중이야. 정말 레이철이 그 모든 것을 대면할 준비가 됐다고 생각해? 너도 그럴 준비가 된 거고?」

닉은 침묵을 지켰다. 그는 아스트리드가 하는 모든 말들을 새겨듣고는 있었지만 마음은 이미 정한 상태였다. 그는 준비됐다. 그는 레이철에게 진심으로 흠뻑 빠져 있었고 이제 그녀를 온 세상에 자랑할 시간이었다.

「니키, 레이철은 얼마나 알고 있어?」 아스트리드가

물었다.

「뭐에 대해?」

「우리 가족에 대해.」

「별로 아는 게 없지. 우리 가족 중에서는 너밖에 만난 사람이 없어. 그녀는 네가 정말 고급스러운 신발 취향을 가졌고 네 남편이 너를 완전 응석받이로 만들고 있다고 생각하지. 그 정도가 다인데.」

「어느 정도 그녀에게 마음의 준비를 시켜 주는 게 좋을 거야.」 아스트리드가 웃음을 터뜨리며 말했다.

「뭘 어떻게 준비시켜 줘야 하는데?」 닉이 해맑게 물었다.

「내 말 들어, 니키.」 아스트리드가 말했다. 그녀의 말투가 점점 심각해졌다. 「레이철을 이렇게 그냥 짐승 우리에 던져 넣으면 안 돼. 그녀에게 마음의 준비를 시켜 줘야 한다고. 내 말 알아들어?」

아스트리드 렁

파리

매년 5월 1일, 프랑스의 위대한 은행가 가문들 중 하나인 레름피에르가(家)는 〈은방울꽃의 무도회〉를 열었다. 그것은 호화로운 무도회로 봄 사교 시즌의 하이라이트였다. 올해, 아스트리드가 생루이섬에 위치한 레름피에르가의 훌륭한 대저택 안으로 들어가는 아치형 통로로 들어서자 말끔한 검은색과 금색 제복을 입은 하인이 그녀에게 섬세한 꽃가지 하나를 건넸다. 「샤를 9세 때의 전통을 따르는 거랍니다. 그는 매년 5월 1일마다 퐁텐블로에 오는 모든 여성들에게 은방울꽃을 선물했지요.」 티아라를 쓴 여성이 아스트리드에게 설명하는 동안 그들은 안뜰로 들어섰다. 다듬어진 나무들 사이로, 18세기 열기구를 본뜬 수백 개의 미니어처 열기구들이 떠 있었다.

아스트리드가 그 기분 좋은 광경을 온전히 만끽하기

도 전에 자작 부인 나탈리 드 레름피에르가 돌연 다가 왔다. 「네가 와줘서 너무 기쁘다.」 나탈리가 인사하며 아스트리드의 양 볼에 네 번 뽀뽀 인사를 했다. 「세상에, 그거 리넨이니? 아스트리드, 너니까 그런 소박한 리넨 드레스를 무도회에 입고도 예뻐 보일 수 있는 거다!」 안주인은 아스트리드가 입은 미나리아재비빛 노란 드레스의 섬세한 그리스풍 주름들을 감상하며 웃었다. 「잠깐…… 그거 마담 그레가 직접 디자인한 드레스 아니니?」 나탈리는 자신이 파리의 의상 박물관에서 비슷한 드레스를 본 적이 있는 것이 생각나서 물었다.

「그녀의 초기작이지요.」 아스트리드는 드레스의 기원이 발각된 것에 쑥스러워하며 대답했다.

「당연히 그렇겠지. 세상에, 아스트리드, 네가 다시 한번 사람 놀라게 만드네. 대체 어떻게 그레의 초기작을 구할 수 있었던 거야?」 나탈리가 감탄하며 물었다. 정신을 다시 차리며 그녀가 속삭였다. 「네 자리를 그레구아르 옆에 배치했어. 괜찮지? 그가 오늘 짐승처럼 굴더라고. 내가 아직도 그 크로아티아 사람과 자고 다니는 줄 알아. 그의 옆자리에 앉혀도 내가 안심할 수 있는 사람은 너밖에 없어서 그래. 그래도 네 왼쪽에는 루이가 앉을 거야.」

「저는 걱정하지 마세요. 저는 언제나 자작님과 담소 나누는 게 즐거우니까요. 게다가 루이 옆에 앉는 것도 무척 재미있을 거예요. 지난번에 그의 신작 영화를 봤어요.」

「정말 허세나 가득하고 지루한 영화 아니었니? 흑백 영상이 정말 싫더라. 그나마 옷을 벗은 루이의 모습이 꽤나 탐스러워 보였으니 망정이지. 어쨌든 내 구세주가 되어 줘서 고마워. 내일 꼭 돌아가야 하는 거야?」 여주인은 입을 삐죽 내밀며 물었다.

「저는 거의 한 달 동안 집에 가지 않았어요! 하루라도 더 있다가는 제 아들이 저를 잊어버릴까 봐 두려운데요.」 웅장한 로비로 안내받으며 아스트리드가 대답했다. 그곳에는 나탈리의 시어머니이자 백작 부인, 이자벨 드 레름피에르가 손님을 맞이하는 주최자들의 행렬로 다가왔다.

이자벨은 아스트리드를 보자 작은 탄성을 내질렀다. 「아스트리드, *quelle surprise*(뜻밖이네)*!*」

「그게, 제가 마지막 순간까지도 참석할 수 있을지 확실치 않았거든요.」 아스트리드는 죄송하다는 말투로 말하며 이자벨 백작 부인 옆에 굳은 표정으로 서 있는 노부인을 향해 미소를 지었다. 그녀는 미소로 화답하지 않았다. 오히려 아스트리드를 오목조목 평가하듯이 고개를 아주 살짝 틀었다. 그녀의 긴 귓불에 매달린 거대한 에메랄드 귀걸이들이 위태롭게 흔들거렸다.

「아스트리드 렁, 내 소중한 친구, 마리엘렌 드 라 뒤레 남작 부인을 소개하마.」

남작 부인은 간결히 고개를 끄덕인 뒤 다시 백작 부인을 향하며 하던 이야기를 재기했다. 아스트리드가 자리를 뜨자마자 마리엘렌이 이자벨에게 소리를 낮춰 말했다. 「저 애가 하고 있던 목걸이 봤니? 그것을 지난주에 JAR[8]에서 봤어. 요새 여자애들이 쥐고 다니는 것들을 보면 기가 찬다니까. 이자벨, 말해 봐, 저 애는 누구의 정부야?」

「마리엘렌, 아스트리드는 정부가 아니야. 우리는 그녀의 집안사람들과 수년간 알고 지냈어.」

「그래? 어느 집안 출신인데?」 마리엘렌이 당황하며 물었다.

「렁가. 싱가포르의 중국인 가문이야.」

「아, 그래. 중국인들이 요새 꽤나 부유해지고 있다는 소리는 들었지. 기사에서 읽었는데 이제는 유럽보다 아시아에 있는 백만장자의 수가 더 많다더라. 이렇게 될 줄 누가 알았겠어?」

「아니, 그게 아니야. 네가 잘못 이해한 것 같아. 아스트리드의 가족들은 수 대째 부유했어. 그녀의 아버지는 로랑의 가장 중요한 클라이언트들 중 하나라고.」 이자벨이 속삭였다.

8 창업자 조엘 아서 로젠탈Joel Arthur Rosenthal의 이름에서 이니셜을 따온 프랑스의 오트 쿠튀르 보석 제작사 — 옮긴이주.

「부인, 다시금 내 비밀들을 퍼뜨리고 있나요?」 로랑 드 레름피에르가 반응하며 손님맞이 줄에 서 있는 아내의 옆으로 돌아왔다.

「전혀요. 그냥 마리엘렌에게 링가에 대해 알려 주고 있는 중이에요.」 이자벨은 남편의 그로그랭 옷깃에서 보풀 하나를 털어 버리며 말했다.

「아, 링가 말이군요. 왜? 매혹적인 아스트리드가 오늘 밤, 이 자리에 나타났나요?」

「방금 그녀를 놓치셨어요. 하지만 걱정하지 마세요. 밤새도록 저녁 식사 테이블 너머로 그녀에게 추파를 던질 기회가 있을 테니까요.」 이자벨이 남편을 놀리며 마리엘렌에게 설명했다. 「내 남편과 아들, 둘 다 수 년째 아스트리드에게 빠져 있거든.」

「왜 그러면 안 되겠습니까? 아스트리드와 같은 여자들은 홀딱 빠지라고 존재하는걸요.」 로랑이 말했다. 이자벨은 분노하는 척하며 남편의 팔을 찰싹 때렸다.

「로랑, 설명해 주세요. 어째서 이 중국인들이 수 대째 부자일 수가 있었다는 거죠?」 마리엘렌이 따졌다. 「그들은 얼마 전까지만 해도 모두 거적때기 같은 인민복이나 걸치고 다니며 동전 한 푼 없는 공산주의자들인 줄 알았는데요.」

「그게, 일단은 두 부류의 중국인들이 있다는 것을 이해해야 해요. 첫 번째 부류는 중국 본토에서 온 중국인들이에요. 그들은 러시아인들처럼 지난 10년간 자본을 모았죠. 그런데 두 번째 부류는 해외에 사는 중국인들이에요. 그들은 공산주의가 중국에 퍼지기 한참 전에 그 땅을 떠난 사람들이에요. 많은 경우, 수백 년 전에 떠났죠. 그러고는 아시아 나머지 지역에 널리 퍼져 오랜 세월에 걸쳐 조용히 거대한 부를 축적했어요. 동남아시아에 있는 모든 나라들을 보더라도, 아니, 특히 태국, 인도네시아, 말레이시아를 보면 사실상 모든 무역을 바로 이런 중국인들이 관리하고 있다는 것을 알게 될 거예요. 인도네시아의 리엠가나 필리핀의 탄가, 아니면 싱가포르의 령가…….」

백작 부인이 끼어들었다. 「그냥 이 말만 해둘게. 우리는 몇 년 전에 아스트리드의 가족을 방문했어. 마리엘렌, 이 사람들이 얼마나 어마어마한 부자인지 너는 상상도 못 할 거야. 저택하며 하인들하며 그들이 사는 스타일하며. 아르노가가 서민처럼 보일 정도라니까. 거기에다 아스트리드는 이중 상속녀라고 들었어. 그녀의 어머니 쪽은 그보다도 더 엄청난 부자래.」

「그게 정말이야?」 마리엘렌이 놀라워하며 말했다. 그녀는 무도회장 반대편에 있는 그 여자애를 새로운 관심으로 응시했다. 「그래, 그녀가 좀 우아한 편이기는 하네.」 그녀는 수긍했다.

「오, 그녀는 엄청 시크해. 그녀 세대에서 제대로 스

타일 살리는 몇 안 되는 애들 중 하나지.」 백작 부인이 평가했다. 「프랑수아마리의 말로는 아스트리드에게 카타르 왕녀의 것에 버금가는 의상 컬렉션이 있다던데. 그녀는 사진 찍히는 것을 극도로 싫어해서 절대 패션쇼에는 참석하지 않는대. 대신 매 시즌 곧바로 아틀리에에 가서 드레스를 열댓 벌씩 사들이나 봐. 마카롱 사듯이 말이야.」

아스트리드는 응접실에서 벽난로 앞 장식 위에 걸린 발튀스의 그림을 감상하고 있었다. 그때 그녀의 뒤에서 누군가가 말했다. 「그건 로랑 어머니의 초상화야.」 마리엘렌 드 라 뒤레 남작 부인이었다. 이번에는 팽팽하도록 바짝 끌어당긴 얼굴로 미소를 시도하고 있었다.

「그럴지도 모르겠다고 생각하고 있었어요.」 아스트리드가 응답했다.

「얘야, 그 목걸이가 정말 마음에 든다는 이야기를 꼭 하고 싶었단다. 사실, 몇 주 전에 그것을 로젠탈 씨 가게에서 발견하기는 했는데 애석하게도 이미 판매가 되었다 하더라고.」 남작 부인이 말을 쏟아 냈다. 「이제 보니 그것은 너를 위해 맞춤으로 만든 것 같구나.」

「감사합니다. 부인의 귀걸이도 정말 훌륭해요.」 아스트리드가 상냥하게 응답했다. 그녀는 180도 돌변한 이 부인의 태도가 꽤나 흥미로웠다.

「이자벨은 네가 〈싱가푸흐〉에서 왔다고 하던데. 네

나라에 대해 정말 많은 이야기들을 들었단다. 아시아의 스위스가 됐다며. 내 손녀딸이 이번 여름에 아시아로 여행을 갈 계획이야. 혹시 그 아이에게 여행 조언이라도 해줄 수 있겠니?」

「물론이죠.」 아스트리드가 친절히 대답하며 속으로 생각했다. 〈세상에, 거만했던 사람이 아첨쟁이로 변하기까지 5분도 안 걸렸네.〉 그것은 사실 꽤나 실망스러웠다. 파리는 그녀의 탈출구였다. 이곳에서 그녀는 투명 인간이 되고 싶었다. 그냥 포부르 생토노레가에 늘어선 부티크 상점들을 의욕적으로 비집고 들어가는 수없이 많은 동양인 관광객들 중 한 명이고 싶었다. 그녀가 빛의 도시 파리와 사랑에 빠진 건, 바로 익명성이라는 사치를 누릴 수 있기 때문이었다. 하지만 몇 년 전의 일이 모든 것을 바꿔 놨다. 그녀의 부모님은 그녀가 제대로 된 보호자 없이 타국의 도시에서 홀로 살고 있다는 사실을 걱정한 나머지 레름피에르가 사람들과 같은 파리에 있는 친구들에게 딸의 존재를 알려 버렸다. 그것은 실수였다. 말이 나오기 무섭게 그녀는 더 이상 마레의 다락방에 세 들어 사는 평범한 여자애가 아니었다. 해리 렁의 딸, 아니면 샹 수이의 손녀딸이었다. 이것은 너무도 답답한 상황이었다. 물론, 그녀가 이런 상황에 적응할 때도 됐다. 그녀가 자리를 뜨자마자 그녀에 대해 이야기하는 사람들 말이다. 그녀가 태어난 다음 날부터 벌어지던 일들이었다.

왜 그런지를 이해하려면 먼저 누가 봐도 극명한 점을 고려해야 했다. 바로 그녀의 숨 막히게 아름다운 외모였다. 아스트리드는 전형적인 아몬드 모양 눈매의 홍콩 신인 여배우들처럼 예쁘지는 않았다. 또 티 없는 천사 같은 유형도 아니었다. 그녀의 눈 사이는 너무 벌어져 있었고, 외가 쪽 남자들의 것과 똑 닮은 턱선은 여자치고는 너무 도드라진다고 할 수 있었다. 그럼에도 불구하고 그녀의 섬세한 콧날, 벌에 쏘인 듯 도톰한 입술, 그리고 자연적으로 곱실한 긴 머리가 어우러져 왠지 설명할 수 없을 정도로 매혹적이었다. 그녀는 언제나 길거리를 다니면 모델 캐스팅 관계자들에게 붙잡히는 그런 여자였다. 물론 그녀의 어머니는 그런 캐스팅 관계자들을 훌훌 떼어 냈다. 아스트리드는 누구를 위해 모델을 설 사람이 아니었다. 돈 때문에는 더더욱 아니었다. 그런 것은 그녀에게 있어 한참 격 떨어지는 일이었다.

또 하나 아스트리드에 대해 중요한 점이 있다면, 그것은 바로 그 격이었다. 그녀는 아시아 재벌들 중에서도 최상위 계층에서 태어났다. 외부인들에게는 전혀 알려지지 않았고 가늠할 수 없을 정도로 어마어마한 부를 소유했으며 비밀스러운 소수의 가족 무리 말이다. 먼저 그녀의 아버지는 페낭 렁 가문, 즉 팜유 산업을 독점하고 있던 덕망 있는 해협 중국인[9] 가문 출신이었다. 거기에 더 힘을 가세한 것은 그녀의 어머니가 제임스 영 경, 그리고 남편보다도 더 왕족에 가까운 샹 수이의 장녀라는 사실이었다. 아스트리드의 이모 캐서린은 별 볼 일 없는 태국 왕자와 결혼했다. 또 한 명의 이모는 홍콩의 유명한 심장병 전문의 맬컴 청과 결혼했다.

아스트리드의 족보가 왕족들, 유명 인사들과 어떻게 엮였는지 설명하자면 끝이 없었다. 어느 각도에서 보더라도 아스트리드의 혈통은 비범하고도 남았다. 아스트리드는 레름피에르 저택의 긴 갤러리에서 촛불로 장식된 연회석에 자리를 잡았다. 윤이 나는 루이 15세 때의 세브르 도자기와 피카소의 장밋빛 시대 작품들이 그녀를 에워싸고 있었다. 그때까지만 해도 그녀는 자신의 인생이 얼마나 더 비범해질 수 있는지 꿈에도 모르고 있었다.

9 해협 중국인들, 또는 페라나칸Peranakan으로 알려진 사람들은 식민 시대였던 15세기와 16세기 후반에 말레이 지역으로 이민 간 중국인들의 후손이다. 그들은 싱가포르의 엘리트였고 영어로 교육을 받았으며 중국보다는 영국에 더 충성했다. 간혹 말레이 현지인들과 결혼하기도 한 해협 중국인들은 중국, 말레이시아, 영국, 네덜란드, 그리고 인도네시아의 풍습이 뒤섞인 고유의 문화를 창조했다. 페라나칸 요리는 오랜 세월 동안 싱가포르와 말레이시아 요리의 초석이 되어 왔는데 서방에서는 핫한 유행 음식이 됐다. 반면 동양인 관광객들은 최신 트렌드라는 페라나칸 레스토랑들에서 터무니없이 높은 음식값을 보고 충격을 받기도 한다.

청 가문 사람들

홍콩

혼잡한 코즈웨이베이 교차로에는 땅딸막한 회갈색 건물이 있다. 지나가는 운전자들 대부분은 그것을 무슨 정부 운영 보건소라고 생각하기 쉬웠다. 하지만 사실 그곳, 중국 체육 협회(Chinese Athletic Association, CAA)는 홍콩에서 가장 회원제가 까다로운 프라이빗 클럽들 중 하나였다. 꽤나 형식적인 건물명에도 불구하고 그곳은 과거 영국 식민 시대에 중국인들이 처음 연 스포츠 시설이었다. 전설적인 도박계의 거물, 스탠리 로가 그곳의 명예 회장으로 추임됐으며 회원 가입은 가장 재력 있는 가문들에게만 기회가 열려 있었고 그것도 대기 명단에 8년이나 올라 있어야 할 정도로 상당히 제한적이었다.

CAA의 라운지들은 여전히 70년대 후반의 크롬과 가죽 장식으로 엄숙히 둘러싸여 있었다. 그곳 회원들의 협의 결과에 따라 모든 회비는 스포츠 시설을 최신형으로 바꾸는 일에 투자됐기 때문이었다. 호평이 자자한 식당만이 몇 년 전에 고급 레스토랑으로 개조됐다. 그 덕에 그곳은 옅은 장밋빛 양단 벽지를 바른 벽들, 중앙 테니스코트를 내려다보는 창들을 갖추게 됐다. 원형 테이블들은 착석한 모든 사람이 레스토랑의 현관을 바라볼 수 있도록 전략적으로 배치되어 있었다. 그래야 클럽의 존경받는 회원들이 운동 후에 입는 의상을 뽐내며 화려한 입장을 할 수 있었기 때문이었다. 덕분에 식사 시간 또한 나름의 으뜸가는 관람 경기가 되었다.

매주 일요일 오후가 되면 청 가문 사람들은 빠짐없이 CAA에 점심 식사를 하러 모였다. 그 주가 얼마나 바쁘고 정신없었는지와는 별개로, 타지에 있지 않은 한 가족 구성원이라면 클럽하우스에서의 식사 자리를 의무로 받아들였다. 자신들끼리는 그것을 〈일요일 딤섬〉이라 불렀다. 맬컴 청 박사는 아시아에서 가장 알아주는 심장외과 전문의였다. 그는 언제나 양가죽 장갑을 끼고 다니는 것으로 유명했다. 그것은 숙련된 두 손을 지극히 아끼는 그의 방식이었다. 장갑은 물론 그에게 맞춤으로 던힐에 특별 주문 제작해 만든 것이었다. 그는 외출할 때마다 그것을 껴야 그의 소중한 두 손을 보호할 수 있다고 여겼다. 또 직접 운전하다 장갑이 닳거나 찢어질 것을 미연에 방지하기 위해 자신의 롤스로이스 실버 스피리트는 항상 운전기사에게 맡겼다.

결혼 전 이름이 알렉산드라 〈알릭스〉 영이며 싱가포르에서 온 그의 유복하게 자란 아내는 이런 그의 행동을 지나친 과시라 생각했다. 그래서 그녀는 가능한 한 어디서든 택시를 부르는 것을 선호했으며 차와 운전기사는 남편이 홀로 누리도록 했다. 「어쨌든 그이는 매일 사람들의 생명을 살리는데 저는 그냥 주부에 불과하잖아요.」 그녀는 이렇게 말하고 다니기를 좋아했다. 이렇게 자신을 낮추는 태도는 알렉산드라에게 있어서 일상이었다. 그러나 청 가문 재력의 진정한 설계자는 다름 아닌 그녀 자신이었다.

일상이 지나치게 여유로운 의사의 아내로서 알렉산드라는 꽤 되는 남편의 벌이를 모조리 긁어모아 부동산에 투자하기 시작했다. 마침 그때 홍콩의 주택 시장 호황기가 막 시작되려던 찰나였다. 알렉산드라는 자신이 시장에서 매매 타이밍을 잡아내는 일에 천부적인 재능이 있음을 발견했다. 그래서 오일 쇼크로 불경기를 맞이했던 70년대, 공산당의 갑작스러운 주식 매도로 주가가 급락했던 80년대 중반, 그리고 아시아 재정 위기를 맞이했던 1997년에 걸쳐 알렉산드라는 언제나 최저가를 친 부동산을 사서 최고가에 달했을 때 팔아 왔다. 새롭게 도래한 2000년대가 얼마 지나지 않아, 홍콩 부동산은 세계의 어느 곳보다도 평당 단가가 높았으며 청가 사람들은 그 섬에서 가장 방대한 부동산 포트폴리오를 갖추게 됐다.

일요일 점심 식사 시간을 기회 삼아 맬컴과 그의 아내는 매주 아이들과 손자, 손녀들의 안부를 확인했다. 그들은 자녀들의 안부를 확인하는 것을 굉장히 진중한 의무로 여겼다. 청가 아이들이 자라면서 엄청난 혜택들을 누리기는 했지만 그럼에도 불구하고 맬컴과 알렉산드라는 끊임없이 그들을 걱정했기 때문이었다. (사실, 알렉산드라가 걱정을 거의 다 하기는 했다.)

부부의 막내아들이자 〈가망 없는 놈〉, 앨리스터는 버릇없이 커서 어디에도 쓸모없는 놈이었으며 가까스로 시드니 대학교를 졸업했고 이제는 홍콩 영화 산업에 뛰어들어 이런저런 일들을 하고 있었다. 그는 최근 키티 퐁이라는 연속극 배우와 사귀고 있었다. 그녀는 자신이 〈건실한 대만 부모님 밑에서 컸다〉라고 주장했지만 앨리스터를 제외한 모든 청가 사람들은 그것을 믿지 않았다. 그녀가 구사하는 베이징어에서는 대만식 베이징어 특유의 귀여운 억양이 아니라 독특한 중국 북부식 억양이 들렸기 때문이었다.

부부의 딸이자 〈말 같은 아이〉, 세실리아는 이른 나이부터 말에 푹 빠졌다. 그래서 지속적으로 그녀의 괴팍한 말, 또는 괴팍한 남편 토니를 다루며 지냈다. 오스트레일리아 물품 중개상인 토니를 맬컴과 알렉산드라는 그들끼리 은밀히 〈재소자〉라고 불렀다. 한편 〈전업 엄마〉라는 세실리아는 사실상 그녀의 아들, 제이크를 키우는 시간보다 국제 승마장에서 보내는 시간이 더 많았다. (제이크가 필리핀 하녀들과 보낸 그 수많은 시간들 덕분에 그는 필리핀 공용어인 타갈로그어를 유창하게 구사하기 시작했다. 또 시나트라의 「마이 웨이」를 기가 막히게 흉내 내기도 했다.)

그다음에는 부부의 장남, 에디가 있었다. 어느 모로 보나 에디슨 청은 〈완벽한 아이〉였다. 그는 케임브리지 저지 비즈니스 스쿨을 뛰어난 성적으로 단숨에 졸업했으며 런던의 캐이즈노브 금융 회사에서 잠시 실전 업무를 익혔다. 그렇게 그는 오늘날 홍콩 은행가의 떠오르는 샛별이 되었다. 또 정치적 인맥이 뛰어난 집안의 딸, 피오나 텅과 결혼했으며 매우 학구적이며 예의 바른 아이들 셋을 낳았다. 그래도 알렉산드라가 개인적으로 가장 걱정하는 자식은 에디였다. 지난 몇 년간 그는 미심쩍은 중국 본토 갑부들과 지나치게 많은 시간을 보냈다. 그들과 함께 매주 아시아 전역으로 날아다니며 파티에 참석하기 일쑤였다. 알렉산드라는 이런 그의 일상이 그의 건강과 가정에 악영향을 끼치지 않을까 걱정했다.

오늘 점심은 특히나 중요했다. 다음 달에 있을 쿠가의 결혼식에 참석하기 위해 온 가족이 싱가포르로 떠나기로 되어 있었으며 알렉산드라는 이 기회에 구체적인 계획을 세우고 싶었기 때문이었다. 부모들, 자녀들, 손자들, 하인들, 보모들까지 포함해 온 가족이 다 함께 이동하기로 한 것은 처음이었다. 그래서 알렉산드라는 모든 일이 완벽히 진행되도록 계획을 확인하고 싶었다. 1시가 되자, 가족 구성원들이 사방팔방에서 식당으로 들어오기 시작했다. 맬컴은 혼합 복식 테니스 경기를 하고 온 길이었고, 알렉산드라는 세실리아, 토니, 그리고 제이크와 교회를 다녀오는 길이었으며, 피오나와 그녀의 아이들은 주말 개인 교습 선생님들과 수업을 하다 오는 길이었고, 앨리스터는 15분 전에 침대에서 기어 나온 상황이었다.

에디는 마지막으로 도착했다. 언제나처럼 그는 테이블로 오는 길에 모두를 무시하며 블루투스 이어피스에 대고 광둥어로 크게 전화 통화를 하고 있었다. 전화를 드디어 끝마친 그는 가족들에게 스스로 만족해하는 미소를 보였다. 「다 해결됐어! 방금 리오와 전화했는데 우리가 그의 가족 제트기를 써도 된대.」 에디는 그의 가장 친한 친구, 리오 밍을 언급하며 선언했다.

「우리 모두가 싱가포르로 날아갈 때 말이니?」 알렉산드라가 조금 혼란스러워하며 물었다.

「네, 물론이죠!」

피오나가 즉시 반대 의사를 표했다. 「그게 좋은 생각인지는 잘 모르겠어. 우선, 온 가족이 같은 비행기를 타고 이동하는 것은 별로인 것 같아. 사고라도 생기면 어쩌려고? 또 두 번째로 리오에게 그런 부탁을 하는 것도 아니라고 생각해.」

「피, 나는 네가 그렇게 나올 줄 알았지.」 에디가 입을 열었다. 「그래서 이런 계획을 세웠어. 아빠와 엄마는 앨리스터와 함께 하루 전에 비행기를 타고 가. 그리고 세실리아, 토니, 그리고 제이크는 우리와 함께 다음 날 날아가면 돼. 그리고 그날 오후에 유모들이 우리 아이들을 데리고 오면 되고.」

「그건 말도 안 돼. 어떻게 리오의 전용기를 그렇게까지 뽑아 먹을 생각을 해?」 피오나가 항의했다.

「피, 그는 내 가장 친한 친구야. 우리가 그의 전용기를 얼마큼 쓰든 전혀 신경 안 쓸 거라고.」 에디가 응수했다.

「무슨 종류의 제트기예요? 걸프스트림? 팰컨?」 토니가 물었다.

세실리아는 그녀의 남편이 보이는 의욕적 태도에 짜증이 나서 그의 팔에 손톱을 박으며 대화에 끼어들었다. 「왜 오빠네 아이들은 따로 가고, 우리 아들은 우리와 함께 가는 건데?」

「키티는 어떻게 하고? 걔도 갈 거야.」 앨리스터가 조용히 물었다.

테이블에 자리한 모두가 경악하며 앨리스터를 노려

봤다. 「네이 치 신 아!」[10] 에디가 쏘아붙였다.

앨리스터는 분개했다. 「내가 이미 그녀도 참석할 것이라고 콜린에게 답장을 보냈단 말이야. 그도 그녀를 만나고 싶어 죽겠대. 그녀는 스타 배우야. 그리고 나는…….」

「새로 떠오르는 지역들에서는 쓰레기 같은 텔레비전 연속극을 보고 그녀를 알아보는 멍청이들이 몇 있을 수 있겠지만, 내 말 들어. 싱가포르에서는 아무도 그녀를 모를 거라고.」 에디가 끼어들었다.

「그렇지 않아. 그녀는 아시아에서 가장 빠르게 떠오르는 스타들 중 하나라고. 그리고 그건 논점에서 벗어난 이야기야. 나는 싱가포르에 사는 우리 친척들 모두가 그녀를 볼 수 있었으면 해.」 앨리스터가 말했다.

알렉산드라는 앨리스터의 선언이 암시하는 내용을 조용히 고민해 봤다. 하지만 싸움도 하나씩 해야 하는 법이었다. 「피오나의 말이 맞아. 이틀 연속으로 밍 가족의 전용기를 빌릴 수는 없는 일이야! 사실 우리가 전용기를 타고 나타나는 것 자체가 매우 예의에 어긋나 보일 것 같다. 아니, 우리가 얼마나 중요한 사람들이라고 그렇게 등장하니?」

「아빠는 세계에서 가장 유명한 심장외과 전문의들 중 하나잖아요! 엄마는 싱가포르 왕족이고요! 어째서

10 광둥어로 〈너 정신 나갔구나!〉라는 뜻.

전용기를 타고 가는 게 문제라는 거예요?」 에디가 답답해하며 고함쳤다. 그러는 와중에 웨이터 한 명이 높이 쌓아 올린 거대한 대나무 찜통을 테이블에 올리려고 에디의 뒤에 섰다가 그의 과격한 손동작에 맞을 뻔했다.

「에디 삼촌, 조심하세요! 삼촌 바로 뒤에 음식이 있어요!」 에디의 조카, 제이크가 외쳤다.

에디는 잠시 주변을 살핀 뒤 열변을 계속했다. 「엄마는 왜 항상 이런 식이에요? 왜 항상 촌스럽게 행동하시냐고요? 엄마는 토 나올 만큼 부자예요! 한 번쯤은 그렇게 구차하게 굴지 마시고 스스로의 가치를 제대로 인식하셔도 되는 것 아니에요?」 수학 학습지를 풀고 있던 그의 세 아이들이 일시적으로 고개를 들었다. 집에서는 아버지의 격분에 익숙했지만 공공(할아버지)과 아마(할머니) 앞에서 이렇게까지 화를 내는 모습은 몇 번 못 봤기 때문이었다. 피오나가 에디의 소매를 잡아당기며 속삭였다. 「목소리 낮춰! 제발 애들 앞에서는 돈 얘기 좀 하지 마.」

에디의 어머니는 침착하게 고개를 저었다. 「에디. 이것은 자신의 가치를 평가하는 것과 하등 상관없는 일이란다. 그냥 이런 사치가 전혀 필요하다고 느껴지지 않아서 그래. 그리고 나는 싱가포르 왕족이 아니란다. 싱가포르에는 왕족이 없어. 그런 말도 안 되는 소리를 하다니.」

「참 에디 오빠다운 반응이야. 오빠는 그냥 자신이 밍 카칭의 전용기를 타고 날아왔다는 것을 싱가포르 사람들 모두에게 자랑하고 싶은 거잖아.」 세실리아가 대화에 끼어들며 돼지고기가 든 오동통한 빵 하나로 손을 뻗었다. 「오빠의 전용기였다면 말이 다르지. 하지만 이틀간 세 번의 이동을 위해 전용기를 빌릴 정도로 낯짝이 두껍다니. 그런 행태는 들어 본 적도 없다고. 나는 차라리 개인적으로 비행기표를 직접 사서 가겠어.」

「키티도 항상 전용기를 타고 다녀.」 앨리스터도 말했지만 테이블에 앉은 어느 누구도 그의 말에 신경을 쓰지 않았다.

「그러니까 우리도 우리 가족의 전용기를 사자니까요. 제가 몇 년째 주장해 오던 바잖아요. 아빠, 아빠는 베이징에 있는 클리닉에서 거의 한 달의 반을 지내잖아요. 게다가 저도 내년에는 중국으로 크게 진출할 계획이 있으니까…….」 에디가 또 시작했다.

「에디, 나도 이번 건에 대해서는 네 어머니와 동생의 말에 동의할 수밖에 없구나. 이런 식으로 밍 가족분들에게 신세를 지고 싶지는 않아.」 맬컴이 드디어 입을 열었다. 그도 전용기를 타고 다니는 것을 매우 즐기기는 했지만 밍 가족으로부터 제트기를 빌린다는 발상만큼은 도저히 감내할 수 없었다.

「내가 왜 이 고마워할 줄도 모르는 가족들을 위해 호

의를 베풀어야 하죠?」 에디가 진절머리를 내며 씩씩거렸다. 「알겠습니다. 하고 싶은 대로들 해요. 중국 항공 이코노미석에 오밀조밀 끼어 타고 가시든 제 알 바 아니에요. 제 가족만큼은 리오의 전용기를 타고 갈 겁니다. 참고로 봄바디어 글로벌 익스프레스 제트기예요. 거대하고 최첨단이죠. 선실에 마티스 작품까지 걸려 있어요. 환상적일 거라고요.」

피오나는 에디에게 못마땅한 눈초리를 보냈다. 하지만 그가 그녀를 너무 강하게 노려보는 바람에 그녀도 더 이상 반대를 못하고 물러섰다. 에디는 새우 딤섬 몇 개를 입에 쑤셔 넣은 뒤 일어서고는 거만하게 알렸다. 「이만 가겠습니다. 중요한 고객들과 만나야 해서요!」 그렇게 그 말만 남기고 에디는 폭풍처럼 자리를 박차고 나갔다. 그 바람에 뒤에 남겨진 가족들은 오히려 안도했다.

토니는 입에 음식을 한가득 문 채 세실리아에게 속삭였다. 「그의 가족 다같이 리오 밍의 삐까번쩍한 비행기를 타고 남중국해에 처박히라고나 해라.」

아무리 노력해도 세실리아는 터져 나오려는 웃음을 참을 수 없었다.

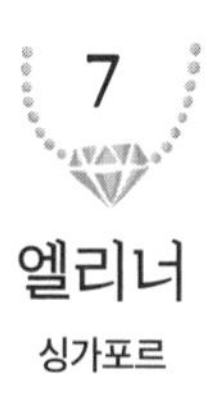

엘리너

싱가포르

며칠간 전략적으로 사방팔방 전화를 한 뒤, 엘리너는 마침내 그녀의 아들과 관련된 불편한 소문의 근원을 알아냈다. 데이지는 소문을 자기 며느리의 제일 친한 친구, 리베카 탕에게서 들었다고 고백했다. 그리고 리베카는 레너드 샹과 케임브리지 대학교를 함께 다녔던 그녀의 오빠, 모지스 탕에게 그것을 들었다고 밝혔다. 그리고 모지스는 엘리너에게 이런 보고를 올렸다.

「저는 회의차 런던에 있었습니다. 그런데 마지막 순간에 레너드 경이 서리에 있는 그의 시골 사유지에서 같이 저녁을 먹자고 저를 초대했어요. 영 사모님께서도 그곳에 가보신 적 있으신가요? 아이요, 궁전이 따로 없었어요! 그곳이 영국 로스차일드 가문을 위해 워데스던 저택을 지었던 가브리엘이폴리트 데스타유외르에 의해 건축된 곳이었는지 저는 몰랐어요. 어쨌든 우리는 싱가포르에서 놀러 온 여러 다양한 앙 모[11] VIP들 및 MP들[12]과 함께 식사하고 있었어요. 그리고 평상시처럼 커샌드라 샹이 사람들에게 즐거운 얘기를 해주고 있었지요. 그런데 갑자기 뜬금없이 커샌드라가 테이블 건너편에 앉아 있던 사모님의 시누이, 빅토리아 영에게 큰 소리로 말하는 거예요. 〈제가 무슨 얘기를 들었는지 꿈에도 모르실걸요……. 니키가 뉴욕에서 대만 여자애와 연애를 하고 있었는데 그녀를 쿠의 결혼식에 데리고 온대요!〉 그러자 빅토리아가 말했죠. 〈그거 확실해? 대만 애라고? 세상에나. 니키가 무슨 꽃뱀에게 홀린 걸까?〉 그러고 나서 커샌드라가 이런 얘기를 하더라고요. 〈생각하시는 것만큼 나쁜 상황은 아닐 수도 있어요. 확실한 소식통에 따르면 그녀가 추 가문 여자애들 중 한 명이라고 하더라고요. 타이베이 플라스틱 회사를 소유하고 있는 추 가문 아시잖아요. 굳이 따지자면 오래도록 부자였던 가문은 아니지만, 그녀가 대만에서 가장 탄탄한 가문들 중 하나의 출신이라는 게 어디예요.〉」

다른 사람의 얘기였다면 엘리너는 이 모든 소문을 하릴없는 남편의 친척들 사이에 도는 가십거리로 치부했을 것이다. 하지만 소문의 출처가 커샌드라였다. 그녀

11 이 경우에 〈앙 모〉는 영국 정치인들을 지칭하는 용어로 쓰였다. 아마도 토리당 사람들일 가능성이 크다.

12 국회 의원Members of Parliament의 약자로 이 경우에는 싱가포르 국회 의원들, 특히나 인민행동당 의원들을 지칭한다.

가 전하는 소문은 대개 아주 정확했다. 그녀가 아무렇게나 〈아시아 뉴스 라디오 제1 방송국〉이라는 별명을 얻은 것이 아니었다. 엘리너는 커샌드라가 이 최신 소식을 어떻게 얻었는지 궁금했다. 니키는 이 일을 입 싼 그의 육촌에게 절대 털어놓지 않았을 것이었다. 커샌드라는 정보를 뉴욕에 있는 그녀의 정보원들 중 한 명으로부터 얻었을 것이 분명했다. 그녀는 사방에 정보원들을 배치시켜 놨고 그들은 모두 그녀에게 일말의 따끈따끈한 정보를 넘겨서 〈사 카〉[13]하고 싶어 했으니까.

엘리너는 그녀의 아들에게 새 여자 친구가 있을지도 모른다는 사실에 놀라지 않았다. 그녀가 놀란 부분은 (아니, 더 정확히 말하자면, 그녀를 짜증 나게 만든 부분은) 이제 와서야 그녀가 그것을 알게 됐다는 사실이었다. 누가 봐도 그녀의 아들은 1등 신랑감이었다. 그리고 지난 수년간 니키가 어머니의 눈을 피해 몰래 사귀었다고 생각한 — 그건 착각이었지만 — 여자들도 숱하게 많았다. 그래도 그들 모두 엘리너의 눈에는 하찮은 존재들이었다. 그녀의 아들이 아직 결혼할 준비가 안 됐다는 것을 그녀가 잘 알고 있었기 때문이었다. 하지만 이번에는 달랐다.

13 호키엔 방언. 문자 그대로 해석하면 〈다리 세 개〉를 뜻하며 누군가의 성기를 지지하는 것처럼 세 손가락을 올리는 저급한 손동작에서 기인한 표현이다. 일반적으로 아첨한다는 의미에서 〈빨아 주다〉라고 하는 것을 중국어로 표현한 것이다.

엘리너에게는 남자에 대해 오래도록 믿어 온 이론이 있었다. 대부분의 남자들의 경우에 〈사랑에 빠졌다〉는 둥, 〈딱 맞는 그녀를 발견했다〉는 둥의 이야기는 완전 헛소리였다. 그녀는 진심으로 그렇게 생각했다. 결혼은 순전히 타이밍의 문제였다. 그리고 남자가 드디어 자신의 야생 씨앗들을 다 뿌리고 정착할 준비가 됐을 때, 그 타이밍에 맞춰 우연히 앞에 있는 여자는 누구든 상관없이 〈딱 맞는 그녀〉가 되는 법이었다. 그녀는 그 이론이 몇 번이고 증명되는 것을 확인했다. 물론 그녀 자신 역시 정확한 타이밍에 필립 영을 잡은 것이기도 했다. 그들 집단에 있는 모든 남자들은 30대 초반에 결혼하는 경향을 보였다. 그리고 이제는 니키도 결혼이라는 수확을 하기에 적절히 익은 열매였다. 뉴욕에 있는 누군가가 이미 니키의 관계에 대해 이렇게나 많이 안다면, 그리고 그가 정말로 이 여자애와 함께 가장 친한 친구의 결혼식에 참석하려고 그녀를 고향 집으로 데려온다면 관계가 정말 진지해지고 있다는 얘기였다. 그가 그녀의 존재에 대해 일부러 말하지 않을 정도로 진지하고, 엘리너가 아들을 위해 세심히 세워 왔던 계획들이 수포로 돌아갈 수 있을 정도로 말이다.

석양은 최근에 완공된 케언힐 로드의 꼭대기 펜트하우스 전면 유리창들을 통과하며 굴절됐다. 그렇게 햇살은 아트리움 같은 거실을 깊은 주황빛으로 물들였다. 창

밖으로는 건물들이 스코츠 로드 주위로 옹기종기 모여 하나의 기둥을 이루고 있었고 싱가포르강 건너의 가장 바쁜 무역항, 케펠 항만까지 보이고 있었다. 엘리너는 초저녁 하늘을 바라보며 그 광활한 전경을 감상했다. 그것은 이 섬에서 가장 많은 사람들이 보고 싶어 하는 전경이었다. 그리고 그녀는 그것을 만끽하며 앉아 있을 수 있는 사회적 위치에 올라 있었다. 결혼한 지 34년이 지났음에도 불구하고 그녀는 그것이 의미하는 바를 당연시해 본 적이 없었다.

엘리너의 머릿속에 정교히 세워진 사회적·계층적 세상에서는 모든 사람들에게 각자 고유의 자리가 있었다. 그녀가 어울리는 무리 속 대부분의 여자들처럼 엘리너도 세상 어디에서든 또 한 명의 아시아인을 만나면 — 런던의 로열 차이나 레스토랑에서 딤섬을 먹다가 만나든, 시드니의 데이비드 존스 백화점에서 속옷을 쇼핑하다가 만나든 — 그 사람의 이름과 사는 곳을 알아낸 지 30초 만에 그녀 나름의 사회적·계층적 알고리즘에 대입해 그 사람이 어느 가문 사람인지, 주요 인물과 친척 관계인지, 그의 대략적인 자산이 얼마나 되는지, 그 자산을 어떻게 벌어들였는지, 그리고 지난 50년 사이에 어떤 가족 스캔들을 겪었는지를 생각했다. 그리고 그 기준에 따라 그 사람을 그녀의 배치도 상에서 어느 위치에 세울지 정확히 계산했다.

타이베이 플라스틱 회사를 소유한 추 가문은 정말 최근에 떠오른 부자였다. 그들은 아마도 70년대와 80년대에 걸쳐서 자산을 벌어들였을 것이었다. 엘리너는 자신이 이 가문에 대해 아는 바가 거의 없다는 점이 유독 걱정스러웠다. 그들은 타이베이 사회에서 얼마나 좋은 사회적 지지 기반을 만들어 놨을까? 이 여자애의 부모는 정확히 누구며 그녀는 얼마큼의 자산을 상속받을 예정이란 말인가? 엘리너는 자신이 상대하게 될 상황을 파악할 필요가 있었다. 뉴욕 시간으로 새벽 6시 45분이었다. 〈니키를 깨울 때가 되고도 남았네.〉 그녀는 한 손으로 전화기를 집어 들고는 다른 손으로 언제나 사용하는 장거리 통화 할인 카드[14]를 멀찌감치 들어 올린 뒤, 카드에 있는 일련의 작은 숫자들을 향해 두 눈을 찌푸렸다. 그 후 복잡한 연속 코드 번호를 입력하고는 몇 차례 뚜뚜 소리가 들려오기를 기다렸다가 마침내 전화번호를 입력했다. 전화가 네 차례나 울리고 나서야 닉의 음성 사서함 메세지가 나왔다. 「안녕하세요. 지금은 전화를 받을 수 없으니 메시지를 남겨 주세요. 그럼 최대한 빨리 연락드리겠습니다.」

엘리너는 언제나 아들의 〈미국식〉 영어 억양을 들을

14 전통 있는 중국 부자들은 장거리 전화에 돈을 낭비하는 것을 심히 싫어한다. 폭신한 수건이나 페트병 물, 호텔 방, 비싼 서양 음식, 택시 요금, 웨이터 팁, 그리고 이코노미석 외의 다른 비행 좌석 요금에 돈을 쓰는 것만큼이나 싫어한다.

때마다 조금 당황스러웠다. 아들이 싱가포르에서 쓰는 정상적인 영국식 영어 억양이 훨씬 듣기가 좋았다. 그녀는 주저하다 전화기에 대고 말했다. 「니키, 어디니? 오늘 밤에 전화해서 네 비행편 정보를 알려 주렴, 라. 네가 언제 집에 오는지를 나 빼고 세상 모든 사람들이 다 아는 모양이더라. 또, 우리와 먼저 지낼 거니, 아마 댁에 먼저 가 있을 거니? 전화 꼭 하려무나. 그래도 자정 넘어서는 전화하지 말고. 나는 이제 수면제 한 알을 먹을 거니까 최소 여덟 시간은 깨지 못할 거야.」

엘리너는 전화기를 내렸다가 거의 바로 다시 들었다. 이번에는 다른 핸드폰 번호를 눌렀다. 「아스트리드, 아? 너니?」

「오, 안녕하세요, 엘 외숙모.」 아스트리드가 말했다.

「너 괜찮니? 목소리가 조금 이상하구나.」

「괜찮아요. 그냥 자다 깨서 그래요.」 아스트리드가 목청을 가다듬으며 말했다.

「오. 왜 그렇게 일찍 자니? 어디 아픈 거야?」

「아니요. 저 파리에 있어요, 외숙모.」

「알라막, 네가 해외에 있다는 것을 깜빡했구나! 깨워서 미안하다, 라. 파리는 어떠니?」

「좋아요.」

「쇼핑도 많이 하고 있고?」

「너무 많이는 안 하고 있어요.」 아스트리드는 최대

한 담담하게 대답했다. 그녀의 외숙모가 정말 쇼핑에 대해 애기하려고 전화하셨단 말인가?

「루이뷔통에서는 아직도 모든 동양인 고객들을 줄 세워 기다리게 만드니?」

「잘 모르겠는데요. 외숙모, 저도 루이뷔통 매장에 안 들어간 지 수십 년 됐어요.」

「잘했다. 그 줄은 정말 끔찍해. 게다가 기다려서 들어가면 동양인은 딱 하나만 살 수 있게 하더라고. 일제 강점기에 중국인들은 모두 줄 서서 음식 찌꺼기나 받아먹게 하던 것이 생각나더구나.」

「그렇기는 해요. 하지만 외숙모, 왜 그들이 그런 규칙을 세워야 했는지 조금 이해가 되기도 하더라고요. 동양인 관광객들이 루이뷔통뿐만 아니라 명품이라면 모조리 사 가는 모습을 보셨어야 해요. 사방에서 보이는 것은 다 사 가더라고요. 명품 로고만 있으면 가져가려 하던데요. 완전 미쳤어요. 심지어 그들 중 몇몇은 고국으로 돌아간 뒤 값을 더 붙여 팔려고 하잖아요.」

「그래, 라. 그런 뜨내기 관광객들이 우리 평판을 더럽히지. 하지만 나는 70년대부터 파리에서 쇼핑을 했단다. 절대로 어떤 줄에 서지도, 내가 뭘 살 수 있는지 지정받지도 않겠어! 어쨌든 아스트리드, 물어보고 싶은 것이 있는데…… 최근에 니키와 애기해 본 적 있니?」

아스트리드는 잠시 말을 멈췄다.「음, 몇 주 전에 제

게 전화하기는 했어요.」

「걔가 언제 싱가포르로 올 건지 알려 주디?」

「아니요. 정확한 날짜는 안 알려 줬어요. 하지만 콜린의 결혼식 며칠 전에 도착할 것 같은데요. 그러지 않을까요?」

「너도 알잖니, 라. 니키는 내게 아무것도 알려 주지 않아!」 엘리너가 말을 멈췄다가 조심스럽게 이어 나갔다. 「그게 있잖니, 니키와 그 애의 여자 친구를 위해 깜짝 파티를 열까 하는데. 그냥 새 아파트에서 작은 파티를 하면서 그녀에게 싱가포르에 온 것을 환영한다고 하려고. 네가 생각하기에도 괜찮을 것 같니?」

「물론이죠, 외숙모. 둘 다 정말 좋아할걸요.」 아스트리드는 자신의 외숙모가 레이철을 이렇게나 환대하는 것에 살짝 당황했다. 〈닉이 그새 정말 열심히 매력 발산했나 보네.〉

「그런데 그녀의 취향을 모르겠어. 그래서 이 파티를 어떻게 제대로 기획할지 모르겠어. 생각나는 아이디어가 있으면 좀 알려 줄래? 작년에 너도 뉴욕에 있으면서 그녀를 만난 적이 있니?」

「네, 만났어요.」

엘리너는 조용히 속을 끓였다. 〈아스트리드가 뉴욕에 있었던 건 작년 3월이잖아. 그럼 이 여자애가 최소한 1년은 닉과 만나 왔다는 건데.〉

「어땠어? 전형적인 대만 아이 같았니?」 엘리너가 물었다.

「대만 아이 같다니요? 전혀요. 제가 보기에는 완전히 미국화되어 있던데요.」 아스트리드가 자신의 생각을 밝히고는 바로 한 말을 후회했다.

〈끔찍하기도 해라.〉 엘리너가 생각했다. 그녀는 언제나 미국식 억양을 구사하는 동양 여자애들이 우스꽝스러워 보였다. 〈다들 일부러 가짜로 억양을 흉내 내는 것 같잖아. 앙 모처럼 말하려고 노력하는 꼬락서니들하고는.〉

「그럼 그녀의 가족이 대만에서 왔음에도 불구하고 그녀는 미국에서 자랐다는 거야?」

「사실 저는 그녀가 대만에서 온 것도 몰랐어요.」

「정말? 그녀가 타이베이에 있는 그녀의 가족에 대해 얘기를 안 했어?」

「전혀요.」 외숙모는 대체 무엇을 노리고 이런 것을 물어보실까? 아스트리드는 외숙모가 정보를 캐고 있다는 것을 알았다. 그래서 레이철에 대해 최대한 좋게 말씀드려야 할 것 같은 기분이 들었다. 「그녀는 매우 똑똑하고 성공한 여자예요, 외숙모. 외숙모도 그녀가 마음에 드실 거예요.」

「오, 그녀도 니키처럼 머리 쓰는 애구나.」

「네, 완전요. 그녀가 그녀의 분야에서 전도유망한 교

수들 중 하나라고 들었어요.」

엘리너는 아연실색했다. 〈교수라니! 니키가 교수와 연애를 하고 있다니! 이런 세상에, 이 여자가 우리 아들보다 연상인 건가?〉「그녀의 전공이 뭔지 니키에게 못 들었는데.」

「아, 경제 발전이래요.」

〈교활하고 계산을 잘하는 연상녀라는 거잖아. 알라막. 점점 나빠지는데.〉「그 애는 뉴욕에 있는 대학교를 다녔니?」 엘리너는 계속 질문 공세를 이어 갔다.

「아니요. 스탠퍼드 대학교를 나왔어요. 캘리포니아에 있는 거요.」

「그래그래. 나도 스탠퍼드는 알지.」 엘리너는 전혀 감탄하지 않았다. 〈하버드 대학교에 못 들어가는 애들이 가는 캘리포니아의 그 학교잖아.〉

「거기도 명문대예요, 외숙모.」 아스트리드는 자신의 외숙모가 정확히 무슨 생각을 하는지 알기에 말했다.

「그래. 꼭 미국에 있는 대학교를 가야만 하는 상황이었다면 뭐…….」

「에이, 외숙모. 스탠퍼드 대학교는 세계 어디에서든 인정받는 굉장한 대학교예요. 레이철이 석사 학위는 노스웨스턴 대학교에서 딴 것으로 알고 있어요. 그녀는 매우 똑똑하고 능력도 있고 겸손해요. 외숙모도 그녀가 정말 마음에 드실 거예요.」

「오, 그럴 것 같구나.」 엘리너가 응답했다. 〈그래, 그 애의 이름이 레이철이었단 말이지.〉 엘리너가 말을 멈췄다. 그녀에게 딱 한 조각의 정보만 더 필요했다. 바로 그 여자애 성씨의 바른 철자였다. 하지만 어떻게 의심을 사지 않으면서 아스트리드로부터 이 정보를 캐지? 갑자기 생각이 떠올랐다. 「오플리 초콜릿 베이커리에서 파는 괜찮은 케이크들 중 하나를 사서 그녀의 이름을 위에 써줄까 하는데. 그녀의 성을 어떻게 쓰는지 아니? C-H-U야, C-H-O-O야, C-H-I-U야?」

「그냥 C-H-U인 것 같아요.」

「고맙다. 네가 정말 큰 도움이 됐구나.」 엘리너가 말했다. 〈네가 상상하는 것 이상으로.〉

「당연히 도와드려야죠, 외숙모. 파티를 준비하실 때 제가 도와드릴 것이 있으면 알려 주세요. 멋진 새 아파트가 너무 기대되는데요.」

「아직 구경 못 해봤니? 네 엄마도 이쪽에 한 채 산 줄 알았는데.」

「그랬는지도 몰라요. 근데 저는 아직 구경을 못 해봤어요. 우리 부모님이 자산을 어떻게 굴리는지 다 따라갈 수는 없겠더라고요.」

「물론이지, 물론이야. 네 부모님은 불쌍한 네 필립 외삼촌이나 나와 달리 전 세계에 부동산이 깔렸잖니. 우리에게는 시드니에 있는 집이랑, 이 작은 비둘기집 같은 곳밖에 없어.」

「오, 외숙모, 제가 장담컨대 거기가 다른 것은 몰라도 작지는 않을걸요. 싱가포르에서 가장 럭셔리하게 지은 콘도 아니에요?」 아스트리드는 이번을 백만 번째로 생각했다. 왜 그녀의 친척들은 끊임없이 재산 자랑을 하며 서로 누가 더 많은지 경쟁할까?

「아니야, 라. 그냥 단순한 아파트야. 네 아버지 댁 같은 건 전혀 아니야. 어쨌든, 깨워서 미안하구나. 다시 잠들려면 뭐라도 먹어야 하니? 나는 밤마다 아미트리프틸린 50밀리그램을 먹고 나서 정말 밤새 자고 싶으면 앰비엔 10밀리그램을 추가로 먹는데. 가끔은 루네스타를 더 먹기도 하고. 그것도 효과가 없으면 발륨을 꺼내…….」

「저는 잘 잘 수 있어요, 외숙모.」

「그래, 그럼. 잘 자라!」 그 말과 함께 엘리너는 전화를 끊었다. 도박을 한 보람이 있었다. 그 두 사촌들은 끈끈하고 허물없는 사이였다. 왜 아스트리드에게 전화할 생각을 더 일찍 하지 못했을까?

8 레이철

뉴욕

닉은 너무나도 무심하게 말을 던졌다. 그것도 그들이 장기 여행을 떠나기 직전의 일요일 오후에 빨래를 정리하면서였다. 보아하니 닉의 부모님께서는 레이철도 그와 함께 싱가포르에 간다는 것을 좀 전에 알게 되신 모양이었다. 아, 그리고, 말이 나온 김에 하는 말인데, 부모님께서 그녀의 존재 자체도 좀 전에서야 알게 되셨단다.

「잘 이해가 안 되는데…… 그러니까 너희 부모님께서는 우리가 지금까지 사귀는 동안 내 존재에 대해 전혀 모르셨다는 말이야?」 레이철이 깜짝 놀라며 물었다.

「아니. 내 말은, 그러니까, 맞아, 모르셨어. 그런데 너에게 문제가 있어서 그런 것은 절대 아니야. 그것만은 알아줘…….」 닉이 해명을 시작했다.

「글쎄. 마음이 상할 수밖에 없는 상황인데.」

「제발 그렇게 생각하지 마. 상황이 그래 보였다면 내가 사과할게. 그냥…….」 닉이 불안해하며 침을 삼켰다. 「나는 언제나 내 개인적인 삶을 가족과의 삶과 뚜렷이 분리해 왔어. 그게 다야.」

「근데 자기의 개인적인 삶이 가족과의 삶이어야 하는 것 아니야?」

「내 경우에는 아니야, 레이철. 너도 중국인 부모님들이 얼마나 고압적일 수 있는지 잘 알잖아.」

「그건 그래. 하지만 그렇다 하더라도 내가 내 남자 친구와 같은 중요한 사안을 우리 엄마에게 안 알리지는 않을 것 같은데. 아니 사실, 우리 엄마는 우리가 처음 데이트한 지 5분 정도밖에 안 지났을 때 네 존재를 알았잖아. 그리고 두 달 정도 후에는 자기도 우리 엄마와 저녁 식사를 했고. 엄마가 해주신 겨울 멜론 수프를 먹으면서 말이야.」

「그건 너와 네 어머니의 관계가 특별하기 때문이지. 너도 알잖아. 대부분 사람들의 경우에는 그렇게 모자 관계가 순탄치만은 않아. 그리고 나와 우리 부모님의 관계는 그냥…….」 닉은 어떤 단어를 써야 적당할까 고민하며 말을 머뭇거렸다. 「우리는 그냥 달라. 서로에게 훨씬 격식을 갖고 대해. 그리고 감정과 관련된 부분은 서로 전혀 공유하지 않아.」

「왜? 부모님께서 차갑고, 감정적으로 살짝 결여되신

분들이야? 혹시 경제 대공황을 겪으셨던 거야?」

닉은 고개를 저으며 웃음을 터뜨렸다. 「아니, 그런 건 전혀 아니야. 그냥 네가 우리 부모님을 만나 보면 이해될 거야.」

레이철은 이 상황을 어떻게 받아들여야 할지 몰랐다. 때때로 닉은 이렇게 심히 수수께끼처럼 굴었다. 그리고 그의 설명을 그녀는 전혀 이해할 수 없었다. 그럼에도 불구하고 그녀는 과민 반응을 하고 싶지는 않았다. 「내가 비행기를 타고 여름 내내 자기와 함께하기 전에 자기의 가족에 대해 더 알려 주고 싶은 건 없어?」

「아니. 그다지 없는데. 글쎄…….」 닉은 잠시 말을 멈추며 그들이 어디에서 묵을 것인지에 대해 얘기를 해야 하나 말아야 하나 고민했다. 그는 자신이 어머니에게 소식을 전해 드릴 때 제대로 상황을 악화시켰다는 것을 알고 있었다. 너무 시간을 끌다 얘기를 꺼냈던 것이었다. 게다가 그가 공식적으로 레이철과의 관계에 대해 알려 드리기 위해 어머니께 전화를 드렸을 때 어머니께서는 말이 없으셨다. 불길하게 말이 없으셨다. 어머니께서 물으신 것이라곤 이것뿐이었다. 「그래서 너는 어디서 지낼 거고 그녀는 어디서 지낼 거니?」 그 말에 닉은 갑자기 깨달을 수 있었다. 그들이 부모님 댁에서 함께 지내는 것은 좋은 생각이 절대 아니라는 것을. 최소한 처음부터는 말이다. 또한 그의 할머니께서 레이철을 구체적으로 초대하기 전까지는 그녀가 할머니 댁에서 지내는 것도 부적절할 것이었다. 그의 친척 집 중 한 군데에서 묵을 수도 있었지만 그랬다가는 어머니의 분노를 증폭시키고 가족들 간의 대살육전을 일으킬지 모를 일이었다.

이 수렁에서 어떻게 나와야 할지 몰라 하며 닉은 그의 고모할머니의 조언을 구했다. 고모할머니는 언제나 이런 종류의 일을 잘 정리하셨으니까. 로즈메리 고모할머니께서는 그에게 우선 호텔에 묵는 게 좋지만, 그가 도착한 당일 부모님께 레이철을 소개해 드리는 자리를 마련해야 할 것이라고 강조하셨다.「첫날이어야 해. 다음 날까지 기다리지 말거라.」고모할머니께서는 주의하라고 말씀하셨다. 어쩌면 그가 부모님께 레이철과 함께 외식하자고 하는 것도 좋을 수 있었다. 그러면 중립적인 지역에서 모두가 만날 수 있게 될 테니까. 콜로니얼 클럽처럼 잘 알려지지 않은 곳이 낫고, 저녁보다는 점심 약속을 잡는 것이 나을 것이었다.「모두들 점심에는 덜 긴장하고 덜 진지해지기 마련이니까.」고모할머니께서 조언하셨다.

그러고 나서 닉이 홀로 할머니 댁에 들러 아마께서 먼 친척들까지 초대하며 관례적으로 여시는 금요일 저녁 식사에 레이철을 초대해도 되는지 공식적으로 허락을 구해야 했다. 레이철이 금요일 저녁 식사에 초대되고 나서야 둘이 어디서 묵을지의 문제에 접근할 수 있을 것이었다.「물론 네 할머니도 레이철을 만나고 나시면 너희에게 자고 가도 된다고 하시겠지. 하지만 최악의 상황이 도래한다면 너희들이 우리 집에서 묵을 수 있도록 하마. 그럼 아무도 토를 달 수 없겠지.」로즈메리 고모할머니께서 닉을 안심시켜 주셨다.

닉은 이런 위태로운 계획들에 대해서는 레이철에게 알리지 않기로 했다. 그녀가 여행을 취소할 구실을 조금도 주고 싶지 않았기 때문이었다. 레이철이 그의 가족들과 만날 준비가 되기를 바랐다. 하지만 만남의 자리에서 가족들에 대한 그녀 나름의 인상을 형성했으면 싶기도 했다. 그럼에도 여전히 아스트리드의 말이 맞았다. 어떤 식으로든 레이철에게 그의 가족들에 대한 예고를 해줘야 했다. 하지만 어떻게 그녀에게 그의 가족들에 대해 설명한단 말인가? 특히나 자신은 평생토록 가족들에 대해서 절대 입도 뻥끗하지 않는 것이 버릇이 됐는데…….

닉은 벽지가 벗겨져 드러난 벽돌 벽에 기댄 채 양손을 무릎에 올리며 바닥에 앉았다.「그게, 우리 식구들은 엄청난 대가족이야. 그건 너도 알아 두는 게 좋을 거야.」

「나는 네가 외동인 줄 알았는데.」

「외동 맞아. 하지만 친척들이 정말 많아. 그리고 너도 그분들 중 여럿을 만나게 될 거야. 우리 가족은 세 가문이 서로 결혼해서 만들어졌는데 그게 외부인들의 눈에는 처음에 조금 당황스러울 수 있거든.」 닉은 말을 입 밖으로 뱉자마자 〈외부인들〉이라는 단어를 쓰지 말 것을, 하고 후회했다. 그래도 레이철이 그것에 대해 별 생각이 없어 보였기에 그는 말을 이어 갔다. 「다른 대가족들과 비슷해. 말하기 좋아하는 삼촌들, 별난 이모들, 굉장히 불쾌한 사촌들, 대가족이라면 빠지지 않는 그런 사람들이 전부 다 있어. 하지만 너도 우리 가족들과 만나면 즐거울 거야. 아스트리드는 만난 적 있잖아. 걔는 마음에 들지 않았어?」

「아스트리드는 환상 그 자체지.」

「그래. 걔도 너를 엄청 좋아해. 레이철, 모두들 너를 엄청 예쁘게 볼 거야. 나는 알 수 있어.」

레이철은 조용히 침대에 앉아, 건조기에서 나와 아직도 따끈따끈한 수건 한 무더기 옆에서 닉이 말한 모든 내용들을 받아들이려고 노력했다. 닉이 그의 가족에 대해 이렇게 많이 얘기한 것은 처음이었다. 그래서 조금 더 안심이 됐다. 그녀는 여전히 그와 그의 부모님 사이에 무슨 문제가 있는지 전혀 이해할 수 없었다. 하지만 그녀 또한 가족들의 사이가 먼 경우들을 꽤 많이 봐왔지 않은가. 특히나 그녀의 동양인 친구들 중에 그런 경우가 많았다. 고등학교 시절 그녀는 학교 친구들의 집에 갔다가 형광등 아래 식탁에서 음울한 식사를 함께 견디곤 했었다. 저녁을 먹는 동안 부모와 자식 간에 다섯 마디 이상을 주고받지 않았다. 또 그녀가 아무 때나 그녀의 어머니를 껴안거나 통화 마지막에 〈사랑해요〉라고 말할 때면 친구들이 충격받은 모습을 보이곤 했다. 그리고 몇 년 전, 그녀는 〈당신의 부모님이 동양인이라는 것을 알 수 있는 방법 20가지〉라는 제목의 웃긴 글을 이메일로 받은 적 있었다. 목록에서 1번으로 등장한 것은 〈부모님이 절대로 그냥 안부만 묻기 위해 전화하지 않는다〉였다. 그녀는 목록에 나열된 여러 농담들을 이해하지 못했다. 자라면서 그녀가 경험했던 것이 그 내용들과 전혀 달라서였다.

그날 저녁 늦게, 레이철이 전화로 그동안 있었던 일들을 털어놓자 케리가 말했다.「너도 알다시피 우리는 정말 복 받은 거야. 엄마와 딸 관계가 우리 같지 못한 경우가 정말 많단다.」

「엄마, 정말 그런 것 같아요. 엄마가 싱글맘이었고 저를 어디든 데리고 가줘서 우리 관계는 달랐던 것 같네요.」레이철이 골똘히 생각하며 말했다. 그녀가 어렸을 때, 거의 매년 어머니는 중국계 미국인 신문인 『월드 저널』에 실린 구인 광고를 보고 연락했다. 그럼 둘은 아무개 동네에 있는 아무개 중식당에 나온 새 일자리를 찾아 떠나곤 했다. 이스트 랜싱, 피닉스, 탤러해시와 같은 도시들에서 지내던 작은 하숙집 방들과 임시로 만든 침대들의 기억이 그녀의 머릿속을 스쳐 지나갔다.

「다른 가족들도 우리와 같을 것이라고 단정 지어서는 안 돼. 내가 너를 가졌을 때는 정말 어렸어. 열아홉 살이었으니까. 그래서 우리가 자매처럼 지낼 수 있게 됐잖니. 닉을 너무 몰아붙이지는 마. 말하기 애석하지만 나도 우리 부모님과 별로 가깝게 지내지 못했단다. 중국에서는 가까이 지낼 시간이 없었어. 우리 어머니와 아버지는 일주일에 7일을 아침부터 밤까지 일해야 하셨고 나는 언제나 학교에 있었으니까.」

「그래도요. 어떻게 이렇게 중요한 사안을 부모님께 감출 수 있는 거죠? 닉과 제가 몇 달밖에 안 사귄 것도 아니잖아요.」

「딸아. 너는 다시금 미국인의 시각으로 상황을 판단하고 있구나. 이건 중국인의 시각으로 접근해야 해. 동양에서는 모든 일에 적당한 때와 그때마다 적절히 지켜야 할 예절이 있단다. 내가 전에 말했다시피, 이렇게 해외로 이주한 중국인 가족들은 우리 같은 본토 중국인들보다 더욱 전통적일 수 있어. 너는 닉의 배경에 대해 전혀 아는 바가 없잖아. 가족들이 가난할지도 모른다는 생각은 해본 적 없니? 아시아에 있는 모두가 부자는 아니잖니. 어쩌면 닉에게는 열심히 번 돈을 가족들에게 부쳐 줘야 할 의무가 있고, 가족들은 그가 여자 친구에게 돈 쓰는 것을 좋지 않게 볼 수도 있는 거잖아. 아니면 너희 둘이 주중의 반을 동거하며 보낸다는 것을 그의 가족에게 들키고 싶지 않았을 수도 있고. 어쩌면 가족들이 독실한 불교 신자들일지도 몰라.」

「바로 그 점이 문제예요, 엄마. 이제야 드는 생각인데 닉은 저에 대해, 그리고 우리에 대해 알아야 할 모든 것을 다 알고 있어요. 근데 저는 그의 가족에 대해 거의 아는 바가 없네요.」

「딸아, 겁내지 말거라. 너도 닉을 알잖니. 그는 괜찮은 남자야. 그리고 그가 네 존재를 한동안 비밀에 부쳤다 하더라도 이제는 줏대 있게 행동하려 하잖니. 이제야 그는 너를 그의 가족들에게 제대로 소개를 할 준비가 된 거야. 그게 가장 중요한 거잖아.」 케리가 말했다.

레이철은 침대에 누워 언제나처럼 어머니의 아늑한 베이징어 말투를 들으며 안정을 찾았다. 어쩌면 그녀가 닉을 너무 몰아붙인 것일지도 모르겠다. 그녀가 느끼는 불안감들에 휘둘렸던 것이었다. 닉이 어째서인지 그녀의 존재를 부끄러워했기 때문에 그의 부모님께 알리기까지 이렇게나 오래 기다린 것이라 추정하다 나온 무릎 반사 같은 반응이었다. 하지만 과연 상황이 반대일 수도 있을까? 닉이 그의 가족들을 부끄러워하는 것이었을까? 레이철은 그녀의 싱가포르인 친구, 페익린이 한 말을 떠올렸다. 당시에 레이철은 그녀에게 스카이프로 전화를 걸어 흥분한 말투로 자신이 그녀의 나라인 싱가포르 남자들 중 한 명과 사귀고 있다는 것을 발표했다. 페익린의 가족은 그 섬의 가장 부유한 가문들 중 하나였다. 그런데 그녀는 영 가문에 대해 들어 본 적이 없다고 했다. 「당연히 그가 부유하거나 유명한 가문 출신이라면 우리도 그 이름을 알았겠지. 여기서는 영이라는 성씨가 별로 안 흔해. 한국 출신이 아닌 건 확실해?」

「그래. 싱가포르의 가문인 건 확실해. 하지만 그 집안에 돈이 얼마나 있든 내 알 바는 아니지.」

「그래. 너는 그게 문제야.」 페익린이 깔깔거렸다. 「어쨌든, 그가 레이철 추의 시험에 통과했다면 그의 가족도 완벽히 정상이겠지.」

9 아스트리드

싱가포르

아스트리드는 파리를 떠나 오후 늦게 집으로 돌아왔다. 그래도 세 살배기 캐시언을 목욕시켜 주기에는 늦지 않은 시간이었다. 아스트리드가 캐시언을 목욕시켜 주는 내내 프랑스인 오페어[15] 에반젤린은 못마땅하다는 표정으로 그 과정을 지켜봤다. 그녀가 보기에 마망[16]은 캐시언의 머리를 너무 세게 문지르며 아기용 샴푸는 너무 많이 쓰고 있었다. 아스트리드는 침대에 눕힌 캐시언에게 이불을 덮어 주고 『*Bonsoir Lune*(안녕 달님)』을 읽어 줬다. 그 후 언제나 의례적으로 하듯, 짐 가방에서 새로 구입한 명품 의류들을 조심스럽게 꺼낸 뒤 마이클이 집에 돌아오기 전에 빈 침실에 숨겨 뒀다. (그

15 외국 가정에 입주하여 아이를 돌보고 집안일을 도우며 약간의 보수를 받고 언어를 배우는 도우미 — 옮긴이주.

16 프랑스어로 〈엄마〉라는 뜻 — 옮긴이주.

녀는 남편에게 자신이 매 시즌마다 옷을 얼마나 많이 구매했는지 모두 보여 주지 않기 위해 절대적으로 조심했다.) 불쌍한 마이클은 최근에 일 때문에 스트레스를 많이 받는 것 같았다. IT 업계에 몸을 담고 있는 모든 이들의 근무 시간이 지나치게 길어 보였다. 그리고 클라우드 나인 솔루션스에서 마이클과 그의 공동 창업자는 이 기업을 일으켜 세우기 위해 정말 열심히 일하고 있었다. 마이클은 요새 새로운 프로젝트들을 감독하기 위해 거의 격주로 중국에 날아갔다. 그리고 오늘도 공항에서 곧장 회사로 갔기에, 아스트리드는 오늘 밤에도 그가 지쳐 있으리라는 것을 알고 있었다. 그녀는 남편이 현관문에 들어설 때 모든 것이 그를 위해 완벽히 세팅되어 있기를 바랐다.

아스트리드는 부엌에 들러 요리사와 함께 식사 메뉴에 대해 가볍게 논의한 뒤, 오늘 밤에는 발코니에 저녁 식사를 차리기로 결정했다. 그러고는 무화과와 살구 향이 나는 향초들을 몇 개 켜고 프랑스에서 가져온 소테른 와인 한 병을 새로 꺼내 와인 냉장고 안에 넣어 뒀다. 마이클은 와인에 있어서라면 달콤한 것을 좋아했다. 또 늦게 수확해 만든 소테른 와인을 꽤나 즐기게 되기도 했다. 그녀는 남편이 이 와인을 정말 좋아하리라는 것을 알고 있었다. 이것은 타유방 레스토랑의 뛰어난 소믈리에, 마뉘엘이 특별히 그녀에게 추천한 것이었다.

대부분의 싱가포르인들에게는 아스트리드가 집에서 안락한 저녁 시간을 보내고 있는 것처럼 보일 터였다. 하지만 그녀의 친구들과 가족들이 본다면 그녀의 현 상황은 난처하고 괴로운 것이었다. 그녀는 왜 부엌에 들러 요리사들과 이야기를 나눈단 말인가? 왜 혼자 짐을 풀고 있단 말인가? 또 왜 남편의 회사 일을 걱정한단 말인가? 확실히 어느 누구도 아스트리드의 삶이 이럴 것이라고 상상하지 못했다. 아스트리드 렁은 호화로운 저택의 여주인이 될 사람이었다. 그녀의 하인들은 그녀가 무엇을 필요로 할지 미리 하나하나 다 신경 쓰고 있어야 마땅했다. 그동안 그녀는 막강한 영향력을 지닌 남편과 함께 그날 밤, 섬에서 벌어지는 상류층들만의 고급 파티들 중 아무 데나 들르기 위해 치장이나 하는 것이 맞았다. 하지만 아스트리드는 언제나 모두의 예상을 깼다.

대부분의 싱가포르 내 엘리트 계층 환경에서 자라나는 소수의 여자아이들은 정해진 단계를 밟으며 살았다. 여섯 살부터 감리교 여학교(Methodist Girls' School, MGS)나 싱가포르 중국인 여학교(Singapore Chinese Girls' School, SCGS), 아니면 성 아기 예수 수녀원(Convent of the Holy Infant Jesus, CHIJ)에 입학했다. 하교 후에는 매주 밀려오는 시험들을 준비하기 위해 과외 교사 군단과 공부를 해야 했다. (대개 중국 고전 문

학, 미적분학, 그리고 분자 생물학 등에 대한 과외였다.) 이어서 주말이면 피아노, 바이올린, 플루트, 발레 또는 승마를 배우고 기독교 청소년회 활동의 일종을 해야 했다. 공부를 잘하면 싱가포르 국립 대학교(National University of Singapore, NUS)에 입학했고, 그렇지 않은 경우에는 영국으로 유학을 떠났다. (미국 대학교들은 수준이 떨어진다고 여겨졌다.) 용인되는 전공은 오로지 의학이나 법학뿐이었다. 다만 정말로 머리가 나쁜 경우라면 회계학 정도를 전공하고 말았다. 학교는 최우수 성적으로 졸업해야 했다. 그러지 못한 것은 가족에게 수치를 주는 일이었으니까. 그 후에는 전공한 일을 해야 했다. 그것도 최장 3년이었다. 그러고는 스물다섯의 나이에, 또는 의대를 졸업했으면 스물여덟에 괜찮은 가문의 남자와 결혼해야 했다. 이 정도 나이가 되면 아이를 갖기 위해 일을 그만둬야 했다. 이쪽 배경의 여자들에게 정부는 공식적으로 셋 이상의 자녀를 가지라고 권장했으며 그 중 최소 둘 이상은 남자아이여야 했다. 그 후의 삶은 갈라 파티, 컨트리클럽, 성경 공부 모임, 가벼운 봉사 활동, 브리지 카드 게임이나 마작 등에 참여하고 여행을 다니며 (희망컨대 줄줄이 이어지는) 손자 손녀들과 시간을 보내다 조용히 평화로운 죽음을 맞이하는 것이었다.

아스트리드는 이 모든 것과 달랐다. 그녀가 반항아

는 아니었다. 그녀를 그렇게 부른다면 그녀가 규칙을 깼다는 말이 되니까. 아스트리드는 단지 그녀만의 규칙을 만들어 나간 것뿐이었다. 그리고 그녀의 특수한 상황들, 즉 상당한 개인 수입, 오냐오냐하는 부모님, 그리고 그녀만의 수완 등이 융합돼 그녀가 하는 모든 행동들은 그 좁디좁은 무리 속에서 면밀히 관찰되고 순식간에 화제에 올랐다.

어렸을 때, 아스트리드는 방학이면 언제나 싱가포르에서 사라졌다. 펄리시티는 딸에게 절대 여행 간 것을 자랑하지 말라고 가르쳤다. 그럼에도 불구하고 한번은 집으로 초대된 학교 친구가 사진 한 장을 발견했는데 거기에 아스트리드가 궁전 같은 시골 저택에서 백마를 타고 있었다. 그리하여 아스트리드의 삼촌이 프랑스에 성을 소유하고 있으며 거기서 그녀는 방학마다 백마를 타고 다닌다는 소문이 돌기 시작했다. 사실, 저택은 영국에 있는 것이었으며 백마는 조랑말이었고 그 학교 친구가 다시 집으로 초대되는 일은 없었다.

아스트리드가 10대가 되자 그러한 소문들은 더욱 열성적으로 퍼져 나갔다. 소문의 시발점은 딸을 아스트리드와 같은 감리교 청소년회에 보내고 있던 설레스트 팅이었다. 그녀는 샤를 드골 공항에서 『푸앵 드 뷔』 잡지 하나를 집었다 우연히 파파라치 사진 한 장을 보게 됐다. 그 사진에서는 아스트리드가 이탈리아의 포르토 에르콜레에서 젊은 유럽 왕자들 몇 명과 요트에서 뛰어내리며 누가 물을 더 많이 튀기나 시합하고 있었다. 그해, 그녀가 방학을 마치고 학교로 돌아왔을 때는 어른스럽고 세련된 패션 센스를 겸비한 상태였다. 당시에 그녀 또래의 다른 여학생들은 명품 디자이너 브랜드를 머리 끝에서부터 발끝까지 두르는 일에 미쳐 있었다. 반면 아스트리드는 처음으로 이브 생로랑 〈르 스모킹〉 컬렉션의 빈티지 재킷을 발리의 해변 노점상에서 산 바틱 프린트 반바지와 같이 코디해 입은 사람이었으며, 처음으로 앤트워프 식스[17]라는 벨기에 아방가르드 패션 디자이너들의 옷을 입은 사람이었고, 처음으로 크리스티앙이라는 이름의 알 수 없는 파리 구두 제화공으로부터 빨간 뾰족구두를 사 들고 온 사람이었다. 감리교 여학교에 다니던 그녀의 학우들은 앞다투어 그녀의 모든 패션 스타일을 흉내 내기에 바빴다. 그러는 동안 그들의 남자 형제들은 아스트리드에게 〈여신〉이라는 별명을 붙였으며 그녀를 자위 중에 상상하는 판타지 속 여주인공으로 임명했다.

또한 아스트리드는 당당히, 그리고 소문이 자자하도록 그녀의 A레벨 대학 진학 시험의 전 과목을 모조리

17 벨기에 안트베르펜에 있는 왕립 예술 학교 출신의 디자이너 6인을 부르는 별명. 월터 반 베이렌동크, 디르크 비켐베르그, 안 드묄레미스터르, 드리스 반 노턴, 디르크 반 셰인, 마리나 이를 일컫는다 — 옮긴이주.

낙제했다. (그렇게 맨날 비행기를 타고 놀러 다니더니. 그 애가 대체 어떻게 공부에 집중했겠어.) 그 후, 그녀는 학과목들을 재수강하기 위해 런던에 있는 입시 준비용 특수 목적 고등학교로 보내졌다. 그리고 그다음은 모두들 아는 이야기였다. IT계 억만장자 우 하오리안의 열여덟 살 장남, 찰리 우가 창이 공항에서 아스트리드와 눈물로 작별한 뒤 곧바로 개인 제트기를 전세 내고는 그녀의 비행기보다 빨리 히스로 공항에 도착하도록 조종사에게 명령한 것이었다. 아스트리드가 도착했을 때에는 제정신이 아닌 찰리가 도착 게이트에서 장미 3백 송이를 들고 기다리며 그녀를 놀라게 했다. 그래서 다음 몇 년간 둘은 떼려야 뗄 수 없는 사이가 되었다. 전문가들은 둘이 아마 캘소프 호텔에 있는 아스트리드의 개인 공간에서 〈망측하게도 동거하고 있을 것〉이라고 예상했다. 그럼에도 불구하고 찰리의 부모님은 (보는 눈들이 있으니) 아들을 위해 나이츠브리지에 아파트를 사 줬다.

스물두 살에 찰리는 스위스 베르비에에 있는 스키 리프트에서 아스트리드에게 청혼했다. 그녀는 청혼을 받아들였으나, 그가 선물한 39캐럿짜리 다이아몬드 반지를, 추측컨대, 너무 천박해 보인다는 이유로 거절하며 스키장 슬로프 너머로 던져 버렸다. (찰리는 그 반지를 찾아보려고도 안 했다.) 싱가포르 사교계는 임박한 결혼식에 흥분한 상태였다. 반면 아스트리드의 부모님은 그렇게나 별 볼 일 없는 혈통에 몰염치한 졸부 가문과 자신들이 연결될 것이라는 전망에 경악하고 있었다. 하지만 그 모든 것은, 충격적이게도, 아시아에서 가장 호화로웠을 결혼식이 거행되기 9일 전에 끝났다. 아스트리드와 찰리가 대낮에 서로 고함치며 싸우고 있는 모습이 목격된 것이었다. 당시에 돌던 소문에 의하면 아스트리드가 〈그 다이아 반지를 던져 버리듯이 오차드 로드의 웬디스 레스토랑 밖으로 찰리를 던져 버리면서 그의 얼굴에 프라푸치노를 부어 버렸다〉고 한다. 그러고 그녀는 다음 날 파리로 떠났다는 것이다.

아스트리드의 부모님도 그녀가 집을 떠나 〈머리를 식히는 시간〉을 갖는 것에 찬성했다. 하지만 그녀가 아무리 사람들의 눈에 안 띄려고 노력해도 그녀의 강렬하고도 눈부신 미모가 파리 전역을 손쉽게 홀렸다. 고향인 싱가포르에서는 쉬지 않는 혀들이 다시금 그들의 본업을 하고 있었다. 아스트리드가 자신을 구경거리로 만들고 있다나. 그녀가 발렌티노 패션쇼의 맨 앞줄에 여배우 조앤 콜린스와 불가리아의 로사리오 공주 사이에 앉아 있었다나. 또 르 볼테르 레스토랑에서 유부남 플레이보이 철학자와 단둘이 오랫동안 점심 식사 시간을 가졌다나. 그리고 그녀가 아가 칸의 아들들 중 한 명과 사귀면서, 결혼할 수 있도록 이슬람교로 개종했다는 소문도 있었다. 아마 이것이 소문들 중 가장 충격적인 것일 터였다. (참고로 싱가포르의 주교가 이 소식을 듣자마자 이를 막기 위해 파리로 날아갔다고 한다.)

하지만 이 모든 소문들은 다시금 아무것도 아니게 됐다. 아스트리드가 마이클 테오와 약혼했다고 발표하면서 또다시 모두를 놀라게 한 것이었다. 모두의 입에서 떨어진 첫 마디는 〈마이클 누구?〉였다. 그는 완전히 알려지지 않은 인물로 중산층 동네였던 토아 파요 출신이었으며 그의 부모님은 교사였다. 처음에 아스트리드의 부모님은 경악하며 어떻게 딸이 〈그런 출신〉의 사람과 인연이 닿았는지 도대체 알 수 없다는 태도를 보였다. 하지만 결국에는 그들도 인정했다. 아스트리드가 남자 하나 잘 낚았다고. 그녀가 골라 온 놈은 굉장히 잘생겼고, 군대의 엘리트 특공대원이었으며 내셔널 메리트 장학생이면서 동시에 캘리포니아 공과 대학교에서 공부한 컴퓨터 시스템 전문가였다. 이보다 훨씬 못한 놈을 데려올 수도 있었으니, 어떻게 보면 그나마 다행인 일이었다.

둘은 정말 가까운 지인들만 불러서 심히 조촐한 결혼식을 올렸다. (아스트리드의 할머니 댁이었고, 하객은 3백 명밖에 안 되었으니까.) 이는 싱가포르 신문인 『더 스트레이츠 타임스』에 51단어 분량의 사진 한 장 없는 기사 발표로 이어졌다. 물론 폴 매카트니 경이 직접 비행기를 타고 날아와 식장에서 〈믿을 수 없을 정도로 아름다운〉 신부를 위해 축가를 불러 줬다는 익명의 보고들이 있기는 했다. 그로부터 1년 안에 마이클은 직업 군인을 그만두고 자신의 IT 회사를 세웠으며 부부는 그들의 첫째 아이, 캐시언이라는 이름의 남자아이를 낳았다. 이렇게 행복하고 가정적인 고치 속에서라면 아스트리드와 관련된 모든 입소문들이 좀 잠잠해질 법도 하다고 생각할 수 있겠다. 하지만 그 입소문들은 끝나려면 멀었다.

9시가 조금 지나서야 마이클이 집에 도착했으며 아스트리드는 문으로 달려가 그를 오래도록 끌어안으며 맞이했다. 그들은 이제 결혼한 지 4년이 넘었으나 그녀는 여전히 그를 보면 몸에 전류가 흐르는 것 같았다. 둘이 한동안 떨어져 있고 나면 더더욱 그랬다. 그는 심장이 멎을 정도로 너무나 매력적이었다. 오늘 그의 까칠하게 자란 수염과 얼굴을 파묻고 싶은 저 구겨진 셔츠를 보니 그가 더 잘생겨 보였다. 비밀이지만, 그녀는 그가 하루 종일 일하고 왔을 때 그로부터 나는 체취가 너무 좋았다.

부부는 병어를 통째로 생강 와인 소스에 찐 요리와 돌솥밥으로 간단한 저녁 식사를 한 뒤 소파에 늘어져 와인 두 병을 마시고 취했다. 아스트리드가 계속해서 파리에서 있었던 일들을 이야기해 주는 동안 마이클은 좀비처럼 무음으로 틀어 놓은 스포츠 채널을 멍하니 봤다.

「이번에도 그 천 달러짜리 드레스들을 많이 샀어?」 마이클이 물었다.

「아니…… 그냥 한두 벌만.」 아스트리드가 태연히 대답했다. 드레스 가격이 20만 달러에 가깝다는 것을 남편이 알게 되면 어떻게 될까?

「너 정말 거짓말 못한다.」 마이클이 투덜거렸다. 아스트리드가 그녀의 머리를 그의 가슴에 대고 천천히 그의 오른 다리를 쓰다듬었다. 그녀의 손가락 끝이 그의 종아리를 따라, 무릎 굴곡을 따라, 그리고 허벅지 앞쪽을 따라 끊이지 않고 움직였다. 그녀의 목덜미 근처에서 그가 흥분하는 것이 느껴졌다. 그녀는 계속해서 그의 다리를 부드럽게 규칙적으로 연이어 쓰다듬으며 그의 허벅지 안쪽의 부드러운 부분을 향해 점점 더 다가갔다. 마이클은 더 이상 참지 못하겠는 순간 그녀를 한 번에 번쩍 안아 들고 침실로 향했다.

정신없이 격렬한 사랑을 나눈 뒤, 마이클은 침대에서 일어나 샤워를 하러 갔다. 아스트리드는 환락에 기운이 소진된 채 침대 위, 남편의 자리에 누워 있었다. 다시 만났을 때 하는 섹스는 언제나 최고였다. 그녀의 아이폰에서 부드러운 띠링 소리가 났다. 누가 이 시간에 그녀에게 메시지를 보냈단 말인가? 그녀는 손을 뻗어 핸드폰을 가져온 뒤, 밝은 화면 속 문자 메시지를 보기 위해 눈살을 찌푸렸다. 메시지는 이랬다.

내 안에 있던 당신이 그립네요.

〈이게 대체 무슨 말이야. 누가 내게 이런 문자를 보냈지?〉 아스트리드는 모르는 번호를 보고 반쯤 재미있어하며 고민했다. 홍콩 번호 같았다. 에디 오빠가 또 장난친 것일까? 그녀는 다시 문자 메시지를 확인했다. 그러고는 갑자기 깨달았다. 그녀가 쥐고 있는 것은 남편의 핸드폰이었다.

10 에디슨 청

상하이

옷장 속의 거울 때문이었다. 황푸 구에 갓 지어진 리오 밍의 3층짜리 펜트하우스 옷장 속의 거울. 그것 때문에 에디는 꼭지가 돌았다. 상하이가 아시아의 파티 수도로 변한 이래로 리오는 이곳에서 가장 최근에 사귄 애인과 함께 더 오래 머무르곤 했다. 그의 이번 애인은 베이징에서 태어난 신인 여배우였으며 리오는 중국 영화 제작사로부터 1천9백만 달러를 주고 그녀의 계약서를 〈사들여야〉 했다. (그녀의 나이에 1백만 달러를 곱한 금액이었다.) 리오와 에디는 그날 리오의 최신 슈퍼 호화 아파트를 구경하기 위해 그곳으로 날아왔으며 지금은 격납고가 연상되는 56평 크기의 옷장 앞에 서 있었다. 천장부터 바닥까지 사면이 유리창으로 되어 있었으며 마카사르산 흑단 나무 서랍장들이 설치되어 있었다. 또 줄줄이 늘어선 거울 문들이 자동으로 열리며 삼

나무로 테두리를 두른 정장 진열대를 선보였다.

「자동으로 온도와 습도가 조절되는 모델이야.」 리오가 강조했다. 「이쪽 옷장들은 내 이탈리아산 캐시미어나 하운드투스 무늬 자가드 옷, 그리고 모피를 위해 특별히 12도로 유지하고 있어. 반면 신발 진열장들은 가죽에 적합하게 21도로 맞춰 놓고 있고. 습도는 35퍼센트로 일정하게 맞춰 놨어. 그래야 내 벨루티와 코르테 구두들이 고생을 안 할 테니까. 그 아가들은 제대로 아껴 줘야 하잖아. 헤이 마이?[18]」

에디는 고개를 끄덕이며 자신의 옷장도 리모델링할 때가 됐다고 생각했다.

「이제 네게 *pièce de résistance*(제일 중요한 것)를 보여 줄게.」 리오는 프랑스어를 잘못 발음하며 말했다. 그는 화려한 몸짓으로 거울 문에 엄지를 대고 밀었다. 그러자 거울 표면이 즉시 고화질 액정 화면으로 바뀌면서 실제 사람만 한 더블 슈트 차림의 남자 모델 이미지가 나타났다. 남자의 우측 어깨 위에는 각 아이템의 브랜드명이 떠 있었으며 그 밑으로는 마지막으로 그 의상을 입었던 날짜와 장소까지 표기돼 있었다. 리오는 책장을 넘기듯 액정 화면 앞에서 손가락을 움직였다. 그러자 남자는 이제 코듀로이 바지와 케이블 니트 스웨터를 입고 나타났다. 「이 거울에는 카메라가 장착되어 있

18 광둥어로 〈그렇지 않아?〉라는 뜻.

어서 자신의 모습을 찍고 저장할 수 있어. 그럼 날짜와 장소별로 자신이 입었던 모든 옷들을 확인할 수 있지. 이렇게 하면 입었던 옷을 절대로 다시 입는 일이 없다니까!」

에디는 놀라워하며 거울을 뚫어지게 바라봤다. 「오, 나도 이런 걸 본 적이 있어.」 그는 다소 설득력 없는 말투로 말했다. 그의 혈관을 따라 질투심이 끓어오르기 시작했다. 갑자기 이 친구의 넙데데한 얼굴을 저 티끌 없는 거울에 밀쳐 버리고 싶어졌다. 다시금 리오는 자신의 반짝이는 새 장난감을 자랑하고 있었다. 빌어먹을, 당연히 자기가 가져야 마땅한 물건인 것처럼. 그들은 어렸을 적부터 언제나 이랬다. 리오가 일곱 살이 됐을 때 그의 아버지는 그의 통통한 몸에 맞도록 전직 NASA 엔지니어들에게 주문 제작한 티타늄 자전거를 선물했다. (그 자전거는 3일 만에 도난당했다.) 또 열여섯 살의 리오가 중국 힙합 가수가 되겠다고 했을 때 그의 아버지는 최신형 레코딩 스튜디오를 지어 준 뒤 그의 첫 앨범을 내줬다. (그 CD는 지금도 이베이에서 구할 수 있다.) 그 후, 1999년에는 그의 인터넷 회사 창업 자금을 대줬는데 그 회사는 인터넷 붐 시대의 절정기에조차 9천만 달러 이상을 손해 보고 파산해 버렸다. 그리고 이제는 이 집이었다. 그를 애지중지하는 아버지가 그에게 세계 방방곡곡에 사 준 무수히 많은 집들 중 가장 최근의 것이었다. 그렇다. 홍콩의 럭키 스펌 클럽 — 운 좋은 정자들의 클럽 — 창립 멤버인 리오 밍에게는 언제나 모든 것이 그냥 손에 쥐어졌다. 그것도 다이아몬드로 둘러진 접시에 올려진 채로. 동전 한 푼을 그냥 안 주는 부모 밑에서 태어난 건 에디가 빌어먹게도 운이 나쁜 것이었다.

지구상에서 가장 물질 만능주의적인 도시라 주장할 수 있는 곳이자 주요 만트라가 〈위신〉인 도시가 바로 홍콩이었다. 그 안에서도 가장 명망 있는 소문의 온상 속 수다쟁이들도 모두 에디슨 청이 부러운 삶을 살고 있다고 동의할 것이었다. 에디는 명문가에서 태어났다. (비록 청 가문 사람들이, 솔직히 말해서 평범한 편이기는 하지만.) 그리고 명문 학교에 다녔다. (케임브리지 대학교보다 더 좋은 곳은 없지 않은가…… 글쎄…… 옥스퍼드 대학교를 제외한다면.) 그리고 이제는 홍콩의 가장 유명한 투자 은행에서 일했다. (물론 아버지의 길을 따라 의사가 되지 않은 것은 아쉬웠다.) 에디는 서른여섯 살이 됐음에도 여전히 소년티를 벗지 않고 있었다. (조금 뚱뚱해지고는 있지만 그것은 신경 쓰지 않아도 됐다…… 그래서 그가 더 부유해 보였으니까.) 또 예쁘장한 피오나 텅을 잘 골라 결혼했다. (그녀는 홍콩의 유서 깊은 부자 가문 여자였다. 하지만 그녀의 아버지가 다토 타이 토루이와 함께 주식 조작 스캔들에 얽히게 된 것은 참으로 유감이었다.) 그리고 에디의 아이들, 콘스탄틴, 오거스틴, 그리고 칼리스트는 언제나 옷도 잘 입고 다니고 예의가 발랐다. (그런데 그 막내아들 말인데, 그 애는 자폐증 증세 같은 것이 좀 있어 보이던데?)

에디슨과 피오나는 트라이엄프 타워의 복층 펜트하우스에서 살았다. 그곳은 빅토리아 피크 꼭대기에 위치한 가장 인기 있는 건물들 중 하나였다. (방이 다섯 개 있었고, 화장실은 여섯 개가 있었으며 22평짜리 테라스를 제외하고도 370평 이상 되는 곳이었다.) 부부는 그곳에서 필리핀 하녀 둘과 중국 본토 출신 하녀 둘을 고용하고 있었다. (중국 하녀들이 청소는 더 잘하는 반면 필리핀 하녀들이 아이들을 더 잘 돌보니까.) 비더마이어 양식 가구로 가득 채워진 그들의 아파트는 홍콩 출신 오스트리아-독일계 인테리어 디자이너, 카스파르 폰 모르겐라테가 합스부르크가의 사냥용 궁전을 재현한 것이었다. 또 최근에 『홍콩 태틀』 잡지에 기사로 실린 집이기도 했다. (기사 사진에서 에디는 대리석 나선 계단 밑에서 짙은 황록색 티롤리안 재킷을 입고 머리를 깔끔히 빗어 넘긴 채 한껏 폼을 잡고 서 있었다. 반면 피오나는 그의 발 옆에서 오스카르 데 라 렌타가 디자인한 적포도주 빛깔의 드레스를 입은 채 불편하고 어색한 자세로 너부러져 있었다.)

부부는 건물 주차장에서 다섯 자리를 차지하고 있었

다. (한 자리당 이용료가 25만 달러였다.) 거기에는 (에디의 주중 차량인) 벤틀리 컨티넨탈 GT, (에디의 주말 차량인) 애스턴 마틴 밴퀴시, (피오나의 차량인) 볼보 S40, (가족 차량인) 메르세데스 벤츠 S550, 그리고 (가족의 SUV 차량인) 포르셰 카이엔이 함대를 이루고 있었다. 애버딘 마리나 클럽에는 에디의 19.5미터짜리 요트, 〈카이저〉가 있었다. 그리고 캐나다 브리티시컬럼비아주 휘슬러에는 휴가용 콘도도 있었다. (스키는 휘슬러에서 타야 마땅했다. 밴쿠버로부터 한 시간 거리인 그곳에는 그나마 그럭저럭 먹을 만한 중국 식당들이 있었기 때문이었다.)

에디는 중국 체육 협회와 홍콩 골프 클럽, 차이나 클럽, 홍콩 클럽, 크리켓 클럽, 다이너스티 클럽, 아메리칸 클럽, 자키 클럽, 로열 홍콩 요트 클럽, 그리고 셀 수 없을 정도로 많은 회원제 다이닝 클럽들의 회원이었다. 또 홍콩 최상류층 사람들이 대부분 그러하듯 에디와 그의 가족 모두는 〈궁극의 멤버십 카드〉라고도 불리는 캐나다 영주권을 가지고 있었다. (베이징의 권력자들이 다시금 톈안먼 사건을 일으킬 경우를 대비한 안전책이었다.) 에디는 시계를 수집했고, 최고급 시계 70개를 소유하고 있었다. (당연히 모두 스위스제였고, 빈티지 카르티에 시계만 프랑스제로 예외였다.) 그는 그 시계들을 주문 제작한 단풍나무 진열장에 전시해 놨다. (그

진열장은 에디의 개인 옷방에 있었는데 그의 아내에게는 옷방이 없었다.) 그는 『홍콩 태틀』 잡지에서 〈가장 많은 초대를 받은 인물〉 리스트에 4년 연속 올랐으며 자신의 사회적 지위에 걸맞게, 피오나와 13년 결혼 생활을 하면서도 벌써 애인을 세 번이나 갈아치웠다.

이렇게 낯 뜨거울 정도로 부유한데도 에디는 자신이 주변 친구들에 비해 굉장히 빈곤하다고 생각했다. 그는 빅토리아 피크에 개인 저택을 갖고 있지 않았다. 개인 비행기도 없었다. 그의 요트에는 상근 직원이 없었고, 열 명 이상의 손님에게 안락한 브런치를 대접하기에는 턱없이 좁았다. 게다가 요즘 진정한 부자가 되려면 꼭 벽에 진열해야 한다는 로스코나 폴록, 아니면 세상을 떠난 다른 미국 화가의 작품도 하나 없었다. 그리고 리오와 다르게 에디의 부모님은 구식이었다. 그래서 에디가 졸업하자마자 자립해야 한다고 고집했다.

젠장, 너무 불공평했다. 그의 부모님은 엄청난 부자였고 그의 어머니는 싱가포르에 있는 할머니가 언제든 명을 다하면 믿을 수 없을 만큼의 돈다발을 또다시 물려받을 예정이었다. (아마는 이미 지난 10년 사이에 두 번의 심장마비를 겪었으며 지금은 제세동기를 삽입한 상태였다. 그래서 아마가 얼마나 더 살 수 있을지는 신만이 알 일이었다.) 불행하게도 그의 부모님 또한 지나치게 건강했다. 두 분이 쓰러진 후 유산을 개떡 같은 여동생, 그리고 득 될 것 없는 남동생과 나누면 액수가 충분치 못할 것이었다. 에디는 언제나 부모님의 순자산이 얼마 정도인지 계산해 보려고 노력했다. 그 자산 정보의 대부분은 부동산 업계에 있는 친구들이 그에게 흘려준 것이었다. 이 일에 그는 집착하게 됐다. 그렇게 자택 컴퓨터에 부모님의 자산에 대한 엑셀 파일을 만들어 두며 부지런히 매주 자산 가치를 업데이트하고 자신이 미래에 상속받을지도 모를 유산을 계산했다. 그리고 깨달았다. 어떻게 계산하든 간에 부모님이 자산을 굴리는 방식 가지고는 절대로 그가 『포천 아시아』의 〈홍콩 부자 10위〉에 들 수 없으리라는 것을.

그러고 보면 그의 부모님은 언제나 이기적이었다. 물론 두 분이 그를 키웠고 그의 학비를 대줬으며 그의 첫 아파트를 사 줬다. 하지만 진정 중요한 일이 닥치면 그는 언제나 부모님에게 실망했다. 부모님은 자신들의 부를 제대로 자랑할 줄 몰랐다. 그의 아버지는 그렇게 명성이 자자하고 능력도 탁월한 사람이었지만, 중산층으로 자란 분이었다. 그래서 확고한 중산층 취향을 갖고 있었다. 아버지는 존경받는 의사로 지내며 부끄러울 정도로 연식이 한참 지난 롤스로이스를 타고 다녔고 그 낡아빠진 오데마르 피게 시계를 차고 회원제 클럽에 다니는 것으로 만족했다. 그리고 어머니도 있었다. 어머니도 너무 빈티 났다. 언제나 동전까지 한 푼 한 푼 세고 다녔다. 어머니는 본인의 귀족적 배경을 이용해서 디자이너 드레스도 좀 입고 홍콩 미드레벨에 있는 그 아파트에서 벗어나 사교계의 여왕이 될 수 있었다. 그 빌어먹을 아파트 같으니라고.

에디는 그의 부모님 댁에 가는 것을 극도로 싫어했다. 그곳의 로비도 싫었다. 그 저렴해 보이는 몽골산 화강암 바닥하며, 언제까지고 비닐봉지에서 냄새나는 두부를 꺼내 먹는 늙은 여자 경비원하며. 아파트 안은 또 어떤가. 에디는 살구색 가죽 소파와 백색 래커로 칠해진 콘솔형 테이블들이 싫었다. (참고로 콘솔형 테이블들은 1980년대 중반에 퀸스 로드에 있는 그 오래된 백화점, 레인 크로퍼드에서 할인 행사를 할 때 구매한 것이었다.) 또 바닥에 유리구슬을 채워 조화를 꽂아 놓은 화병, 무작위로 수집되어 벽면에 한가득 걸린 서예 작품들도 싫었다. (그 서예 작품들은 모두 아버지의 환자들이 선물한 것이었다.) 그리고 거실 테두리를 두른 머리 위 선반에 의학 분야의 상들과 명판들이 일렬로 진열된 모습도 너무 싫었다. 자신이 전에 지내던 방을 지나는 것조차도 싫었다. 그 방은 그가 억지로 남동생과 함께 써야 했던 공간이었다. 오랜 세월이 지났음에도 방에는 항해 테마의 침대들과 남색 이케아 붙박이장이 여전히 남아 있었다. 하지만 그 모든 것들 중에서도 에디가 가장 증오했던 것은 거대한 호두나무 액자 속의 가족사진이었다. 그것은 대형 텔레비전 뒤로 빠끔히 모습을 드러내고 있었다. 사진 속 스튜디오의 회갈색 배경, 그리고 우측 하단에 양각으로 새겨진 〈새미 사진관〉이라는 금빛 활자가 그를 영원히 조롱하는 듯했다. 그는 그 사진 속 자신의 모습이 너무 싫었다. 당시에 그는 열아홉이었으며 케임브리지 대학교 1학년을 갓 마치고 돌아왔을 때였다. 머리는 어깨까지 기르고 폴 스미스 트위드 블레이저를 입은 채 자신의 스타일이 정말 멋지다고 착각하고 있었다. 그는 팔꿈치도 멋들어지게 어머니의 어깨에 걸쳐 놓고 있었다. 그렇게나 세련된 가풍을 지닌 가문에서 태어난 그의 어머니는 어찌 저리 미적 감각이 없단 말인가? 지난 몇 년 동안 그는 어머니에게 집안 인테리어를 다시 하거나 이사를 하라고 애원했다. 하지만 어머니는 〈이곳에서 내 아이들이 자라나던 행복한 추억들과 절대 이별할 수 없다〉라면서 거부했다. 대체 무슨 행복한 추억들이 있었단 말인가? 그가 기억하는 어렸을 적 추억들이란 친구들을 집으로 초대하기 부끄러워했던 시절과 (물론 친구가 덜 명망 있는 건물에서 살고 있다는 것을 알 때는 예외였지만……) 비좁은 화장실에 들어가 말 그대로 세면대 바로 밑에서 (당시에 화장실에는 문 잠금장치가 없었기 때문에) 항시 두 발로 문을 막고 자위했던 청소년 시절뿐이었다.

에디는 상하이에 있는 리오의 새 옷장 앞에 섰다. 유

리 너머로는 강 건너의 푸둥 금융 지구가 도원경처럼 반짝이고 있었다. 그는 자신도 언젠가는 정말 멋진, 아니, 너무 멋져서 상대적으로 이 옷장이 빌어먹을 돼지우리처럼 보일 자신만의 옷장을 필히 가지리라 다짐했다. 아직 그런 날이 오지는 않았지만 그래도 괜찮았다. 그에게는 리오의 빳빳한 새 돈으로도 살 수 없는 단 한 가지가 있었으니까. 바로 도톰한 종이에 돋을새김된 초대장, 즉 싱가포르에서 벌어질 콜린 쿠의 결혼식 초대장이 있잖은가.

레이철

뉴욕에서 싱가포르로

「자기 지금 농담하는 거지, 그렇지?」 레이철은 닉이 JFK 공항에서 레드 카펫이 깔린 싱가포르 항공 퍼스트 클래스 카운터로 그녀를 데리고 가자 그가 장난을 치고 있다고 생각했다.

닉은 의미심장한 미소를 지으며 레이철의 반응을 즐겼다. 「네가 나와 함께 지구 반 바퀴를 날아가야 하는데, 그 길을 최대한 편하게 해주려고 했지.」

「하지만 엄청 비쌌을 텐데! 콩팥이라도 떼다 판 건 아니지?」

「걱정하지 마. 지금까지 모아 놓은 마일리지가 1백만 마일리지 정도 있었어.」

여전히 레이철은 닉이 이 항공권을 사기 위해 지금까지 꼬박꼬박 모은 마일리지를 희생했다는 생각에 마음이 불편했다. 대체 요즘 세상에 누가 일등석을 탄다고.

그러나 레이철은 다시 한번 놀라고 말았다. 그들이 거대한 2층짜리 에어버스 A380에 탑승하려 할 때, 마치 여행 잡지 광고 속에서 튀어나온 듯 아름다운 승무원들이 그들을 맞이하러 나온 것이었다. 「Mr. 영, Ms. 추, 탑승을 환영합니다. 스위트룸으로 안내해 드리겠습니다.」 승무원은 몸매가 드러나는 롱 드레스[19]를 입고 우아하게 통로를 따라 내려가며 둘을 비행기의 앞쪽 구역으로 안내했다. 그곳에는 열두 개의 스위트룸이 있었다.

레이철은 자신이 트라이베카[20]에 있는 호화로운 미디어 아티스트의 작업실에 입성하는 기분이었다. 그곳에는 그녀가 이제껏 본 가장 널찍한 팔걸이의자 두 개가 있었다. 의자에는 고급 가구 제작사인 폴트로나 프라우의 가죽 커버가 손바느질로 덧씌워져 있었다. 또 거대한 평면 텔레비전도 두 대가 나란히 자리하고 있었으며 옹이 무늬가 있는 호두나무 미닫이문 뒤로는 옷장이 교묘히 숨겨져 있었다. 지방시 캐시미어 담요들도 자리마다 예술적으로 덮여 있었다. 그것들은 닉과 레이철에게 어서 와서 안락함을 느끼라고 유혹하고 있었다.

승무원은 그들을 위해 중앙의 테이블에 준비한 칵테

19 싱가포르 항공 승무원들을 상징하는 이 유니폼은 피에르 발망이 말레이시아 전통 의상 〈케바야〉에서 영감을 받아 디자인한 것이다. (이는 오래도록 수많은 비즈니스 여행객들에게 감명을 줬다.)

20 뉴욕 맨해튼에 있는 지역으로, 예술가들이 많이 거주하며 매년 트라이베카 영화제가 열린다 — 옮긴이주.

일들을 손짓으로 가리켰다. 「이륙하기 전에 한잔 어떠십니까? Mr. 영을 위해서는 항상 드시던 진토닉을 준비했습니다. Ms. 추를 위해서는 긴장을 푸시도록 키르 로열을 준비했고요.」 그녀는 레이철에게 목이 긴 술잔을 건네줬다. 단 몇 초 전에 따른 것 같은 시원한 음료에서 거품이 뽀글거리고 있었다. 그들이 레이철이 좋아하는 칵테일을 알고 있다는 건 별로 놀랍지도 않았다. 「저녁 식사 전까지 지금 좌석 상태를 유지하시겠습니까? 아니면 이륙하자마자 침대로 세팅을 바꿔 드릴까요?」

「일단 당분간은 미디어 상영실 세팅을 즐기고 싶네요.」 닉이 대답했다.

승무원들이 엿들을 수 없는 거리로 가자마자 레이철은 외쳤다. 「세상에, 나는 여기보다 더 작은 아파트에서도 살았다고!」

「네가 평상시에 편안하다고 여겼던 생활 스타일은 잠시 잊어 줬으면 해. 이것도 동양의 손님 접대 기준에는 다소 못 미치거든.」 닉이 레이철을 놀렸다.

「음…… 그냥저냥 적응할 수 있을 것 같아.」 레이철은 호화로운 팔걸이의자에 폭 들어가 앉아 리모컨을 가지고 놀았다. 「보아하니 내가 셀 수 없을 정도로 채널들이 많은데. 자기는 또 음산한 스위스 범죄 스릴러 영화를 볼 거야? 오오오, 〈잉글리시 페이션트〉다. 이거 보고 싶은데. 잠깐. 비행 중에 비행 사고에 대한 영화를 보는 건 안 좋을까?」

「그건 작디작은 단일 엔진 비행기였잖아. 게다가 나치가 그것을 쏴서 추락시킨 것 아니었나? 내 생각에는 별 탈 없을 것 같은데.」 닉이 자신의 손을 레이철의 손에 올리며 말했다.

거대한 여객기는 활주로를 향해 질주하기 시작했으며 레이철은 창 너머로 계류장에 줄지어 있는 비행기들을 구경했다. 비행기들은 날개 끝에서 빛을 깜빡이며 각자 하늘로 돌진할 자신의 차례를 기다리고 있었다.

「있잖아, 우리가 이 여행을 함께 떠난다는 사실이 이제야 실감나네.」

「기대돼?」

「아주 조금. 나는 비행기를 타고 진짜 침대에서 잘 거라는 사실이 제일 기대되는데!」

「그 이후의 여행은 다 재미없겠네. 그렇지?」

「당연하지. 우리가 만난 이래로 내 모든 기대치가 떨어지기만 했는걸.」 레이철은 윙크하며 그렇게 말하면서도, 자신의 손가락을 닉의 손가락 사이에 끼웠다.

뉴욕시, 2008년 가을

기록을 정확히 바로잡자면, 레이철 추는 〈라 란테르나 디 비토리오〉 레스토랑 정원에서 니컬러스 영을 처음 봤을 때 흔히들 말하다시피 번개를 맞은 것처럼 찌

릿하지 않았다. 물론 그는 굉장히 잘생겼다. 하지만 그녀는 언제나 잘생긴 남자들을, 특히나 준(準) 영국식 억양을 구사하는 놈들을 의심하는 것이 버릇이었다. 처음 몇 분 동안 그녀는 그를 말없이 평가하며, 이번에는 실비아가 그녀를 또 무슨 상황에 빠뜨린 것일까 고민했다.

뉴욕 대학교 경제학부에 근무하는 레이철의 동료, 실비아 웡-스워츠는 어느 날 오후, 그들의 학부 사무실로 들어오더니 선언했다. 「레이철, 나 방금 네 미래의 남편감과 아침을 함께 보냈어.」 레이철은 실비아가 또 바보 같은 장난을 치나 보다 생각하며 그 선언을 흘려들었다. 심지어 그녀는 노트북에서 고개를 들려는 노력조차 하지 않았다.

「아니야. 진짜로. 네 미래의 남편감을 찾았다니까. 그도 나와 같이 학생 관리 회의 모임에 소집됐어. 내가 그를 만난 것은 이번이 세 번째인데 그가 네 짝이라는 것을 확신한다니까.」

「그럼 내 미래의 남편감은 학생이라는 거네? 고맙다. 그러다가 잘못하면 나 수갑 차겠는걸.」

「아니, 아니야. 그는 역사학부에 들어온 능력 출중한 새 교수라고. 또 역사 동아리의 지도 교수이기도 하고.」

「너도 알잖아. 내가 교수들을 별로 안 좋아한다는 걸. 특히나 역사학과 교수라면 더더욱 안 끌리는데.」

「그래. 하지만 이 남자는 다르다니까. 내 말 들어 봐.

내가 몇 년간 만나 본 남자들 중에 가장 인상 깊은 남자였어. 정말 매력적이야. 게다가 섹시하기도 하고. 내가 벌써 결혼한 몸이 아니었다면 바로 그에게 추파를 던졌을 거다.」

「그의 이름이 뭐야? 어쩌면 내가 이미 알고 있는 사람일지도 모르지.」

「니컬러스 영, 이번 학기부터 일을 막 시작했어. 옥스퍼드 대학교에서 왔대.」

「영국 사람이야?」 레이철이 고개를 들었다. 그녀의 호기심이 동했다.

「아니, 아니야.」 실비아가 자신의 파일들을 내려놓으며 자리에 앉더니 숨을 깊이 들이마셨다. 「있잖아. 내가 네게 이제부터 할 얘기가 있어. 내 말을 다 듣기 전까지는 머릿속에서 그를 내치지 않겠다고 약속해 줘.」

레이철은 실비아가 할 다음 말을 기다리느라 조마조마했다. 그녀가 대체 무슨 말도 안 되는 결정타를 숨기고 있는 것일까?

「그는…… 아시아인이야.」

「오, 세상에, 실비아.」 레이철이 눈을 굴리며 다시 컴퓨터 화면에 집중했다.

「네가 이렇게 나올 줄 알았다니까! 내 말 좀 들어 줘. 이 남자는 완벽하다니까. 내가 맹세하건대…….」

「물론 그렇겠지.」 레이철이 심히 빈정거리며 말했다.

「그는 정말 유혹적이고도 살짝 영국적인 억양을 구사한다고. 게다가 옷도 얼마나 잘 입는데. 오늘도 완벽한 재킷을 입고 왔어. 딱 적절한 곳에만 주름을 잡아 입었더라고…….」

「관.심. 없.어. 실비아.」

「게다가 왕자웨이 감독의 영화들에 등장하는 그 일본 배우와도 좀 닮았어.」

「일본인이야, 중국인이야?」

「그게 중요해? 너는 매번 동양인 남자가 네게 약간의 관심만 보여도 그를 매몰차게 내쳤잖아. 동양인 남자에게만 보이는 그 유명한 레이철 추 냉담 모드로 돌입해 가지고. 그래서 그들이 다 시들어 사그라진다니까.」

「내가 언제!」

「너 그런다니까! 네가 그러는 걸 내가 얼마나 많이 봤는데. 우리가 지난 주말에 야니라 식당에서 브런치 먹다 만났던 남자 기억나?」

「그에게도 완전 친절하게 굴었다고.」

「너는 그가 이마에 〈헤르페스〉라고 문신을 새기고 있기라도 한 것처럼 대했어. 솔직히 말해 너는 내가 만나 본 사람들 중에 가장 스스로의 인종을 혐오하는 동양인이야!」

「그게 무슨 말이야? 나는 전혀 내 인종을 혐오하지 않아. 너는 어떻고? 백인 남자와 결혼한 사람은 바로 너잖아.」

「마크는 백인이 아니야. 유대인이지. 그건 거의 동양인인 것과 마찬가지라고! 하지만 지금 그게 논점이 아니지. 최소한 나는 연애하던 시절에 동양인들을 충분히 많이 만나 봤어.」

「그래? 그건 나도 그렇단다.」

「네가 언제 동양인과 사귀어 봤다고 그래?」 실비아가 놀라워하며 눈썹을 들어 올렸다.

「실비아, 너는 지난 수년간 내가 얼마나 많은 동양인 남자들과 만남을 가졌었는지 상상도 못 할 거야. 자, 보자. MIT 양자 물리학 괴짜가 있었지. 그는 나를 연애 대상보다는 24시간 근무하는 파출부로 삼고 싶어 하더라. 그다음에 대학 남학우 클럽 회원이었던 대만인 운동선수도 있었지. 그의 가슴 근육이 내 가슴보다 컸지 아마? 그리고 하버드-MBA 처피족[21]도 있었지. 그는 고든 게코[22]에 집착했고. 계속할까?」

「네가 말하는 것만큼 그들이 나쁘지는 않았겠지.」

「글쎄다. 내가 5년 전부터 〈동양인 남자와는 연애를 거부하겠다〉라는 마음을 먹을 정도로는 충분히 별로였어.」 레이철이 고집했다.

21 처피족 = 차이나 + 여피족.

22 영화 「월스트리트」에 등장하는 가상 인물로, 마이클 더글러스가 연기했다 — 옮긴이주.

실비아가 한숨을 쉬었다. 「사실을 직시하자. 네가 동양인 남자들을 그런 식으로 대하는 진짜 이유는 네 가족들이 그런 부류의 남자를 집으로 데려오기를 바라고 있어서잖아. 너는 무조건 그런 남자와 연애하기를 거부함으로써 가족들에게 반항하는 거고.」

「완전 틀렸는데.」 레이철이 웃음을 터뜨리며 고개를 절레절레 흔들었다.

「그 이유든지, 아니면 미국에서 소수 인종으로 자라면서 이 나라에 동화되기 위한 궁극의 행동이 우세한 인종과 결혼하는 일이라고 생각해서든지. 그래서 네가 언제나 WASP들이나 유럽 쓰레기들하고만 연애하는 거고.」

「너 쿠퍼티노에 가본 적은 있는 거야? 나는 거기에서 내 청소년기의 전부를 보냈어. 네가 진정 쿠퍼티노에 가봤다면 동양인들이 〈우세한 인종〉이라는 것을 알았겠지. 그러니까 제발 네 문제를 내게 투사하지 좀 마.」

「그래. 그럼 내 도전을 받아들이고 딱 한 번만 더 피부색에 대해 색맹인 척하자.」

「알았어. 네 말이 틀리다는 것을 증명해 주지. 내가 어떤 식으로 이 옥스퍼드 출신 동양인 매력쟁이와 만났으면 하는 거야?」

「그럴 필요 없어. 내가 이미 자리는 만들어 놨어. 일 끝나고 셋이서 라 란테르나에서 커피 한잔할 거야.」 실비아가 기뻐하며 말했다.

라 란테르나에서 걸걸한 에스토니아인 여자 종업원이 니컬러스의 음료 주문을 받을 때쯤에는 실비아가 분노하며 레이철의 귀에 속삭이고 있었다.「야, 너 무슨 묵비권이라도 행사하는 거니? 동양인 남자들에게 냉담하게 구는 태도는 이제 좀 그만둬!」

레이철은 분위기에 맞춰 주기로 결심한 뒤 대화에 꼈다. 그런데 곧이어 확연히 알게 됐다. 니컬러스는 이것이 소개팅이라는 것을 전혀 모르고 있었으며, 더욱 심기 불편하게도 레이철보다 그녀의 동료에게 더 많은 관심을 보이고 있는 것이었다. 그는 실비아가 학제 간 연구를 했던 경험에 매료돼 있었으며 그녀에게 경제학부가 어떻게 조직되어 있는지에 대해 질문 세례를 던졌다. 실비아는 그의 관심에 빛을 뿜으며, 논쟁하는 동안 요염하게 웃고 손가락으로 머리를 돌돌 꼬았다. 레이철은 니컬러스를 노려봤다. 〈이 남자 완전 바보 아니야? 실비아의 결혼반지가 안 보이는 걸까?〉

20분이 지나서야 레이철은 그녀가 오래도록 갖고 있던 편견을 버리고 자신의 상황을 고려할 수 있었다. 사실이었다. 최근 몇 년간 그녀는 동양인 남자들에게 별로 기회를 주지 않았다. 심지어 그녀의 어머니도 말했다.「레이철, 네가 네 아버지를 안 적이 없어서 동양인 남자들과 제대로 공감하는 것이 어렵다는 것을 안단다.」 레이철은 이런 식의 대략적 분석이 자신의 상황을 지나치게 단순화시킨 것이라고 느꼈다. 정말 그렇게 단순하기만 한 문제였다면…….

레이철이 보기에 문제는 실질적으로 그녀가 사춘기에 접어들면서 시작됐다. 그때부터 동양인 이성이 자신과 같은 공간에 들어설 때마다 발생하는 현상을 알아채게 됐다. 동양인 남자는 다른 모든 여자애들에게 완벽히 친절하고 정상적으로 대했지만 그녀만은 특별 취급했다. 먼저 눈으로 훑어보는 행동이 있었다. 남자는 그녀의 신체적 특성들을 가장 노골적인 태도로 확인했다. 동양인이 아닌 여자애들에게 적용하는 것과는 완전히 다른 잣대로 그녀의 몸을 촘촘하게 분석했다. 그녀의 눈이 얼마나 큰가? 천연 쌍꺼풀인가 수술을 받은 것인가? 그녀의 피부가 얼마나 하얀가? 그녀의 머리가 얼마나 곧고 윤이 나는가? 그녀가 아기 낳기 좋은 골반을 가지고 있나? 말할 때 특별한 억양이 있나? 그리고 힐을 신지 않았을 때는 그녀의 진짜 키가 얼마나 되나? (거의 170센티미터인 레이철은 키가 큰 편에 속했다. 그리고 동양인 남자들은 자신보다 키 큰 여자와 연애하느니 총으로 자신들의 사타구니 사이를 쏠 족속들이었다.)

레이철이 이러한 첫 관문을 어쩌다 통과하면 진짜 시험이 시작됐다. 그녀의 동양인 여자 친구들은 모두 이 시험에 대해 알고 있었다. 그들끼리는 그것을 SAT[23]라고 불렀다. 시험에서 동양인 남성은 그냥 대놓고 심문을 시작했다. 그렇게 동양인 여성의 사회적 지위, 학력, 그리고 타고난 재능에 대해 물으며 그녀가 〈내 아내이자 내 아들들의 어머니〉가 될 자질의 여성인지를 확인했다. 또 이 과정이 일어나는 중에 아주 대놓고 자신의 SAT 점수를 자랑하기도 했다. 자신의 가족이 몇 세대째 미국에 거주하고 있는지, 자신의 부모님이 어떤 분야의 의사들인지, 자신이 얼마나 많은 악기들을 연주했는지, 자신이 몇 개의 테니스 캠프를 다녀왔는지, 자신이 어느 아이비리그 대학교의 장학금을 받을 기회가 있었는데 거절했는지, 자신이 어떤 BMW, 아우디, 또는 렉서스 자동차를 운전하고 다니는지, 자신이 (다음 중 하나를 고르시오) 최고 경영자, 최고 재무 책임자, 기술 담당 최고 책임자, 법무 법인 최고 파트너, 또는 병원 외과장이 되기까지 대략 몇 년이 걸렸는지 등에 대한 내용이었다.

레이철은 SAT 시험을 견디는 일에 너무나 익숙해진 나머지 오늘 밤 그 시험이 안 벌어지고 있는 상황이 이상하게도 불안했다. 이 남자는 일반적인 동양인 남자들과 작업 방식이 다른 것 같았으며, 한도 끝도 없이 이름

23 원래 미국의 대학 입학 시험인 Scholastic Aptitude Test의 약자인데, 이에 빗대어 사회적 지위*social*, 학력*academic*, 재능*talent*을 말한다 — 옮긴이주.

들을 늘어놓지도 않았다. 그래서 그녀는 당황스러웠으며 어떻게 그를 대해야 할지 확신이 서지 않았다. 그는 그냥 자신의 아이리시 커피를 즐기고 분위기를 맞춰 주며 완벽히 매력적으로 굴고 있었다. 담으로 에워싸인 정원에는 알록달록하고 기발하게 색칠된 전등갓들이 밝혀져 있었다. 그 공간에 앉아 있으니 레이철은 서서히, 온전히 새로운 시각으로 친구가 그녀에게 그렇게나 소개해 주고 싶어 했던 사람을 보게 됐다.

콕 집어 말할 수는 없었지만 니컬러스 영에게는 뭔가 이국적이어서 호기심을 일으키는 면이 있었다. 일단 설명해 보자면, 그의 살짝 헝클어진 캔버스 재질의 재킷, 하얀 리넨 셔츠, 그리고 물 빠진 검은 청바지 의상은 서부 사하라의 지도를 그리다 돌아온 모험가를 연상시켰다. 그다음에는 자신을 겸손히 낮추는 영국 유학생 특유의 농담조도 있었다. 하지만 그 모든 것들 밑에는 은근한 남성성과 주변 사람들까지도 풀어지게 만드는 느긋한 태도가 기본적으로 깔려 있었다. 레이철은 그의 대화 궤도 안으로 빨려 들어갔고 자신도 모르는 사이에 둘은 오랜 친구 사이처럼 수다를 늘어놓기 시작했다.

어느 순간, 실비아는 테이블에서 일어나더니 남편이 굶어 죽기 전에 집으로 돌아가야 한다고 말했다. 레이철과 닉은 남아서 한 잔씩 더 하기로 했다. 그리고 그 잔은 또 다른 한 잔으로 이어졌다. 그래서 둘은 블록 모서리를 돌면 나오는 비스트로 레스토랑에서 저녁까지 먹게 됐다. 그다음에는 파더 데모 스퀘어에서 젤라토 아이스크림을 먹게 됐다. 그리고 워싱턴 스퀘어 공원에서 산책도 하게 됐다. (닉이 레이철을 교직원 숙소까지 데려다주겠다고 고집했기 때문이었다.) 그렇게 분수 앞에서 금발 레게 머리를 하고 애처로이 발라드를 부르는 기타 연주자를 천천히 지나갔다. 그동안 레이철은 생각했다. 〈이 남자는 완벽한 신사네.〉

그리고 당신은 제 옆에 서 있네요. 이렇게 시간이 지나가는 것이 너무 좋아요……. 기타 연주자가 구슬프게 노래를 불렀다.

「이거 토킹 헤즈[24]의 곡 아니야?」 닉이 물었다. 「들어 봐…….」

「오, 세상에. 정말 그러네! 〈디스 머스트 비 더 플레이스〉를 부르고 있네.」 레이철이 놀라워하며 말했다. 닉은 조악하게 편곡된 버전도 알아들을 수 있을 만큼 그 곡을 잘 알고 있었고 그녀는 그 점이 매우 마음에 들었다.

「재도 그렇게 못하는 건 아닌데.」 닉이 말하면서 지갑을 꺼내더니 열려 있는 남자애의 기타 케이스 안에 1달러 몇 장을 던져 넣었다.

레이철은 닉이 소리 없이 노래 가사를 따라 부르고

24 미국 뉴욕에서 1974년 결성된 밴드 — 옮긴이주.

있는 모습을 발견했다. 〈이 남자, 지금 나한테서 엄청 보너스 점수를 따고 있는데…….〉 그녀는 생각했다. 그러고는 당황하며 깨달았다. 실비아의 말이 맞았다. 방금 전까지 그녀와 함께 여섯 시간 내내 심도 있게 대화한 이 남자, 그녀가 가장 좋아하는 노래들 중 하나의 가사를 전부 아는 이 남자, 그녀의 옆에 서 있는 이 남자를 보니 처음으로 진짜 자신의 남편감을 만났다는 생각이 들었다.

렁 가문 사람들

싱가포르

「드디어 주인공 부부가 왔네요!」 아스트리드와 마이클이 콜로니얼 클럽의 격식 있는 다이닝룸으로 들어서자 마비스 운이 발표했다. 마이클은 빳빳하게 다림질한 남색 리처드 제임스 슈트를 입고 있었으며 아스트리드는 1920년대 스타일로 디자인된 실크와 보일 재질의 갈색 롱 드레스를 입고 있었다. 그들은 굉장히 매력적인 한 쌍으로 보였다. 실내에는 평상시처럼 은밀히 아스트리드를 머리끝에서 발끝까지 분석하는 여성들, 그리고 마이클을 바라보며 질투하고 조소를 띠는 남성들의 숨죽인 흥분 소리가 번져 나갔다.

「아이야, 아스트리드, 왜 이렇게 늦었니?」 펄리시티 렁은 그녀의 딸을 혼내며 트로피 전시 벽장 옆의 기다란 연회석 쪽으로 다가갔다. 연회석에는 렁가 사람들의 먼 친척들, 그리고 쿠알라룸푸르에서 온 명예로운 손님들인 탄 스리[25] 고든 운과 푸안 스리 마비스 운이 이미 착석하고 있었다.

「너무 죄송해요. 마이클이 중국에서 돌아오는 비행기가 연착됐어요.」 아스트리드가 사과했다. 「저희를 기다리느라 주문을 안 하신 건 아니죠? 여기 음식은 항상 나오기까지 한참 걸리던데요.」

「아스트리드, 이리 와보렴. 이리로. 얼굴 좀 보자꾸나.」 마비스가 명령했다. 그녀는 과하게 볼터치를 한 얼굴과 부풀려 뒤로 크게 쪽진 머리로 손쉽게 〈이멜다 마르코스[26] 닮은 사람 선발 대회〉에서 1등을 거머쥐었을 것이었다. 이 고압적인 여성은 마치 어린 여자애를 대하듯 아스트리드의 얼굴을 쓰다듬으며 언제나 트레이드마크처럼 하는 말을 쏟아 냈다. 「아이야, 너는 지난번에 봤을 때보다 하나도 안 늙었구나, 어린 캐시언은 어때? 언제 또 한 명 가질 거야? 너무 오래 기다리면 안 돼, 라, 딸도 필요해, 내 열 살 된 손녀 벨라가 지난번에 싱가포르로 여행 왔을 때부터 쭉 너를 완전 숭배하잖

25 말레이시아에서 두 번째로 높은 명예 직위로(영국의 공작과 비슷하다) 말레이시아 9개 주들 중 하나의 왕족 통치자가 수여하는 것이다. 탄 스리의 아내는 푸안 스리라고 불린다. (탄 스리는 일반적으로 다토보다 부자이며 말레이시아 왕족들에게 훨씬 더 오랜 시간 아첨했을 가능성이 높다.)

26 Imelda Marcos(1929~). 필리핀 전 대통령 페르디난드 마르코스의 부인. 호화로운 생활과 부패 정치로 논란의 대상이 되었다 — 옮긴이주.

니, 언제나 〈아마, 나는 크면 아스트리드처럼 되고 싶어요〉라고 해, 그럼 내가 왜 그러냐고 묻지, 그러면 〈그녀는 언제나 영화배우처럼 옷을 입고 그녀의 남편 마이클은 엄청나게 섹시하잖아요!〉라고 하지.」 연회석에 있는 모든 사람들이 호탕하게 웃음을 터뜨렸다.

「암, 그럼요. 우리 모두 아스트리드의 의상비와 마이클의 복근을 가지는 게 소원이죠!」 아스트리드의 셋째 오빠, 알렉산더가 추임새를 넣었다.

해리 렁은 자신의 메뉴판 위로 고개를 들더니 마이클과 눈을 마주치며 그를 자신의 옆으로 불러왔다. 해리는 은발과 어둡게 그을린 피부로 연회석 상석에서 사자 같은 존재감을 뽐냈다. 그리고 언제나 그랬다시피 마이클은 절대 적다 할 수 없을 정도의 두려움을 품은 채 장인에게 다가갔다. 해리는 그에게 두툼한 서류 봉투를 건넸다.「여기에 내 맥북 에어가 있네. 와이파이 연결에 무슨 문제가 있는 것 같더군.」

「문제가 정확히 어떤 것인가요? 맥북 에어가 올바른 네트워크를 못 찾는 건가요? 아니면 로그인할 때 오류가 생기는 것인가요?」 마이클이 물었다.

해리는 이미 메뉴판으로 관심을 돌린 후였다.「뭐라고? 아, 그냥 어디서든 작동을 안 하는 것 같네. 자네가 예전에 세팅을 다 해줬잖아. 거기서 하나도 안 바꿨어. 봐준다고 해서 고맙군. 펄리시티, 내가 지난번에 여기서 양갈비를 먹었던가? 고기를 항상 과하게 익히던 곳이 여기였나?」

마이클은 순종적으로 그 노트북 컴퓨터를 가져갔다. 그런데 그가 연회석 반대편에 있는 자신의 자리로 돌아가는 길에 아스트리드의 큰오빠, 헨리가 그의 재킷 소매를 잡았다.「어이, 마이클, 이런 걸로 너를 불편하게 하고 싶진 않은데, 이번 주말에 우리 집에 들러 줄 수 있어? 재커리의 엑스박스에 무슨 문제가 생겼어. 네가 그걸 고칠 수 있었으면 좋겠는데. 그걸 일본에 있는 공장까지 다시 보내서 수리를 맡기기에는 너무 마판[27]이라.」

「이번 주말에는 일이 있긴 한데, 그래도 시간이 되면 들르겠습니다.」마이클이 심드렁하게 말했다.

「오, 고마워요, 정말 고마워요.」헨리의 아내, 캐슬린이 대화 중간에 끼어들었다.「재커리가 그 엑스박스를 가지고 우리를 너무 닦달해서 진짜로 미칠 지경이었거든요.」

「마이클이 기계를 잘 다루나 봐?」마비스가 물었다.

「오, 그는 완전 천재예요, 마비스, 천재라고요! 옆에 두기에 완벽한 사위죠. 뭐든 고칠 수 있어요!」해리가 선언했다.

마비스가 시선을 마이클에게 고정시키자 그는 불편한 미소를 지었다.「왜 나는 마이클이 군대에 있다고 생

27 광둥어로 〈번거롭다〉라는 뜻.

각했지?」

「마비스 이모, 마이클은 국방부에서 일했었어요. 모든 첨단 무기 시스템들의 프로그램 설치하는 일을 도왔죠.」 아스트리드가 설명했다.

「그래, 그래서 우리 국가의 미사일 방어 체계의 운명은 마이클의 손에 달렸지. 만일 우리 주변을 에워싸고 있는 2억 5천만 무슬림들이 쳐들어오면 한 10분 정도는 버틸 수 있을걸.」 알렉산더가 낄낄거렸다.

마이클은 표정이 일그러지는 것을 애써 숨기며 묵직한 가죽 장정 메뉴판을 열었다. 이번 달의 요리 테마는 〈아말피의 맛〉이었으며 대부분의 요리들은 이탈리아식이었다. 봉골레. 그것은 조개였다. 그도 아는 것이었다. 하지만 〈파체리 알라 라벨로〉는 대체 뭐란 말인가? 밑에 영어 번역이라도 덧붙여 놓는 것이 그렇게 안 될 일이란 말인가? 이런 곳에서 먹으려면 이런 일이 예사였다. 여기는 이 섬에서 가장 오래된 스포츠 클럽이었으니까. 에드워드 시대의 전통에 따라 지나치게 허례허식을 중시했고 철저히 소수 회원제로 운영되는 곳이었다. 그래서 2007년까지도 여성들에게 남성 바를 슬쩍 구경하는 것조차 허용하지 않았다고 한다.

〈파당〉이란 시청 앞에 펼쳐진 엄청난 잔디 광장으로 국가 행진들은 모두 그곳에서 벌어졌다. 10대 시절에 마이클은 매주 그곳에서 축구를 했다. 그러면서 가끔 파당의 동쪽 가장자리에 자리한 장엄한 빅토리아 시대풍의 건물을 호기심 어린 눈으로 쳐다보곤 했다. 축구 골대에 서면 건물 안의 반짝이는 샹들리에들, 은색 돔으로 덮인 채 빳빳한 백색 테이블보 위에 자리한 요리들, 그리고 검은 턱시도 재킷을 입고 바삐 돌아다니는 웨이터들을 볼 수 있었다. 그는 중요해 보이는 사람들이 만찬을 즐기는 모습을 관찰하며 그들이 누굴까 궁금해했다. 딱 한 번만이라도 그 클럽에 들어가서, 창문 반대편에서 축구장을 볼 수 있었으면 좋겠다고 생각했다. 그래서 무모한 도전으로 친구들 몇 명에게 자신과 함께 클럽 안으로 몰래 들어가 보자고 한 적도 있었다. 당시에 그는 친구들을 이렇게 설득했다. 그냥 하루 날 잡아 축구하기 전에 아직 세인트 앤드루 학교의 교복을 입고 있을 때 가면 된다고. 그냥 아무렇지도 않게 그들도 회원인 척하며 걸어 들어가면 바에서 음료 하나 시키는 것을 누가 저지하겠느냐고. 「테오, 절대 꿈도 꾸지 마. 저기가 어딘지 몰라서 그래? 콜로니얼 클럽이잖아! 원래 앙 모였든지 무진장 부자인 가문 사람으로 태어났든지 해야 들어갈 수 있는 곳이라고.」 그렇게 그의 친구들 중 한 명이 반발했다.

「고든과 저는 풀라우 클럽 회원권을 팔았어요. 보아하니 저희는 거기에서 아이스 케캉[28]이나 먹을 것 같았

28 얼음을 간 뒤 다양한 색깔의 설탕 시럽을 뿌리고 팥이나 통조림

거든요.」 마이클은 마비스가 장모님에게 말하는 것을 엿들었다. 지금 다시 그의 친구들과 잔디 광장에 있던 시절로 돌아갈 수만 있다면 그는 뭐든 했을 것이었다. 그들은 해가 질 때까지 축구를 하고 나서 가장 가까운 코피 티암[29]으로 가 시원한 맥주와 나시 고렝[30] 또는 찰비훈[31]을 사 먹을 수 있었다. 여기서 자신을 반쯤 목 졸라 죽이려 하는 넥타이를 매고 앉아 이름도 발음할 수 없는 미친 가격의 음식을 먹는 것보다 그편이 훨씬 좋았다. 이 연회석에 앉아 있는 사람들 중에 음식 가격을 확인하는 사람은 없었다. 운 가문 사람들은 실질적으로 말레이시아의 반을 소유한 사람들이며, 아스트리드와 그녀의 오빠들의 경우 단 한 번도 그들이 저녁 식사 영수증을 챙기는 것을 본 적이 없었다. 모두들 자녀가 있는 성인이었지만 언제나 〈아빠〉 해리 렁이 모든 비용을 댔다. (테오의 가족을 본다면, 그의 남매들 중에 부모님께 음식값을 떠넘길 사람이 단 한 명도 없었다.)

이번 저녁 식사는 얼마나 걸릴까? 그들은 유럽 스타일로 먹고 있었다. 그러니 식사는 네 가지 코스로 이뤄

옥수수, 우뭇가사리 젤리, 야자 씨, 아이스크림 등의 다양한 토핑을 얹어 만든 말레이식 디저트.

29 호키엔어로 〈카페〉라는 뜻.

30 인도네시아식 볶음밥. 싱가포르에서 엄청나게 유명한 요리이다.

31 가느다란 이탈리아 국수인 베르미첼리를 볶은 요리. 이쪽 지역에서 엄청나게 인기 있는 또 하나의 요리다.

질 것이었다. 그리고 여기서는 코스당 한 시간을 잡아야 했다. 마이클은 자신의 메뉴판을 다시 응시했다. 간니 나![32] 빌어먹을 샐러드 코스도 있었다. 메인 요리 뒤에 샐러드 코스가 붙는다니, 대체 이게 뭐란 말인가? 이러면 다섯 가지 코스로 이뤄진다는 뜻이었다. 마비스는 디저트를 꼭 챙겨 먹었기 때문이었다. 언제나 통풍에 걸린 것에 대해 불평을 늘어놓으면서도 그랬다. 그러면 장모님은 발뒤꿈치 통증에 대해 불평을 할 것이었으며 여자들은 서로 갖고 있는 만성 질환들을 주고받으며 누가 더 심각한지 경쟁할 것이었다. 그 후에는 건배를 할 시간이 왔다. 길고 장황한 축사가 이어질 것이었다. 또 장인어른이 운 부부에게 제대로 된 가문 사람으로 태어난 것이 얼마나 훌륭한 일인지를 말하면 고든 운도 돌아서서 렁가 사람들 또한 천재적 안목으로 제대로 이루어진 가문에서 태어난 것을 축하하겠지. 그다음에는 해리 렁 주니어가 고든 주니어 — 고든의 아들이자 작년에 랑카위에서 열다섯 살 먹은 여학생과 사귀다 붙잡힌 그 훌륭한 친구 — 를 위해 건배하겠지. 저녁 식사가 11시 반 전에 끝나면 기적이었다.

아스트리드는 연회석 맞은편에 자리한 남편을 쳐다봤다. 저 반듯한 자세와 시 베이시엔 주교의 사모님과

32 호키엔어로 〈엿 먹어〉를 의미할 수도 있지만 여기서는 〈나 엿 먹었네〉라는 뜻.

대화하며 억지로 반쯤 보이는 긴장된 미소. 저것은 그녀가 아주 잘 아는 모습이었다. 그들이 처음 할머니 댁에 초대돼 차를 마셨을 때도, 이스타나[33]에서 대통령과 저녁 식사를 할 때도 봤던 모습이었다. 마이클은 확연하게도 지금 자신이 다른 곳에 있기를 바라고 있었다. 아니면 〈다른 사람〉과 있고 싶은 것일까? 그 사람이 누구일까? 그놈의 문자 메시지를 발견한 이래로 그녀는 자신에게 이런 질문들을 계속해서 던질 수밖에 없었다.

〈내 안에 있던 당신이 그립네요.〉 첫 며칠 동안 아스트리드는 이 상황에 무슨 이성적인 해명이 있을 것이라며 자신을 설득해 봤다. 무슨 천진한 실수였을 것이다. 잘못된 번호로 메시지가 왔을 것이다. 그녀가 이해하지 못하는 일종의 장난이나 사사로운 농담일 것이다. 문자 메시지는 다음 날 아침, 삭제돼 있었다. 그리고 그녀 또한 자신의 머릿속에서 그것을 그냥 삭제할 수 있었으면 좋겠다고 생각했다. 하지만 그것은 그녀의 머리에서 떠나지를 않았다. 그 단어들 뒤로 숨겨진 미스터리를 풀

33 말레이어로 〈왕궁〉을 의미하며 여기에서는 싱가포르 대통령의 공식 거주지를 지칭한다. 싱가포르의 첫 식민지 총독이었던 해리 세인트 조지 올드 경의 지시로 1869년에 완공된 이곳은 이전에 총독 관저로 알려졌으며 오차드 로드 지역 옆으로 40만 제곱미터가 넘는 땅을 차지하고 있다.

기 전까지는 삶을 이어 갈 수 없을 것 같았다. 그녀는 매일 이상한 시간에 회사에 있는 마이클에게 전화를 해댔다. 매번 바보 같은 질문을 하거나 핑계를 만들어 대며, 그가 있다고 하는 장소에 정말 있는지를 확인했다. 찰나의 기회가 있을 때마다 그의 핸드폰을 확인하기도 했다. 그가 핸드폰을 두고 간 귀중한 몇 분 동안 전투적으로 모든 문자 메시지들을 넘겨 봤다. 그러나 더 이상 남편의 유죄를 입증할 만한 문자 메시지는 없었다. 그가 행적을 숨기고 있는 것일까? 아니면 그녀가 그냥 피해망상에 빠진 것일까? 그녀가 마이클의 모든 시선들, 단어들, 행동들을 분석하며 스스로 인정할 수 없는 그 단어를 확인시켜 줄 만한 신호나 증거를 찾아다닌 지 수 주째였다. 하지만 아무것도 찾지 못했다. 그들의 아름다운 삶 전체가 평상시와 다를 바 없었다.

오늘 오후 전까지는.

마이클은 공항에서 막 돌아오자 오래된 중국 동방 항공 비행기에서 의자가 뒤로 젖혀지지 않는 마지막 줄의 가운데 좌석에 끼어 타고 와 몸이 뻐근하다고 불평했다. 아스트리드는 그에게 소금을 목욕물에 풀고 몸을 좀 담그라고 제안했다. 그가 자리를 비우자 아스트리드는 그의 짐을 몰래 뒤지기 시작했다. 목적 없이 무엇이든, 아무거나 찾고 있었다. 그의 지갑을 훑었다. 지갑의 투명한 카드 꽂이에 꽂혀진 그의 싱가포르 주민등록증 뒤로 접힌 종이 한 장이 숨겨져 있었다. 페트러스 레스토랑의 영수증이었다. 3812홍콩달러짜리 영수증. 대략 두 사람이 저녁 식사를 한 금액이었다.

그녀의 남편은 무슨 짓을 하고 다니는 것일까? 중국 남서부, 충칭에서 클라우드 소싱 프로젝트 작업을 하고 있어야 할 시간에 홍콩의 가장 호화로운 프렌치 레스토랑에서 저녁 식사를 하다니. 그것도 평상시의 그 같으면 힘겹게 끌려 들어갔을 법한 장소인 그런 레스토랑에서. 재정난에 처한 그의 동업자들이 아무리 가장 소중한 클라이언트를 대접한다고 해도 이런 금액을 승인할 리 없었다. (게다가 어떤 중국인 클라이언트도 자신의 의지로 현대식 프랑스 요리를 먹고 싶어 하지는 않을 것이다.)

아스트리드는 영수증을 오랜 시간 쳐다봤다. 빳빳한 흰 종이와 대비되는, 거침없이 그어진 남편의 짙은 푸른색 서명을 응시했다. 카란다셰 만년필로 한 서명이었다. 그녀가 그에게 작년 생일 선물로 사 준 그 만년필로. 그녀의 심장이 너무 빨리 뛰어서 가슴 밖으로 튀어나올 것 같았다. 그러나 동시에 심장이 완전히 마비된 것 같기도 했다. 상상이 됐다. 마이클이 아일랜드 샹그릴라 호텔에서 촛불로 밝혀진 꼭대기 방에 앉아 멀리서 반짝이는 빅토리아 하버의 불빛들을 바라보며 메시지를 보낸 여자와 로맨틱한 저녁 식사를 즐기는 모습이. 그들은 식사를 코트도르산 포도주로 시작한 다음에 2인분의 따뜻하고도 씁쓸한 초콜릿 수플레로(그것도 레몬 크림을 올린 것으로) 마무리했을 것이었다.

아스트리드는 화장실로 쳐들어가 욕조에 몸을 담그고 있을 마이클의 얼굴에 영수증을 들이밀고 싶었다. 고함을 치며 그의 피부를 할퀴고 싶었다. 하지만 당연하게도 그녀는 그런 짓을 전혀 하지 않았다. 그냥 깊이 숨을 들이마셨다. 그리고 마음의 평정을 되찾았다. 그것은 그녀가 태어난 날부터 습관처럼 몸에 새겨진 평정이었다. 그녀는 합리적으로 행동할 것이었다. 해명을 요구하며 일을 키울 이유가 없다는 것을 알고 있었다. 어떤 해명을 듣더라도 그것은 그림처럼 완벽한 그들의 삶에 미세하게나마 흠집을 낼 수 있었다. 그녀는 조심스럽게 영수증을 접은 뒤 원래 숨겨져 있던 곳에 다시 꽂아 넣었다. 그러면서 그의 지갑에서, 그녀의 머릿속에서 그것이 사라지기를 바랐다. 그냥 사라지라고.

필립과 엘리너 영

오스트레일리아 시드니, 그리고 싱가포르

필립은 잔디 마당부터 물가까지 길게 뻗어 있는 부두 위에서, 가장 좋아하는 금속 접이식 의자에 앉아 있었다. 그는 한 눈으로는 왓슨스만(灣)의 물속으로 곧장 들어가 있는 낚싯줄을 지켜보며 다른 눈으로는 『파퓰러 메카닉스』 잡지의 최신호를 보고 있었다. 불현듯 그의 핸드폰이 카고 바지 주머니에서 진동하면서 아침의 고요를 깨뜨렸다. 그의 아내가 전화한 것일 터였다. 그녀는 실제로 그의 핸드폰으로 전화를 하는 유일한 사람이었으니까. (엘리너는 그에게 항시 핸드폰을 몸에 지니고 있으라고 고집했다. 그녀가 그를 급하게 찾아야 하는 상황이 있을 수 있기 때문이라고 했다. 하지만 그가 연중의 대부분을 이곳 시드니에서 보내는 동안 그녀는 싱가포르, 홍콩, 방콕, 상하이, 그리고 신만이 알 다른 어떤 나라들 사이를 계속 왕래했다. 그런 와중에 그녀가 그를 급하게 찾더라도 그가 뭔가 도움이 될 수 있을지 의문이 들기는 했다.)

필립이 전화를 받자 즉시 아내는 신경 발작을 일으키며 말을 쏟아 냈다.「진정하고 더 천천히 좀 말해요, 라. 당신이 하는 말을 하나도 못 알아듣겠소. 자, 왜 건물에서 뛰어내리고 싶다는 거요?」필립은 평상시의 간결한 말투로 물었다.

「방금 메이블 쿽이 추천한 비벌리힐스의 사설탐정으로부터 레이철 추와 관련된 서류 뭉치를 받았어요. 거기에 뭐라고 씌어 있는지 알고 싶지 않나요?」그것은 질문이 아니었다. 오히려 협박에 가깝게 들렸다.

「어…… 레이철 추가 누구더라?」필립이 물었다.

「치매 걸린 노인처럼 굴지 마요, 라! 지난주에 내가 했던 말 기억 안 나요? 당신 아들이 비밀리에 어떤 여자애와 1년 이상 사귀었다고요. 그런데 뻔뻔하게도 그녀를 싱가포르로 데려오기 며칠 전에서야 우리에게 알렸고요!」

「당신이 사설탐정을 고용해 이 여자애에 대한 조사를 시킨 거요?」

「당연히 그랬죠. 우리는 이 애에 대해 전혀 아는 것이 없어요. 모두들 이미 그녀와 니키에 대해 속닥거리고 있고요…….」

필립은 시선을 낚싯대로 내렸다. 미끼를 연결한 줄

이 가늘게 떨리기 시작했다. 그는 이 대화가 어디로 향하고 있는지 알고 있었다. 그것에 조금도 연루되고 싶지 않은 것이 그의 솔직한 마음이었다.「임자, 미안하지만 지금은 상황이 얘기하기에 별로요. 급한 일을 하고 있는 중이었소.」

「그러지 마요, 라! 이 일이 급하다고요! 보고 내용은 내가 꿨던 가장 끔찍한 악몽보다도 심각해요! 당신의 그 바보 같은 조카, 커샌드라가 잘못 알고 있었어요. 보아하니 그 여자애는 타이베이 플라스틱 회사를 창립한 추 가문 사람도 아니더라고요!」

「내가 항상 얘기하잖소. 절대 커샌드라의 입에서 나오는 말을 한마디도 믿지 말라고. 그런데 그래서 무슨 차이가 있다는 거요?」

「무슨 차이라뇨? 이 여자애가 사기를 치고 있잖아요. 그녀는 추 가문 사람인 척하고 있다고요.」

「글쎄. 그녀의 성이 우연하게도 정말 추씨라면 그녀가 추 가문 사람인 척한다고 비난할 수는 없지 않겠소?」 필립이 껄껄 웃으며 말했다.

「아이야…… 내 말에 반박하지 마세요! 그녀가 어떻게 사기를 치는지 알려 주죠. 처음에 사설탐정은 그녀가 미국에서 태어난 중국인이라고 알려 줬어요. 그런데 더 파보니 그녀가 정말 미국에서 태어난 중국인도 아니라는 것이 밝혀졌죠. 중국 본토에서 태어나 6개월 됐을 때 미국으로 건너간 애였어요.」

「그래서?」

「내 말을 제대로 들은 거예요? 중국 본토라니까요!」

필립이 당황스러워했다. 「모두들 결국에는 중국 본토에서 시초한 가계를 가지고 있는 것 아니오? 그럼 그녀가 차라리 어디 출신이었기를 바라는 거요? 아이슬란드?」

「나와 말장난하지 말아요! 그녀의 가족은 아무도 들어 본 적 없는 중국의 무슨 울루 울루[34]한 동네에서 왔다고요. 사설탐정은 그들이 노동자 계급일 가능성이 가장 높다고 했어요. 달리 말해 그들은 서민이라고요!」

「임자, 가계를 따라 충분히 올라가다 보면 우리 모두의 가족들이 서민이었을 거라고 생각해요. 그리고 고대 중국에서는 노동자 계급이 오히려 존경받았다는 것도 모르오? 그들은 경제의 주춧돌이었고…….」

「혼자 속 편한 소리 그만 좀 하세요, 라! 당신은 아직 최악의 소식을 듣지도 않았다고요. 이 여자애는 자기 어머니와 아기였을 때 미국으로 건너갔어요. 하지만 아버지는 어디에 있냐고요? 아버지에 대한 기록은 없어요. 그러니 둘이 이혼했을 테죠. 이게 믿기냐고요? 알라막, 무슨 이름도 없는 울루 이혼 가정에서 태어난 아이라니! 저는 티아오 라우[35]해야겠어요!」

34 말레이어로 〈외진〉, 〈문명에서 한참 떨어진〉이라는 뜻.

「그게 무슨 문제라는 거요? 요새 이혼 가정에서 자라도 결혼해서 행복하게 잘 사는 사람들도 충분히 많잖소. 이곳, 오스트레일리아의 이혼율을 봐요.」 필립은 아내를 논리적으로 설득해 보려고 했다.

엘리너가 크게 한숨을 내쉬었다. 「거기 사람들은 범죄자의 후손이잖아요. 그들에게서 뭘 기대해요?」

「당신, 이쪽 동네에 오면 아주 인기 많겠군.」 필립이 비꼬았다.

「당신은 큰 그림을 보지 못하고 있어요. 이 여자애는 명백하게도 교활하고 부정직한 꽃뱀이라고요! 당신 아들이 절대 그런 여자와 결혼할 수 없다는 것은 당신도 나만큼이나 잘 알고 있잖아요. 우리 아들이 이 꽃뱀을 집으로 데려오면 당신 가족들이 어떻게 나올지 상상은 되나요?」

「사실, 나는 그들이 어떻게 생각하든 전혀 신경 쓰지 않아요.」

「하지만 이 일이 니키에게 어떤 영향을 끼칠지 안 보여요? 그리고 물론 당신 어머니는 이 일을 내 탓으로 돌리겠죠, 라. 언제나 무슨 일이 생기든 다 내 탓이니까요. 알라막, 당신도 이 상황이 어떻게 끝날지 잘 알 것 아니에요.」

필립이 깊은 탄식을 내뱉었다. 이래서 그가 최대한

35 호키엔어로 〈건물에서 뛰어내린다〉라는 뜻.

많은 시간을 싱가포르 밖에서 보내려고 했던 거였다.

「이미 로레나 림에게 그녀의 베이징 인맥을 총동원해 중국에 있는 이 여자애의 가족을 조사해 달라고 부탁해 놨어요. 우리는 이 여자애에 대해 전부 다 알아야 해요. 뒤집어 보지 않은 카드는 단 한 장도 남기지 않을 거예요. 우리는 모든 가능성을 다 대비해 놔야 해요.」 엘리너가 말했다.

「임자가 조금 과잉 반응하는 것 같지는 않소?」

「절대 아니에요! 우리는 이 터무니없는 일이 더 진행되기 전에 끝내 버려야 해요. 데이지 푸 언니는 어떻게 생각하는지 알고 싶으세요?」

「그다지 궁금하지 않은데.」

「데이지 언니는 니키가 싱가포르에 있는 동안 그 여자애에게 청혼할 것이라고 생각하고 있어요!」

「이미 하지 않았다면 말이오.」 필립은 엘리너를 놀렸다.

「알라막! 당신, 내가 모르는 뭔가를 알고 있어요? 니키가 혹시 당신에게 얘기…….」

「아니, 아니오. 절대. 흥분하지 말아요. 임자, 당신은 당신 친구들의 생각 없는 말을 듣고 별일 아닌 것에 지나치게 반응하고 있어요. 그냥 우리 똑똑한 아들의 판단력을 한번 믿어 보라고. 이 여자애도 알고 보면 꽤 괜찮은 사람일 거요.」 물고기가 이제는 낚싯줄을 정말 세게 당기고 있었다. 어쩌면 큰입선농어일지도 모르겠다. 그가 그의 요리사에게 부탁해 점심에 이것을 구워 달라고 할 수도 있겠다. 필립은 그냥 이 전화를 끊고 싶었다.

그 주 목요일, 캐럴 타이의 성경 공부 모임에서 엘리너는 그녀의 지원군을 불러들일 때가 됐다고 결정했다. 부인들은 둘러앉아 집에서 만든 보보 차차[36]를 먹으며 캐럴이 타히티산 흑진주들을 등급별로 정리하는 일을 도왔다. 엘리너는 시원하게 만든 코코넛 푸딩을 음미하며 한풀이를 시작했다.

「니키는 그가 우리에게 얼마나 끔찍한 일을 저지르고 있는지 모르고 있어. 도착하면 우리 새 아파트에서 지내지도 않을 거래. 그 여자애와 킹스퍼드 호텔에서 지낸다고 해! 마치 그 애를 우리로부터 숨겨야 하는 것처럼 말이야! 알라막, 남들 눈에 이게 어떻게 보이겠어?」 엘리너가 과장되게 한숨을 내쉬었다.

「망신도 그런 망신이 따로 없네! 아직 결혼도 안 했는데 같은 호텔 방을 쓰다니! 어떤 사람들은 걔들이 약혼했든가 신혼여행을 다녀왔다고 생각할지도 모르겠는데!」 나딘 쇼가 추임새를 넣었다. 사실, 그녀는 내심

36 말레이시아와 싱가포르에서 주로 먹는 디저트. 코코넛 밀크에 고구마, 바나나, 판단 잎 등을 넣어 먹는다 — 옮긴이주.

그 콧대 높고 대단하신 영가 사람들을 한풀 꺾을지도 모를 스캔들이라면 뭐든 좋았다. 그래서 계속해서 엘리너의 분노에 부채질을 했다. 물론 이미 나딘의 부채질은 필요도 없는 상황이었다.「감히 니키와 팔짱을 끼고 싱가포르로 사뿐히 들어와 네 허락 없이 올해의 가장 중요한 사교 행사에 참석할 수 있으리라 생각하다니! 걔는 이곳이 어떻게 돌아가는지 전혀 모르나 보네.」

「아이야, 요새 애들은 어떻게 행동해야 예의 바른지도 모르더라.」 데이지 푸는 조용히 말하며 고개를 절레절레 흔들었다.「우리 아들들도 똑같아. 너는 그래도 니키가 집으로 누구를 데려올 것이라고 말이라도 했지. 우리 아들들은 그런 것도 기대 못 해. 걔들이 뭐 하는지 신문을 통해서 알아야 한다니까! 이를 어쩌겠니, 라? 애들을 해외로 유학 보내면 이렇게 되는 거야. 애들이 돌아왔을 때는 너무 서구화됐고 악시 보라크[37]하더라고. 우리 며느리, 대니엘은 내가 손자들을 보려고 하면 2주 전에 약속을 잡게 만든다니까! 상상이 돼? 걔는 자기가 애머스트 칼리지를 나왔으니까 내 손자들을 어떻게 키워야 하는지를 나보다 잘 안다고 생각해!」

「언니보다 잘 안다고? ABC들은 전부 중국에서 살아남기에 너무 멍청했던 서민들의 후손인 거 다들 알잖

37 말레이 속어로 〈잘난 척하고 과시한다〉라는(즉 싸가지 없는 놈이라는) 뜻.

아!」 나딘이 깔깔거렸다.

「애, 나딘, 그들을 쉽게 보면 안 돼. 요새 ABC 여자 애들은 쯔인 리 하이[38]일 수 있어.」 로레나 림이 경고했다. 「이제 미국이 빈털터리가 되니까 모든 ABC들이 아시아로 와서 그들의 손톱을 우리 남자들에게 박고 싶어 하잖아. 얘들이 대만 토네이도들보다 더 위험한 이유는 서구화됐고 세련됐기 때문이야. 게다가 가장 심각한 이유는 다들 대학을 나왔다는 것이고. 쉬 쩐타 부인의 아들 기억나? 아이비리그 대학을 나온 그의 전 부인이 그에게 일부러 여자를 소개시켜 줬잖아. 그러고는 그 어이없는 핑계로 엄청난 이혼 위자료를 받고. 쉬가(家) 사람들이 그녀에게 위자료를 주고 인연을 끊기까지 너무나 많은 자산들을 팔아야 했어. 너무 사양[39]하지!」

「우리 대니엘도 처음에는 엄청 크와이 크와이[40]했지. 정말 책임감 있고 겸손했어.」 데이지가 회상했다. 「그런데 하이야, 그 30캐럿 다이아몬드가 그녀의 손가락에 끼워지자마자 빌어먹을, 시바의 여왕이라도 된 줄 알았어! 요새 걔는 프라다, 프라다, 프라다만 질리도록 입어. 게다가 마치 자기가 무슨 영화 주인공인 것처럼 가는 곳마다 경호팀 전체를 데리고 다니지를 않나! 그

38 호키엔어로 〈매우 날카롭다〉 또는 〈위험하다〉라는 뜻.
39 말레이어로 〈심한 낭비〉라는 뜻.
40 호키엔어로 〈착한〉이라는 뜻.

경호팀을 고용한 것도 다 우리 아들 돈이잖아. 그런 식으로 우리 아들의 돈을 낭비하더라니까. 대체 누가 걔를 납치하고 싶겠냐고? 경호팀이 붙어야 하는 사람들은 납작코 며느리가 아니라 우리 아들과 손자들이지! 수에이 도 세이![41]」

「우리 아들도 그런 여자를 집으로 데려온다면 나도 어째야 할지 모르겠어.」 엘리너가 신음하며 최대한 슬퍼 보이는 표정을 지었다.

「자, 자, 레아레아. 보보 차차 좀 더 들어.」 캐럴은 말하면서 엘리너를 위로하기 위해 그녀의 그릇에 향기로운 디저트를 더 담아 줬다. 「니키는 착한 애잖아. 걔가 우리 버나드 같지 않다는 것에 신께 감사드려야 해. 나는 버나드가 내 말을 듣는 것을 오래전에 포기했어. 애 아빠는 그 애가 뭘 하든 다 용납한다니까. 어쩌겠어? 애 아빠는 그냥 돈을 대고, 또 대고, 나는 마냥 기도하고 또 기도하는 거지. 성경에서는 우리가 바꿀 수 없는 것을 수용하라고 가르치잖아.」

로레나는 엘리너를 지켜보며 자신이 지닌 폭탄을 풀기에 적합한 타이밍일까 고민했다. 그러고는 풀자고 결정했다. 「엘리너, 그 추씨 여자애의 중국 가족에 대해 좀 조사해 달라고 했었잖아. 너무 기대하지는 마. 그런데 방금 정말 흥미로운 토막 소식을 들었어.」

41 광둥어로 〈너무 끔찍해서 죽을 것 같아!〉라는 뜻.

「그렇게나 빨리? 뭐를 알게 됐는데?」 엘리너가 허리를 쫑긋 세웠다.

「그게, 레이철에 대한 〈매우 귀중한〉 정보를 가지고 있다고 주장하는 친구가 있어.」 로레나가 말을 이었다.

「알라막, 뭔데? 뭐냐고?」 엘리너가 불안해하면서 물었다.

「나도 정확히는 몰라. 하지만 선전에 있는 정보통으로부터 입수한 거야.」 로레나가 말했다.

「선전? 무슨 정보인지는 얘기하지 않았고?」

「글쎄다. 그냥 〈매우 귀중한〉 것이라고만 하고 전화상으로는 얘기를 거부하더라고. 직접 대면했을 때만 정보를 넘겨줄 것이라며 돈이 들 거래.」

「너는 이 사람들을 어떻게 알게 됐어?」 엘리너가 흥분하며 물었다.

「와 우 캉 타오, 마.」[42] 로레나가 신비롭게 말했다. 「네가 다음 주에 선전으로 가는 것이 좋을 것 같아.」

「그건 불가능한데. 니키와 그 여자애가 여기로 올 때잖아.」 엘리너가 응답했다.

「엘, 니키와 그 여자애가 올 때야말로 네가 거기로 가는 것이 좋을 것 같아.」 데이지가 제안했다. 「생각해 봐. 너희 집에서 지내지도 않는다고 했잖아. 그러니 여기에 없을 완벽한 핑계가 있네. 그리고 여기에 없으면

42 호키엔어로 〈물론, 나에게도 비밀 정보통들이 있지〉라는 뜻.

네게 모든 것이 유리하게 돌아가지. 모두들 네가 이 여자애를 환영하며 레드 카펫을 깔고 있지 않다는 것을 알 테고 그녀가 완벽한 악몽이라는 결론이 나더라도 네 체면이 서잖아.」

「게다가 중요하다는 정보도 들은 후가 될 것이고.」 나딘이 덧붙였다.「어쩌면 그 애가 이미 결혼했을지도 모르지. 벌써 애가 있을지도 모르고. 엄청난 사기극을 펼치고 있는데…….」

「아이야, 신경 안정제 자낙스가 필요해.」 엘리너가 외치며 핸드백 안을 뒤졌다.

「로레나, 레아레아를 겁주는 이야기는 이제 그만하자!」 캐럴이 참견했다.「우리는 이 여자애의 이야기를 모르잖아. 어쩌면 별것 없을 수도 있지. 어쩌면 신이 축복처럼 엘리너에게 책임감 있고 신실한 며느리를 내려줬을지도 모르잖아. 〈비판을 받지 아니하려거든 비판하지 말라.〉 마태복음 7장 1절.」

엘리너는 친구들이 하는 모든 말들을 고려해 봤다.「데이지 언니, 언니는 언제나 현명하다니까. 로레나, 내가 선전에 있는 네 아름다운 아파트에서 좀 묵어도 될까?」

「물론이지. 너와 함께 가려고 했어. 게다가 선전에서 쇼핑 마라톤을 한 번 더 하고 싶어 죽을 지경이었거든.」

「이번 주말에 또 선전에 가고 싶은 사람? 캐럴, 너도 갈 거야?」엘리너가 물었다. 캐럴도 연루시켜 그녀의 비행기를 쓰려는 꼼수였다.

캐럴은 침대 너머로 몸을 기울이며 말했다.「확인해 볼게. 그런데 주말 전에 떠나야 우리 비행기를 쓸 수 있을 것 같은데. 우리 남편이 주초에 알리바이바이라는 인터넷 회사를 매수하기 위해 베이징으로 날아가야 해. 그리고 버나드는 토요일에 있을 콜린 쿠의 총각 파티에 우리 비행기를 동원한다더라고.」

「선전으로 다 함께 가서 여자들끼리 주말 온천 파티를 하자!」나딘이 선언했다.「나도 나무통 안에 발을 담갔다가 한 시간 동안 마사지해 준다는 곳에 가보고 싶었어.」

엘리너도 기대로 차오르기 시작했다.「그거 좋은 계획인데. 선전에서 쓰러질 때까지 쇼핑하자. 니키와 그 여자애는 지들끼리 알아서 지내라 하지. 그다음에 나는 내 귀중한 정보를 가지고 돌아오겠어.」

「여자애를 해치울 귀중한 실탄 말이지.」로레나가 엘리너의 말을 정정했다.

「하하, 그 말이 맞네.」나딘이 응원하면서도 핸드백 안을 뒤지더니 은밀히 그녀의 주식 중개인에게 문자 메시지를 보냈다.「자, 캐럴, 다토가 매수하려고 한다는 그 인터넷 회사 이름이 뭐라고?」

14 레이철과 니컬러스

싱가포르

여객기가 급격하게 왼쪽으로 틀어 구름을 뚫고 나왔다. 그 찰나에, 레이철은 처음으로 섬의 모습을 봤다. 그들은 21시간 전에 뉴욕에서 출발했으며 급유 때문에 잠시 프랑크푸르트에서 머물렀었다. 그리고 지금, 레이철은 동남아시아, 즉 그녀의 조상들이 난양[43]이라고 부르던 지역에 와 있었다. 하지만 그녀가 비행기에서 흘깃 본 광경은 안개에 휩싸인 로맨틱한 섬이 아니었다. 오히려 고층 빌딩들이 저녁 하늘 아래에서 반짝이는 밀도 있는 대도시의 모습이었다. 1천8백 미터 상공에서도 레이철은 벌써부터 세계의 금융 강국들 중 하나인 이곳의 에너지가 박동하는 것을 느낄 수 있었다.

43 (끔찍하게도) 학생들에게 베이징어로 공부를 시키는 싱가포르 아카데미, 즉 난양 공대 공자 학원과 헷갈리지 말 것. 베이징어로 〈난양〉은 〈남해〉를 의미한다. 이 단어는 또한 흔히 동남아시아로 이주한 거대한 중국계 이민자 집단을 지칭할 때도 쓰인다.

세관 자동문들이 스르륵 열리면서 열대 오아시스의 풍경을 자랑하는 3번 터미널 도착장이 보였다. 그리고 닉이 그곳에서 가장 먼저 본 것은 그의 친구, 콜린 쿠가 〈신랑 들러리〉라고 쓰인 거대한 현수막을 들고 있는 모습이었다. 그의 옆에는 피부를 까맣게 태운 호리호리한 여자가 은색 풍선 한 묶음을 들고 서 있었다.

닉과 레이철은 짐을 실은 카트를 끌고 그들에게 다가갔다. 「너 여기서 뭐 하는 거야?」 닉이 놀라며 소리치는 사이에 콜린이 그를 꽉 끌어안았다.

「뭐긴! 당연히 내 들러리를 제대로 환영해 줘야지! 풀 서비스다, 친구.」 콜린이 환히 웃었다.

「내 차례야!」 그의 옆에 서 있던 여자가 그렇게 선포하더니 몸을 수그려 닉을 끌어안고는 그의 볼에 가볍게 뽀뽀를 했다. 그런 다음, 그녀는 레이철을 향해 악수를 청하며 말했다. 「그쪽이 레이철이군요. 저는 아라민타예요.」

「오, 미안. 정식으로 소개할게. 레이철 추, 이쪽은 콜린의 약혼녀, 아라민타 리야. 그리고 이쪽은 당연히 콜린 쿠고.」 닉이 말했다.

「드디어 만나게 돼서 정말 반가워요.」 레이철이 미소를 지으며 그들과 힘차게 악수를 했다. 그녀는 이런 환영 파티를 맞이할 준비가 안 되어 있었다. 비행기에서 보낸 그 장시간을 생각하면 자신의 몰골이 어떨지 상상에 맡길 수밖에 없었다. 그녀는 잠시 자신의 앞에 있는 활기찬 한 쌍을 살폈다. 사람들은 언제나 사진으로 볼 때와 첨예하게 달랐다. 콜린은 그녀가 상상했던 것보다 키가 컸고 악당같이 잘생겼다. 짙은 주근깨와 제멋대로 헝클어진 머리 덕에 그는 서핑을 즐기는 폴리네시아인 같았다. 아라민타는 금속 테 안경을 쓰고 있었고, 화장기 하나 없어도 매우 예쁘장했다. 그녀의 긴 흑발은 포니테일로 묶여 있었으며 등허리까지 내려왔다. 또 그녀의 몸은 큰 키에 비해 지나치게 말라 보였다. 의상은 격자무늬 잠옷 바지와 연주황색 탱크톱을 입고 있었으며 플립플랍을 신고 있었다. 아마도 그녀의 나이는 20대 중반이겠지만 그냥 봤을 때는 곧 결혼식을 올릴 사람이라기보다 학생 같았다. 그들은 보기 드물게 이국적인 한 쌍이었다. 그래서 레이철은 그들의 아이들이 어떤 외모를 갖고 태어날까 상상하게 됐다.

콜린은 핸드폰으로 문자 메시지를 보내기 시작했다. 「운전기사들이 한동안 이 주변을 맴돌고 있었어. 그들에게 곧 간다는 것만 알릴게.」

「이 공항 자체가 믿기지 않네요. JFK 공항을 모가디슈[44]처럼 보이게 만드는 수준이야.」 레이철이 감탄했다. 그녀는 신기해하며 천장 높이 펼쳐진 초현대적인 구조들과 실내 야자나무들, 그리고 천장에 매달려 늘어

44 소말리아의 수도이자 항구 도시 — 옮긴이주.

진 식물들이 엄청나고도 우거진 정원을 이루며 터미널 전체를 꾸미고 있는 모습을 빤히 바라봤다. 끝없이 이어지는 푸르른 잎들에 미세한 물안개가 뿌려지기 시작했다. 「벽 전체에 물안개를 분사하는 건가요? 지금 무슨 열대의 최고급 리조트에 온 기분인데요.」

「이 나라 전체가 열대의 최고급 리조트예요.」 콜린이 가볍게 말하며 그들을 출구 쪽으로 안내했다. 도로 경계석에는 색을 맞춘 은빛 랜드로버 차량 두 대가 기다리고 있었다. 「자, 이 차에 짐을 다 실어. 이건 호텔로 바로 갈 거야. 우리는 다 같이 다른 차를 타고 가면 돼. 그럼 자리가 비좁을 일은 없을 거야.」 첫 번째 차의 기사가 차에서 내리더니 콜린을 향해 고개를 끄덕이고는 다른 기사가 있는 곳으로 가며 그들에게 빈 차량만 남겨 줬다. 시차 때문에 머리가 멍한 가운데, 레이철은 이 상황을 어떻게 받아들여야 할지 몰라 하며 그냥 SUV 차량의 뒷좌석에 올라탔다.

「이런 환대가! 아주 어렸을 때 이후로는 공항에서 이렇게 환영받은 것이 처음인 것 같은데.」 닉은 가족들이 대단위로 공항에 모이던 어린 시절을 회상하며 말했다. 그 당시에 공항에 들르는 일은 굉장히 두근두근한 행사였다. 공항에 갈 때마다 아버지가 오래된 터미널에 있는 스웬센스 아이스크림 가게로 데려가 따뜻한 초콜릿 퍼지가 뿌려진 선데이 아이스크림을 사 줬기 때문이었다. 그 시절에는 사람들이 여행을 더 오래 다녀왔던 것 같았다. 그래서 언제나 해외로 나가는 친척들에게 작별 인사를 하거나 해외에서 학교를 다니다 집으로 돌아온 아이들을 환영할 때 여자들이 눈물을 보였었다. 한번은 그의 고모부, 해리 렁이 비행기에 타기 바로 직전에 그의 사촌 형, 알렉스가 자신의 아버지에게 이렇게 말한 것을 엿듣기도 했다. 「로스앤젤레스를 경유할 때 『펜트하우스』 최신호를 꼭 챙겨 주세요.」

콜린이 운전석에 앉아 백미러와 사이드 미러들을 자신의 시야에 맞춰 조정하기 시작했다. 「어디로 갈까? 호텔로 직행할까, 아니면 마칸?[45]」

「나는 정말 뭐 좀 먹고 싶은데.」 닉이 말했다. 그는 돌아서서 레이철을 살폈다. 그녀는 호텔로 가 침대에 쓰러지고 싶어 할 것임을 알고 있기 때문이었다. 「레이철, 컨디션 괜찮아?」

「컨디션 좋아. 사실 나도 조금 배고프긴 한 것 같아.」 레이철이 대답했다.

「뉴욕 시간으로는 아침 식사를 먹을 때라 그래요.」 콜린이 말했다.

「비행기에서는 괜찮았나요? 영화 많이 보면서 왔어요?」 아라민타가 물었다.

「레이철은 마음껏 콜린 퍼스를 감상했죠.」 닉이 말

45 말레이어로 〈먹다〉라는 뜻.

렸다.

아라민타는 꺅 소리를 질렀다. 「오, 신이시여. 저도 콜린 퍼스를 사랑해요! 그는 제게 있어서 언제까지고 유일무이한 다아시 씨[46]예요!」

「알았어요. 우리는 친구가 될 수 있을 것 같네요.」 레이철이 선언했다. 그녀는 창밖을 바라봤다. 밝게 불을 켠 고속 도로 양측으로 야자수들이 흔들리고 부겐빌레아가 풍성히 자란 모습이 놀라웠다. 거의 밤 10시였다. 하지만 이 도시의 모든 것들은 부자연스럽도록 밝았다. 거의 끓어오를 것처럼…….

「니키, 레이철이 첫 현지 음식을 경험할 곳으로 어디가 좋을까?」 콜린이 물었다.

「음……. 채터박스 식당의 하이난식 치킨라이스 만찬으로 레이철을 맞이할까? 아니면 곧장 칠리 크랩을 먹으러 이스트 코스트로 갈까?」 닉이 물었다. 그는 흥분되면서도 동시에 마음이 갈팡질팡했다. 레이철이 당장 경험했으면 싶은 식당들이 1백여 군데는 있었기 때문이었다.

「사테[47]는 어때요?」 레이철이 제안했다. 「싱가포르에서 먹어 보지 않은 이상 제대로 된 사테를 먹어 본 것

46 영화 「오만과 편견」에서 콜린 퍼스가 맡았던 역할 — 옮긴이주.

47 동남아시아에서 먹는 꼬치구이 요리. 주로 땅콩 소스나 땅콩 가루와 함께 먹는다 — 옮긴이주.

이 아니라면서요. 닉이 언제나 끊임없이 그렇게 말하던 걸요.」

「그럼 정해졌네. 텔록 에이어 마켓으로 갑시다.」 콜린이 발표했다. 「레이철, 이제 처음으로 진정한 시장을 경험하게 될 거예요. 그리고 최고의 사테도 거기에 있어요.」

「그렇게 생각해? 나는 셈바왕에 있는 레스토랑이 더 맛있던데.」 아라민타가 말했다.

「말도 안 돼! 무슨 소리를 하는 거야, 라? 원조 사테 클럽 식당 출신 요리사가 지금도 텔록 에이어 마켓에 있는걸.」 콜린이 즉시 반박했다.

「틀렸어.」 아라민타가 확신을 갖고 말했다. 「그 원조 사테 클럽 식당 요리사는 셈바왕으로 갔다고.」

「거짓말! 그건 그의 사촌이었어. 그의 이름을 사칭하는 사기꾼이었다고!」 콜린도 단호했다.

「개인적으로 나는 언제나 뉴턴에 있는 사테를 좋아했는데.」 닉이 끼어들었다.

「뉴턴이라고? 너 제정신이 아니구나, 니키. 뉴턴은 외국인들과 관광객들만 다니는 곳이잖아. 거기에는 더 이상 괜찮은 사테 가게가 없어.」 콜린이 말했다.

「레이철, 싱가포르에 온 것을 환영해요. 여기서는 음식을 가지고 싸우는 것이 국민적 오락거리랍니다.」 아라민타가 선포했다. 「어떤 외딴 쇼핑센터의 어떤 특정 음식 가판대가 별것도 아닌 볶음국수 요리를 가장 잘 만들어 내는지를 가지고 성인 남자들끼리 주먹다짐하는 나라는 이곳이 유일무이할 거예요. 무슨 말싸움을 위한 말싸움 같다니까요!」

레이철이 깔깔 웃었다. 아라민타와 콜린은 재미있고 수더분했다. 그녀는 그 둘을 곧바로 좋아하게 됐다.

곧 그들은 시내 금융 지구의 중심에서 로빈슨 로드를 달리고 있었다. 거대한 타워들의 그림자 사이에 포근히 파묻혀 있는 곳이 텔록 에이어 마켓 — 호키엔 방언을 그대로 풀이하자면 구(舊) 시장 — 이었다. 그곳은 천장이 뚫려 있는 팔각형 건물로, 안에는 벌집처럼 늘어진 음식 가판대들이 바쁘게 영업 중이었다. 길 건너에 차를 대고 걸어가면서 레이철은 벌써 훈훈한 공기 속에 향신료들이 가득 퍼져 있는 맛있는 냄새를 맡을 수 있었다. 그들이 거대한 식료품점에 들어가기 바로 직전에 닉이 레이철을 돌아보며 말했다.「이곳에 홀딱 빠지게 될걸. 여기는 동남아시아 지역에 있는 모든 빅토리아 시대풍의 구조물들 중에서 가장 오래된 곳이야.」

레이철은 위를 빤히 바라봤다. 드높은 곳에는 금줄로 세공된 주철 기둥들이 아치형 천장에 방사상으로 퍼져 있었다.「성당 내부 같은데.」그녀가 감상했다.

「사람들은 여기에 와서 음식을 숭배하지.」닉이 재담을 했다.

아니나 다를까, 밤 10시가 넘었는데도 그곳에서는 수백여 가지의 강렬한 요리들이 쏟아져 나오고 있었다. 줄줄이 늘어선 음식 가판대들이 등을 밝게 켜고 수많은 요리를 진열하며 팔았다. 레이철의 경험상, 한 건물 안에 이렇게 많은 종류의 요리들이 있는 건 처음이었다. 그들은 돌아다니며 남녀 요리사들이 숨 가쁘게 별미를 요리하는 다양한 가판대들을 구경했다. 그러는 내내 레이철은 감탄하며 고개를 절레절레 흔들었다. 「구경거리가 너무 많아서 어디서부터 무엇을 시켜야 할지 모르겠네요.」

「그냥 당기는 것이 보이면 그것을 가리키세요. 그럼 제가 그것을 시킬게요.」 콜린이 제안했다. 「시장의 묘미는 각 가판대가 돼지고기 만두든 어묵탕이든 단 한 가지 요리만을 판다는 것이에요. 그래서 그들은 그 요리를 완벽하게 만들어 내는 일에 평생을 바치죠.」

「일평생만이 아니지. 여기에 있는 사람들 중 다수가 2세대나 3세대 행상인들로, 집안에 내려오는 오래된 요리 비법들을 지키고 있어.」 닉이 덧붙여 설명했다.

몇 분 뒤, 네 사람은 중앙 홀 바로 바깥, 노란 등불들이 걸려 있는 거대한 나무 밑에 앉았다. 그들의 테이블은 조금의 빈틈도 없이 색색의 플라스틱 접시들로 뒤덮였고 접시마다 싱가포르 길거리 음식 중 가장 인기 있는 요리가 수북하게 담겨 있었다. 그 유명한 찰 퀘이 티오우도 있었고 굴을 넣고 볶은 오믈렛인 오르 루악, 파인애플과 오이 덩어리들이 톡톡 터지는 말레이시아식 로작 샐러드, 마늘 향이 짙은 소스가 뿌려진 호키엔식 국수 요리, 어묵을 코코넛 잎 안에 쌓아서 찐 오타 오타, 그리고 수백 개의 닭고기와 쇠고기 꼬치도 있었다.

레이철은 이런 식의 만찬을 생전 처음 봤다. 「이건 미쳤는데! 요리마다 아시아 각기 다른 지역에서 유래한 것처럼 보이잖아.」

「이게 바로 싱가포르야. 이 나라가 퓨전 요리의 진정한 창시자지.」 닉이 자랑했다. 「19세기에 유럽, 중동, 그리고 인도에서 온 선박들이 이 나라를 지나다녔어. 그래서 이곳에서 이 모든 환상적인 향료들과 음식 재료들이 뒤섞일 수 있었던 거야.」

레이철이 찰 퀘이 티오우를 먹어 봤다. 진한 간장 소스를 뿌리고 해산물과 계란, 숙주나물과 함께 번개처럼 볶아 낸 그 쌀국수가 너무 맛있어서 그녀의 눈이 휘둥그레졌다. 「어째서 집에서 만들면 절대 이런 맛이 안 나는 걸까?」

「웍에서 태운 그 불맛을 사랑할 수밖에 없지.」 닉이 말했다.

「이것도 입맛에 잘 맞을 거예요.」 아라민타가 말하면서 레이철에게 로티 파라사 한 접시를 건넸다. 레이철은 그 쫄깃한 금색 빵을 조금 찢어서 진한 카레 소스에 찍었다.

「와…… 천국의 맛이네요!」

그다음에는 사테를 먹을 차례였다. 레이철은 석쇠로 구워 육즙이 넘치는 닭고기를 한 입 베어 문 뒤, 조심스럽게 달콤한 불맛을 음미했다. 나머지 사람들은 그녀에게 집중했다. 「닉, 인정할게. 자기 말이 맞았어. 나는 지금에서야 제대로 된 사테를 처음 먹어 보는 거네.」

「내 말을 의심했다니…….」 닉이 혀를 끌끌 차며 미소를 지었다.

「이 시간에 우리가 이렇게 폭식을 한다는 게 믿기지 않는데!」 레이철이 깔깔거리며 사테 한 꼬치를 더 집었다.

「이런 것에 익숙해지세요. 레이철 씨가 침대로 직행하고 싶을 수도 있다는 것을 모르는 건 아니에요. 우리는 레이철 씨를 일부러 몇 시간 더 깨워 두는 거예요. 그래야 시차에 더 잘 적응할 수 있을 테니까요.」 콜린이 말했다.

「아이야, 콜린은 그냥 닉을 최대한 오래 독차지하고 싶은 거예요.」 아라민타가 밝혔다. 「닉이 이 동네에 들를 때면 이 둘은 떼려야 뗄 수 없는 사이거든요.」

「에이, 이 시간을 최대한으로 활용할 수밖에 없지. 사랑하는 어머님이 멀리 계실 때니 더더욱.」 콜린이 자신의 입장을 해명했다. 「레이철 씨, 운이 좋으신 거예요. 도착하자마자 니키의 어머니를 만나지 않아도 되는 것 말이에요.」

「콜린, 레이철에게 겁주기만 해봐.」 닉이 꾸짖었다.

「오, 닉. 내가 까먹을 뻔했네. 지난번에 처칠 클럽에서 너희 어머니와 우연히 만났어.」 아라민타가 입을 열었다. 「아주머니께서 내 팔을 잡으시더니 〈아라민타아아아아아! 아이요, 너 너무 까맣다! 해 좀 그만 봐야겠네. 안 그러면 네 결혼식 날 네가 너무 까매서 사람들이 너를 말레이시아인으로 착각할 거다!〉라고 말씀하시더라고.」

레이철만 제외하고 모두들 웃음을 터뜨렸다. 레이철이 물었다. 「어머님께서 농담하셨던 거겠죠?」

「당연히 아니죠. 닉네 어머니는 농담 안 해요.」 아라민타가 계속 웃으며 말했다.

「레이철 씨. 일단 닉네 어머니를 만나 보시면 이해가 되실 거예요. 저도 그분을 제 어머니처럼 사랑하지만, 정말 뭐랄까, 유일무이한 분이세요.」 콜린이 설명하며 레이철의 긴장을 풀어 줬다. 「어쨌든, 네 부모님이 여기 안 계신 것은 잘된 일이야, 닉. 이번 주말에는 네가 내 총각 파티에 꼭 나타나 줘야 하거든.」

「레이철 씨는 제 처녀 파티에 꼭 오세요.」 아라민타가 레이철을 초대했다. 「남자들에게 파티란 어떻게 하는 것인지 제대로 보여 주자고요!」

「물론이죠.」 레이철이 아라민타와 맥주잔을 부딪치며 말했다.

닉은 그의 여자 친구를 응시했다. 그녀가 너무나 자연스럽게 그의 친구들의 마음을 차지했다는 사실에 기분이 날아갈 것 같았다. 그녀가 진짜 그와 함께 이곳에 왔다는 것이, 그리고 앞으로 여름 내내 함께할 수 있으리라는 것이 아직도 믿기지 않았다. 「레이철, 싱가포르에 온 것을 환영해.」 그가 기쁘게 선포하며 건배의 의미로 타이거 맥주 한 병을 들어 보였다. 레이철은 닉의 반짝이는 눈을 바라봤다. 그녀는 그가 오늘 밤처럼 이렇게 행복해 보이는 모습을 처음 봤다. 어째서 자신은 이런 여행에 올지 말지를 그렇게나 고민했을까?

「이곳에 와보니 기분이 어떤가요?」 콜린이 물었다.

「글쎄요. 한 시간 전에 우리는 제가 이제껏 본 가장 아름답고 현대적인 공항에 도착했어요. 그리고 이제는 우리가 19세기 건물 옆에 있는 이 거대한 열대 나무들 밑에 앉아서 가장 황홀한 만찬을 즐기고 있네요. 이곳을 절대 떠나고 싶지 않은 심정이에요!」 레이철이 꿈꾸듯 말했다.

닉은 활짝 웃었다. 그는 아라민타가 방금 콜린에게 보낸 눈빛을 알아채지 못했다.

15 아스트리드

싱가포르

아스트리드는 기분 전환이 필요할 때면 그녀의 친구, 스티븐을 찾아갔다. 스티븐은 파라곤 쇼핑센터의 높은 층에 작은 주얼리 가게를 갖고 있었다. 그곳은 안쪽 통로에 늘어져 있는 다른 고급 부티크들 뒤에 숨어 있었다. 오리엔트 주얼리나 래리 주얼리와 같이 번쩍이는 본점을 운영하며 명성을 누리는 가게들에 비해 눈에 띄는 곳은 아니었다. 하지만 〈스티븐 치아 주얼리〉는 섬의 가장 안목 있는 수집가들 사이에서 굉장히 높은 평가를 받았다.

물론 스티븐은 공부를 통해 훌륭한 보석을 알아보는 안목을 갖춘 사람이었다. 하지만 그가 진정으로 손님들에게 제공하는 것은 완벽한 비밀 보장이었다. 그의 가게는 일종의 비밀 활동 기지였다. 예를 들자면, 멍청한 아들이 주식 투자를 잘못해서 급히 현금을 구하게 된 사교계의 아주머니는 이곳에서 아무도 모르게 가보로 내려오는 싸구려 보석을 팔 수 있었다. 또는 VIP 클라이언트가 제네바나 뉴욕에서 팔릴 예정인 〈매우 중요한 작품〉을 이곳으로 배달시켜, 말하기 좋아하는 경매 회사 직원들의 눈을 피해 사적으로 작품을 점검하기도 했다. 오차드 로드의 부티크에서 보석 장신구를 수백만 달러어치씩 사는 모습을 보여서 좋을 것 없는 중동 부호들, 말레이시아 술탄들, 그리고 인도네시아계 중국인 집권층의 일원들이 스티븐의 가게를 유난히 선호했다.

가게에는 매우 작고 사실상 삭막하다 할 수 있는 앞쪽 방이 있었다. 그 방에서는 프랑스 제국 시대에 만들어진 유리 진열장 세 개 안에 평범한 가격이 매겨진 보석 장신구들을 조금 진열하고 있었다. 그것들은 주로 유럽에서 떠오르는 신인 예술가들의 작품이었다. 반면, 방의 불[48] 책상 뒤에 있는 거울형 문 너머에는 대기실이 숨어 있었다. 거기서 또 하나의 보안문이 열리면 좁은 통로에 몇 개의 방들이 늘어서 있었다. 아스트리드가 숨어 지내기를 좋아하는 장소 또한 그곳이었다. 바닥에서 천장까지 담청색 벨벳으로 테두리가 둘러져 있고 월하향 냄새가 풍기는 개인 응접실. 아스트리드는 그 방의 호화로운 벨벳 침대 겸용 소파에 발을 올리고

48 André-Charles Boulle(1642~1732). 프랑스의 공예가이자 가구 제작자 — 옮긴이주.

앉아 레몬 소다를 홀짝이며 스티븐이 환상적인 보석 장신구들을 트레이에 담아 방을 들락날락하는 동안 그와 수다를 떨곤 했다.

스티븐과 아스트리드는 오래전에 파리에서 만났다. 그곳의 드 라 페가(街)에서 그녀는 하릴없이 주얼리 가게들을 구경하고 다녔으며 그는 견습 과정을 이수하고 있었다. 당시에는 18세기 카메오풍 장신구에 관심을 갖는 10대 싱가포르인 소녀를 만나기란 〈멜레리오 디트 멜레〉와 같은 명품 프랑스 보석상의 카운터 뒤에서 젊은 중국인 남자를 발견하는 것만큼 흔치 않은 일이었다. 그래서 둘은 곧바로 친해졌다. 아스트리드는 프랑스에서 그녀의 취향을 정확히 간파한 사람을 만나 다행이라 여겼으며 랑발 공주가 한때 소유했을 법한 희귀한 보석 장신구들을 정신없이 구하러 다녔다. 스티븐은 한편, 이 여자애가 어떤 거물의 딸이리라는 것을 바로 알아챘다. 하지만 3년을 더 조심스럽게 다가가서야 그녀의 정체를 정확히 간파할 수 있었다.

지아니 불가리부터 로런스 그라프까지, 세계에서 내로라하는 수많은 보석상들처럼 스티븐도 수년에 걸쳐 매우 부자인 사람들의 변덕에 완벽히 적응하도록 자신의 기술을 연마한 상태였다. 게다가 그는 아스트리드의 다양한 기분 변화를 알아채는 일에 전문가였다. 그는 단순히 그녀의 반응들을 관찰함으로써 그녀에게 어떤 종류의 보석을 보여 줄 것인지, 그녀가 어떤 기분으로 그날을 보내고 있는지를 알 수 있었다. 오늘 그는 그녀를 15년간 알고 지내면서 그녀로부터 한 번도 보지 못한 면을 보고 있었다. 뭔가가 명백히 잘못됐다. 그리고 그녀에게 카르네가 디자인한 새 팔찌 시리즈를 보여 주는 동안 그녀의 기분은 극적으로 악화됐다.

「이제껏 본 팔찌들 중에서 가장 섬세하게 세공된 것들이지 않아? 알렉산더 폰 훔볼트의 식물화로부터 영감을 받았을 것처럼 보이지. 팔찌 얘기가 나와서 말인데, 네 남편이 사 간 팔찌는 마음에 들었어?」

아스트리드는 고개를 들고 스티븐을 봤다. 그의 질문에 혼란스러워하고 있었다. 「팔찌라고?」

「그래. 지난달에 네 생일 기념으로 마이클이 산 것 말이야. 잠깐, 그가 그것을 우리 가게에서 사 간 줄 몰랐던 거야?」

아스트리드는 그의 시선을 피했다. 놀란 것을 들키고 싶지 않아서였다. 그녀는 남편으로부터 그런 종류의 선물을 받은 적이 없었다. 그녀의 생일도 8월이라 아직 많이 남았으며 마이클은 그녀에게 보석 장신구를 사 줄 필요가 없다는 것을 너무도 잘 아는 사람이었다. 그녀는 얼굴로 피가 몰리는 것이 느껴졌다. 「아 맞다. 내가 잊고 있었네. 그거 정말 예쁘더라고.」 그녀가 가볍게 대답했다. 「그이가 고르는 과정을 네가 도와준 거야?」

「응. 그가 어느 날 밤, 급하게 왔어. 고르는 것을 굉장히 힘들어하더라고. 내 생각에 그는 자신이 고른 것이 네 마음에 안 들까 봐 걱정됐던 것 같아.」

「그래. 근데 물론 내 마음에 들었어. 그이를 도와줘서 너무 고마워.」 아스트리드는 표정에서 차분함을 완벽히 유지하며 말했다. 〈오 세상에, 오 세상에, 오 세상에! 정말 마이클은 스티븐 치아처럼 그녀와 친한 친구의 가게에서 다른 사람을 위한 액세서리를 살 정도로 멍청이란 말인가?〉

스티븐은 자신이 팔찌 얘기를 꺼내지 말 것을, 하고 후회했다. 그는 아스트리드가 남편으로부터 받은 선물에 별 감흥이 없었을 것이라 생각했다. 사실을 말하자면 아스트리드가 색색의 다이아몬드 곰돌이가 달린 그 팔찌처럼 흔해 보이는 것을 하고 다니는 날이 올까 의문스러웠다. 하지만 그것은 그의 가게에서 가장 저렴한 것이었다. 그리고 이런 쪽으로는 문외한인 전형적 남편상인 마이클은 자신의 예산 안에서 구할 뭔가를 찾기 위해 굉장히 노력하고 있었다. 그것은 사실 남편으로서 상당히 다정한 시도였다. 하지만 이제, 가게에 온 지 20분도 채 안 지난 이 시점에 아스트리드는 이미 앤트워프에서 방금 들어온 굉장히 희귀한 3캐럿짜리 블루 다이아몬드 반지 하나, 클라크 게이블이 한때 소유했던 아르 데코 커프 링크스 한 쌍, 다이아몬드와 백금으로 만들어졌고 서명이 새겨진 카르티에 체인 팔찌 하나를 구매한 상태였으며 환상적인 VBH[49] 귀걸이 한 쌍까지 살까 진지하게 고민하는 중이었다. 스티븐은 그 귀걸이를 그녀에게 순전히 재미 삼아 구경시켜 주려고 갖고 온 것이었는데 그녀가 그것에 관심을 가질 줄은 꿈에도 몰랐다.

「그 서양배 모양 보석은 쿤자이트로 49캐럿짜리들이야. 그리고 이 환상적으로 반짝이는 판은 23캐럿짜리 아이스 다이아몬드들로 만들었지. 굉장히 독창적인 작품이야. 다음 주말에 있을 쿠의 결혼식에 뭔가 새로운 것을 하고 갈 생각인 거야?」 그는 그렇게 물으며 쇼핑에 유난히 집중하고 있는 고객과 대화를 시도했다.

「음…… 어쩌면.」 아스트리드가 대답하고는 거울을 바라보며 색색의 보석들이 거대한 귀걸이에서 달랑거리는 모습을 관찰했다. 귀걸이의 끝이 그녀의 어깨에 닿았다. 그 작품은 아메리카 원주민들의 드림캐처를 연상시켰다.

「정말 드라마틱한 스타일이야, 그렇지? 나는 이게 상당히 밀리센트 로저스[50]스러운 것 같아. 무슨 드레스를 입고 갈 생각인 거야?」

49 보석 디자이너 페르논 브루스 훅세마Vernon Bruce Hoeksema의 브랜드 — 옮긴이주.

50 Millicent Rogers(1902~1953). 미국의 사교계 인사로, 석유 재벌 헨리 로저스의 손녀 — 옮긴이주.

「아직 안 정했어.」 아스트리드는 거의 혼잣말을 하듯 중얼거리며 대답했다. 그녀는 실제로 귀걸이를 보고 있지 않았다. 머릿속에서는 그녀의 남편이 산 장신구가 다른 이름 모를 여성의 팔목에서 달랑거리는 모습만이 떠올랐다. 〈처음에는 그 문자 메시지가 있었고, 그다음에는 페트러스 레스토랑에서 먹은 영수증이 있었고, 이제는 비싼 팔찌가 있구나. 상황 참 잘 돌아가네.〉

「글쎄다. 이 귀걸이를 할 거면 완전 심플한 의상을 코디하는 게 좋을 것 같은데.」 스티븐이 말을 덧붙였다. 그는 아스트리드가 조금 걱정스러워지고 있었다. 오늘 그녀는 그녀답지가 않았다. 평상시 같았으면 그녀는 가벼운 걸음으로 들어와 그가 보여 줄 장신구들을 꺼내기 전에 그와 함께 그녀가 언제나 챙겨 오는 맛있는 수제 파인애플 타르트를 즐기며 수다를 떨었을 것이다. 그 이후 또 한 시간 정도 장신구들을 구경하고 나면 그녀는 하나 정도를 그에게 넘겨주며 말했을 것이다. 「알았어. 이 물건은 내가 한번 고려해 볼게.」 그렇게 말하고는 키스를 날리며 작별 인사를 했다. 그녀는 10분 만에 수백만 달러씩 써버리는 부류의 고객이 아니었다.

그럼에도 불구하고 스티븐은 언제나 그녀가 방문하는 것을 진심으로 반겼다. 그녀의 상냥한 천성과 흠 잡을 곳 없이 예의 바른 태도, 거기에 허세도 전혀 보이지 않는 점이 너무도 좋았다. 그녀를 대하는 것은 진정 신선했다. 그가 평상시에 대해야 하는 부류의 사모님들처럼 자존심을 지속적으로 치켜세워 줄 필요가 없었다. 또 아스트리드와 함께 프랑스에서 정신 나간 애들처럼 보내던 젊은 시절을 회상하는 것도 즐거웠으며 그녀만의 독창적인 취향도 우러러볼 만했다. 그녀도 물론 보석의 질을 따지기는 했지만 그 크기는 전혀 신경도 안 썼으며 과시적인 디자인의 장신구들에는 절대 관심을 보이지 않았다. 그녀에겐 그럴 이유가 없었다. 그녀의 어머니에게는 이미 싱가포르에서 가장 럭셔리한 보석 컬렉션이 있었고 그녀의 할머니 샹 수이 부인은 그도 속삭이는 소문들을 통해서만 들었을 정도로 전설적인 보석 작품들을 수집하고 있었으니까. 「한 번도 본 적 없는 수준의 명나라 비취, 그리고 샹 룽마가 러시아 혁명 당시에 상하이로 피난 가던 대공비에게서 교묘하게 사들인 러시아 황제의 보석들도 있어. 그 할머니가 죽기만 해봐. 네 친구 아스트리드는 그녀가 가장 아끼는 손녀야. 그러니 전 세계에서 타의 추종을 불허할 정도로 귀중한 보석들을 한껏 상속받겠지.」 샹 가문 소장품의 위대함을 직접 본 몇 안 되는 사람들 중 한 명이자 저명한 미술사가인 황 펭판이 그렇게 말했었다.

「있잖아, 나 이 귀걸이들도 꼭 가져야겠어.」 아스트리드가 짧은 플리츠 스커트의 주름을 펼치며 일어섰다.

「벌써 가려고? 다이어트 콜라라도 안 마실래?」 스티

븐이 놀라며 말했다.

「고맙지만 오늘은 사양할게. 나 빨리 가봐야 할 것 같아. 처리해야 할 일들이 너무 많네. 이 커프 링크스는 지금 가져가도 될까? 돈은 오늘 중으로 꼭 이체해 줄게. 약속해.」

「얘, 무슨 헛소리야. 지금 이것들 전부 다 가져가도 돼. 예쁜 포장 상자들만 좀 챙겨 올게.」 스티븐은 생각했다. 마지막으로 아스트리드가 이렇게 충동적이었을 때는 그녀가 찰리 우와 결별했을 때였다. 〈흠…… 지상 낙원에 무슨 문제라도 생긴 것일까?〉

아스트리드는 쇼핑센터 주차장에 세워진 그녀의 차로 걸어 돌아가 잠겼던 문을 열었다. 그러고는 차에 올라타며 검은색과 아이보리색 종이에 보일 듯 말 듯 〈스티븐 치아 주얼리〉라고 각인된 쇼핑백을 그녀의 옆, 조수석에 두었다. 내부 공기가 없는 것 같은 차량 안에 앉아 있으니 매초마다 숨 쉬기가 더 힘들어지는 기분이었다. 심장이 너무나 빨리 두근거렸다. 방금 별로 관심도 안 가는 35만 달러짜리 다이아몬드 반지와 꽤나 마음에 드는 2만 8천 달러짜리 팔찌, 착용하면 포카혼타스처럼 보이게 만드는 78만 4천 달러짜리 귀걸이 한 쌍을 산 상태였다. 몇 주 만에 처음으로 그녀는 꽤나 기분이 째졌다.

그러다 커프 링크스가 기억났다. 아스트리드는 마이

클을 위해 구매한 아르 데코 커프 링크스가 담긴 상자를 찾기 위해 쇼핑백을 뒤졌다. 그것들은 파란 벨벳 상자 안에 포장돼 있었다. 은색과 코발트색이 뒤섞인 그 작은 커프 링크스 한 쌍은 이미 오래전부터 여기저기 점으로 얼룩진 빈티지 새틴 안감에 고정돼 있었다. 그녀는 그것을 빤히 바라봤다.

이것들은 한때 클라크 게이블의 손목을 스쳤던 거야, 아스트리드는 생각했다. 〈그 잘생기고 로맨틱한 배우 클라크 게이블. 그도 결혼을 수차례 하지 않았나? 당대에 수많은 여성들에게 작업을 걸었겠지. 당연히 그의 부인들 몰래 바람도 피웠을 것이고. 캐럴 롬바드도 배신했겠지. 어떻게 캐럴 롬바드처럼 아름다운 여자를 두고 바람을 피우고 싶었을까? 하지만 이러니저러니 해도 언젠가는 발생할 일이야. 모든 남자들은 바람을 피워. 여기는 아시아잖아. 모든 남자들은 옆에 정부들, 애인들, 그리고 심심풀이로 만나는 사람들을 둔다고. 그것은 평범한 것이야. 사회적 지위와 관련된 것이라고. 내가 익숙해져야 해. 증조부님도 첩을 수십 명씩 뒀었잖아. 프레디 삼촌도 아예 대만까지 가서 두 집 살림을 차렸고. 내 사촌, 에디 오빠도 지금까지 정부를 얼마나 많이 갈아치웠더라? 너무 많아서 세다가 말았네. 다 부질없는 것이야. 남자들은 한 번씩 격 떨어지는 황홀감을 원하잖아. 빨리 새로운 여자에게 의미 없이 육체적

욕구를 풀어 버리고 싶어 하고. 그들은 사냥을 나가야 해. 이것은 원시적인 욕구야. 그들은 씨를 뿌리고 다녀야 해. 어디에든 그 안에 그들의 거시기를 꽂아 넣어야 한다고. 《내 안에 있던 당신이 그립네요.》 아니, 아니야, 아니라고. 그건 별로 심각한 게 아니었어. 출장 갔다가 만난 여자일 뿐이었을 거야. 럭셔리한 저녁 식사. 의미 없는 하룻밤의 잠자리. 그리고 그녀에게 팔찌를 사 주고 떨어지라고 한 것이겠지. 그 촌스러운 팔찌를. 너무 상투적이잖아. 그래도 그가 은밀히 그랬다는 것이 어디야. 최소한 해외에서, 싱가포르가 아닌 홍콩에서 그 여자와 잤잖아. 수많은 아내들이 이보다 더한 일도 견뎌 왔어. 내 친구들만 생각해도 그렇잖아. 피오나 텅이 에디 오빠와 살면서 겪는 것들을 생각해 봐. 그 수치란. 나는 운이 좋은 거야. 정말 운이 좋은 거라고. 너무 부르주아처럼 굴지 마. 그건 그가 그냥 생각 없이 즐긴 거였어. 이 일을 너무 크게 만들지 말자. 기억해. 압박이 있어도 우아함을 유지하기. 압박이 있어도 우아함을 유지하기. 물론 그래. 그레이스 켈리도 클라크 게이블과 함께 「모감보」를 찍는 동안 그와 잤지. 마이클도 클라크 게이블만큼 잘생겼는데. 그리고 이제 게이블의 커프 링크스도 갖게 되겠네. 그는 이것들을 정말 좋아할 거야. 너무 비싸지도 않았고. 화도 안 낼 거야. 그는 나를 사랑할 거야. 지금도 사랑하고 있어. 나와 그렇게까지 거리감을 두지는 않았잖아. 그는 그냥 스트레스를 받아 지친 거야. 회사에서 일로 압박을 그렇게 받으니. 이번 10월이면 우리가 결혼한 지 5년째네. 오, 신이시여. 우리가 결혼한 지 5년도 안 됐는데 그가 벌써부터 바람을 피우기 시작한 거잖아. 그는 더 이상 내게서 매력을 못 느끼나 보네. 내게 끌리기에는 내가 나이를 너무 많이 먹었나 봐. 그는 내가 지겨운 거야. 불쌍한 캐시언. 캐시언은 앞으로 어떻게 되는 거지? 내 인생은 끝났어. 다 끝났다고. 이건 실제 상황이 아니야. 믿을 수가 없어. 이런 일이 벌어지고 있다니. 그것도 나에게!〉

고 가문 사람들

싱가포르

레이철은 시계를 확인했다. 보아하니 다섯 시간 밖에 못 잤다. 하지만 새벽이었고, 그녀는 다시 잠을 청하기에 너무 흥분한 상태였다. 닉은 그녀의 옆에서 작게 코를 골고 있었다. 그녀는 호텔 방을 둘러보며 이곳에서 하룻밤을 묵을 때마다 닉이 얼마를 내야 할까 궁금해했다. 절제된 나무 장식의 우아한 스위트룸이었다. 거울로 된 벽 앞에 테이블이 있었고, 그 위에 자리한 푸크시아 난초가 방 안에서 유일하게 선명한 색을 뽐냈다. 레이철은 침대에서 나와 푹신푹신한 테리 슬리퍼를 신었다. 그러고는 화장실로 사뿐사뿐 걸어가 얼굴에 물을 좀 끼얹었다. 그 후, 창가로 다가선 그녀는 커튼 사이로 밖을 구경했다.

밖에는 완벽하게 정리된 정원, 들어오라고 유혹하는 커다란 수영장, 그리고 그 주변으로 줄지어 있는 접이식 의자들이 있었다. 흰색과 청록색이 섞인 유니폼 차림의 남자가 기다란 장대와 그물을 가지고 수영장 주변을 돌아다니며 간밤에 수면 위로 떨어진 낙엽들을 건져내는 일에 집중하고 있었다. 정원은 수영장 인근의 방들이 이루는 사각형 안에 자리하고 있었다. 그리고 빅토리아 시대풍의 낮은 구조물이 뿜어내는 고요함 바로 너머에는 고층 건물들이 무리 지어 서 있었다. 그 풍경은 그들이 싱가포르 부유층들이 사랑하는 오차드 로드 지역의 중심부에 있다는 것을 레이철에게 상기시켜 줬다. 그녀는 벌써부터 이중창 너머로 스며들어 오는 이른 아침의 무더위를 느낄 수 있었다. 커튼을 친 그녀는 거실로 가서 노트북 컴퓨터를 찾아다녔다. 그리고 로그인한 후, 그녀의 친구 페익린에게 이메일을 쓰기 시작했다. 몇 초 후, 실시간 메시지가 화면에 떴다.

고PL: 너 깨어 있었네! 너 진짜로 여기에 온 거야?

나: 물론이지!

고PL: 아싸아아아아!!!!

나: 아직 7시도 안 됐는데 벌써 너무너무 더워!

고PL: 이건 아무것도 아니야! 닉의 부모님 댁에서 머무르는 거야?

나: 아니. 우리는 킹스퍼드 호텔에 있어.

고PL: 좋네. 위치도 중심가에 있고. 그런데 왜 호텔로 간 거야?

나: 닉의 부모님께서 지금 싱가포르에 안 계셔. 그리고 그도 결혼식이 벌어질 한 주 동안은 호텔에 머무르기를 바랐고.

고PL: …….

나: 하지만 내 생각에 그의 본심은 우리가 여기에 있을 첫날 밤부터 그의 부모님 댁에 가고 싶지 않았던 것 같아. 하하.

고PL: 현명한 남자네. 그럼 나도 오늘 너를 볼 수 있는 거야?

나: 오늘 시간 괜찮아. 닉은 신랑을 도와주느라 바쁠 거거든.

고PL: 그가 웨딩 플래너야? 흐흐. 나랑 정오에 너희 호텔 로비에서 만날래?

나: 좋지. 빨리 보고 싶다!!!

고PL: XOXO

12시 정각에 고 페익린이 킹스퍼드 호텔의 널찍한 계단을 따라 올라왔다. 그녀가 메인 로비에 나타나자 사람들의 시선이 그녀에게 향했다. 넓적한 코와 둥근 얼굴형 그리고 살짝 째진 눈을 가지고 있는 그녀는 태생부터 뛰어난 미인상은 아니었다. 하지만 갖고 있는 장점을 최대로 활용할 줄 아는 부류의 여자였다. 그리고 그녀가 갖고 있는 장점은, 볼륨 있는 몸매와 과감한 패션을 소화할 수 있는 자신감이었다. 오늘 그녀는 몸매를 강조하는 매우 짧은 흰색 시프트 드레스와 금색 끈으로 된 글래디에이터 샌들을 착용하고 있었다. 그녀의 긴 흑발은 높은 포니테일로 꽉 묶여 있었으며 금테 선글라스가 머리띠처럼 그녀의 이마에 걸려 있었다. 또 귀에는 3캐럿 다이아몬드 외알 귀걸이가 꽂혀 있었으며 손목에는 금과 다이아몬드로 된 두툼한 시계가 채워져 있었다. 그녀는 금색 그물 토트백을 가볍게 어깨에 걸침으로써 의상을 마무리했다. 생트로페에 있는 비치 클럽에 갈 준비를 마친 것 같은 모습이었다.

「페익린!」 레이철이 두 팔을 벌린 채 그녀를 향해 뛰어갔다. 페익린은 레이철을 보자 꺅 하고 크게 소리를 질렀고 두 친구는 서로를 얼싸안았다. 「이것 좀 봐! 너 정말 좋아 보인다!」 레이철이 탄성을 지른 뒤 닉을 그녀에게 소개시켜 주기 위해 고개를 돌렸다.

「만나서 반갑습니다.」 페익린은 그녀의 작은 체구에 비해 놀라울 정도로 크게 인사했다. 그녀는 닉에게 관심 어린 눈길을 보냈다. 「그래. 현지 남자애를 만나서야 네가 드디어 이곳까지 놀러 오는구나.」

「도움이 될 수 있어서 기쁘네요.」 닉이 말했다.

「그쪽이 오늘은 웨딩 플래너 놀이를 한다면서요. 그럼 저는 언제 CIA급으로 그쪽을 취조하죠? 곧 얼굴을 보여 줄 것이라고 약속해야 해요.」 페익린이 장난스럽게 위협했다.

「약속하죠.」 닉이 웃으며 레이철에게 작별의 키스를 했다. 그가 엿들을 수 없는 거리에 도달하자마자 페익린은 레이철을 돌아보며 눈썹을 치켜세웠다. 「네 남자 친구 덕에 눈 호강 제대로 했어. 이제 보니 놀랍지도 않네. 네가 일을 그만두고 인생에서 간만에 휴가를 가는 데에 그의 공이 크다는 사실이.」

레이철은 마냥 깔깔거렸다.

「진심으로 말하는 건데, 네게 우리 나라의 천연기념물들 중 하나를 구워삶을 권리는 전혀 없다고! 저렇게 키가 크고 몸매도 좋다니. 게다가 그 억양은 어떻고. 보통 싱가포르 남자애들이 우아하게 영국식 억양을 구사하면 가짜처럼 굉장히 부자연스럽게 들리거든. 근데 그와는 그 억양이 정말 잘 어울리더라.」

그들이 붉은 카펫이 깔린 긴 계단을 내려가는 동안 레이철이 물었다. 「우리 점심 먹으러 어디 가는 거야?」

「우리 부모님께서 너를 집으로 초대하셨어. 엄마와 아빠도 너를 굉장히 만나고 싶어 하셔. 그리고 너도 몇 가지 전통 가정식 요리들을 좋아할 것 같고.」

「얘기만 들어도 좋은데! 하지만 너희 부모님을 뵐 거면 옷을 갈아입는 게 나을까?」 레이철이 물었다. 그녀는 흰 면 블라우스와 카키색 바지를 입고 있었다.

「에이, 네 의상은 괜찮아. 우리 부모님께서는 정말 편안한 분위기를 추구하시는 분들이야. 게다가 네가 여행 왔다는 것도 알고 계시고.」

입구에서 그들을 기다리고 있는 것은 광택 있는 금빛의 거대한 BMW 한 대였다. 창문들은 모두 선팅을 한 상태였다. 운전기사는 빠르게 차에서 내리더니 그들을 위해 차문을 열어 줬다. 차가 호텔 부지를 벗어나 바쁜 거리로 들어서자 페익린이 관광지들을 설명해 줬다.

「여기가 그 유명한 오차드 로드야. 관광객들의 중심지지. 우리 식의 뉴욕 5번가야.」

「5번가가 스테로이드를 복용한 형태인데…… 나는 이렇게 많은 부티크와 쇼핑몰들은 처음 봐. 시야가 닿는 저 멀리까지 계속 늘어서 있어!」

「그래. 그래도 나는 뉴욕이나 LA에서 쇼핑하는 것이 더 좋아.」

「페익린, 너는 언제나 그랬잖아.」 레이철이 그녀를 놀렸다. 그녀의 친구가 수업을 듣고 있어야 할 때 자주 땡땡이치면서 잠깐씩 쇼핑하러 갔던 일들이 기억난 것이었다.

레이철은 페익린이 돈 많은 집 아이라는 것을 언제나 알고 있었다. 그들은 스탠퍼드 대학교의 신입생 오리엔테이션 중에 만났으며 페익린은 아침 8시에 로데오 드라이브 쇼핑가에서 신나게 돌다 막 온 것 같은 모습으로 수업을 들으러 나타나곤 했다. 싱가포르에서 새로 온 유학생으로서 그녀가 한 첫 행동들 중 하나는 스스로를 위해 포르셰 911 컨버터블을 사는 일이었다. 그러고는 미국에서는 포르셰가 너무 쌌기 때문에 〈그것을 한 대 갖지 않는 것은 완벽한 범죄〉라고 주장했다. 또 얼마 지나지 않아 팰로앨토가 자신에게는 너무 시골 동네라고 생각한 그녀는 기회만 되면 레이철에게 수업을 빠지고 함께 샌프란시스코로 드라이브를 가자고 졸랐다. (그쪽의 니먼 마커스 백화점은 스탠퍼드 쇼핑센터에 있는 지점보다 훨씬 낫다며…….) 그녀는 지나칠 정도로 씀씀이에 관대했으며 레이철은 대부분의 대학 시절 동안 그녀로부터 선물을 받고, 셰 파니스나 포스트 랜치 인과 같은 호화 레스토랑에서 화려한 만찬을 즐겼으며, 페익린의 유용한 아메리칸 익스프레스 블랙 카드의 힘을 빌려 캘리포니아 해안을 따라 주말 스파 여행을 다녔다.

페익린의 매력의 일부는 그녀가 돈이 많다는 사실에 전혀 미안함을 보이지 않는다는 것이었다. 그녀는 돈을 쓰거나 돈에 대해 얘기하는 것을 전혀 부끄러워하지 않았다. 『포천 아시아』에서 그녀 가족이 소유한 부동산 개발 및 건설 회사를 메인 기사로 다루었을 때는 기사의 링크를 레이철에게 자랑스럽게 전달하기도 했다. 또 캠퍼스 밖에 임대한 연립 주택에서 플럼드 호스 레스토랑에 케이터링 서비스를 맡긴 호화 파티들을 열었다. 콕 집어 말하자면 스탠퍼드 대학교에서는 이런 행동들이 그녀를 그다지 인기 있는 학생으로 만들어 주지 않았다. 동부 출신 무리들은 그녀를 무시했고, 상대적으로 덜 튀는 샌프란시스코 지역 출신들은 그녀가 지나치게 남부 캘리포니아인처럼 행동한다고 여겼다. 레이철은 언제나 페익린이 프린스턴이나 브라운 대학교를 다녔다면 훨씬 학교 분위기에 잘 녹아들었을 것이라고 생각했다. 그래도 운명이 이 친구를 그녀의 곁으로 보내준 것에 감사했다. 페익린보다 훨씬 검소한 환경에서 자란 레이철은 이렇게 마음 놓고 돈을 써대는 친구가 흥미로웠다. 게다가 페익린은 그렇게나 미친 듯이 부자인데 그 사실에 대해 절대 잘난 체하지 않았다.

「닉이 이곳, 싱가포르의 미친 부동산 상황에 대해서는 알려 줬어?」 차가 뉴턴 서커스를 끼고 쌩하니 도는 동안 페익린이 물었다.

「안 알려 줬는데.」

「시장이 현재 굉장히 뜨겁게 달궈졌어. 모두들 사방에서 부동산을 사고팔고 있어. 사실상 그게 범국민적인 오락이 됐지. 왼쪽에 지어지고 있는 아파트 보여? 나도 지난주에 집을 두 채 사들였어. 내부자 가격으로 각각 210씩 주고.」

「210만 달러를 말하는 거야?」 레이철이 물었다. 언제나 페익린이 돈에 대해 말하는 방식에 익숙해지려면 시간이 걸렸다. 숫자 단위들이 너무 비현실적으로 느껴질 뿐이었다.

「응. 당연하지. 우리 회사가 저 아파트를 지어서 내부자 가격으로 살 수 있었어. 실제로는 3백만 달러씩 나가는 집들이야. 그리고 올해 말에 완공될 때쯤이면 각각 350만 달러에서 4백만 달러에 쉽게 팔릴 거야.」

「왜 그렇게 가격이 빠르게 치솟는 거야? 그건 시장에 투기로 인한 거품이 있다는 징조 아니야?」 레이철이 물었다.

「수요가 진짜라 거품은 아니야. 요새 모든 HNWI들이 부동산 시장에 뛰어들고 싶어 해.」

「음, 〈흐누위〉가 뭔데?」 레이철이 물었다.

「오, 미안. 네가 아직 우리 은어들을 잘 모른다는 것을 잊고 있었네. HNWI는 〈큰손들High Net Worth Individuals〉을 의미해. 우리 싱가포르 사람들은 뭐든지 약자로 말하는 것을 좋아하거든.」

「응. 그런 것 같더라.」

「너도 알다시피 중국 본토에서 HNWI들이 폭발적으로 많이 몰려왔어. 그래서 부동산 시세가 오르는 진짜 이유는 그들 때문이야. 그들은 여기로 무리 지어 날아와 현금이 꽉꽉 채워진 골프 가방을 들고 부동산을 사들이고 있어.」

「정말? 나는 반대일 거라고 생각했는데. 모두들 중국으로 일을 찾아서 가지 않아?」

「몇몇의 경우에는 그래. 하지만 진짜 부자인 중국인들은 다들 여기로 오고 싶어 해. 이곳은 이 근방에서 가장 안정적인 나라잖아. 그래서 본토 중국인들은 그들의 돈을 여기에 묻는 것이 상하이나 스위스에 두는 것보다 훨씬 안전하다고 생각해.」

이쯤 되자 차가 주요 도로를 벗어나 주택들이 다닥다닥 붙어 있는 동네 안으로 들어섰다. 「싱가포르에도 이런 주택들이 있기는 하네.」 레이철이 말했다.

「몇 군데 안 되지. 우리들 중 5퍼센트만이 운이 좋아 주택에서 살 수 있어. 이 동네는 사실 싱가포르에서 최초로 〈전원식〉으로 개발된 지역들 중 하나야. 70년대에 개발이 시작됐고 우리 가족이 건설을 도왔지.」 페익린이 설명했다. 높게 세워진 하얀 벽 위로 두껍고 크게 자란 부겐빌레아 덤불들의 끄트머리가 보였다. 차가 그 벽을 지나치자 벽면에 〈*Villa d'Oro*(황금의 집)〉라고 새겨진 거대한 황금 표지판이 보였다. 그리고 차를 입구에 대자 화려하게 장식된 금빛 대문이 양옆으로 벌어지면서 인상적인 저택의 전면을 공개했다. 그 모습은 우연이라 할 수 없을 정도로 베르사유 궁전의 프티 트리아농 별궁과 닮아 있었다. 하지만 진짜 별궁과는 달리 저택 자체가 부지 대부분을 차지하고 있었다. 그리고 현관 앞에는 거대한 4단 대리석 분수가 존재감을 드러내고 있었는데 분수 속의 금으로 된 백조는 하늘을 향해 벌린 기다란 부리에서 물을 뿜어내고 있었다.

「우리 집에 온 것을 환영해.」 페익린이 말했다.

「오, 세상에. 페익린!」 레이철은 놀라움에 숨이 턱 막혔다. 「여기가 네가 자란 집이라고?」

「이 부지에서 자란 게 맞기는 한데, 우리 부모님께서 대략 6년 전에 그 오래된 집은 철거하시고 그 자리에 이 저택을 지으셨어.」

「그래서 네가 팰로앨토에 있던 연립 주택을 너무 작다고 생각했구나.」

「있지, 나는 자라면서 모두들 이렇게 사는 줄 알았어. 미국에서는 이 저택이 아마 3백만 달러 정도밖에 안 나갈 거야. 여기서는 가격이 얼마나 되는지 맞춰 볼래?」

「시도도 안 하겠어.」

「3천만 달러는 훌쩍 넘을 거야. 그리고 그것도 부지 가격만 따졌을 때야. 저택 자체는 철거 대상이 되겠지.」

「글쎄다. 이렇게 인구 많은 섬에서 땅이 얼마나 귀중할지는 짐작이 간다. 인구가 4백만 명쯤 되나?」

「이제는 4백만에 가깝지.」

젊은 인도네시아인 여자가 레이스 달린 흑백의 프랑스 가정부 유니폼을 입고 성당의 대문만 한 현관문을 열어 줬다. 레이철은 저택의 원형 로비로 들어섰다. 로비 바닥의 백색과 장미색 대리석은 방사상 무늬로 퍼져 나아가며 반짝였다. 오른쪽으로는 금색 난간이 달린 거대한 계단이 위층까지 구불구불하게 이어졌다. 둥글려진 계단의 벽 전면에는 프라고나르의 명화, 「그네」가 프레스코 기법으로 복제돼 있었다. 단, 이 모방화는 12미터에 달하는 원형 홀을 채우기 위해 그림을 확대시킨 것이었다.

「프라하에서 온 화가들 한 팀이 이곳에서 3개월간 텐트를 치고 묵으면서 이 프레스코화를 그렸어.」 페익린이 설명하면서 레이철을 데리고 계단 몇 개를 올라 공식 거실로 안내했다. 「여기는 우리 어머니께서 베르사유 궁전의 거울의 방을 재현하신 곳이야. 마음의 준비를 해둬.」 그녀가 경고했다. 계단을 올라 방에 들어선 레이첼의 눈이 살짝 커졌다. 빨간 벨벳 소파를 제외하고는 이 동굴 같은 공식 거실의 모든 물건들이 금으로 만들어진 것 같았다. 아치형의 천장은 여러 층의 금박을 입혀 만들어졌다. 바로크식 콘솔 테이블들은 금가루로 덮여 있었다. 벽면을 따라 부착된 베네치아풍의 거울들과 나뭇가지 모양의 촛대들도 금이었다. 금색 다마스크 커튼에 달린 정교한 술들은 주변보다도 더 짙은 빛깔의 금색이었다. 가능한 모든 공간마다 너부러져 있는 골동품들조차도 모두 금이었다. 레이철은 너무 놀라 할 말을 잃었다.

그런데 이 공간을 더욱 비현실적으로 만드는 것은 따로 있었다. 거실 한가운데에는 금빛 반점 무늬의 대리석 바닥을 파서 만든 거대한 타원형 인공 연못이 자리하고 있었다. 연못 속에는 불이 밝게 켜져 있었다. 그리고 잠깐이었지만 레이철은 거품이 이는 그 물속에서 아기 상어들이 헤엄쳐 다니는 모습을 본 것 같았다. 그녀가 이 광경을 완전히 받아들이기도 전에 금색 털을 자랑하는 페키니즈 세 마리가 거실 안으로 뛰어 들어왔다. 그들이 높게 짖는 소리가 대리석 공간 안에서 크게 울려 퍼졌다.

작달막하고 통통한 체구에 둥글게 부풀려 어깨까지 내려오는 파마머리를 자랑하는 50대 초반의 여성이 거실로 들어왔다. 페익린의 어머니였다. 그녀는 풍만한 가슴골을 팽팽히 부각시킬 정도로 딱 붙는 진분홍색 실크 블라우스에 금빛 메두사 머리들이 연결된 벨트를 차고 딱 붙는 검은 정장 바지를 입고 있었다. 그녀의 의상에서 유일하게 어울리지 않는 것은 그녀가 발에 신은 분홍색 쿠션 슬리퍼였다. 「애스터, 트럼프, 밴더빌트! 안 돼! 아니야! 그만 짖으렴!」 그녀는 강아지들을 혼냈다. 「레이철 추! 화안영한다. 화안영해!」 그녀는 중국어 억양이 강하게 남아 있는 영어 발음으로 외쳤다. 레이철은 자신도 모르는 사이에 꽉 안겨 푹신한 살들의 감촉을 느끼고 있었다. 아닉 구탈의 향수, 오 드 아드리앙의 자극적인 향이 코를 가득 메웠다. 「아이야! 너를 못 본 지 너무 오래됐구나. 비엔 카르 아 니 스위, 아!」 그녀는 호키엔어로 말하며 두 손으로 레이철의 양 볼을 감쌌다.

「어머니께서 네가 정말 예뻐졌대.」 레이철이 베이징어만 할 줄 안다는 것을 아는 페익린이 통역해 줬다.

「고마워요, 고 아주머니. 다시 뵙게 돼서 너무 반갑네요.」 레이철은 다소 뭉클한 마음으로 말했다. 그녀는 언제나 누군가가 외모를 칭찬해 줄 때면 뭐라고 해야 할지 몰라 했다.

「뭐어어어어?」 아주머니가 장난스럽게 경악하는 척하며 말했다. 「나를 고 아주머니라고 부르지 말거라. 고 아주머니는 내 끄으음찍한 시이이어머니라고! 니나 이모라고 부르렴.」

「네, 니나 이모.」

「이쪽으로 오렴. 부엌으로 오라고. 마칸 시간이다.」 니나는 구릿빛 매니큐어를 바른 손으로 레이철의 손목을 잡고는 대리석 기둥들이 늘어선 기다란 통로를 따라 식사 공간으로 그녀를 이끌었다. 레이철은 어쩔 수 없이 니나의 손에서 투명한 노른자처럼 뻰뜩이는 거대한 카나리 다이아몬드와 귀에 꽂혀 있는 3캐럿짜리 다이아몬드 외알 귀걸이 한 쌍으로 시선이 향했다. 귀걸이는 페익린의 것과 똑같았다. 〈그 엄마에 그 딸이네. 어

쩌면 둘이 1+1 행사가로 샀을지도 모르지.〉

남작의 저택에 있을 법한 호화로운 식사 공간은 로코코 지옥이었던 거실을 보고 나니 상대적으로 눈에 안식을 주는 기분이었다. 벽면마다 나무 무늬 판자를 덧댄 식사 공간에는 마당을 내려다볼 수 있는 창문들이 있었다. 또 마당에서는 고대 그리스풍의 조각상들이 에워싸고 있는 거대한 타원형 수영장을 볼 수 있었다. 레이철은 재빠르게 밀로의 비너스가 두 가지 버전으로 세워져 있다는 것을 알아챘다. 하나는 흰 대리석으로 돼 있었고, 나머지 하나는 당연하게도 금으로 돼 있었다. 식사 공간으로 다시 눈을 돌리니 18명이 앉을 수 있는 큰 원형 식탁이 보였다. 그 위는 톡톡한 바텐버그 레이스 식탁보로 덮여 아늑해 보였고 등받이가 높은 루이 14세풍의 의자들은 감사하게도 감청색 양단으로 싸여 있었다. 그리고 식사 공간에 모여든 사람들은 고 가족 구성원 전부였다.

「레이철, 우리 아버지는 기억나지? 이쪽은 우리 큰오빠 페익윙과 새언니 셰릴이야. 그리고 이쪽은 작은오빠 페익팅인데 우리끼리는 P.T.라고 불러. 그리고 여기는 내 조카들, 알리사와 카밀라야.」 모두들 돌아가며 레이철과 악수를 했다. 반면 레이철은 어쩌다 보니 그들 중 키가 165센티미터를 넘는 사람이 아무도 없다는 사실을 깨닫게 됐다. 남자 형제들은 둘 다 페익린보다 훨씬 어두운 피부를 갖고 있었지만 모두들 똑같이 작은 요정 같은 이목구비를 자랑했다. 두 형제는 거의 같아 보이는 의상을 입고 있었다. 그들의 하늘색 버튼다운 셔츠와 짙은 회색 정장 바지 코디는 마치 일상적인 금요일에 어떻게 옷을 입어야 하는지에 대한 회사 지침을 정확히 따른 것 같았다. 상대적으로 훨씬 피부가 하얀 셰릴은 나머지 가족들에 비해 눈에 띄었다. 그녀는 분홍색 꽃무늬 탱크톱과 짧은 청치마를 입고 있었으며 그녀의 어린 두 딸들과 시름하느라 다소 기진맥진한 모습이었다. 그녀는 두 아이들에게 치킨 맥너겟을 먹이고 있었는데 그 종이 포장 상자는 딸려 오는 새콤달콤한 소스 통들과 함께 금테가 둘러진 묵직한 리모주 도자기 접시 위에 올라 있었다.

페익린의 아버지는 레이철에게 자신의 옆자리에 앉으라고 손짓했다. 그는 다부진 체구에 떡 벌어진 가슴을 소유한 남자로 카키색 정장 바지와 빨간 랄프 로렌 셔츠를 입고 있었다. 셔츠는 짙은 남색 폴로 선수 로고가 특대 사이즈로 앞에 선명히 새겨진 디자인이었다. 그의 옷과 작은 키가 어우러지니 굉장히 부자연스럽게도 50대 후반인 남자가 소년 같아 보였다. 그의 작은 손목에는 두꺼운 프랭크 뮐러 시계가 채워져 있었으며 그 또한 양말 위에 쿠션 슬리퍼 한 쌍을 신고 있었다.

「레이철 추, 오랜만에 보는구나! 네가 대학 시절에

페익린에게 도움을 줘서 우리 모두 매우 고마워하고 있단다. 네가 없었으면 걔는 스탠퍼드 대학교에 적응할 가망이 없었을 거야.」 페익린의 아버지가 말했다.

「에이, 그건 사실이 아니에요! 페익린이 오히려 제게 큰 도움을 줬는걸요. 고 아저씨, 이…… 굉장한…… 집으로 저를 점심 초대를 해줘서 정말 감사합니다. 제가 영광이에요.」 레이철이 우아하게 인사했다.

「와이먼 삼촌. 나를 와이먼 삼촌이라고 부르렴.」 그가 말했다.

하녀 세 명이 들어와 이미 요리들로 깔린 식탁 위에 김이 모락모락 나는 요리들을 더 추가했다. 레이철이 세보니 식탁 위에는 총 열세 가지의 다른 요리들이 깔려 있었다.

「자, 모두들 지아크, 지아크.[51] 레이철 추, 체에에면 차리지 마렴. 이건 그냥 간단한 점심 식사야. 간단한 음식이라고, 라.」 니나가 말했다. 레이철은 음식으로 무거운 접시들을 멍하니 바라봤다. 그것들은 〈간단〉과 거리가 멀어 보였다. 「우리 새 요리사는 이포에서 왔어. 그래서 네가 오늘 몇 가지 전혀어엉적인 말레이시안 요리들과 싱가포르 요리들을 맛보게 된 거야.」 니나가 설명을 이어 가며 소고기 렌당 카레를 레이철의 금테 둘러진 접시에 푸짐히 덜어 줬다.

51 호키엔어로 〈먹다〉라는 뜻.

「엄마, 우리는 다 먹었어요. 이제 놀이방으로 가도 되나요?」 어린 여자애들 중 한 명이 셰릴에게 물었다.

「다 안 먹었잖아. 치킨 너겟이 아직 몇 개 남아 있는데.」 그들의 어머니가 말했다.

니나가 식탁 건너로 시선을 보내며 아이들을 혼냈다. 「아이요오오오오, 얘들아, 접시에 있는 것은 다 먹어 치워라! 미국에는 굶고 있는 아이들도 있다는 걸 모르니?」

레이철은 귀엽게 똑같이 양갈래 머리를 한 여자애들을 향해 미소를 지으며 말했다. 「드디어 온 가족을 만나뵐 수 있어서 너무 기뻐요. 오늘은 아무도 일을 나가지 않아도 됐나 보네요?」

「이게 가족 회사에서 일하는 장점이죠. 우리는 점심시간을 길게 즐길 수 있어요.」 P.T.가 말했다.

「어이, 너무 길게 즐겨도 안 되지.」 와이먼이 유쾌하게 으르렁거렸다.

「그럼 자녀들이 전부 고 아저씨…… 아니 와이먼 삼촌의 회사에서 일하나요?」 레이철이 물었다.

「그래. 그렇단다. 이게 진정한 가족 회사지. 우리 아버지는 아직도 회장으로 활발히 활동하고 계시단다. 나는 최고 경영자야. 내 자식들 모두가 각기 다른 관리 분야를 맡고 있고. 페익윙은 프로젝트 개발을 관리하는 부사장이고, P.T.는 건설을 담당하는 부사장이고, 페익린은 신규 사업을 담당하는 부사장이란다. 물론 우리 회사의 모든 부서를 통틀어 6천 명의 상근직 직원들도 있지.」

「그럼 사무실은 어디에 있어요?」 레이철이 물었다.

「우리 회사의 본부들은 싱가포르, 홍콩, 베이징 그리고 충칭에 있지. 그런데 하노이에 지사를 열었고 곧 양곤에도 열 거야.」

「고도 성장을 보이는 지역들에는 모두 진출하시는 것 같네요.」 레이철이 감탄하며 말했다.

「그럼, 그럼.」 와이먼이 말했다. 「아이야, 너는 정말 똑똑하구나. 페익린은 네가 뉴욕 대학교에서 커리어를 정말 잘 쌓고 있다고 하더구나. 혹시 사귀는 사람은 없니? P.T., 왜 레이철에게 더 관심을 안 갖는 거니? 우리 회사 급여 대상자 명단에 가족 구성원을 한 명 추가해도 좋잖아!」 식탁에 둘러앉은 모든 사람들이 웃었다.

「아빠, 정말 너무 잘 잊어버리신다니까요. 얘는 여기에 남자 친구와 함께 왔다고 말씀드렸잖아요.」 페익린이 아버지에게 핀잔을 줬다.

「앙 모 말이니?」 와이먼이 페익린을 바라보며 물었다.

「아니요, 싱가포르 남자예요. 오늘 여기 오기 전에 그를 만났어요.」 페익린이 말했다.

「아이야아아, 왜 그는 여기로 안 데리고 온 거야?」 니나가 딸을 책망했다.

「닉도 여러분과 만나고 싶어 했어요. 그런데 친구의 행사 준비를 막판까지 도와줘야 했거든요. 우리는 사실 그 친구의 결혼식에 참석하러 이곳에 온 거예요. 닉은 그 결혼식의 신랑 들러리고요.」 레이철이 설명했다.

「누가 결혼하는데?」 와이먼이 물었다.

「그의 이름은 콜린 쿠예요.」 레이철이 대답했다.

모두들 갑자기 먹는 것을 멈추고 레이철을 빤히 쳐다봤다. 「콜린 쿠……와 아라민타 리 말이에요?」 셰릴이 물으며 상황을 정리해 보려고 했다.

「네.」 레이철이 깜짝 놀라며 대답했다. 「언니도 그들을 아세요?」

니나는 그녀의 젓가락을 식탁에 쾅 내려놓고는 레이철을 응시했다. 「뭐어어어어라고? 네가 콜린 쿠의 결혼식에 간다는 거야?」 그녀는 입 안에 음식을 한가득 머금은 채 꽥꽥거리며 물었다.

「네, 네……. 이모도 가시나요?」

「레이철! 네가 콜린 쿠의 결혼식에 참석하기 위해 왔다는 건 말을 안 해줬잖아.」 페익린이 쉬쉬하는 목소리로 말했다.

「음, 너도 안 물어봤잖아.」 레이철이 불편해하며 대답했다. 「이해가 잘 안 되네요…… 무슨 문제가 있나요?」 그녀는 갑자기 고 집안 사람들이 쿠 집안 사람들과 철천지원수일지도 모른다는 생각이 들면서 겁이 났다.

「아니이이이이이!」 페익린이 갑자기 굉장히 흥분하며 외쳤다. 「너 정말 모르는 거야? 그건 〈올해의 결혼식〉이라고! 모든 TV 채널들, 모든 잡지들, 그리고 백만 개의 블로그들에서 그 행사를 다뤘어!」

「왜? 그들이 유명해?」 레이철이 굉장히 당황하며 물었다.

「알라마아아아악! 콜린 쿠는 쿠 텍퐁의 손자잖니! 그는 세계에서 가장 부우우자인 가문 출신이야! 그리고 아라민타 리는 말이지, 그녀는 슈퍼 모델인데 중국에서 가장 부우우자인 남자들 중 한 명인 피터 리와 럭셔리 호텔업계의 여왕 애너벨 리의 딸이야. 이건 왕실 결혼식 같은 거라고오오!」 니나가 설명을 쏟아 냈다.

「저는 전혀 몰랐어요.」 레이철이 놀라워하며 말했다. 「어젯밤에 그들과 처음 만났거든요.」

「그들을 만났다고요? 아라민타 리를 만났어요? 실물도 아름다웠어요? 무슨 옷을 입고 있었나요?」 셰릴이 인기 스타에 완전히 빠진 모습으로 물었다.

「네, 매우 예뻤어요. 그런데 정말 소박하기도 했어요. 제가 만났을 때 그녀는 말 그대로 잠옷을 입고 있었거든요. 여학생 같아 보였어요. 혹시 그녀가 유라시아계인가요?」

「아니. 그런데 그녀의 엄마가 신장 출신이래. 그래서 그녀에게도 위구르족의 피가 흐른다고들 하더라.」 니나가 말했다.

「아라민타는 이쪽에서 가장 유명한 패션 아이콘이에요! 그녀는 모든 잡지사에서 모델을 섰고 알렉산더 맥퀸이 가장 좋아하는 모델들 중 한 명이었어요.」 셰릴이 숨 가쁘게 설명했다.

「완전 죽이는 애지.」 P.T.가 추임새를 넣었다.

「너는 그녀와 언제 만났던 거야?」 페익린이 물었다.

「그녀가 콜린과 함께 왔어. 그들이 우리를 데리러 공항으로 왔거든.」

「그들이 너를 데리러 공항으로 왔다니!」 P.T.가 레이철의 말을 믿기 힘들어하며 탄성을 지르더니 미친 듯이 웃었다. 「경호원들도 무리 지어 따라다녔어?」

「전혀 없었는데. 그들이 SUV를 타고 왔어. 그러고 보니 SUV가 두 대였네. 한 대는 짐을 싣고 바로 호텔로 갔어. 유명한 사람들이라 그랬구나.」 레이철이 당시를 회상했다.

「레이철, 콜린 쿠의 가족이 킹스퍼드 호텔을 소유해! 그래서 네가 거기에 머무르는 거였어.」 페익린이 흥분한 채 레이철의 팔을 찌르며 말했다.

레이철은 딱히 이 상황에 뭐라고 해야 할지 몰랐다. 모두의 흥분이 흥미롭기도 하면서 조금은 자신이 쑥스러워졌다.

「네 남자 친구가 콜린 쿠의 신랑 들러리라고? 그의

이름이 뭐야?」 페익린의 아버지가 힘주어 물었다.

「니컬러스 영이요.」 레이철이 대답했다.

「니컬러스 영이라…… 그는 나이가 어떻게 되지?」

「서른둘이요.」

「그럼 페익윙보다 한 살 위인 거네.」 니나가 말했다. 그녀는 천장을 올려다봤다. 마치 머릿속의 자동 인물 검색기를 돌리며 니컬러스 영을 떠올려 보려고 하는 것 같았다.

「페익윙…… 니컬러스 영에 대해 들어 본 적 있니?」 와이먼이 그의 장남에게 물었다.

「아니요. 그가 어느 학교에 다녔는지 알려 줄 수 있어요?」 페익윙이 레이철에게 물었다.

「옥스퍼드의 발리올 칼리지요.」 레이철은 머뭇거리며 응답했다. 그녀는 그들이 왜 갑자기 모든 사소한 사항까지 궁금해하는지 이해가 안 됐다.

「아니, 그거 말고…… 어느 국민학교에 다녔냐고요.」 페익윙이 말했다.

「초등학교 말이지.」 페익린이 오빠의 말을 정정해 줬다.

「오, 그건 전혀 모르겠는데요.」

「니컬러스 영이라…… ACS[52]에 다니던 애의 이름처

52 싱가포르 상류층들 사이에서는 오로지 두 남학교만을 쳐준다. 그 중 하나는 영국-중국인 학교(Anglo-Chinese School, ACS)이고 나머

럼 들리는데.」 P.T.도 대화에 끼어들었다. 「ACS에 다니는 놈들은 다 세례명을 갖고 있잖아.」

「콜린 쿠가 ACS에 다니잖아요. 아빠, 레이철이 닉과 처음 사귀기 시작했을 때부터 저는 그가 누군지 체크해 봤어요. 그런데 아무도 그에 대해서 들어 본 적이 없더라고요.」 페익린이 덧붙였다.

「닉과 콜린은 초등학교를 같이 다녔대. 어렸을 때부터 제일 친한 친구 사이였다는데.」 레이철이 말했다.

「그의 아버님의 존함은 어떻게 되나?」 와이먼이 물었다.

「저도 모르겠어요.」

지 하나는 래플스 학교(Raffles Institution, RI)이다. 둘 다 지속적으로 세계 최고 학교 명단 안에 들고 있으며 오랜 세월 동안 열렬한 경쟁 구도를 지켰다. 1823년도에 개교한 RI는 머리가 좋은 무리들에게 인기가 있다고 알려졌다. 반면, 1886년도에 개교한 ACS는 더 유행에 따르는 무리들 사이에서 인기가 있으며 어느 정도 우월 의식에 빠져 사는 버릇없는 학생들을 키워 낸다고 알려져 있다. 이런 시각이 생기게 된 주요 계기는 1980년에 『선데이 네이션』에 실린 기사 때문이었다. 기사는 〈ACS의 어리지만 끔찍한 놈들〉이라는 제목하에 응석받이로 자란 학생들의 만연한 속물근성을 폭로했다. 이에 수치심을 느낀 교장 선생님은 바로 다음 날 아침, (본 작가를 포함한) 당황하는 학생들을 집합시켜 놓더니 앞으로는 학생들이 더 이상 운전기사를 대동한 차를 타고 학교 정문 앞에 내릴 수 없다고 발표했다. (학생들은 비가 오지 않는 이상 스스로 짧은 학교 진입로를 걸어 올라와야 했다.) 비싼 시계, 안경, 만년필, 서류 가방, 책가방, 필통, 문구류, 빗, 전자기기, 만화책, 그리고 여타의 럭셔리 물품들을 소유하는 것이 학교 부지에서 금지됐다. (그러나 몇 달 안에 링컨 리가 다시 그의 필라 양말을 신고 다니기 시작했는데 아무도 알아채지 못했다.)

「그래. 네가 부모님의 존함을 알아내면 그가 좋은 가문 출신인지 아닌지는 우리가 알려 주마.」 와이먼이 말했다.

「알라마아아아악, 그가 콜린 쿠와 절친이면 당연히 좋은 가문 출신이겠죠.」 니나가 말했다. 「영…… 영…… 셰릴, 리처드 영이라는 이름의 부인과 전문의가 있지 않니? 토 원장님하고 같이 일하시는 분 있잖아?」

「아니요, 아니에요. 닉의 아버님은 기술자랬어요. 그분은 연중의 일부를 오스트레일리아에서 근무하시는 것 같던데요.」 레이철이 아는 정보를 털어놨다.

「그래. 그의 배경에 대해 더 알아볼 수 있는 것이 있는지 살펴보렴. 그다음은 우리가 도와주마.」 와이먼이 마침내 말했다.

「오, 정말 그러지 않으셔도 돼요. 제게는 그가 어떤 가문 출신인지가 전혀 중요하지 않아요.」 레이철이 말했다.

「말도 안 되는 소리, 라! 당연히 중요하지!」 와이먼은 입장을 단호히 표명했다. 「그가 싱가포르 사람이라며. 그럼 내게는 그가 너와 사귀기에 부족하지 않은 사람인지 확인할 의무가 있단다!」

니컬러스와 콜린

싱가포르

어쩌면 향수에 젖어서일까, 닉과 콜린은 바커 로드에 있는 그들의 오래된 모교 카페에서 만나기를 좋아했다. 스포츠 센터의 메인 수영장과 농구장 사이에 위치한 영국-중국인 학교 카페에서는 몇 안 되는 종류의 태국 및 싱가포르 요리들과 함께 영국식 소고기 파이 같은 별미를 팔았다. 참고로, 닉은 그 별미를 무진장 좋아했다. 둘이 수영부에서 활동하던 시절에 연습이 끝날 때면 언제나 그들끼리 〈주전부리 가게〉라고 부르던 그곳에서 간식을 사 먹곤 했다. 당시에 일했던 요리사들은 오래전에 은퇴했다. 그래서 전설적이던 미 시암[53]은 더 이상 메뉴에 없었으며 카페 자체도 원래의 자리에 있지 않았다. 오래전, 스포츠 센터를 재개발하는 도중

53 매콤, 달콤, 새콤한 맛이 강한 양념에 달걀과 부추 등을 넣은 쌀국수로, 대표적인 페라나칸 요리 중 하나이다 — 옮긴이주.

에 카페가 철거됐기 때문이었다. 하지만 닉과 콜린에게 있어서 그곳은 여전히 둘 다 동네에 들렀을 때 만나는 지점이었다.

닉이 도착했을 때는 콜린이 이미 점심을 시킨 뒤였다. 「늦어서 미안하다.」 닉이 테이블로 다가가면서 콜린의 등을 두드리며 말했다. 「우리 할머니 댁에 잠깐 들러야 했어.」

콜린은 그의 접시에 놓인 소금 간 된 프라이드치킨만 계속 내려다봤다. 닉은 말을 이었다. 「그럼 우리 오늘은 또 무슨 일을 처리해야 할까? 턱시도들은 런던에서 들어왔어. 그리고 나는 마지막으로 접촉한 사람들로부터 다음 주 리허설 참석 여부에 대한 대답을 기다리는 중이야.」

콜린이 눈을 꽉 감으며 인상을 썼다. 「우리 제발 이 빌어먹을 결혼식 말고 다른 얘기를 하면 안 될까?」

「그래 그럼. 뭐에 대해 얘기하고 싶은데?」 닉이 차분하게 물었다. 오늘은 콜린의 기분이 저조한 날들 중 하나임을 깨달은 것이었다. 쾌활하고 파티 인생을 즐기는 간밤의 콜린은 사라진 상태였다.

콜린은 대답하지 않았다.

「어젯밤에 잠은 좀 잤어?」 닉이 물었다.

콜린은 침묵을 지켰다. 주변에 다른 사람은 아무도 없었다. 간간이 옆의 농구장에서 경기하는 사람들이 소리 지르는 소리가 뭉뚱그려져서 들려오거나, 한 명뿐인 종업원이 부엌을 드나들 때마다 설거지 중인 접시들이 달그락거리는 소리만이 들려왔다. 닉은 의자의 등받이에 기댄 뒤 차분히 콜린이 반응하기를 기다렸다.

사교계 인사들을 다루는 기사에 따르면 콜린은 아시아의 억만장자 독신남이자 스포츠 애호가였다. 그는 아시아의 거부들 중 한 명의 자손으로서만 유명한 것이 아니라 대학 시절에 싱가포르의 상위 랭킹 수영 선수로도 명성을 날렸었다. 또 그의 이국적이고도 잘생긴 외모와 멋지고 당당한 분위기, 신인 여배우들과 줄줄이 나는 스캔들, 그리고 계속해서 늘어나는 개인 소유의 현대 미술 작품들로도 유명했다.

하지만 닉과 있을 때면 콜린은 진정한 자신의 모습을 보일 수 있는 자유를 얻었다. 그를 어렸을 때부터 알아 온 닉은 아마 지구상에서 그의 돈에 대해 전혀 신경쓰지 않는 유일한 사람일 것이었다. 게다가 더 중요한 것은 둘이 〈전쟁 시절〉이라 부르는 시기에 유일하게 그의 옆에 있어 줬던 사람이기도 했다. 표면적으로 환한 미소와 카리스마 넘치는 성격을 보이는 콜린은 속으로 심각한 불안 장애와 주체할 수 없을 정도의 우울증으로 고생하고 있었다. 그는 자신의 이런 면을 극소수에게만 공개했으며 닉은 그들 중 하나였다. 콜린은 마치 몇 개월 치의 고통과 괴로움을 꾹꾹 눌러 담았다가 닉이 동네에 들를 때면 그에게 한꺼번에 푸는 것 같았다. 다른 사람이 이를 당했다면 절대 용납할 수 없었을 것이다. 하지만 닉은 이제 이런 것에 너무 익숙해져 있었기에 콜린의 기분이 왔다 갔다 하지 않은 적을 거의 떠올릴 수 없을 정도였다. 그에게 있어서 콜린의 기분 변화를 감내하는 것은 그냥 그의 가장 친한 친구로 지내기 위한 전제 조건일 뿐이었다.

종업원이 테이블로 다가왔다. 그는 축구부 티셔츠를 입은 땀내 나는 청소년으로, 미성년자의 근로 노동 금지법을 통과할 수 있을 정도의 나이가 돼 보이지는 않았다. 그런 그가 닉의 주문을 받았다.

「소고기 카레 파이를 주문할게요. 그리고 콜라 하나도요. 얼음 많이 넣어 주시고요.」

콜린이 드디어 자신의 침묵을 깼다. 「언제나 똑같네. 소고기 카레 파이와 얼음 추가한 콜라. 너는 안 변하는구나?」

「거기에 내가 뭐라고 대답하겠어? 나는 내 취향을 확실히 알 뿐이야.」 닉이 간략히 대답했다.

「너는 언제나 같은 것을 좋아하지만, 원한다면 언제든 마음을 바꿀 수 있잖아. 그게 너와 나의 차이야. 너에게는 아직 선택권이 있다고.」

「이봐. 그건 사실이 아니야. 너도 선택할 수 있어.」

「니키, 나는 태어났을 때부터 단 한 가지도 내 마음

대로 정할 수 있었던 적이 없었어. 그건 너도 알잖아.」콜린이 있는 그대로를 직시하는 듯이 말했다. 「내가 아라민타와 진짜로 결혼하고 싶어 한다는 것이 천만다행이지. 그냥 그 브로드웨이 쇼 같을 행사를 어떻게 견뎌낼지가 미지수라 그래. 그게 다야. 아라민타를 납치해서 비행기에 올라탄 뒤 네바다 황무지의 자그마한 24시간 예배당에 들어가 그녀와 결혼하는 변태적 상상까지 한다니까.」

「그럼 왜 그렇게 안 하는 건데? 결혼식까지 아직 일주일 남았잖아. 네가 이미 이렇게 불행하다면 그냥 식을 취소해도 되잖아?」

「이 합병을 성사시키기 위해 어른들은 가장 세세한 사항까지도 정해 놨어. 그건 너도 알잖아. 그러니 그렇게 진행이 되겠지. 사업에 좋은 일이야. 그리고 사업에 좋은 일이라면 그것이 뭐든 가족에게 좋은 일이고.」 콜린이 씁쓸히 말했다. 「어쨌든, 더 이상 어쩔 수 없는 일을 생각하며 시간을 보내고 싶지 않아. 어젯밤에 대해 얘기하자. 나 어땠어? 레이철이 보기에도 내가 충분히 쾌활했던 것 같아?」

「레이철은 너를 정말 좋아했어. 그렇게 깜짝 환영을 받는 것도 정말 좋았고. 하지만 너도 알다시피 네가 그녀를 위해 일부러 연기할 필요는 절대 없어.」

「안 해도 된다고? 네가 그녀에게 나에 대해서 무슨

말이라도 했어?」 콜린이 경계하며 물었다.

「아무것도 얘기하지 않았어. 네가 한때 여배우 크리스틴 스콧 토머스에게 걱정스러울 정도로 집착했다는 것만 빼고는.」

콜린이 웃었다. 닉은 안도했다. 그것은 콜린의 구름이 걷히고 있다는 징조였다.

「내가 파리에서 크리스틴을 스토킹하려고 했던 일화는 얘기 안 했겠지. 아니야?」 콜린이 말을 이었다.

「음, 아니. 내 친구들의 이상한 실상을 다 폭로하면 그녀가 여기에 안 오겠다고 했을걸. 그녀에게 이 여행을 거절할 이유를 더 이상 주고 싶지 않았다고.」

「이상한 점에 대해 말이 나와서 말인데, 아라민타가 레이철에게 그렇게 친절하게 대할 줄 누가 알았겠어?」

「아라민타가 타인에게 베풀 수 있는 친절의 정도를 네가 과소평가하는 것 같은데.」

「글쎄다. 너도 그녀가 평상시에 새로운 사람들을 만날 때 어떤지 잘 알잖아. 그런데 네게는 계속 잘 보이고 싶어 하는 것 같더라. 게다가 내가 레이철을 보자마자 좋아했다는 것도 알고 있었고.」

「정말 기쁜데.」 닉이 미소를 지었다.

「솔직히 말해서 처음에는 내가 그녀에게 살짝 질투를 느낄 줄 알았어. 그런데 정말 좋은 사람 같더라. 별로 들러붙는 스타일도 아니고. 게다가 정말 신선할 정도로…… 미국인 같아. 모두들 너와 레이철에 대해 얘기하고 다닌다는 건 알고 있지? 다들 너희 결혼 날짜를 가지고 내기하고 있어.」

닉이 한숨을 쉬었다.「콜린, 나는 지금 내 결혼식에 대해 생각하고 있지 않아. 네 결혼식을 생각하고 있지. 그냥 현재에 충실히 살려고 하고 있어.」

「현재에 충실하자는 얘기가 나와서 말인데, 언제 레이철을 네 할머니께 소개시켜 드릴 거야?」

「오늘 저녁에 할 생각이야. 그래서 할머니를 뵈러 갔던 거고. 저녁 식사 자리에 레이철을 초대해 달라고 부탁드렸어.」

「나도 네 일이 잘 되기를 간단히 기도해 주지.」콜린이 장난스럽게 말하며 자신의 마지막 닭 날개를 먹었다. 그는 외부 사람들과 거리를 두기로 유명한 닉의 할머니가 생판 모르는 사람을 그녀의 집으로 초대하는 것이 얼마나 중대한 일인지 잘 알고 있었다.「레이철을 그 집으로 데려가는 순간 모든 게 다 변할 거야. 그걸 알고는 있는 거지?」

「재밌네. 아스트리드도 똑같은 말을 하더라고. 그게, 레이철은 아무것도 기대하고 있지 않아. 결혼 문제로 내게 한 번도 압박을 준 적이 없는걸. 사실, 우리는 그 문제에 대해 얘기해 본 적도 없어.」

「아니, 아니, 나는 그런 말을 하는 게 아니야.」콜린은 자신의 말에 부연 설명을 했다. 「그게, 너희 둘은 이상적인 판타지를, 〈그리니치빌리지의 젊은 연인〉이라는 단순한 삶을 살고 있었잖아. 이제까지 너는 정교수가 되기 위해 노력하는 남자였을 뿐이고. 오늘 밤에 레이철이 꽤나 충격을 받을 거라는 생각은 안 들어?」

「무슨 말이야? 나는 정교수가 되기 위해 노력하는 사람 맞잖아. 그리고 어째서 레이철이 우리 할머니를 만나면 상황이 바뀐다는 건지 모르겠는데.」

「이봐, 니키. 순진하게 굴지 마. 레이철이 그 집으로 걸어 들어가는 순간, 너희의 관계는 영향을 받을 거야. 꼭 일이 나쁘게 돌아갈 거라는 말은 아니야. 하지만 너희 관계의 순수함이 사라지겠지. 너는 이전 상황으로 돌아가지 못할 거야. 그것만은 확실하지. 어떻게 하든지 간에 그녀는 너를 영원히 달리 보게 될 거야. 내가 바로 그 유명한 콜린 쿠라는 것을 알게 된 내 모든 전 여자 친구들이 그랬던 것처럼. 그냥 너도 마음의 준비를 좀 해두라는 거야.」

닉은 콜린이 한 말에 대해 한동안 고민했다. 「콜린, 네 말이 틀린 것 같아. 일단 우리 둘의 상황이 너무 달라. 우리 가족은 너희 가족 같지 않아. 너는 태어난 순간부터 미래에 쿠 기업의 최고 경영자가 되도록 키워졌잖아. 하지만 우리 가족은 내게 그런 식의 기대를 전혀 하지 않아. 우리에게는 가업도 없는걸. 그리고 맞아. 내게 부유한 사촌들과 기타 등등이 있기는 하지. 하지만 내 상황이 그들과 같지는 않잖아. 나는 고모할머니의 돈을 전부 물려받은 아스트리드와도 다르고 샹씨 사촌들과도 달라.」

콜린이 고개를 절레절레 흔들었다. 「니키, 니키. 이래서 내가 너를 좋아한다니까. 너는 아시아에서 유일하게 자신이 얼마나 부자인지, 아니, 더 정확히 말해 언젠가 자신이 얼마나 부자가 될지 깨닫지 못하는 유일한 사람일 거야. 자, 네 지갑 좀 줘봐.」

닉은 혼란스러웠지만 자신의 뒷주머니에서 낡디낡은 갈색 가죽 지갑을 꺼내 콜린에게 건넸다. 「그 안에 한 50달러 있을걸.」

콜린이 닉의 뉴욕주 운전면허증을 꺼내 그의 얼굴에 들이밀었다. 「여기에 뭐라고 쓰여 있는지 읽어봐.」

닉은 눈을 굴리면서도 콜린의 장단에 맞춰 줬다. 「니컬러스 A. 영.」

「그래. 바로 그거야. 영. 자, 이제 네 가족을 통틀어 성이 영씨인 다른 남자 사촌이 있어?」

「아니.」

「바로 그거야. 네 아버지를 제외하면 네가 네 가계에서 유일한 영씨 남자야. 영가의 재산을 상속받을 사람이 너밖에 없다고. 네가 그것을 믿든 믿지 않든 말이지. 더군다나 네 할머니는 너를 엄청 아끼시잖아. 모두들 알다시피 네 할머니께서 샹가와 영가 모두의 재산을 지배하시는데.」

닉은 고개를 절레절레 흔들었다. 그 이유는 콜린의 추측을 믿을 수 없어서였지만, 이런 이야기가 나온 것 자체가 불편했다. 아무리 가장 친한 친구와 한다고 해도 이런 이야기는 그를 꽤나 불편하게 만들었다. 이 주제에 이렇게 반응하는 것은 그가 어렸을 때부터 든 습관 때문이었다. (그는 아직도 일곱 살 때의 일을 기억했다. 당시에 닉은 학교에서 돌아와 차 마시는 시간에 할머니에게 물었다.「제 반 친구, 버나드 타이는 자기 아버지가 진짜 진짜 부자고 우리도 진짜 진짜 부자라고 했어요. 정말 그런가요?」『런던 타임스』에 한껏 빠져 있던 그의 고모 빅토리아가 갑자기 신문을 내려놓더니 그를 혼냈다.「니키, 예의 바른 아이들은 절대 그런 질문을 하지 않는단다. 절대 사람들에게 그들이 부자인지 묻지 말고 돈과 관련된 이야기는 하지 말거라. 우리는 부자가 아니야. 단지 잘사는 것일 뿐이다. 자, 이제 네 아마에게 사과드리렴.」)

콜린이 말을 이었다.「우리 할아버지는 모든 사람들을 없는 사람 취급하시잖아. 그런 우리 할아버지께서 왜 너를 볼 때마다 왕자님 모시듯 대하는 것 같아?」

「이제껏 나는 그냥 네 할아버지께서 나를 좋아하시는 줄 알았는데.」

「우리 할아버지는 개자식이야. 오로지 권력과 명성, 그리고 빌어먹을 쿠 제국을 드넓게 만드는 일에만 신경 쓰시지. 그래서 할아버지께서 나와 아라민타를 이렇게 엮으셨잖아. 또 그래서 언제나 내가 누구와 친구로 지내야 하는지를 지시하셨고. 우리가 어렸을 때 할아버지께서 하시던 말씀이 기억나. 〈그 니컬러스라는 친구에게 잘해 주렴. 유념해라. 우리는 영가 사람들과 비교하면 아무것도 아니란다.〉」

「내 생각에는 네 할아버지께 치매가 생기려나 본데. 어쨌든, 재산 상속과 관련된 이 모든 헛소리는 사실 논외의 이야기잖아. 왜냐하면 너도 곧 알게 되겠지만 레이철은 그런 것에 신경을 쓰는 부류의 여자가 아니야. 그녀가 경제학자이긴 하지만 내가 만나 본 사람들 중에 가장 세속적이지 않은 사람이기도 해.」

「글쎄다. 그럼 네 일이 잘 되기를 바라. 하지만 현재 이 순간에도 어둠의 세력들이 작용하며 너를 방해하려고 한다는 건 알고는 있지?」

「그게 뭐냐? 무슨 〈해리 포터〉 찍어?」 닉이 쿡쿡 웃었다. 「방금 네 말이 그렇게 들렸어. 그래, 네 말마따나 지금 이 순간에도 어둠의 세력들이 방해 공작을 펼치려고 한다는 것을 알고 있어. 아스트리드가 이미 내게 주의를 줬지. 우리 어머니께서도 알 수 없는 이유로 내가 도착하는 순간 중국에 가시기로 결정하셨고. 게다가 우리

고모할머니께서 내 지원군이 돼주셨기에 겨우 우리 할머니를 설득해서 레이철을 오늘의 저녁 모임에 초대할 수 있었어. 하지만 그거 알아? 나는 그래도 전혀 신경이 안 쓰여.」

「내 생각에는 네가 걱정해야 할 사람이 네 어머니는 아닌 것 같아.」

「그럼 정확히 누구를 걱정해야 한다는 거야? 내 관계를 망치기 위해 시간과 노력을 허비할 만큼 할 일 없는 사람이 대체 누구인지, 그리고 어떤 이유로 그럴지 알려 줘 봐.」

「사실상 이 섬에서 결혼 적령기를 찍은 모든 여자애들과 그들의 어머니들이지.」

닉이 웃었다. 「잠깐…… 왜 나야? 아시아에서 최고의 신랑감이라고 불리는 사람은 너잖아?」

「나는 떠나간 배고. 세상 그 어떤 일도 아라민타가 다음 주에 결혼하는 것을 막을 수는 없어. 그건 다들 알고 있잖아. 그러므로 이제 나의 왕관을 너에게 넘겨주마.」 콜린이 낄낄 웃으며 자신의 냅킨을 피라미드 모양으로 접은 뒤 닉의 머리에 씌워 줬다. 「이제는 네가 모두의 표적이야.」

레이철과 페익린

싱가포르

점심 식사를 마친 후 니나는 레이철에게 빌라 도로의 다른 쪽 건물을 속속들이 구경시켜 줘야 한다고 고집했다. (그 부속 건물 역시 놀랍지 않게도 레이철이 좀 전에 잠깐 경험했던 〈마약에 취한 바로크 스타일〉로 꾸며져 있었다.) 니나는 그녀의 장미 정원과 최근에 그곳에 세운 카노바의 조각품도 자랑했다. (그 조각품은 감사하게도 금으로 도배당하지 않은 상태였다.) 구경을 드디어 마치자 페익린은 레이철에게 호텔로 돌아가 애프터눈 티를 마시며 쉬자고 제안했다. 레이철이 아직 시차 적응 중이라 피곤할 터였기 때문이었다. 「네가 묵는 호텔에서는 굉장히 좋은 고급 홍차와 함께 환상적인 뇨냐 쿠에[54]를 제공해.」

54 페라나칸 디저트 케이크들. 이 중독성 있고 섬세한 맛이 느껴지는 알록달록한 〈쿠에〉, 또는 케이크들은 보통 쌀가루 반죽에 판단 잎 향

「하지만 나는 아직 점심 먹은 것도 소화가 안 됐는데.」 레이철이 반발했다.

「싱가포르 사람들의 식사 스케줄에 익숙해져야겠네. 이곳 사람들은 하루에 다섯 끼를 먹어. 아침, 점심, 티타임, 저녁, 그리고 야식.」

「세상에. 여기 있는 동안 나 엄청 살찌겠는걸.」

「아니, 그러지 않을 거야. 그게 이 무더위의 유일한 장점이지. 다 땀으로 배출될 거야!」

「그 말은 맞을지도 모르겠다. 너희 나라 사람들은 어떻게 이 날씨를 견디는지 모르겠어.」 레이철이 말했다. 「차는 마시자. 하지만 호텔 안에서 가장 시원한 곳을 찾자.」

그들은 테라스 카페에 편안히 자리를 잡았다. 그곳은 수영장 전경을 감상할 수 있는 동시에 다행스럽게도 에어컨 바람을 쐴 수 있는 자리였다. 멀끔하게 유니폼을 차려입은 종업원들이 홍차 케이크들, 페이스트리 빵들, 그리고 뇨냐 다과들을 담은 트레이를 들고 지나다녔다.

「맛있다…… 이 쿠에를 꼭 한번 먹어 봐.」 페익린이 말하며 레이철의 접시에 쌀과 코코넛이 들어간 찰진 커스터드 한 조각을 담아 줬다. 레이철은 한 입을 먹어 봤

신료를 넣어서 만들어지며 싱가포르에서는 티타임의 하이라이트로 사랑받고 있다.

다. 달달한 커스터드 크림과, 맛이 있는 듯 없는 듯 끈적이는 쌀의 조화가 놀랍게도 중독성이 있었다. 그녀는 목가적인 정원을 둘러봤다. 현재 대부분의 접이식 의자들은 늦은 오후의 햇볕 아래에서 잠든 손님들로 차 있었다.

「아직도 콜린의 가족이 이 호텔을 소유한다는 게 안 믿겨져.」 레이철이 말하며 쿠에를 한 입 더 먹었다.

「믿어, 레이철. 그들은 여기 말고도 수많은 곳을 소유해. 세계 곳곳의 호텔들, 상업용지들, 은행들, 광산들. 그 목록을 나열하자면 끝도 없어.」

「콜린은 굉장히 검소해 보이던데. 아니, 우리가 저녁을 먹으러 간 곳은 야외에 있는 시장이었다고.」

「그건 별로 이상할 게 없는데. 이곳 사람들은 다들 시장을 좋아해. 유념하도록 해. 이곳은 아시아야. 첫인상을 전부 믿을 수는 없어. 대부분의 동양인들이 자신들의 돈을 비밀리에 움켜쥐고 있기를 좋아한다는 건 알지? 부자들은 그게 더 심해. 이곳에서는 가장 부유한 사람들도 튀지 않으려고 노력해. 대부분의 경우, 넌 네가 억만장자 옆에 서 있어도 그걸 전혀 모를 거야.」

「내 말을 기분 나쁘게 듣지 않았으면 좋겠어. 근데 너희 가족은 부를 즐기는 것처럼 보이던데.」

「우리 할아버지께서는 중국에서 넘어오셔서 벽돌공으로 시작하셨어. 자수성가하신 분이시고, 우리 가족 모두에게 열심히 일하고 열심히 놀아야 한다는 가치관을 주입하셨지. 하지만 비교할 것을 해야지. 우리는 쿠 가문과 같은 급이 아니야. 쿠 가문은 〈미친 듯이 부자〉라고. 그들은 언제나 『포브스』의 아시아 부자 목록에서 상위 랭킹에 들어. 게다가 이런 가족들의 경우, 그런 기사에서 다뤄지는 내용은 빙산의 일각에 불과해. 『포브스』는 확인할 수 있는 자산만을 보고하는데 이런 동양인 갑부들은 정말 은밀하게 재산을 쥐고 있거든. 가장 부자인 가문들은 언제나 『포브스』에서 추정하는 액수보다 수십억씩 더 갖고 있어.」

째지는 전자 음악이 울려 퍼졌다. 「무슨 소리지?」 레이철은 묻고 나서야 깨달았다. 그녀의 새 싱가포르 핸드폰이 울리는 소리였다.

닉으로부터 전화가 오고 있었다. 「안녕, 자기야.」 레이철은 미소를 지으며 대답했다.

「자기도 안녕! 오랜만에 만난 친구와 즐거운 오후를 보내고 있어?」

「물론이지. 우리는 다시 호텔로 와서 홍차를 마시고 있어. 자기는 뭐 하고 있는데?」

「나는 여기 서서 팬티 바람인 콜린을 바라보고 있지.」

「엥? 뭐라고?」

닉이 웃었다. 「콜린네 집에 왔어. 방금 턱시도들이

들어왔거든. 그래서 재단사가 마지막으로 손봐야 할 것들을 보고 있어.」

「아. 자기 건 어떻게 생겼는데? 연한 파란색에 하늘하늘한 프릴이 달린 디자인이야?」

「너는 그랬으면 좋겠지. 아니야. 온통 모조 다이아가 박혀 있고 테두리는 금색으로 된 거야. 참, 네게 알려 준다는 걸 완전 깜빡했는데 우리 할머니께서 매주 금요일마다 온 가족을 불러 저녁 식사 모임을 여시거든. 네가 아직 시차 적응하느라 피곤한 건 아는데 혹시 같이 갈 수 있을 것 같아?」

「우와. 자기의 할머니 댁에서 저녁을 먹는 거야?」

페익린이 레이철을 바라보며 고개를 까딱 기울였다.

「그 자리에 누구누구가 올 건데?」 레이철이 물었다.

「아마 그냥 친척들 한 무리일 거야. 우리 가족들 중 대부분은 아직도 해외에 있어. 하지만 아스트리드는 올 거야.」

레이철은 살짝 확신이 안 섰다. 「음. 너는 어떻게 생각하는데? 내가 같이 갔으면 좋겠어? 아니면 먼저 혼자 가족과 시간을 좀 보내고 싶어?」

「물론 전자지. 나는 너도 오면 너무 좋을 것 같아. 하지만 네가 가고 싶어 한다는 전제하에. 내가 이 모임에 대해 너무 촉박하게 알려 줬다는 것도 알고 있고.」

레이철이 페익린을 바라보며 고민했다. 자신이 정말

닉의 가족들을 만날 준비가 된 것일까?

「가겠다고 말해!」 페익린이 적극적으로 레이철을 부추겼다.

「나도 가면 정말 좋을 것 같아. 할머니 댁에 몇 시까지 가야 하는 거야?」

「7시 반 정도가 적당할 거야. 근데 문제가 있어……. 나는 콜린네에 있는데 여기는 센토사만이야. 금요일 저녁에는 시내로 돌아가는 길의 교통 체증이 심각할 거야. 그래서 내가 너와 할머니 댁에서 바로 만나는 것이 더 편해. 우리 할머니 댁까지 혼자 택시 타고 가도 괜찮겠어? 주소는 알려 줄게. 그리고 네가 도착할 때 문 앞에서 기다리고 있을게.」

「택시를 타라고?」

페익린이 고개를 저으며 소리 없이 입 모양으로 말했다. 「내가 데려다줄게.」

「알았어. 어딘지만 알려 줘.」 레이철이 말했다.

「타이어살 파크야.」

「타이어살 파크.」 레이철은 핸드백에서 꺼낸 종이 쪼가리에 메모를 했다. 「그게 다야? 몇 번지야?」

「번지수는 없어. 하얀 기둥 두 개를 찾아. 그리고 운전기사에게 타이어살가(街)를 벗어나서 식물원 바로 뒤에 있다고 알려 주고. 못 찾겠으면 나한테 전화해.」

「알겠어. 한 시간 정도 뒤에 만나자.」

레이철이 전화를 끊자 페익린이 메모한 종이를 확 채갔다. 「할머니께서 어디 사시는지 좀 보자.」 그녀는 주소를 분석했다. 「번지가 없는 걸 보니, 타이어살 파크가 아파트 단지겠네. 음…… 나는 내가 이 섬에 있는 콘도는 전부 아는 줄 알았는데. 타이어살가는 들어 본 적도 없는 거리야. 아마 웨스트 코스트 어딘가에 있는 거겠지.」

「닉은 식물원 바로 근처에 있다고 하던데.」

「정말? 굉장히 가까이에 있네. 어쨌든 내 운전기사가 찾아낼 수 있을 거야. 우리는 훨씬 중요한 사안들을 다뤄야 해. 네가 무엇을 입고 갈 것인지와 같은 문제 말이야.」

「오, 신이시여. 뭘 입고 갈지는 나도 전혀 모르겠다!」

「너무 차려입은 것처럼 보이지 않으면서도 좋은 인상을 남기고 싶은 거잖아. 그치? 콜린과 아라민타도 오늘 저녁에 거기로 온대?」

「안 올걸. 닉이 가족들만 모이는 자리라고 했거든.」

「아아, 내가 닉의 가족에 대해 아는 정보가 더 많았으면 좋았을 것을.」

「너희 싱가포르인들 때문에 내가 웃겨 죽겠다. 그렇게 남의 일에 참견하기를 좋아하냐!」

「네가 이해하렴. 여기는 하나의 거대한 마을이야. 모든 사람들이 언제나 모두의 일에 참견하고 있지. 게다가 너도 우리 덕에 닉이 그 유명한 콜린의 절친이라는 걸 알게 됐잖아. 그래서 상황이 더 흥미로워졌다는 건 인정해야지. 어쨌든 너는 오늘 저녁에 멋져 보여야 한다고!」

「으음……. 잘 모르겠어. 잘못된 인상을 줘서 내가 지나치게 꾸미거나 유별난 애로 찍히기는 싫은데.」

「레이철, 내 말 믿어. 아무도 절대 너를 유별난 애로 보지 않을 거야. 네가 입고 있는 그 블라우스조차도 내가 아는 것인걸. 너 그거 대학교 다닐 때 샀잖아. 그렇지? 또 무슨 옷을 가져왔는지 보여 줘 봐. 네가 닉의 가족들을 처음 만나는 자리잖아. 그러니 우리는 네 의상을 정말 전략적으로 골라야 해.」

「페익린, 너 때문에 나 스트레스 받기 시작한다! 그의 가족들은 괜찮은 분들일 거야. 그리고 내가 벌거벗은 채로 나타나지 않는 이상 내가 무슨 옷을 입고 있는지 신경도 안 쓸 테고.」

페익린의 지시하에 몇 차례나 옷을 갈아입은 뒤, 레이철은 처음에 자신이 입으려고 했던 의상을 입고 가기로 했다. 그것은 앞쪽을 단추로 여미는 민소매의 초콜릿색 리넨 원피스였다. 여기에 같은 소재의 밋밋하고도 폭 넓은 벨트를 두르고 낮은 굽의 샌들을 신기로 했다. 또 손목에 수차례 감기는 재미있는 디자인의 은팔찌를 끼고, 그녀가 가지고 있는 유일하게 비싼 장신구, 그녀가 박사 학위를 받았을 때 어머니께서 주신 미키모토 진주 귀걸이를 했다.

「너 살짝 사파리 여행을 온 캐서린 햅번 같아 보인다.」 페익린이 말했다. 「우아하고 격식은 차렸는데 너무 과하지 않은 모습이야.」

「머리는 올릴까 내릴까?」 레이철이 물었다.

「그냥 풀어. 그게 조금 더 섹시해 보여.」 페익린이 조언했다. 「자, 어서 가자. 안 그러면 늦겠다.」

둘은 곧 식물원 뒤쪽의 구불구불하고도 수풀이 무성한 뒷길을 따라 가며 타이어살가를 찾고 있었다. 운전기사는 자신이 전에 그 거리를 운전하다 지나친 적이 있었지만 지금은 찾지 못하겠다고 했다. 「그 거리가 GPS에 안 나타난다는 게 이상해.」 페익린이 말했다. 「여기는 굉장히 헷갈리는 지역이야. 이렇게 좁은 도로들이 있는 동네는 몇 안 되거든.」

동네의 모습에 레이철은 깜짝 놀랐다. 그렇게 드넓은 마당이 딸린 크고 오래된 주택들을 처음 봤기 때문이었다.

「여기 있는 거리 이름들의 대부분이 굉장히 영국식인데. 네이피어가, 클러니가, 갤럽가…….」 레이철이 언급했다.

「그게, 식민 시대의 영국 장교들이 살던 동네가 여기라서 그래. 이곳은 사실 일반적인 거주 지역이 아니야.

대부분의 주택들은 정부 소유이고 대사관인 곳도 여럿이야. 저쪽에 기둥들이 세워진 거대한 회색 건물처럼 말이야. 저기는 러시아 대사관이야. 있지, 닉의 할머님은 정부 주택 단지에 사시나 봐. 그래서 내가 이곳을 한 번도 들어 본 적이 없는 것 같아.」

운전기사가 갑자기 속도를 늦추며 길의 갈림목에서 방향을 홱 틀어 더더욱 좁은 길목을 따라 내려갔다. 「봐. 여기가 타이어살가네. 그럼 할머니 댁도 이 길 따라 있겠다.」 페익린이 말했다. 고대부터 자라 구불구불한 몸통을 자랑하는 거대한 나무들이 길 양쪽을 따라 심어져 있었으며 그 밑으로는 한때 섬을 뒤덮었던 원시 우림의 잔재로 양치식물 덤불들이 밀도 있게 깔려 있었다. 길이 꺾여 내려가 오른쪽으로 틀어졌다. 그리고 갑자기 옅은 회색으로 페인트칠된 나지막한 철 대문의 양쪽으로 두 개의 백색 육각기둥들이 보였다. 길가에 깊숙이 꽂혀 야생 나뭇잎들 사이로 모습을 숨기고 있는 것은 〈타이어살 파크〉라고 쓰여 있는 낡디낡은 표지판이었다.

「내 평생 이 길을 따라가는 건 처음인데. 이런 곳에 아파트들이 있다는 게 너무 이상하다.」 페익린이 할 수 있는 말은 이것뿐이었다. 「우리 이제 어떻게 해? 닉에게 전화할 거야?」

레이철이 대답하기도 전에 사나워 보이는 수염을 기

른 인도인 경비원이 대문 앞에 나타났다. 그는 빳빳한 올리브색 제복을 입고 두툼한 터번을 쓰고 있었다. 페익린의 운전기사도 천천히 대문 앞으로 운전해 가다 경비원이 다가오자 창문을 내렸다. 경비원이 차 안을 살피더니 완벽한 영국식 영어로 말했다.「레이철 추 아가씨이신가요?」

「네, 저 맞아요.」레이철이 뒷좌석에서 손을 흔들며 대답했다.

「환영합니다, 추 아가씨.」경비원이 미소를 지으며 말했다.「계속 오른쪽으로 붙어서 길을 따라가십시오.」그가 운전기사에게 설명을 한 뒤 대문을 열고는 손짓으로 차를 보냈다.

「알라막, 저 남자가 어떤 사람인지 알고들 계신가요?」페익린의 말레이시아인 운전기사가 살짝 넋 나간 표정으로 여자들을 돌아보며 말했다.

「어떤 사람인데요?」페익린이 물었다.

「구르카인이에요! 구르카인들은 전 세계에서 가장 무서운 군인들이라고요. 제가 브루나이에 있을 때 항상 보던 이들이거든요. 브루나이의 술탄은 개인 경호 부대에 오로지 구르카인만을 고용했어요. 어쩌다 구르카인이 여기에 있을까요?」차가 계속해서 길을 따라가다 낮은 언덕을 넘었다. 진입로의 양측으로 잘 다듬어진 울타리가 빽빽한 벽을 이루고 있었다. 완만한 커브 길을 돌고나니 또 하나의 대문이 나타났다. 이번 것은 보강된 강철 대문으로, 현대적인 경비소도 설치돼 있었다. 다른 구르카인 경비원 두 명이 창밖을 살피는 모습이 레이첼의 눈에 들어왔다. 그사이에 인상적인 대문이 소리 없이 양옆으로 말려들어 가면서 또 하나의 기나긴 진입로가 모습을 드러냈다. 이번 길은 자갈로 덮여 있었다. 움직이는 회색 자갈돌들을 타이어로 짓이기며 차는 길을 따라 갔다. 그러자 우거진 식물들 사이로 아름다운 골목이 나타났다. 큰 야자나무들이 늘어선 그 골목은 완만히 경사진 공원을 이등분했다. 진입로 양측으로 완벽한 줄을 이루며 심어진 야자나무들이 대략 30그루쯤 있었으며 누군가가 각 야자나무 밑에 초로 밝혀진 기다란 직사각형 등불을 조심스럽게 배치해 둔 상태였다. 그 등불들은 길을 안내하는 반짝이는 보초병들 같았다.

차가 진입로를 따라 가는 동안 레이철은 감탄하며 그녀의 주변으로 깜빡이는 등불들과 깔끔히 손질된 드넓은 부지를 감상했다. 「이게 무슨 공원이야?」 그녀는 페익린에게 물었다.

「나도 전혀 모르겠는데.」

「이게 다 하나의 주택 단지야? 마치 클럽 메드 리조트에 들어서는 기분인데.」

「나도 확실치 않아. 싱가포르를 통틀어 이런 곳은 처

음 봐. 더 이상 우리가 싱가포르에 있는 것 같지도 않아.」 페익린이 놀라워하며 말했다. 이곳의 전체적 풍경은 그녀가 영국에 있을 때 방문했던 챗스워스 하우스나 블레넘궁과 같은 장엄한 사유지들을 연상시켰다. 차가 마지막 커브 길을 돌자 레이철이 갑자기 헉 소리를 내며 페익린의 팔을 잡았다. 저 멀리에 불빛으로 휩싸인 거대한 저택이 나타났다. 그들이 그곳에 더 가까이 다가가자 저택의 진정한 거대함이 분명히 와닿았다. 그곳은 집이 아니었다. 오히려 궁전에 가까웠다. 앞쪽 진입로에는 차들이 빽빽하게 줄을 서고 있었는데 거의 대부분이 유럽에서 온 대형차였다. 메르세데스 벤츠, 재규어, 시트로앵, 롤스로이스 등이었고 다수가 외교적 의미를 품은 메달과 깃발들을 달고 있었다. 운전기사 한 무리가 뒤편에서 담배를 피우며 원형으로 어물쩍거리고 있었다. 그리고 웅장한 현관문 앞에는 누군가를 기다리는 사람이 있었다. 흰 리넨 셔츠와 황갈색 바지 차림으로 머리는 세련되게 헝클어뜨린 채 양손은 생각에 잠긴 듯이 주머니에 찔러 넣고 서서 기다리는 그 사람…… 바로 닉이었다.

「나 꿈꾸고 있는 기분이야. 이게 현실일 리 없어.」 페익린이 말했다.

「오, 페익린, 이 사람들은 대체 누구야?」 레이철이 불안해하며 물었다.

난생처음으로 페익린은 할 말을 잃었다. 그녀는 갑자기 강렬한 눈빛으로 레이철을 바라봤다. 그러고는 속삭이다시피 말했다. 「나도 이 사람들이 누군지는 전혀 모르겠어. 그런데 한 가지는 확실해. 이 사람들은 신보다도 부자야.」

2부

내가 본 것의 반도 말하지 않았다.
왜냐하면 아무도 내 말을 믿지 않을 테니까.

마르코 폴로, 1324년

아스트리드

싱가포르

아스트리드가 캐시언을 단정한 새 진청색 세일러복으로 갈아입히고 있는데 남편으로부터 전화가 왔다.

「나 늦게까지 일해야 해서 아마 댁 저녁 모임에 못 갈 것 같아.」

「정말? 마이클, 이번 주에는 매일 밤 늦게까지 일했잖아.」 아스트리드는 기복 없는 말투를 유지하려고 애쓰며 말했다.

「우리 팀 전체가 늦게까지 있을 거야.」

「금요일 밤인데?」 아스트리드는 남편에 대한 의심을 드러낼 생각이 없었으나 자신도 모르게 말이 튀어나왔다. 이제 그녀의 눈이 활짝 떠지니 외도의 징조들이 모두 훤히 보였다. 그는 지난 몇 달간 거의 모든 가족 행사에 참석하기를 거절해 왔다.

「그래. 전에도 말했잖아. 스타트업 회사에서는 다 이

런 거야.」 마이클이 경계하며 덧붙였다.

아스트리드는 그에게 그 말에 대한 증거를 대보라고 하고 싶었다. 「그럼 일 끝나고 가족 모임에 합류하는 건 어때? 아마도 밤늦게까지 할 거야. 아마의 탄화[1]가 오늘 밤에 핀대. 그래서 손님들도 좀 초대하셨어.」

「내가 그곳에 가지 말아야 할 이유가 늘었네. 일 끝나면 너무 지쳐 있을 거야.」

「에이, 특별한 행사가 될 거야. 그 꽃들이 피는 걸 보면 정말 운이 좋아진다고 하잖아. 게다가 진짜 재미있을 텐데.」 아스트리드는 말투를 가볍게 유지하기 위해 분투하며 남편을 설득했다.

「3년 전에 거기서 그 꽃들이 피는 것을 봤잖아. 게다가 오늘 밤에는 도저히 많은 사람들을 마주할 자신이 없어.」

「오, 그렇게 사람들이 많을 것 같지는 않은데.」

「너는 언제나 그렇게 얘기하지. 그런데 가보면 50분간 저녁 식사를 하며 앉아 있어야 하고 어떤 빌어먹을 하원 의원도 와 있잖아. 아니면 다른 부차적인 활동이 따라오던지.」 마이클이 불평했다.

「그렇지 않아.」

「이봐, 라. 너도 그렇다는 걸 잘 알잖아. 지난번에는

1 선인장과의 식물로, 꽃이 밤에 피어서 아침에 진다. 한국과 일본에서는 월하미인(月下美人)이라는 이름으로 알려져 있다 — 옮긴이주.

그 링링이라는 놈이 피아노 연주회를 하는 동안 계속 앉아 끝까지 들어 줘야 했었는데.」

「마이클, 링링이 아니라 랑랑이야. 그리고 세계 최고의 피아니스트가 개인 콘서트를 열어 줘도 당신처럼 시큰둥한 사람은 아마 세상에 없을 거야.」

「그래. 그건 우라지게 레이 체이[2]했다고. 더군다나 내가 일주일 내내 일에 시달려 지쳐 있는 금요일 밤인데.」

아스트리드는 더 이상 남편을 설득하는 것이 부질없다고 판단했다. 그는 저녁 모임에 참석하지 않을 핑계를 천 개는 댈 태세였다. 〈그가 진짜로 하려는 일은 뭘까? 홍콩에서 문자를 보냈던 창녀가 갑자기 우리 동네로 왔나? 그녀와 만나려고 하는 걸까?〉

「알았어. 요리사에게 당신이 집에 오면 먹을 걸 좀 만들어 놓으라고 할게. 뭐 먹고 싶어?」 아스트리드가 명랑하게 물었다.

「아냐, 아냐. 신경 쓰지 마. 회사 사람들끼리 여기서 시켜 먹게 될 거야.」

〈참 그럴싸한 이야기네.〉 아스트리드는 마지못해 전화를 끊었다. 〈그이는 음식을 어디서 시켜 먹는다는 걸까? 겔랑에 있는 어떤 싸구려 호텔에서 룸서비스를 시키려는 걸까? 그이가 이 여자를 제대로 된 호텔에서 만

2 호키엔어로 〈지루하다〉라는 뜻.

날 수 있을 리가 없을 텐데. 그런 곳에서는 무조건 누군가가 그를 알아볼 테니까.〉 그리 오래전도 아닌 시절에 마이클은 가족 모임을 빠지게 될 때마다 그녀에게 상냥하게 사과했었다. 「여보, 못 가게 돼서 너무너무 미안해. 혼자 가도 정말 괜찮겠어?」 그는 이렇게 위로하는 말들을 했었다. 하지만 그의 그런 부드러운 면은 소멸됐다. 정확히 언제부터 그렇게 됐던 것일까? 그리고 왜 그녀는 그런 징조를 알아채기까지 그렇게 오래 걸린 것일까?

스티븐 치아 주얼리에서 보냈던 그날 이후로 아스트리드는 일종의 카타르시스를 느꼈다. 역설적으로 남편의 불륜에 대한 증거를 확보하게 되니 안도가 됐다. 그녀를 괴롭히는 건 상황의 불확실성, 비밀과 의문으로 가득 찬 의심들이었다. 심리학자가 할 법한 표현을 빌리자면 이제는 그녀가 〈상황을 받아들이고 그에 맞춰 적응〉할 수 있게 됐다. 더 큰 그림에 집중할 수 있게 됐다. 언젠가는 이 외도도 끝이 날 것이고 삶은 계속될 것이었다. 태곳적부터 남편들의 불륜을 묵묵히 견뎌 낸 수백만 아내들의 경우처럼.

싸울 필요가 전혀 없었다. 신경질적으로 대면할 필요도 없었다. 그렇게 행동하는 것은 너무 상투적이었다. 물론 남편이 한 모든 어리석은 행동들은 무슨 싸구려 여성 잡지의 〈내 남편이 바람을 피우고 있을까?〉 퀴

즈와 똑같다 할 수 있겠지만. 〈당신의 남편이 최근에 출장을 더 자주 갑니까?〉 네. 〈부부끼리의 잠자리 횟수도 줄고 있습니까?〉 네. 〈당신의 남편이 아무런 해명도 없이 이유를 알 수 없는 소비를 했습니까?〉 정말로 네. 직접 퀴즈에 새로운 질문을 추가할 수도 있겠다. 〈당신의 남편이 밤늦게 어떤 여자로부터 그의 빵빵한 거시기가 그립다는 메시지를 받았습니까?〉 당연히 네. 아스트리드의 머릿속이 다시 빙글빙글 돌기 시작했다. 혈압도 오르는 것이 느껴졌다. 그녀는 잠시 앉아서 몇 차례 심호흡을 해야 했다. 그동안 계속 쌓인 긴장을 필히 풀어야겠는데 왜 이번 주 내내 요가를 빠졌을까? 멈춰. 멈춰. 멈추라고. 그녀는 이 모든 생각들을 머릿속에서 몰아내고 현재에 충실해야 했다. 바로 지금, 이 순간, 그녀는 아마의 저녁 파티에 갈 준비를 해야 했다.

아스트리드는 유리 커피 테이블에 비친 자신의 모습을 보고는 옷을 갈아입기로 했다. 그녀는 자신이 오래도록 좋아했던 의상을 입고 있었다. 안 드묄레미스터르가 디자인한 얇게 비치는 검은 튜닉 드레스였다. 하지만 오늘 밤에는 좀 화려해지고 싶은 기분이었다. 마이클이 안 온다고 해서 오늘 저녁을 기분 나빠하며 보내지는 않을 것이었다. 그가 어디에 갈지, 무슨 일을 벌일지 말지에 대해 더는 한순간도 생각하지 않을 것이었다. 오늘 밤은 필히 별빛 아래에서 꽃들이 피는 마법 같은 밤이 될 것이었으며 오로지 좋은 일들만 있을 것이었다. 〈아마 댁에 가면 언제나 좋은 일들이 벌어지니까.〉

아스트리드는 손님용 침실로 갔다. 그곳은 결국 그녀의 넘쳐 나는 옷들을 위한 여분의 옷장이 됐다. (그리고 여기에는 그녀가 아직도 부모님 댁에 방마다 쌓아 둔 옷들이 포함돼 있지 않았다.) 방은 바퀴 달린 금속 행거들로 가득했고 행거들에는 계절과 색깔별로 세심히 정리된 옷들이 커버에 담겨 걸려 있었다. 아스트리드가 편안히 방에 들어가기 위해서는 행거들 중 한 줄을 복도로 끌어내야 했다. 이 아파트는 3인 가족이 살기에 너무 작았다. (참고로 캐시언의 방에서 자는 유모, 에반젤린까지 포함하면 4인이었다.) 하지만 그녀는 남편의 자존심을 지켜 주기 위해 주어진 상황에서 최선을 다해야 했다.

아스트리드의 친구들 중 대부분은 그녀가 살고 있는 환경을 알게 되면 진정 충격을 받을 것이었다. 대부분의 싱가포르인들에게 있어서 싱가포르 9구에 위치하고 56평의 널찍한 공간에 방 세 개, 화장실 두 개 반, 그리고 전용 발코니가 딸린 아파트라면 흔쾌히 누릴 호사였다. 하지만 아스트리드는 나심 로드에 있는 아버지의 장중한 대저택과 타나 메라에 있는 모던한 주말용 방갈로, 쿠안탄에 있는 드넓은 가족 농장, 그리고 할머니의 타이어살 파크 사유지에서 자랐다. 그런 환경에서 자란 그녀에게 이 집은 도저히 납득할 수 없는 곳이었다.

결혼 선물로 아스트리드의 아버지는 이미 아스트리드의 이름으로 되어 있는 부킷 티마의 땅에 전도유망한 브라질 건축가를 시켜 신혼부부를 위한 저택을 지을 생각이었다. 하지만 마이클은 그런 일을 전혀 용납하지 않았다. 그는 자존심이 있는 남자였으며 자신의 자금 안에서 구매할 수 있는 곳에서 살겠다고 고집했다.「저는 따님과 제 미래의 가족을 먹여 살릴 능력이 있습니다.」그는 미래의 장인에게 그렇게 전했다. 반면 그 반응에 어안이 벙벙했던 장인은 그의 결정에 감동하기보다는 그가 꽤나 무모하다고 여겼다. 이놈은 대체 어떻게 그 정도의 수입으로 자신의 딸을 위해 그녀가 익숙해할 만한 보금자리를 사겠다는 것인가? 마이클의 빈약한 저축으로는 민영 공동 주택의 계약금도 겨우 낼 수 있을 정도였다. 그리고 해리는 자신의 딸이 정부 보조 아파트에서 살 수 있으리라고는 절대 생각하지 않았다. 왜 그들은 최소한 아스트리드가 이미 소유하고 있는 호화 아파트나 저택들 중 한 군데로 들어가 살지 않는단 말인가? 하지만 마이클은 단호히 그와 그의 아내가 양가로부터 중립적인 입장에서 삶을 시작해야 한다는 입장을 지켰다. 결국에는 협상이 체결됐다. 마이클은 자신이 계약금으로 댈 수 있는 액수만큼을 아스트리드와 그녀의 아버지도 보태는 것에 동의했다. 그렇게 합친 금액에 30년 고정 금리의 대출을 끼고 이곳, 클레망소가(街)를 벗어난 자리에 위치한 80년대 아파트 단지의 집 한 채를 구할 수 있었다.

아스트리드가 행거의 옷들을 면밀히 넘겨보던 중에 갑자기 다소 웃긴 사실을 깨달았다. 이 방에 있는 유명 디자이너 의상들에 들인 금액만 따져도 이 집보다 세 배 큰 곳을 살 수 있는 액수였다. 그녀는 자신이 이미 소유하고 있는 부동산들이 얼마나 많은지 마이클이 진정 알았다면 무슨 생각을 할까 궁금해졌다. 아스트리드의 부모님은 다른 부모님들이 자녀에게 사탕을 사 주듯이 그녀와 오빠들에게 집을 사 줬다. 수년에 걸쳐서 부모님은 아스트리드에게 너무나 많은 저택들을 사 줬다. 그래서 그녀가 마이클 테오의 부인이 됐을 때쯤에는 이미 어마어마한 부동산 포트폴리오를 소유하고 있었다. 더니언 로드에서 조금 떨어진 곳에 자리한 방갈로가 있었고, 클레멘티에 있는 저택과 챈서리 레인에 있는 연립주택 두 채, 렁가 쪽의 고모할머니로부터 물려받은 에메럴드 힐의 역사적 페라나칸 주상 복합 건물들 한 줄, 그리고 섬 전역으로 흩어져 있는 수많은 기타 호화 아파트들까지.

그리고 그것은 싱가포르에서만 따졌을 때였다. 말레이시아에도 땅을 소유하고 있었고, 찰리 우가 그녀에게 비밀리에 사 준 런던의 아파트도 있었으며, 시드니의 부촌 포인트 파이퍼와 호놀룰루의 다이아몬드 헤드에도 각각 집이 한 채씩 있었다. 그리고 최근에는 어머니가 지나가는 말로 아스트리드의 이름으로 상하이에 새로 생긴 고층 빌딩의 펜트하우스를 하나 사들였다고 했다. (「옷장의 특수 컴퓨터 거울이 입었던 옷을 다 기억해 주더라고. 그래서 바로 이 집은 너를 위한 곳임을 알았지.」 펄리시티가 딸에게 흥분하며 말했다.) 정말 솔직히 말하자면 아스트리드는 자신의 자산들을 다 알고 있으려고 노력하지도 않았다. 기억해야 할 부동산들이 너무 많았다.

어차피 큰 의미 없는 것들이기도 했다. 에머럴드 힐에 있는 주상 복합 건물들과 런던에 있는 아파트를 제외하면 그 부동산들은 진짜 그녀의 소유라 할 수 없었으니까. 아직은 그랬다. 그것들은 전부 그녀의 부모님이 부를 상속하는 전략의 일부였다. 그리고 아스트리드는 부모님이 살아 계신 한 그 부동산들을 진정으로 통제할 수 없다는 것을 알았다. 다만 그 부동산들로부터 들어오는 수입의 덕은 톡톡히 보고 있었다. 1년에 두 번씩 온가족이 렁 지주회사에 근무하는 업무 관리자들과 함께 자리를 가질 때면 그녀의 개인 통장 잔고가 늘어나 있음을 확인할 수 있었다. 어떤 때는 터무니없을 정도로 불어 있었다. 통장의 잔고는 그녀가 지난 시즌에 유명 디자이너 드레스들에 얼마나 많은 돈을 쏟아 부었는지와 전혀 별개의 문제였다.

그래서 무엇을 입는단 말인가? 어쩌면 가장 최근에 파리에서 사 온 예쁜이들을 꺼낼 때일지도 모르겠다. 그녀는 새로 산 흰색 알렉시스 마비유 자수 블라우스에 푸르스름한 회색 랑방 시가렛 팬츠를 입고 새 VBH 귀걸이를 하기로 했다. 그 귀걸이야말로 정말 과해 보였기에 모두들 그것을 가짜 보석이라고 여길 것이었다. 그래서 실질적으로 전반적인 의상에 격식을 덜 차린 것 같은 효과를 줬다. 그렇다. 그녀는 이렇게 예뻐 보일 자격이 있었다. 그리고 이제 캐시언의 의상도 그녀의 것과 어울리도록 갈아입히는 것이 좋겠다.

「에반젤린, 에반젤린.」 아스트리드가 외쳤다. 「캐시언의 옷을 갈아입히고 싶어요. 마리샹탈에서 나온 비둘기색 점프수트를 입힙시다.」

2 레이철과 닉

타이어살 파크

페익린의 차가 타이어살 파크의 현관 앞에 이르자 닉이 현관 계단을 내려와 차 쪽으로 다가왔다. 「네가 길을 잃었을까 봐 걱정했어.」 그가 차문을 열면서 말했다.

「사실 조금 헤매기는 했지.」 레이철이 대답하며 차에서 내린 뒤 그녀의 앞에 자리한 건물의 장엄한 전경을 빤히 올려다봤다. 배 속이 꽁꽁 비틀리는 것 같았다. 그녀는 안절부절못하며 치마의 주름을 폈다. 「나 정말 늦었어?」

「아니야, 괜찮아. 미안해. 내가 길을 헷갈리게 알려줬지?」 닉이 묻고는 차 안을 살피며 페익린에게 미소를 지었다. 「페익린, 레이철을 데려다줘서 정말 고마워요.」

「물론이죠.」 페익린이 중얼거렸다. 그녀도 아직 주변 환경에 꽤나 충격을 받은 상태였다. 차 밖으로 나가서 이 어마어마한 사유지를 탐색하고 싶었다. 하지만 왠지 제자리를 지켜야 할 것 같은 기분이 들었다. 그녀는 한동안 멈춰 있었다. 닉이 그녀에게 차 한잔 마시라며 초대할지도 모른다는 생각에서였다. 하지만 그런 초대는 없을 분위기였다. 마침내 페익린은 최대한 무심한 척 말했다. 「여기 꽤나 굉장한데요. 그쪽 할머니의 댁인가요?」

「네.」 닉이 대답했다.

「할머니께서 이곳에 오랫동안 사셨나요?」 페익린은 이곳에 대해 더 알아내고 싶은 마음을 가누지 못한 나머지 주변을 더 잘 보기 위해 목을 쭉 뺐다.

「할머니께서 어린 소녀이셨을 때부터 사셨어요.」 닉이 말했다.

닉의 대답에 페익린은 놀랐다. 그녀는 이 저택이 그의 할아버지 소유일 것이라고 추정하고 있었기 때문이었다. 이제 그녀가 진정 하고 싶은 일은 닉에게 〈대체 당신의 할머니는 누구신가요?〉라고 묻는 것이었다. 하지만 너무 남의 일에 참견하는 사람처럼 보이고 싶지도 않았다. 「그럼 둘이 즐거운 시간 가져요.」 페익린이 말하며 레이철에게 윙크를 날리고는 〈나중에 전화해!〉라고 입 모양으로만 말했다. 레이철은 그녀의 친구에게 씩 웃어 보였다.

「좋은 밤 되세요. 조심히 돌아가시고요.」 닉이 말하

며 차의 지붕을 두들겼다.

페익린의 차가 떠나자 닉은 살짝 수줍은 표정으로 레이철을 돌아봤다. 「사실…… 우리 가족만 모인 것이 아니야……. 그래도 네가 괜찮았으면 좋겠는데…… 우리 할머니께서 직전에 소규모 파티를 열기로 결정하셨어. 보아하니 할머니의 탄화꽃들이 오늘 밤에 필 거라고 하시네.」

「꽃이 필 거니까 파티를 여셨다고?」 레이철이 닉의 말뜻을 정확히 이해하지 못한 채 물었다.

「그게, 이 꽃들은 굉장히 희귀해서 굉장히 드물게 피어. 어떤 때는 10년에 한 번씩, 또 어떤 때는 그보다도 더 오랜만에 핀대. 그리고 오로지 밤에만 피고 개화 시간이 몇 시간 안 돼. 그 광경은 꽤나 볼만해.」

「재미있겠는데. 하지만 내 옷은 정말 이 행사와 안 어울리게 수수한 것 같은데.」 레이철이 진입로에 줄지어 있는 리무진 함대를 눈여겨보며 수심에 잠긴 채 말했다.

「전혀 아니야. 네 의상은 아주 완벽해.」 닉이 그녀에게 말했다. 그녀의 공포심이 느껴졌다. 그래서 닉은 자신의 손을 그녀의 등허리에 대며 현관문 쪽으로 그녀를 안내했다. 레이철은 그의 팔 근육에서 방출되는 따뜻한 기운을 느끼자 바로 기분이 좋아졌다. 번쩍이는 갑옷을 입은 그녀만의 기사가 옆에 있었다. 그러니 모든 일이 잘 풀릴 것이었다.

그들이 저택에 입성하자 레이철의 시선을 가장 먼저 끈 것은 웅장한 로비의 찬란한 모자이크 타일들이었다. 그녀는 한동안 그 정교한 검은색, 푸른색, 그리고 산호색 문양을 보며 꼼짝 못 하고 서 있었다. 그러다 깨달았다. 이곳에는 그들만 있는 것이 아니었다. 키가 크고 막대기 같은 인도인 남자가 말없이 로비 한가운데에서 대기하고 있었다. 그의 옆에 자리한 원형 돌 탁자 위에는 거대한 흰색과 보라색 호접란 화분들이 한가득 전시돼 있었다. 남자는 레이철에게 격식을 갖춰 허리를 숙이고 인사를 하더니 망치로 두들겨 주조한 은그릇을 건넸다. 그 안에는 물과 연분홍 장미꽃잎들이 담겨 있었다. 「아가씨, 이것을 받으십시오.」 그가 말했다.

「이걸 마시라는 거야?」 레이철이 닉에게 속삭였다.

「아니, 아니야. 손을 닦는 용도야.」 닉이 설명했다. 레이철은 손가락을 시원하고도 향기로운 물에 담갔다가 제공된 부드러운 천에 닦았다. 그 의식을 행하는 것이 신기하면서도 살짝 바보 같았다.

「모두들 위층 거실에 있어.」 닉이 말하며 레이철을 조각된 돌계단 쪽으로 안내했다. 그녀는 곁눈질로 무언가를 발견하고는 급히 헉 소리를 냈다. 계단 옆에 거대한 호랑이가 도사리고 있는 것이었다.

「레이철, 그건 박제된 거야.」 닉이 웃음을 터뜨렸다.

호랑이는 무시무시한 울음을 내뱉을 것처럼 입을 벌린 채 언제든 그녀를 덮칠 태세로 서 있었다.

「미안해. 정말 진짜 같아 보였거든.」 레이철이 평정심을 되찾으며 말했다.

「한때 진짜였지. 싱가포르 토종 호랑이야. 19세기 말까지 이 지역을 누비고 다녔다는데 모두 사냥당해 멸종됐어. 이놈이 이 집으로 뛰어 들어와 당구대 밑으로 숨어들었을 때 우리 증조할아버지께서 총으로 쏘셨다나, 뭐 대충 그런 이야기야.」

「불쌍한 녀석.」 레이철이 말하며 손을 뻗어 조심스럽게 호랑이의 머리를 쓰다듬었다. 그것의 털이 놀랍게도 까칠까칠했다. 마치 언제든 털 한 무더기가 빠질 것 은 느낌이었다.

「나도 어렸을 때 이걸 보고 엄청 무서워했어. 밤에는 절대 이 로비 근처에도 안 왔지. 그리고 내가 잠든 동안 이것이 살아나서 나를 공격하는 꿈도 꿨었어.」 닉이 말했다.

「자기도 여기서 자랐던 거야?」 레이철이 놀라며 물었다.

「응. 한 일곱 살 때까지는.」

「자기가 궁궐에서 살았다고는 한 번도 말한 적 없잖아.」

「여기는 궁궐이 아니야. 그냥 큰 집이지.」

「닉, 내가 자란 곳의 기준에서 이곳은 궁궐이야.」 레이철이 말하며 그들 위로 펼쳐진 둥근 모양의 무쇠와 유리 지붕을 바라봤다. 그들이 계단을 오르는 동안 파티 참석자들의 속닥이는 소리와 피아노 건반 소리가 그들 쪽으로 흘러내려 왔다. 그들이 2층에 도달하자 레이철은 눈앞의 상황을 믿을 수 없어서 눈을 비빌 뻔했다. 오, 제발, 신이시여. 그녀는 잠시 현기증을 느꼈다. 과거의 다른 시대로, 어쩌면 베네치아에서 이스탄불로 이동하는 1920년대 여객선의 웅장한 대합실로 이동한 기분이었다.

닉이 너무나 겸허하게 〈거실〉이라 부른 곳은 저택의 북쪽 끝을 따라 쭉 이어지는 회랑이었다. 아르데코식 등받이 없는 긴 의자들, 고리버들 안락의자들, 그리고 수납형 오토만 의자들은 무심히 한데 배치돼 친밀한 좌석 공간을 형성했다. 줄줄이 열려 있는 커다란 비늘살 문들은 빙 둘러진 베란다를 보여 주고 있었다. 덕분에 파릇파릇한 정원의 풍경과 밤에 피어난 재스민의 향기가 집 안으로 흘러들어 왔다. 그동안 거실 저쪽 끝에서는 턱시도를 입은 젊은 남자가 뵈젠도르퍼 그랜드 피아노를 치고 있었다. 닉이 레이철을 그 안으로 이끌고 들어가자, 그녀는 반사적으로 주변 환경을 무시하려는 자신을 발견했다. 그러나 본심은 그 공간의 모든 정교함과 세세함을 관찰하고 싶은 마음뿐이었다. 건륭제 시대의 거대한 용무늬 화분에 심어진 이국적인 야자나무들이 공간의 균형을 이루는 모습. 진홍색 갓이 달린 유백색 유리 등이 옻칠한 티크 목재의 표면 위로 빛을 드리우는 모습. 자신이 공간 안에서 움직일 때마다 은과 청금석으로 세공된 벽들이 희미하게 빛을 반사하는 모습. 모든 사물들마다 영원한 우아함이 가득 입혀진 것 같았다. 마치 그것들이 백 년 이상 그 자리에 있었던 것 같았다. 그래서 레이철은 감히 아무것도 건드리지 못했다. 반면 화려한 손님들은 산둥 비단으로 만든 오토만 의자에 느긋이 앉아 있거나 베란다에서 오순도순 어울리는 모습이 완벽히 자연스러워 보였다. 하얀 장갑을 끼고 짙은 오크빛 바틱 유니폼을 입은 하인들이 칵테일이 담긴 쟁반을 들고 공간을 순회했다.

「아스트리드의 어머니께서 이쪽으로 오신다.」 닉이 중얼거렸다. 레이철이 정신을 가다듬기도 전에 위엄 있어 보이는 여성이 닉을 향해 손가락을 흔들며 그들이 있는 곳으로 다가왔다.

「니키, 이 못된 놈아. 왜 집에 돌아왔다고 우리에게 보고를 안 했니? 우리는 네가 다음 주에나 올 줄 알았다고. 게다가 얼마 전에 커맨드 하우스에서 네 고모부, 해리의 생일 기념으로 저녁 식사를 했는데 넌 거기도 못 왔잖아!」 여성은 중년에 접어든 중국인 아주머니처럼 보였지만 말할 때는 머천트와 아이보리의 영화에서 튀어나올 법한 딱 부러지는 영국식 억양을 구사했다. 레이철은 자신도 모르는 사이에 그녀의 꼬불꼬불 말린 검은 머리가 영국 여왕의 머리 스타일과 굉장히 흡사하다고 생각했다.

「정말 죄송해요. 저는 고모와 고모부가 매년 이맘때쯤에 런던에 계신다고 생각했어요. 다이 고 저, 이쪽은 제 여자 친구, 레이철 추예요. 레이철, 이쪽은 내 고모, 펄리시티 렁이야.」

펄리시티는 레이철을 향해 고개를 까딱하더니 대놓고 그녀를 위아래로 훑었다.

「만나 뵙게 돼서 정말 반갑습니다.」 레이철은 그녀의 매 같은 눈길에 주눅 들지 않으려고 애쓰며 인사했다.

「그래, 나도 마찬가지다.」 펄리시티도 인사한 뒤 재빨리 닉을 돌아보고는 거의 엄하다 싶게 물었다. 「네 아빠는 언제 귀국하실지 아니?」

「전혀 모르겠는데요.」 닉이 대답했다. 「아스트리드는 아직 안 왔나요?」

「아이야, 너도 알다시피 그 애는 언제나 지각하잖니!」 바로 그 순간, 그의 고모는 금색과 녹청색이 섞인 사리 차림의 나이 든 인도 여성이 부축을 받으며 계단을 오르는 모습을 보았다. 「어머, 싱 부인, 우다이푸르에서 언제 돌아오신 거예요?」 고모는 고음으로 소리를 지르며 그 여성에게 돌진했다. 그사이에 닉은 고모의 길목을 방해하지 않도록 레이철을 옆으로 안내했다.

「저 부인은 누구셔?」 레이철이 물었다.

「싱 부인이셔. 이 길목 아래쪽에 살면서 우리 가족과 친분이 생긴 분이시지. 그분은 마하라자의 딸이자 내가 아는 가장 흥미로운 사람들 중 하나야. 인도의 수상이었던 네루와도 굉장한 친분을 자랑하셨지. 너에게도 이따 소개시켜 줄게. 고모가 우리를 감시하고 있지 않을 때를 봐서.」

「저분의 사리가 굉장히 아름다운데.」 레이철이 감탄하며 옷감의 정교한 금실 바늘땀들을 바라봤다.

「정말 그렇지? 싱 부인께서는 사리들을 모두 비행기로 뉴델리에 보내 특수 세탁 시키신다고 들었어.」 닉은 말하면서 레이철을 바 카운터로 데려가려고 했다. 하지만 어쩌다 보니 그들은 굉장히 우아해 보이는 중년 부부와 맞닥뜨리고 말았다. 남편은 브릴크림 포마드로 머리를 싹 빗어 넘겼으며 거북딱지로 만든 크고 두꺼운 안경을 쓰고 있었다. 반면 아내는 빨간색과 흰색이 섞이고 금단추가 달린 클래식한 샤넬 정장을 입고 있었다.

「디키 삼촌, 낸시 숙모, 제 여자 친구 레이철 추예요.」 닉이 소개했다. 「레이철, 이쪽은 내 삼촌과 숙모야. 우리 가족 가계도에서 첸씨 분들이지.」 그가 설명했다.

「아, 레이철. 네 할아버지와 타이베이에서 만난 적이

있단다…… 성함이 추 양청이었지 아마?」 디키 삼촌이 물었다.

「어……. 사실, 아니에요. 제 가족은 타이베이 출신들이 아닌걸요.」 레이철이 말을 더듬었다.

「오, 그럼 어디 출신인데?」

「원래는 광둥에서 왔고요, 지금은 캘리포니아에 살아요.」

디키 삼촌이 살짝 당황한 것 같아 보였다. 반면 머리를 깔끔히 정돈한 그의 아내는 남편의 팔을 꽉 잡고는 말을 이었다.「오, 우리도 캘리포니아를 아주 잘 알지. 사실 북부 캘리포니아만 아는 거지만.」

「네. 저도 거기서 왔어요.」 레이철이 예의 바르게 대답했다.

「아, 그럼 너도 게티가 사람들을 알겠네? 앤은 나와 정말 친한 친구란다.」 낸시 숙모가 야단스럽게 밝혔다.

「음, 석유 회사를 소유한 게티가를 말씀하시는 건가요?」

「그럼 다른 게티도 있단 말이니?」 낸시 숙모가 당혹스러워하며 물었다.

「낸시 숙모, 레이철은 샌프란시스코가 아니라 쿠퍼티노에서 왔어요. 그래서 그녀를 저쪽에 있는 프랜시스 렁에게 소개시켜 줘야 해요. 재도 이번 가을에 스탠퍼드 대학교에 간다고 들었거든요.」 닉이 대화에 끼어들며 급히 레이철을 데리고 이동했다. 다음 30분은 레이철이 다양한 친척들과 친구들에게 소개되면서 끊임없이 인사하다 정신없이 지나갔다. 이모들과 삼촌들과 사촌들이 넘쳐 났다. 눈에 띌 정도로 세련됐지만 체구가 매우 작은 태국 대사도 있었다. 어떤 발음 불가능한 말레이시아 주의 술탄이라고 닉이 소개시켜 준 남자도 있었으며 이어서 술탄의 아내라며 정교하게 보석들이 박힌 두건을 쓰고 나타난 두 여자들도 만났다.

그렇게 인사하는 내내 레이철은 공간의 주의를 집중시키는 한 명의 여성에 주목했다. 그녀는 매우 날씬했으며 눈처럼 하얀 머리와 대처럼 꼿꼿한 자세는 귀족적인 분위기를 자아냈다. 그녀가 입은 긴 백색 청삼의 목 부분과 소매, 그리고 옷단의 끝은 보라색으로 장식되어 있었다. 대부분의 손님들은 그녀를 중심으로 맴돌며 그녀에게 경의를 표했다. 그리고 그녀가 마침내 그들이 있는 곳으로 다가오자 레이철은 처음으로 닉과 그녀의 외모가 얼마나 닮았는지를 알아챘다. 닉의 할머니는 영어를 완벽하게 구사하시지만 중국어로 말하는 것을 선호하시며 네 가지 방언, 즉 베이징어, 광둥어, 호키엔어, 그리고 차오저우어를 할 줄 아신다. 그것은 닉이 일찍이 레이철에게 알려 준 정보였다. 레이철은 베이징어로 할머니께 인사를 드리기로 했다. 그것은 그녀가 유일하게 할 줄 아는 중국 방언이었다. 닉이 제대로 된 소개를 하기도 전에 그녀는 안절부절못하며 고개를 숙인 뒤, 그 위풍당당한 부인에게 말했다. 「만나 뵙게 돼서 정말 반갑습니다. 할머님의 아름다운 집으로 초대해 주셔서 감사해요.」

여자는 재미있어하는 눈빛으로 레이철을 바라보며 베이징어로 천천히 대답했다. 「나도 만나서 반갑단다. 하지만 네가 오해했구나. 여기는 내 집이 아니란다.」

「레이철, 이쪽은 로즈메리 고모할머니셔.」 닉이 급히 설명했다.

「그리고 너도 나를 용서해 주렴. 내 베이징어 실력은 꽤나 녹슬었단다.」 로즈메리 고모할머니는 영국 배우, 버네사 레드그레이브 같은 영어로 덧붙였다.

「오, 정말 죄송해요.」 레이철이 말했다. 그녀의 양볼이 아주 빨갛게 물들었다. 그녀가 저지른 실수에 방 안의 모든 사람들이 재미있어하며 그녀에게 시선을 고정하고 있었다.

「사과할 필요는 없단다.」 로즈메리 고모할머니는 자비롭게 미소를 지어 줬다. 「닉이 너에 대해 꽤나 얘기를 해줬단다. 그래서 너를 만나기를 고대했지.」

「그가 그랬어요?」 레이철은 여전히 상기된 얼굴로 물었다.

닉이 레이철의 몸에 팔을 두르고는 말했다. 「자, 우리 할머니를 만나러 가자.」 그들은 방을 가로질렀다.

그러자 보였다. 베란다에서 가장 가까이 놓인 소파에…… 양옆으로 하얀 리넨 정장을 단정히 차려입고 안경을 쓴 남자와 눈에 띄게 아름다운 여자를 대동한 채 쭈그러진 체구로 앉아 있는 여자 한 분이……. 샹 수이는 강철 같은 회색 머리를 상아 머리띠로 고정시켰으며 장밋빛 비단 블라우스와 맞춤형 크림색 정장 바지의 간소한 차림을 하고 갈색 로퍼 신발을 신고 있었다. 레이철이 예상했던 것보다 더 나이 들고 노쇠한 분이었다. 그리고 그녀의 이목구비는 색을 입힌 두꺼운 이중 초점 안경으로 일부 가려졌지만 여왕 같은 표정은 명백했다. 닉의 할머니 뒤에 완벽하게 가만히 서 있는 두 여성들도 있었다. 그들은 티 하나 없이 깔끔하면서도 보는 각도에 따라 색이 달라지는 비단 드레스를 똑같이 입고 있었다.

닉이 할머니에게 광둥어로 말했다. 「아마, 미국에서 온 제 친구, 레이철 추를 소개해 드릴게요.」

「만나서 정말 반갑습니다!」 레이철이 영어를 토해냈다. 베이징어는 완전히 잊은 상태였다.

닉의 할머니는 잠시 레이철을 뚫어지게 쳐다봤다. 「와줘서 고맙구나.」 그녀는 딱딱 끊어지는 영어로 인사한 뒤, 곧바로 그녀의 옆에 서 있는 여성과 호키엔어로 대화를 재개했다. 하얀 리넨 정장 차림의 남자가 레이철을 향해 빠르게 미소를 보였지만 그도 곧 고개를 돌렸다. 비단으로 몸을 두른 두 여자들은 불가해한 시선으로 레이철을 쳐다봤다. 그녀는 그들의 시선에 긴장된 미소로 화답했다.

「우리 펀치나 좀 마시자.」 닉이 말하며 레이철을 식탁 쪽으로 데려갔다. 그곳에서는 유니폼 차림의 종업원이 하얀 면장갑을 끼고 거대한 베네치아풍의 유리그릇에서 펀치를 담아내 주고 있었다.

「오, 신이시여. 아까는 내 인생에서 가장 어색한 순간이었을 거야! 내가 자기의 할머님을 귀찮게 해드린 것 같아.」 레이철이 속삭였다.

「말도 안 되는 소리야. 할머니께서는 그냥 다른 분과 대화 중이셨을 뿐이야.」 닉이 위로했다.

「할머님 옆에 똑같은 비단 드레스를 입고 조각상처럼 서 있던 두 여자들은 누구야?」 레이철이 물었다.

「아, 그 사람들은 할머니의 수발 하녀들이야.」

「뭐라고?」

「할머니의 수발 하녀들이라고. 그들은 절대 할머니의 옆을 떠나지 않아.」

「그러니까 대기하며 수발 드는 여자들을 말하는 거야? 둘 다 정말 우아해 보이던데.」

「그래. 그들은 태국에서 왔어. 왕실에서 일하도록 훈련을 받았고.」

「싱가포르에서는 이런 상황이 흔해? 태국에서 왕실

하녀들을 수입하는 일 말이야?」 레이철이 믿지 못하겠다는 투로 물었다.

「안 흔할 것 같은데. 이 서비스는 우리 할머니께 평생토록 누리시라고 특별히 내려진 선물이었어.」

「선물이었다고? 누구로부터?」

「태국의 왕. 근데 지금 국왕이신 푸미폰이 아니라 선대 국왕이 선물하셨어. 아니면 그 전의 왕이었나? 어쨌든 그분은 확실히 우리 할머니와 절친한 사이셨지. 그분은 왕실에서 훈련받은 여자들만이 할머니의 수발을 들어야 마땅하다고 선포하셨어. 그래서 우리 할머니께서 젊은 아가씨였을 때부터 수발 하녀들이 계속해서 바뀌어 왔고.」

「오.」 레이철은 얼이 나간 채 말했다. 그녀는 닉으로부터 펀치가 담긴 유리잔을 가져갔다. 그러고 보니 베네치아풍의 유리잔에 새겨진 정교한 모양이 천장에 복잡하게 세공된 뇌문과 완벽히 일치했다. 그녀는 소파에 기대어 안정을 취했다. 갑자기 당혹스러움이 몰려왔다. 그녀는 이 상황을 받아들이는 것에 한계를 느꼈다. 하얀 장갑을 끼고 주변을 맴도는 하인 군단에, 새로운 얼굴들을 만나서 오는 혼란에, 충격적일 정도의 부……. 닉의 가족들이 이렇게 극단적으로 엄청난 사람들일 줄 누가 알았겠는가? 왜 그는 이 상황이 닥치기 전에 그녀에게 마음의 준비를 조금 더 시켜 주지 않았을까?

누군가가 레이철의 어깨를 부드럽게 두드렸다. 그녀가 고개를 돌리니 닉의 사촌이 졸려 하는 아이를 안고 서 있는 모습이 보였다. 「아스트리드!」 그녀가 외쳤다. 드디어 익숙한 얼굴을 보게 돼서 너무 기뻤다. 아스트리드는 레이철이 이제껏 본 것 중에 가장 세련된 의상을 차려입고 있었다. 뉴욕에서 봤던 아스트리드의 모습과는 꽤나 달랐다. 아스트리드가 그녀의 본거지에서는 이런 모습이었구나.

「안녕, 안녕!」 아스트리드가 기쁘게 인사했다. 「캐시언, 이 사람은 레이철 이모야. 레이철 이모에게 인사할래?」 아스트리드가 손짓으로 레이철을 가리켰다. 아이는 레이철을 잠시 쳐다보더니 쑥스러워하며 엄마의 어깨에 머리를 파묻었다.

「자, 여기 다 큰 어린이는 내가 데려갈게!」 닉이 미소를 지으며 몸을 비트는 캐시언을 아스트리드의 품에서 떼어 오고는 능숙하게 펀치 한 잔을 그녀에게 건넸다.

「고마워, 니키.」 아스트리드가 말하고는 레이철을 돌아봤다. 「이제까지 싱가포르는 어땠어? 재밌게 보내고 있어?」

「굉장히 재밌게 보내고 있어! 단지 오늘 밤은 조금…… 부담되기는 하네.」

「네 기분 상상된다.」 아스트리드가 공감하는 눈빛으로 눈을 반짝이며 말했다.

「아니, 너도 아마 상상 못 할걸.」 레이철이 말했다.

듣기 좋은 가락이 거실 전체에 울려 퍼졌다. 레이철이 고개를 돌리니 계단 옆에 흰 청삼 상의와 검은 비단 바지를 입은 나이 든 여자가 작은 은색 실로폰을 연주하는 모습이 보였다.[3]

「아, 저녁 식사를 알리는 소리다.」 아스트리드가 말했다. 「가서 먹자.」

「아스트리드, 어떻게 너는 항상 음식이 준비됐을 때를 딱 맞춰 나타나냐?」 닉이 언급했다.

「초코케이크!」 어린 캐시언이 중얼거렸다.

「안 돼, 캐시언. 너는 이미 디저트를 먹었잖니.」 아스트리드가 단호히 말했다.

무리가 계단 앞에 일직선으로 줄을 서며 실로폰을 치는 나이 든 여자를 지나쳤다. 그녀와 가까워지자 닉은 그녀를 꽉 끌어안았다. 그리고 둘은 광둥어로 몇 마디를 나눴다. 「이분은 링 체 아주머니야. 내가 태어났을 때부터 나를 거의 키우다시피 한 분이시지.」 닉이 설명했다. 「우리 가족과는 1948년부터 함께해 오셨어.」

3 이런 〈흑백 의상을 입은 아마들〉은 요새 싱가포르에서 빠르게 사라지고 있는 무리다. 그들은 중국에서 넘어온 전문 가정부들이다. 일반적으로 순결을 지키기로 맹세한 확고한 독신녀들로, 주인 가족을 섬기며 평생을 보냈다. (대부분의 경우 그들이야말로 실질적으로 아이들을 키운 사람들이었다.) 그들은 흰 블라우스와 검은 바지라는 특징적인 복장을 입기로 알려져 있으며 긴 머리는 언제나 깔끔하게 목덜미 부근에 쪽 지고 다녔다.

「와, 나이 고르 누아이 팡 야우 검 랭, 아! 파아이 디 깃 펀!」 링 체가 레이철의 손을 부드럽게 쥐고는 말했다. 닉은 얼굴을 살짝 붉히며 미소를 지었다. 레이철은 광둥어를 못 알아들었기에 마냥 미소만 지었다. 그사이에 아스트리드가 재빨리 통역을 해줬다. 「링 체 아주머니께서 방금 닉을 놀리셨어. 여자 친구가 정말 예쁘다고.」 그들이 계단을 따라 내려가는 동안 그녀는 레이철에게 덧붙여 속삭였다. 「그리고 빨리 너와 결혼하라고 명령하셨지!」 레이철은 마냥 킥킥거렸다.

뷔페 식사는 온실에 준비돼 있었다. 타원형으로 생긴 그 공간에는 벽마다 극적인 프레스코화가 그려져 있었는데 그것을 멀리서 감상하면 몽환적이고도 은은한 동양 풍경화가 보였다. 레이철은 그것을 더 가까이에서 관찰했다. 벽화는 전반적으로 전통 중국 산악 풍경을 연상시켰다. 하지만 벽 밑에서 위까지 피어난 기이하고도 야한 꽃들이나, 무지갯빛 불사조들이나, 그림자 속에 숨어 있는 여타의 환상적인 동물들과 같은 세세한 사항들은 모두 서양화가, 히에로니무스 보스의 작품 같았다. 세 개의 거대한 원형 식탁 위에서는 은색 신선로 냄비들이 번쩍였다. 아치형 출입구는 원기둥들이 줄지어 세워진 곡선형 테라스로 이어졌다. 그리고 거기에서는 큰 촛대로 밝혀진 백색 단철의 소형 식탁들이 저녁 요리를 기다리고 있었다. 캐시언은 닉의 품에서 계속 몸을 비틀며 점점 더 크게 소리쳤다. 「나 초코케이크 먹고 싶어!」

「얘가 진짜로 원하는 것은 〈잠〉인 것 같아.」 아스트리드가 말했다. 아스트리드는 닉에게서 아들을 도로 데려오려고 했지만 아이가 찡찡거리기 시작했다.

「가는 길에 떼를 쓸 게 예상되는데. 유아실로 데리고 가자.」 닉이 제안했다. 「레이철, 먼저 먹기 시작할래? 금방 갔다 올게.」

레이철은 펼쳐진 요리의 종류만 보고도 감탄을 금치 못했다. 한 테이블의 위는 태국식 진미들로 가득했고, 또 하나는 말레이시아 요리들이, 그리고 마지막은 전통 중국 요리들이 깔려 있었다. 언제나 그랬듯이 레이철은 거대한 뷔페를 직접 보자 무엇부터 먹어 봐야 할지 조금 고민스러웠다. 일단은 한 번에 한 가지 요리로 시작해 보기로 했다. 그래서 중식 테이블로 가서 이푸 국수와 가리비를 생강 소스에 볶은 요리를 접시에 조금 담았다. 다른 쟁반 하나에는 이국적으로 보이는 황금빛 과자들이 작은 정장 모자 모양으로 접혀져 있었다. 「이것들은 대체 뭘까?」 그녀가 큰 소리로 궁금해했다.

「그건 쿠에 피 티예요. 뇨냐 요리죠. 작은 타르트 안에 콩, 당근과 새우가 들어 있어요. 하나 먹어 보세요.」 레이철의 뒤에서 어떤 목소리가 말했다. 그녀가 뒤를 돌아보니 하얀 리넨 정장을 입고 닉의 할머니 옆에 앉아 있던 말쑥한 남자가 보였다. 그는 공손하게 허리를 숙이며 인사하더니 자신을 소개했다. 「우리는 한 번도 제대로 인사한 적이 없군요. 저는 닉의 사촌, 올리버 첸입니다.」 영국식 억양을 구사하는 또 한 명의 중국인 친척이었다. 하지만 그의 억양은 다른 사람들에 비해 더욱 영국 상류층의 것처럼 들렸다.

「만나서 반갑습니다. 저는 레이철…….」

「네, 압니다. 맨해튼과 시카고, 팰로앨토, 그리고 쿠퍼티노에서 온 레이철 추죠. 보세요. 당신의 명성은 만만치 않답니다.」

「그런가요?」 레이철이 너무 놀란 티를 내지 않으려고 노력하며 물었다.

「정말 그렇죠. 그리고 제가 들었던 것보다 훨씬 더 미인이시라는 사실을 꼭 말씀드려야겠네요.」

「정말요? 누구에게서 들었는데요?」

「오, 아시잖아요. 속삭이는 무리들. 당신이 도착한 이래로 얼마나 많은 사람들이 혀를 놀렸는지 모른단 말인가요?」 그가 장난스럽게 말했다.

「전혀 몰랐는데요.」 레이철은 살짝 불편해하며 말하고는 접시를 들고 테라스로 나갔다. 닉과 아스트리드를 찾았지만 그들은 어디에도 보이지 않았다. 닉의 이모들 중 한 명은 보였다. 샤넬 정장을 입은 여성분. 그녀는 뭔가를 기대하는 눈빛으로 레이철을 바라보고 있었다.

「저기에 디키와 낸시가 있네요.」 올리버가 말했다. 「지금 쳐다보지 마요. 그들이 당신을 보고 손을 흔드는 것 같네요. 신이시여, 우리를 도와주시옵소서. 우리끼리 자리를 잡고 앉을까요?」 레이철이 대답하기도 전에 올리버는 그녀의 손에서 접시를 빼어 든 뒤 테라스의 저쪽 끝에 있는 테이블로 걸어갔다.

「올리버 씨는 왜 그들을 피하시나요?」 레이철이 물었다.

「제가 그들을 피하는 게 아닙니다. 당신이 그들을 피하도록 도와주는 거죠. 고맙다는 인사는 나중에 받겠습니다.」

「왜요?」 레이철이 계속 질문을 했다.

「글쎄요. 첫 번째 이유는 그들은 불쾌할 정도로 유명인들의 이름을 친구처럼 언급하는 사람들이라서 그래요. 언제나 마지막으로 루퍼트와 웬디[4]의 요트를 타고 크루즈 여행을 갔던 이야기나 어떤 폐위된 유럽 왕실 사람과 점심 식사를 한 이야기를 끝없이 늘어놓죠. 그리고 두 번째 이유는 그들이 엄밀히 말해 당신 편이 아니기 때문이에요.」

「무슨 편이요? 저는 편이 갈린 상황 속에 놓여 있는지도 몰랐는걸요.」

4 글로벌 미디어 거물 루퍼트 머독과 그의 전처인 웬디 덩을 가리킨다—옮긴이주.

「글쎄요. 싫든 좋든 간에 당신은 한쪽 편에 섰어요. 그리고 디키와 낸시는 오늘 밤, 오로지 반대편을 위해 염탐하려고 이곳에 왔고요.」

「염탐한다고요?」

「네. 그들은 당신을 고깃덩이처럼 갈가리 찢어발긴 뒤 다음번에 런던 인근에서 벌어지는 식사 자리에 초대될 때 애피타이저로 써먹으려고 해요.」

레이철은 올리버의 기이한 발언을 어떻게 받아들여야 할지 전혀 몰랐다. 올리버는 오스카 와일드의 연극에서 곧바로 튀어나온 것 같은 인물이었다. 「제가 그쪽의 말을 잘 못 이해하겠어요.」 그녀가 마침내 말했다.

「걱정하지 마세요. 곧 알게 될 거예요. 일주일만 더 기다려 봐요. 잠깐 있으시면 간략히 설명해 드리죠.」

레이철은 올리버를 잠시 가늠했다. 그는 30대 중반쯤 돼 보였으며 머리를 꼼꼼히 빗어 넘긴 상태였고 긴 편에 속하는 얼굴형을 더욱 강조하기만 하는 작은 원형 뿔테 안경을 쓰고 있었다. 「그래서 올리버 씨는 닉과 정확히 어떻게 친척이라는 건가요?」 그녀가 물었다. 「이 가계에는 정말 많은 분파가 있는 것 같더라고요.」

「사실 꽤나 간단합니다. 분파는 첸, 영, 샹 이렇게 딱 세 개예요. 닉의 할아버지 제임스 영과 우리 할머니 로즈메리 첸은 남매예요. 당신도 오늘, 좀 전에 우리 할머니는 만났죠. 기억하시나요? 그분을 닉의 할머니로 착각했잖아요.」

「네. 물론이죠. 그럼 당신과 닉은 육촌이라는 말이잖아요.」

「맞아요. 하지만 이곳, 싱가포르에서는 워낙 대가족들이 많다 보니 혼란을 피하기 위해 모두 다 〈사촌〉이라고 불러요. 〈두 세대 떨어진 팔촌〉 어쩌고 하는 호칭들을 전혀 안 쓰는 거죠.」

「그럼 디키와 낸시는 올리버 씨의 삼촌과 숙모인가요?」

「정확해요. 디키는 제 아버지의 형이에요. 하지만 싱가포르에서는 전혀 혈연관계가 아니더라도 한 세대 위인 사람을 만나면 그분을 삼촌이나 이모라고 부른다는 건 알죠? 그렇게 하는 것이 예의바르다고 여겨지고 있어요.」

「그럼 올리버 씨도 〈디키 삼촌〉과 〈낸시 숙모〉라고 불러야 하는 것 아니에요?」

「엄밀히 따지자면 그래요. 하지만 저는 개인적으로 그런 추대는 노력해서 얻어야 한다고 생각해요. 디키와 낸시는 제게 한 번도 빌어먹을 관심조차 준 적 없어요. 그러니 저도 왜 그들을 신경 쓰겠어요?」

레이철이 눈썹을 들어 올렸다. 「네, 첸씨들에 대한 집중 강좌를 들려줘서 감사해요. 그럼 세 번째 분파는 어떻게 돼요?」

「아, 네. 샹씨들이요.」

「아직 샹씨 분들은 한 분도 안 만난 것 같은데요.」

「그래요. 물론 그들 중 아무도 여기에 없으니까 그렇죠. 우리는 원래 그들에 대해 절대 말하면 안 돼요. 황실 같은 샹씨들은 매년 4월마다 영국에 있는 그들의 거대한 사유지로 떠나 9월까지 있으면서 가장 무더운 달들을 피해요. 하지만 걱정하지 마세요. 제 사촌, 커샌드라 샹이 다음 주 결혼식에 맞춰서 돌아올 것 같으니까요. 그때 당신도 그녀의 열정적인 관심과 그대로 마주할 기회가 있을 거예요.」

레이철은 올리버의 현란한 말솜씨에 미소를 지었다. 이 올리버라는 사람, 참 흥미진진했다. 「그럼 그들은 정확히 어떻게 친척 관계라는 거죠?」

「여기서부터 얘기가 재밌어져요. 집중하세요. 그래서 우리 할머니의 장녀, 메이블 첸은 닉의 할머니의 남동생, 앨프리드 샹에게 시집보내졌어요.」

「시집보내졌다고요? 그럼 정략 결혼이었다는 말인가요?」

「네. 굉장히 정확해요. 우리 할아버지, 첸 차이테이 님이 닉의 증조할아버지인 샹 룽마 님과 계획한 것이었어요. 다행인 점은 당사자 둘이 실제로 서로를 좋아했다는 것이었어요. 하지만 그것은 꽤나 절묘한 결정이었어요. 왜냐하면 그로 인해 전략적으로 첸가와 샹가, 그리고 영가를 하나로 묶였거든요.」

「왜 그랬죠?」 레이철이 물었다.

「오, 이봐요, 레이철. 그렇게 순진한 척하지 마요. 당연히 돈 때문이었죠. 그럼으로 인해서 세 가문의 부를 하나로 합침과 동시에 그들의 손 안에 깔끔히 묶어 둘 수 있었어요.」

「누가 묶였다는 거야? 올리, 사람들이 드디어 너를 묶어 둔대?」 닉이 말하며 아스트리드와 함께 테이블로 다가왔다.

「니컬러스, 아직까지 나는 아무것도 트집 잡힌 적 없단다.」 올리버가 응수했다. 그리고 아스트리드 쪽으로 고개를 돌린 그의 눈이 커졌다. 「이런, 성모 마리아 님, 틸다 스윈턴[5] 님, 이런 귀걸이들이! 대체 어디서 구한 거야?」

「스티븐 치아의 가게에서…… VBH야.」 아스트리드는 올리버가 귀걸이 디자이너에 관심을 가질 것을 알았기에 설명했다.

「물론 그렇겠지. 브루스만이 그런 디자인을 상상해 낼 수 있지. 최소한 50만 달러는 들었겠는데. 네 취향일 거라고는 생각하지 못했지만 너에게 정말 잘 어울린다. 흠…… 이렇게 세월이 지나도 너는 여전히 나를 놀라게

5 Tilda Swinton(1960~). 아카데미 여우 조연상을 받은 바 있는 영국의 배우 — 옮긴이주.

하네.」

「그러려고 계속 노력하지, 올리. 노력하고말고.」

레이철은 다시금 놀라며 그 귀걸이들을 쳐다봤다. 올리버가 정말 50만 달러라고 했단 말인가? 「캐시언은 어때?」 레이첼이 물었다.

「처음에는 고생 좀 했지. 하지만 이제는 새벽까지 잘 거야.」 아스트리드가 응답했다.

「그리고 네 바람기 다분해 보이는 남편은 어디에 있니, 아스트리드? 침대로 사람을 유혹하는 눈빛남 말이야.」 올리버가 물었다.

「마이클은 오늘 밤 늦게까지 일해.」

「그것 참 안타깝네. 그 회사가 그를 정말 제대로 부려 먹는구나, 그렇지? 내가 마이클을 본 지 수백 년은 된 것 같은데. 이제 꽤나 개인적으로 기분이 나빠지려고 한다고. 그런데 지난번에 그가 홍콩에서 어린 남자애를 데리고 윈덤가를 지나가는 모습을 내가 본 줄 알았어. 처음에는 마이클과 캐시언인 줄 알았는데 애가 돌아보자 캐시언만큼 귀엽게 생긴 놈이 아니더라고. 그러니 내가 헛것을 본 거겠지.」

「당연히 그랬겠지.」 아스트리드는 최대한 침착하게 말했다. 방금 내장에 주먹을 맞은 기분이었다. 「올리, 이 파티가 열리기 전에 홍콩에 있었던 거야?」 그녀는 물었다. 그녀의 머릿속은 올리버가 마이클의 마지막

〈출장〉 기간에 홍콩에 있었는지를 확인하기 위해 미친 듯이 돌아가고 있었다.

「지난주에 갔었지. 지난달에는 일 때문에 홍콩, 상하이, 그리고 베이징을 왔다 갔다 했어.」

〈당시에 마이클은 선전에 있던 때인데. 거기서 기차를 타고 홍콩으로 가기는 식은 죽 먹기였을 거야.〉 아스트리드가 생각했다.

「올리버는 크리스티 경매 회사 런던 지점의 동양 예술과 골동품 전문가야.」 닉이 레이철에게 설명했다.

「맞아요. 하지만 더 이상 제가 런던을 기반을 두고 활동하는 것이 효율적이지 않게 됐어요. 아시아의 예술 시장이 믿을 수 없을 정도로 뜨겁게 달궈지고 있거든요.」

「요새는 모든 신흥 중국 갑부들이 앤디 워홀 작품을 가지려고 혈안이 됐다던데.」 닉이 언급했다.

「그게 맞아. 요새 확실히 찰스 사치[6] 따라쟁이들이 꽤나 보이더군. 하지만 내가 주로 다루는 사람들은 유럽과 미국 수집가들로부터 훌륭한 골동품들을, 아니, 그들의 표현을 빌리자면 외국 악마들이 훔쳐 간 것들을 다시 사들이려는 자들이야.」 올리버가 설명했다.

6 Charles Saatchi(1943~). 영국 광고 회사 사치 앤드 사치의 설립자이자, 현대 미술 작품으로 유명한 사치 갤러리의 소유자이다 — 옮긴이주.

「진짜로 〈훔쳐 간〉 것은 아니었잖아. 그렇지 않아?」 닉이 물었다.

「훔쳐 갔든, 밀수해 갔든, 속물들에 의해 팔려 갔든, 다 같은 얘기 아니야? 중국인들이 인정하건 하지 않건 간에, 지난 세기에는 동양 예술의 진정한 감정이 거의 중국 밖에서 이뤄졌어. 그래서 박물관에 전시할 만큼 질 좋은 작품들도 거의 그쪽으로 빠져나갔지. 유럽과 미국으로 말이야. 그쪽에는 수요가 있었어. 돈이 있는 중국인들은 자신들이 갖고 있는 것들을 그다지 소중히 생각하지 않았어. 몇몇 가문들을 제외한다면 이런 중국 예술 작품이나 골동품을 수집하려는 사람도 없었지. 일단 제대로 된 안목을 갖추고 수집하지를 못했어. 그들은 현대적이고 세련되고 싶어 했어. 즉 유럽인들을 따라 했다는 거지. 아니, 이 집에도 아마 프랑스 아르데코 작품이 중국 예술품보다 많을 걸. 여기에 서명까지 보존된 훌륭한 룰만[7] 작품이 몇 점 있다는 것에는 신께 감사하고 있어. 하지만 생각해 보면 네 증조부님이 중국에서 나오는 황실 보물들을 다 채 갈 수 있었을 때 아르데코 미술품들에 미치셨다는 건 조금 안타깝지.」

「자금성에서 나온 골동품들을 말하는 건가요?」 레이철이 물었다.

7 Émile-Jacques Ruhlmann(1879~1933). 프랑스의 인테리어 디자이너이자 가구 제작자 — 옮긴이주.

「바로 그거예요! 1913년에는 중국 황실이 그들의 소장품 전부를 은행가 J. P. 모건에게 진짜로 팔려고 했다는 것은 알았어요?」 올리버가 말했다.

「말도 안 돼요!」 레이철은 그의 말이 믿기지 않았다.

「사실이에요. 황실은 너무 돈에 쪼들린 나머지 모든 소유물을 4백만 달러에 넘기려 했어요. 5백 년이라는 시간에 걸쳐서 모은 그 귀하디귀한 보물들을 전부 다요. 꽤나 놀랄 만한 이야기예요. 모건은 전보를 통해 그 제안을 받았지만 며칠 후에 세상을 떠났어요. 오로지 신의 중재 덕분에 중국의 가장 희귀한 보물들이 뉴욕으로 가지 않은 거예요.」

「정말 그 일이 벌어졌다면 어떻게 됐을지 상상해 봐.」 닉이 고개를 저으며 말했다.

「진짜 다행이지. 그랬다면 엘긴 마블스가 영국 박물관으로 보내진 것보다도 더 큰 손실이었을 거야. 하지만 감사하게도 분위기가 바뀌었어. 중국 본토 사람들이 드디어 자신들의 유산을 도로 사들이는 일에 관심을 보이기 시작했어. 그리고 진정 최고만을 원해.」 올리버가 말했다. 「그래서 생각났는데, 아스트리드, 아직도 황후 알리를 찾고 있어? 내 정보에 따르면 다음 주 홍콩 경매에 중요한 한(漢) 시대의 퍼즐 테이블이 올라올 건데.」 올리버는 아스트리드를 돌아보고는 그녀의 표정이 멍하다는 것을 깨달았다. 「아스트리드, 듣고 있어?」

「아…… 미안. 잠시 딴생각을 했어.」 아스트리드가 갑자기 허둥거리며 말했다. 「홍콩에 대해 무슨 얘기를 하고 있었지?」

페익린

싱가포르

와이먼과 니나 고 부부는 빌라 도로의 TV 상영실에서 청록색 가죽 리클라이너 의자에 늘어져 짭짤하게 간을 한 수박씨들을 씹으며 한국 드라마를 보고 있었다. 그때 페익린이 방문을 박차고 들어왔다.

「TV 음소거! TV 음소거해요!」 페익린이 외쳤다.

「무슨 문제 있어? 무슨 문제 있냐고?」 니나가 깜짝 놀라며 물었다.

「제가 방금 어디 갔다 왔는지 절대 못 믿으실 거예요!」

「어디 갔다 왔는데?」 와이먼이 물었다. 그는 자신이 제일 좋아하는 드라마에서의 중요한 순간을 딸이 방해해서 조금 짜증이 난 상태였다.

「방금 니컬러스 영의 할머니 댁에 갔다 왔어요.」

「그래서?」

「그 크기를 아빠도 보셨어야 해요.」

「두아 겡 추, 아?」[8] 와이먼이 말했다.

「〈두아〉라는 표현으로는 설명도 안 돼요. 저택도 엄청 거대했지만, 그 부지를 보셨어야 해요. 식물원 바로 옆 동네에 어마어마한 사유지가 있다는 걸 알고 계셨어요?」

「식물원 옆이라고?」

「네. 갤럽 로드를 벗어나서요. 제가 한 번도 들어 본 적 없는 타이어살가라는 거리에 있었어요.」

「그 낡은 나무 집들 근처에 말이니?」 니나가 물었다.

「네. 하지만 그 식민 시대풍의 주택들 중 하나는 아니었어요. 정말 흔하지 않은 건축 스타일이더라고요. 뭔가 오리엔탈풍으로요. 그리고 정원들은 믿을 수 없을 정도로 넓었어요. 아마 6만 평이거나 좀 더 될걸요.」

「말도 안 되는 소리하네, 라!」 와이먼이 말했다.

「아빠, 제 말 좀 들어 보세요. 그 사유지가 어마어마했다고요. 마치 이스타나 왕궁 같았어요. 진입로만 수 킬로미터였는데요.」

「그럴 리가! 2천이나 3천 평이라면 모를까, 6만 평이라고? 그런 곳은 없어, 라.」

「〈최소한〉 6만 평이었다니까요. 아마 더 될 거예요. 저도 제가 꿈꾸는 줄 알았어요. 다른 나라에 가 있는 줄

8 호키엔어로 〈큰 저택〉이라는 뜻.

알았다고요.」

「루 림 지우, 아?」[9] 니나가 딸을 걱정스러운 눈으로 바라봤다. 페익린은 그런 어머니를 무시했다.

「보여 줘 봐라.」 와이먼이 말했다. 흥미가 생긴 것이었다. 「구글 지도에서 한번 보자꾸나.」 그들은 구석에 있는 컴퓨터 책상으로 다가가 프로그램을 켰다. 그 후, 페익린은 저택의 위치를 찾기 시작했다. 그들이 화면의 지형도를 확대하자 그녀는 위성 이미지에서 무언가가 빠졌다는 것을 즉각 알아챘다.

「봐요, 아빠. 이 지역 전체가 비어 있잖아요! 식물원의 일부라고 생각할 법도 한데 그렇지 않아요. 여기에 그 저택이 있었어요. 그런데 왜 이미지가 하나도 없을까요? 전혀 구글 지도에 나타나지 않네요! 그리고 제 GPS로도 그 주소를 찾을 수가 없었어요.」

와이먼은 화면을 빤히 바라봤다. 그의 딸이 봤다고 주장하는 곳이 지도상에서는 말 그대로 검은 구멍이었다. 그곳은 공식적으로 존재하는 장소가 아니었다. 이 얼마나 이상한 일인가.

「이 친구의 가족이 누구라고?」 와이먼이 물었다.

「저도 모르겠어요. 하지만 진입로에 VIP 차량들이 정말 많았어요. 외교 차량 번호판들도 몇 개 보였고요. 구식 롤스로이스, 빈티지 다임러, 뭐 그런 종류의 차들

9 호키엔어로 〈너 술 마셨니?〉라는 뜻.

이었어요. 이 사람들은 상상 이상으로 돈이 많은가 봐요. 이들의 정체가 뭘까요?」

「구체적으로 이 지역에서 살고 있을 사람이 떠오르지는 않는데.」 와이먼이 검게 처리된 지역의 테두리 위로 마우스를 움직였다. 그의 가족은 싱가포르에서 40년 넘게 부동산 개발 및 건설 사업에 종사했다. 하지만 한 번도 이런 것을 본 적은 없었다. 「와, 이 땅은 최곤데. 최고의 땅이야. 섬의 정중앙에 자리하고 있어. 그 가격은 매길 수 없을 정도로 어마어마할 거야. 한 사람의 사유지일 수가 없는 땅이라고, 라!」

「아빠, 맞다니까요. 제가 제 눈으로 똑똑히 봤어요. 그리고 닉의 할머니께서 그곳에서 자라신 것 같더라고요. 할머니 소유의 저택이었어요.」

「레이철에게 그 할머니의 성함을 알아내라고 해라. 그리고 할아버지의 성함도. 우리는 이 사람들의 정체를 알아내야 해. 어떻게 한 사람이 세상에서 가장 인구가 많이 밀집된 도시들 중 하나에서 이렇게 큰 사유지를 갖고 있을 수 있지?」

「와, 보아하니 레이철 추가 대박 난 것 같네. 걔가 꼭 이 남자와 결혼했으면 좋겠다!」 니나가 그녀의 리클라이너 의자에서 추임새를 넣었다.

「아이야, 레이철 추가 어떻게 되든 무슨 상관이야? 페익린, 네가 그 남자를 꼬셔 와라!」 와이먼이 말했다.

페익린은 자신의 아버지에게 미소를 지은 뒤 레이철에게 문자를 보내기 시작했다.

와이먼은 아내의 어깨를 토닥였다.「자, 운전기사를 불러. 타이어살가를 따라서 드라이브 한번 하자. 이곳을 내 눈으로 직접 보고 싶군.」

그들은 최대한 이목을 끌지 않기 위해 아우디 SUV를 끌고 가기로 했다.「보세요. 여기서 사유지가 실질적으로 시작되는 것 같아요.」구불구불하고 나무가 빽빽한 길로 들어서자 페익린이 설명했다.「제 생각에 왼편에 있는 이 모든 것이 사유지의 남쪽 경계인 것 같아요.」그들이 회색 철 대문에 도달하자 와이먼은 운전기사에게 잠시 차를 멈춰 세우도록 시켰다. 그곳에는 사람이 전혀 없을 것처럼 보였다.「보세요. 여기에 뭔가가 있을 것이라고는 생각지도 못하겠죠. 마치 식물원의 오래된 구역 같아 보이기도 하고요. 이 길을 더 따라가다 보면 또 하나의 경비소가 있어요. 거기는 최첨단으로 되어 있고, 구르카 경비원들이 직접 보초를 서더라고요.」페익린이 설명했다. 와이먼은 완전히 매료된 채, 불도 없이 컴컴하고 식물들이 과하게 자라 버린 길을 쭉 내려다봤다. 그는 싱가포르의 우두머리 부동산 개발업자였으며 이 섬에 있는 땅이라면 한 평도 남기지 않고 다 안다고 자부해 왔다. 그것이 이제 보니, 다 안다고 착각했던 것일까?

레이철과 닉

타이어살 파크

「탄화꽃들이 개화하려고 합니다!」 링 체가 흥분한 목소리로 테라스에 있는 모든 사람들에게 알렸다. 손님들이 온실을 지나 실내로 돌아가기 시작하자 닉은 레이철을 옆으로 불러 세웠다. 「자, 우리는 지름길로 가자.」 그가 말했다. 레이철은 그를 따라 옆문을 통과했다. 그들은 긴 복도를 따라 하염없이 내려가며 수많은 어두컴컴한 방들을 지나쳤다. 레이철은 그 방들의 내부를 슬쩍 살피고 싶었지만 참았다. 닉이 그녀를 데리고 통로 끝의 아치형 문을 통과하자 레이철은 눈앞의 광경을 믿을 수 없어서 입이 벌어졌다.

그들은 더 이상 싱가포르에 있는 것이 아니었다. 마치 우연히 무어인의 궁전 안에 숨겨져 있던 비밀스러운 사원에 들어서게 된 것 같았다. 드넓은 뜰은 사방으로 닫혀 있었지만 천장만큼은 하늘을 향해 훤히 뚫려 있었다. 정교하게 조각된 기둥들은 뜰 가장자리의 회랑을 따라 세워져 있었다. 그리고 안달루시아풍의 분수가 석조 벽에서 튀어나와 장미 석영으로 조각된 연꽃들 위로 한 줄기의 물을 뿌려 주고 있었다. 머리 위로는 수백 개의 황동 등이 2층 통로에 꼼꼼히 매달려 뜰 전역을 비추고 있었다. 그리고 각각의 등 안에는 촛불이 깜빡이고 있었다.

「이곳이 아직 비었을 때 네게 보여 주고 싶었어.」 닉이 숨죽인 목소리로 말하며 레이철을 끌어안았다.

「제발 나를 꼬집어 봐. 지금 이거 꿈이지?」 레이철이 닉의 눈을 바라보며 속삭였다.

「여긴 진짜 현실이야. 너야말로 꿈이지.」 닉이 대답하며 그녀에게 진한 키스를 했다.

몇몇 손님들이 들어오기 시작했고 연인들은 잠시 걸렸던 마법에서 깨어났다. 「이리 와. 디저트 먹을 시간이야!」 닉이 기대하는 마음으로 양손을 비볐다.

회랑들 중 하나를 따라 긴 연회상이 준비돼 있었다. 그 위에는 환상적인 디저트들이 종류별로 차려져 있었다. 정교한 케이크, 수플레, 달콤한 푸딩도 있었으며 라일스 골든 시럽을 뿌린 고렝 피상,[10] 그리고 무지개색으

10 반죽을 입혀 고온에서 튀긴 바나나로, 말레이시아의 별미다. 가장 맛있는 고렝 피상들 중 일부는 영국-중국인 학교의 구내식당에서 발견되고는 했다. 선생님들은 (특히나 내 중국어 선생님이었던 라우 선생님이) 흔히 좋은 성적에 대한 보상으로 아이들에게 그것을 줬다. 이리하

로 빚은 뇨냐 쿠에도 있었다. 또 윤을 낸 기다란 사모바르 주전자에는 갖가지 한방 차들이 모락모락 김을 내뿜고 있었다. 하얀 토크 모자를 쓴 하인들은 각 테이블 뒤에 서서 손님들에게 진미를 담아 줄 준비를 하고 있었다.

「네 가족들이 날마다 이렇게 먹는 건 아니겠지.」 레이철이 놀라워하며 말했다.

「아, 오늘 밤은 남은 음식들을 처리하는 날이었어.」 닉이 무표정으로 농담했다.

레이철이 장난스럽게 팔꿈치로 그의 갈비뼈를 쿡 찔렀다.

「아야! 내가 막 세상에서 가장 맛있는 초콜릿 시폰 케이크 한 조각을 갖다주려고 했는데.」

「방금 18종류의 각기 다른 국수들로 폭식했는데! 디저트는 도저히 못 먹겠어.」 레이철이 신음 소리를 내며 잠시 손바닥을 배 위에 올렸다. 그녀는 뜰의 한 중앙으로 걸어갔다. 빛을 반사하는 수영장 주위로 의자들이 배치돼 있었다. 수영장 가운데에는 거대한 테라코타 항아리가 있었는데 그 안에 공들여 키운 탄화들이 심어져 있었다. 레이철은 이렇게 이국적인 식물을 처음 보았다. 뒤엉킨 숲 같은 식물들은 하나로 엉겨 자라서 거대한 짙은 옥색의 낭창한 이파리로 이루어진 크고 풍성한

여 특정 사회적 환경에서 자라난 싱가포르 남자아이들은 이 간식을 최고의 추억의 음식들 중 하나로 여긴다.

덩어리가 됐다. 이파리의 가장자리에서 자라 나온 긴 줄기들은 구불구불하게 말리다가 큰 봉오리를 피웠다. 엷은 빨간색 꽃잎들은 마치 섬세한 손가락으로 하얀 복숭아를 쥐고 있는 듯 꼭 말려 있었다. 올리버는 꽃 옆에 가까이 서서 봉오리 하나를 자세히 들여다봤다.

「어떻게 이것들이 필지 알 수 있나요?」 레이철이 올리버에게 물었다.

「이것들이 이렇게 부어오른 것 보이시나요? 그리고 이 붉은 촉수 같은 것들 사이로 봉오리의 흰색이 나타나는 것도요? 한 시간 내로 이것들이 완전히 개화하는 모습을 볼 수 있을 거예요. 탄화꽃이 밤에 피는 것을 보면 굉장한 길조라 하죠.」

「정말요?」

「네, 정말 그래요. 이것들은 너무 희귀하게, 그리고 예상치 못하게 피어나거든요. 게다가 피었다 지는 과정도 정말 빨리 지나가요. 대부분의 사람들에게는 일생에 한 번 볼까 말까 한 광경이죠. 그러니 당신이 오늘 밤에 이 자리에 있다는 것은 매우 행운이라 할 수 있어요.」

레이철이 빛을 반사하는 수영장 주위를 거닐었다. 마침 회랑 아래에서 닉과 어떤 눈에 띄는 부인이 진지하게 대화하는 모습이 보였다. 그 부인은 아까 닉의 할머니 옆에 앉아 있던 분이었다. 「닉과 이야기를 나누는 저 부인은 누구신가요? 올리버 씨도 아까 그녀와 함께 있었잖아요.」 레이철이 말했다.

「오, 재클린 링이에요. 가족의 오랜 친구죠.」

「영화배우 같으시네요.」 레이철이 감탄했다.

「네, 그렇죠? 저도 항상 재클린이 카트린 드뇌브의 중국 버전처럼 생겼다고 생각했어요. 물론, 저분이 더 예쁘시죠.」

「정말 카트린 드뇌브와 닮았네요.」

「게다가 나이도 더 곱게 드시고 계시죠.」

「글쎄요, 그렇게 나이가 많아 보이지는 않는데요. 대략 40대 초반 정도 되신 것 아니에요?」

「거기에 20년을 더해 보세요.」

「말도 안 돼요!」 레이철이 말하며 재클린의 발레리나 같은 체형을 멍하니 바라봤다. 그녀가 은색 스틸레토와 함께 코디한 연노랑 홀터 톱과 통이 넓은 팔라초 바지가 그녀의 몸매를 더 예뻐 보이게 해줬다.

「그녀는 외모로 남자들을 꼬시는 것 외에 스스로 이룬 성과가 별로 없는 분이에요. 저는 언제나 그 점이 다소 안타까웠죠.」 올리버는 그 부인을 관찰했다.

「그녀가 그랬어요?」

「한 번 과부가 됐었고, 영국 후작과 결혼할 뻔했죠. 그리고 그 후로는 노르웨이 거물의 연인으로 지내 왔어요. 제가 어렸을 때 들었던 이야기가 있죠. 재클린의 아름다움이 너무나 전설적이어서 그녀가 60년대에 홍콩에 처음 갔을 때, 도착하기만 했는데도 사람들이 모여들었다죠. 마치 그녀가 엘리자베스 테일러인 것처럼 말이에요. 모든 남자들이 그녀에게 청혼하겠다고 떠들썩하다 결국 공항 터미널에서 싸움이 벌어졌대요. 당연하게도 그 사건은 신문에 실렸고요.」

「다 그녀의 아름다움 때문이었군요.」

「네, 그리고 그녀의 혈통 때문이기도 했어요. 그녀는 링 인차오의 손녀거든요.」

「그분은 누구예요?」

「그는 아시아의 가장 존경받는 자선가들 중 한 분이에요. 중국 전역에 학교들을 세웠죠. 그렇다고 재클린이 그분의 뒤를 잇고 있지는 않아요. 뭐, 마놀로 블라닉 구두 회사에 기부한 것도 자선으로 친다면 할 말 없지만요.」

레이철이 웃음을 터뜨렸다. 그러던 중, 재클린이 한 손을 닉의 팔에 올려 부드럽게 쓰다듬고 있는 모습이 둘의 눈에 띄었다.

「걱정하지 마세요. 그녀는 모든 사람들에게 추파를 던져요.」 올리버가 재담을 했다. 「혹시 흥미진진한 소문을 하나 더 듣고 싶나요?」

「네.」

「닉의 할머니는 닉의 아버지와 재클린을 굉장히 붙여 주고 싶어 했대요. 하지만 성공하지는 못했다네요.」

「닉의 아버지는 재클린의 외모에 넘어가지 않았던 거예요?」

「그게, 이미 그에게는 또 한 명의 아름다운 여인이 있었거든요. 닉의 어머니 말이에요. 아직 엘 이모는 못 만나 봤죠?」

「네, 그분은 주말에 다른 곳에 가셨대요.」

「음, 이렇게 흥미로울 수가. 그분은 절대 니컬러스가 고향에 올 때 집을 비우시지 않는데.」 올리버가 말하더니 고개를 돌려 주변에 엿들을 사람이 아무도 없는 것을 확인하고는 레이철의 쪽으로 더 가까이 기대 왔다. 「제가 당신이었다면 엘리너 영의 주변에서는 특히 더 조심하겠어요. 그녀는 만만치 않은 상대거든요.」 그는 수수께끼 같은 말을 남기고는 칵테일 테이블을 향해 걸어갔다.

닉은 디저트 테이블의 한쪽 끝에 서서 무엇을 먼저 먹을까 고민했다. 아이스크림을 곁들인 고렝 피상을 먹을까, 망고 소스 푸딩을 먹을까, 아니면 초콜릿 시폰 케이크를 먹을까?

「오, 너희 집 요리사의 초콜릿 시폰이구나! 내가 오늘 밤에도 이것 때문에 왔지!」 재클린의 손이 어깨까지 내려오는 파마머리를 빗어 내리고는 닉의 팔을 부드럽게 스쳤다.「자, 말해 보렴. 왜 아만다에게는 연락을 안 했던 거니? 그녀가 뉴욕으로 이사 가고는 둘이 몇 번 안 만났잖니.」

「이번 봄에 몇 차례 만나 보려고 했어요. 그런데 그녀의 일정이 언제나 빡빡하더라고요. 걔는 요새 굉장히 잘나가는 헤지 펀드 투자가와 사귀고 있지 않나요?」

「별로 진지한 관계는 아니야. 그 남자는 나이가 그녀의 두 배야.」

「그렇군요. 신문에서 그녀의 사진들을 항상 볼 수 있더라고요.」

「그게 바로 문제야. 그 관계는 끝나야 해. 정말 꼴사납다니까. 나는 내 딸이 제대로 된 사람들과 어울렸으면 좋겠어. 뉴욕에 있는 그런 아시아 젯셋족이라는 사람들이 아니라. 그런 가짜들이 모조리 아만다의 옷자락에 매달리고 있어. 그녀가 너무 순진해서 그걸 깨닫지 못하는 거지.」

「오, 저는 맨디가 그렇게 순진하다고 생각하지는 않는데요.」

「그녀의 주변에 제대로 된 사람들이 필요해, 니키. 갈 기 낭.[11] 네가 그녀에게 나쁜 일이 생기지 않도록 좀 신경 써주렴. 내게 그렇게 해주겠다고 약속해 주겠니?」

11 호키엔어로 〈같은 부류〉 또는 〈우리 쪽 사람들〉이라는 뜻. 주로 가족이나 문중을 지칭한다.

「물론이죠. 지난달에도 그녀와 연락했었어요. 그녀는 너무 바빠서 콜린의 결혼식에 참석하러 오지 못할 것 같다 하더라고요.」

「그래. 정말 안타깝지 뭐야, 그렇지?」

「뉴욕에 돌아가면 그녀에게 연락할게요. 하지만 요새 아만다에게는 제가 너무 지루한 사람일걸요.」

「절대 아니야. 그녀가 너와 시간을 보내면서 얻을 게 더 많지. 한때 둘이 정말 가까웠잖니. 이제 네 할머니께 소개해 드리려고 데려온 이 매력적인 여자애에 대해 얘기해 주렴. 그녀가 이미 올리버를 그녀의 편으로 끌어들인 것 같더구나. 그녀에게 그를 조심하라고 일러줘야 할걸. 그놈은 참 사나운 소문들을 잘 퍼뜨리잖니.」

아스트리드와 레이철은 연꽃 분수 옆에 앉아서 꽃무늬의 살구색 비단 로브를 입은 여성 연주자를 구경하고 있었다. 연주자는 중국 전통 현악기인 고금(古琴)을 연주하는 중이었다. 그녀의 긴 빨간색 손톱들이 혼을 쏙 빼놓을 속도로 우아하게 현을 잡아당기고 있었다. 레이철은 그 모습에 푹 빠졌다. 반면 아스트리드는 필사적으로 올리버가 했던 말에 대해 집착하지 않으려고 노력했다. 올리버는 정말 홍콩에서 마이클이 어떤 어린 남자애와 걸어가는 모습을 봤을까? 닉은 그녀의 옆자리에 앉아 비범한 솜씨로 김이 나는 찻잔 두 잔을 한 손에 든 채 다른 손으로는 반쯤 먹은 초콜릿 시폰 케이크가 담긴 접시를 들고 있었다. 그는 아스트리드에게 훈연시킨 리치 차 한 잔을 건넸다. 그것이 그녀가 가장 좋아하는 차였기 때문이었다. 그러고는 레이철에게 케이크를 권했다.「이건 꼭 먹어 봐야 해. 우리 요리사, 아 칭의 최고 요리들 중 하나야.」

「알라막, 니키. 레이철에게 제대로 된 케이크 조각을 새로 갖다주지.」아스트리드가 잠시 고민에서 빠져나와 닉을 혼냈다.

「괜찮아, 아스트리드. 그냥 언제나 그랬듯이 내가 닉의 것을 거의 다 먹어 버리면 돼.」레이철이 웃으며 설명했다. 그녀는 케이크를 먹어 보고는 눈이 즉시 휘둥그레졌다. 초콜릿과 크림의 완벽한 조화가 입 안에서 공기처럼 녹아 버렸다.「맛있다. 너무 달지 않아서 좋네.」

「내가 그래서 다른 초콜릿 케이크는 먹지를 못하잖아. 그것들은 언제나 너무 달거나 너무 진하거나 너무 크림이 많더라고.」닉이 말했다.

레이철은 또 한 입을 먹으려고 손을 뻗었다.「레시피만 얻어 오면 내가 집에서 만들어 볼게.」

아스트리드가 눈썹을 들어 올렸다.「레이철, 해보는 건 말리지 않을게. 그런데 내 말 들어. 내 요리사도 시도해 봤는데 절대 이렇게까지 맛있게 나오지를 않더라고. 아 칭이 어떤 비밀 재료를 숨겨 두고 있는 것 같아.」

그들이 뜰에 앉아 있는 사이, 꽉 말려 있던 탄화의 붉은 꽃잎들이 느리게 돌아가는 영화의 한 장면처럼 펴지기 시작했다. 그러면서 깃털 같은 하얀 꽃잎 한 무더기가 드러났다. 그 꽃잎들은 계속 팽창하면서 햇살이 사방으로 뻗치듯이 폭발했다.「이 꽃들이 이렇게나 커지다니! 믿기지가 않아!」 레이철이 흥분하며 관찰했다.

「나는 항상 이걸 보면 날아오를 준비를 하며 깃털을 세우는 백조가 생각나더라고.」 아스트리드가 말했다.

「아니면 공격 모드로 돌입하려는 백조든지.」 닉이 덧붙였다.「백조들은 정말 공격적으로 변할 수 있거든.」

「내 백조들은 절대 공격적이었던 적이 없단다.」 로즈메리 고모할머니가 다가오다 닉의 비유를 듣고는 언급했다.「네가 어렸을 때 우리 연못에서 백조들에게 먹이를 주던 게 기억 안 나니?」

「사실 그것들을 보면서 다소 무서워했던 건 기억나는데요.」 닉이 대답했다.「저는 빵을 조금씩 떼어 물에 던져 주고는 숨을 곳을 찾아 줄행랑을 쳤는걸요.」

「니키는 콩알만 한 겁쟁이였어.」 아스트리드가 닉을 놀렸다.

「그랬어?」 레이철이 놀라워하며 물었다.

「그게, 그는 정말 체구가 작았거든. 아주 오랫동안

모두들 그의 키가 안 자랄까 봐 걱정했어. 내가 그보다 훨씬 컸거든. 그러다 그가 갑자기 콩나물처럼 솟아오른 거지.」 아스트리드가 말했다.

「어이, 아스트리드, 내 치부에 대해 그만 말하지.」 닉이 일부러 불쾌한 척 인상을 쓰며 말했다.

「니키, 부끄러워할 게 하나 없어. 결국에는 꽤나 건장한 표본으로 잘 자라났잖니. 레이철도 그렇게 생각할 거다.」 로즈메리 고모할머니가 짓궂게 말했다. 여자들이 모두 웃었다.

꽃들이 계속해서 눈앞에서 변모하는 동안 레이철은 주변의 모든 상황에 매료된 채 빨간 도자기 컵으로 리치 차를 홀짝이며 앉아 있었다. 술탄이 그의 두 아내들과 함께 꽃 앞에서 사진을 찍는 모습이 보였다. 카메라의 플래시가 터질 때마다 그들의 보석 박힌 케바야에서 빛이 반사됐다. 또 아스트리드의 아버지와 함께 원형으로 둘러앉은 남자들도 보였다. 그들은 한참 뜨겁게 정치적 토론을 벌이고 있었다. 그리고 닉을 봤다. 그는 이제 그의 할머니 옆에 쭈그리고 앉아 그 노인의 손을 잡아 드리고 귀에 속삭이고 있었다. 그런 그의 모습을 보니 그가 얼마나 할머니에게 마음을 쓰고 있는지가 느껴졌다. 레이철은 그의 그런 모습에 감동했다.

「네 친구는 오늘 밤을 즐겁게 보내고 있니?」 수이가 광둥어로 그녀의 손자에게 물었다.

「네, 아마. 그녀는 아주 즐거운 시간을 보내고 있어요. 그녀를 초대해 주셔서 감사합니다.」

「그녀는 꽤나 이 동네의 화젯거리가 된 것 같더구나. 모두들 내게 조심스럽게 그녀에 대해 물어보려고 하거나 조심스럽게 그녀에 대한 이야기들을 알려 주려고 하더군.」

「정말요? 무슨 말들을 하던가요?」

「어떤 이들은 그녀의 의도가 무엇일지를 궁금해하고 있지. 커샌드라도 한참 흥분한 채 영국에서 내게 전화했어.」

닉이 깜짝 놀랐다. 「커샌드라는 대체 어떻게 레이철에 대해 알게 됐대요?」

「아이야, 귀신만이 그녀가 어디서 정보들을 입수하는지 알 거다! 하지만 커샌드라는 너를 굉장히 걱정하고 있어. 네가 레이철에게 꼼짝없이 붙잡힐 것이라고 생각하더구나.」

「붙잡힌다고요? 아마, 저는 레이철과 휴가를 즐기는 것뿐이에요. 걱정할 건 하나도 없어요.」 닉은 방어적으로 말했다. 커샌드라가 자신에 대해 소문을 뿌리고 다녔다는 사실에 짜증이 난 상태였다.

「나도 그녀에게 정확히 그렇게 말했다. 네가 착한 애고 내 축복 없이는 절대 아무것도 하지 않을 것이라고. 커샌드라는 그 영국 시골구석에서 너무 심심해서 이성을 잃은 것 같더구나. 그녀의 상상력은 그녀가 키우는 그 멍청한 말들만큼 마구 날뛰고 있어.」

「아마, 레이철을 이쪽으로 데려올까요? 그럼 아마께서도 그녀를 좀 더 잘 알게 되지 않을까요?」 닉이 모험을 했다.

「그렇게 한다면 목을 빼고 구경할 그 수많은 사람들의 시선을 내가 어떻게 감당하겠니. 둘 다 그냥 다음 주에 우리 집에 와서 지내는 게 어때? 네 침실이 바로 여기에 있는데 호텔에서 지내는 건 너무 바보 같잖니.」

닉은 할머니로부터 그런 말을 들으니 기분이 날아갈 것 같았다. 그는 이제 할머니의 허락을 제대로 받은 것이었다. 「그럼 정말 좋죠, 아마.」

불이 꺼진 당구장의 한구석에서 재클린은 뉴욕에 있는 그녀의 딸, 아만다와 한참 열띤 전화 통화를 하고 있었다. 「핑계 좀 그만 대거라! 네가 언론에 뭐라고 했든 내 알 바가 전혀 아니다. 해야 할 일을 하렴. 그냥 다음 주에는 무조건 이곳으로 돌아오라고.」 그녀가 씩씩거렸다.

재클린이 통화를 끝내고는 창문 너머로 달빛이 은은한 테라스를 바라봤다. 「올리버, 너 거기에 있다는 거 다 안다.」 그녀가 고개도 돌리지 않은 채 날카롭게 말했다. 올리버가 그림자 어린 출입구에서 나타나 천천히 그녀에게 다가갔다.

「네 냄새가 저 멀리서도 나더구나. 블렌하임 부케[12]를 좀 덜 뿌릴 필요가 있어. 네가 영국 왕세자는 아니잖니.」

올리버가 눈썹을 들어 올렸다. 「참 예민하게 나오시네요! 어쨌든 니컬러스는 명백하게도 홀딱 넘어간 것 같더군요. 아만다에게 기회가 돌아가기에는 너무 늦은 것 같지 않나요?」

「전혀 아니야.」 재클린이 조심스럽게 그녀의 머리를 다시 정돈하며 응답했다. 「네가 자주 말하듯이, 타이밍이 모든 것을 좌우하지.」

「저는 예술 작품에 투자하는 이야기를 하는 중이었답니다.」

「내 딸은 매우 아름다운 예술 작품이지. 그렇지 않나? 그녀는 최상의 소장품들만 모아놓은 곳에 들어가야 마땅해.」

「당신이 들어가려다 실패한 그곳 말입니까?」

「가서 떡이나 쳐라, 올리버.」

「*Chez toi ou chez moi*(우리 집에서요 아니면 당신 집에서요)?」 올리버는 천박하게 눈썹 한쪽을 들어 올리며 느긋하게 방에서 걸어 나갔다.

12 영국의 유서 깊은 향수 회사 펜할리건스의 제품. —옮긴이주.

안달루시아풍의 뜰에서 레이철은 잠시 눈을 감았다. 중국 현악기들이 울리는 소리가 졸졸 흐르는 물소리와 완벽한 음악을 이루었다. 꽃들도 그에 반응해 달콤한 소리에 맞춰 차례차례 돌아가며 춤추듯 피어났다. 또 바람이 불어올 때마다 저녁 하늘과 대조를 이루도록 걸려 있는 황동 등들은 어두운 바다 위를 떠다니는 수백 개의 빛나는 구슬들처럼 흔들렸다. 레이철은 무슨 쾌락의 꿈을 꾸듯 그녀 자신도 그것들과 함께 떠다니는 기분이 들었다. 그래서 생각했다. 니컬러스와의 삶은 언제나 이럴까? 곧 탄화꽃들은 피어날 때와 마찬가지로 빠르고 신비롭게 시들기 시작했다. 그렇게 사람을 도취시키는 향기로 밤공기를 가득 메우며 자신의 몫을 다한 채 생명력이 사라진 꽃잎들로 움츠러들었다.

아스트리드와 마이클

싱가포르

할머니의 파티가 늦게까지 지속될 때면 아스트리드는 보통 타이어살 파크에서 밤을 보내곤 했다. 캐시언이 잘 자고 있으면 깨우고 싶지 않아서 그랬다. 그래서 그녀가 아주 어렸을 때부터 자주 들르는, 그녀를 위해 비워 둔 타이어살 파크의 침실로 그냥 직행하곤 했다. (그 방은 닉의 침실 바로 맞은편에 있는 것이기도 했다.) 그녀를 예뻐하는 할머니는 이탈리아에서 수공예로 조각된 기발한 가구들을 주문 제작하고 그녀가 가장 좋아하는 동화, 〈춤추는 열두 공주〉에 나오는 장면들을 벽에 그려 놓는 등 그녀를 위해 마법 같은 공간을 만들어 줬다. 아스트리드는 어린 시절부터 사용했던 이 침실에서 가끔씩 자는 것이 여전히 좋았다. 여기서 그녀에 대한 할머니의 애정은 돈으로 살 수 있는 가장 환상적인 인형들과 소꿉장난 찻잔 세트 등으로 표현됐다.

하지만 아스트리드는 오늘 밤만큼은 집에 가기로 결심했다. 자정이 한참 지난 시각이었음에도 불구하고 그녀는 캐시언을 재빨리 품에 안은 뒤 유아용 카시트에 앉히고 그녀의 아파트로 향했다. 마이클이 〈회사〉에서 돌아왔는지를 확인하고 싶어서 마음이 급했다. 마이클이 계속 바람을 피우는 동안 그녀가 단순히 고개를 돌리고 있을 수 있으리라고 생각했다면, 그건 착각이었다. 그녀는 그런 모든 아내들과 달랐다. 에디의 아내, 피오나처럼 피해자가 되지 않을 것이었다. 추측과 불확신으로 가득했던 최근의 수많은 날들에 그녀는 무겁게 짓눌린 상태였다. 이 문제를 해결해 끝내 버려야 했다. 그녀의 남편을 직접 두 눈으로 봐야 했다. 그의 체취를 맡아야 했다. 진정 또 다른 여자가 있는지를 꼭 알아야 했다. 하지만 자신에게 약속할 정도로 솔직하자면, 그녀는 남편의 아이폰 화면에 그 짧은 한 문장이 뜨기도 전에 사실을 알고 있었다. 이것은 그녀가 마이클에게 빠졌기 때문에 치러야 할 대가였다. 그는 모든 여자들이 넘어갈 수밖에 없는 남자였다.

싱 가 포 르 ,   2 0 0 4 년

아스트리드가 처음으로 마이클을 봤을 때, 그는 군복 무늬가 프린트된 삼각 수영복을 입고 있었다. 평상시의 아스트리드였다면 열 살을 넘긴 남자가 이렇게 딱 붙는 팬티형 수영복을 입은 모습에 거부 반응을 보였을 것이었다. 그것은 그녀의 미적 취향에 맞지 않았다. 그런데 마이클이 쿠스토 바르셀로나 수영복을 입고 런웨이 위를 성큼성큼 걸어 나왔다. 속이 비치는 검정색 로사 차 수영복을 입고 에메랄드 목걸이를 한 아마존 여자 모델이 그의 한쪽 팔을 휘감고 있었다. 그 순간 아스트리드는 마이클에게 눈을 떼지 못했다.

그녀는 링 사촌들 중 한 명이 연 자선 패션쇼에 손님으로 참석하기 위해 처칠 클럽에 끌려온 상태였다. 그래서 쇼가 진행되는 내내 지루해하며 꼼짝없이 앉아 있었다. 정교한 연출 기법들이 한가득 동원되는 장 폴 고티에의 패션쇼를 앞좌석에서 감상해 버릇했던 사람에게는 노란 젤과 가짜 야자 잎들, 그리고 번쩍이는 섬광 전구들로 급히 제작된 그 무대가 자금을 덜 들인 주민 센터의 극장 같았다.

하지만 그 와중에 마이클이 등장했다. 그러자 모든 상황이 슬로 모션으로 천천히 흘러가는 것 같았다. 그는 대부분의 동양인 남자들에 비해 키와 체구가 더 컸으며 미용실 선탠 스프레이로는 절대 흉내 낼 수 없는 아름다운 밤색의 그을린 피부를 갖고 있었다. 엄격하게 자른 군인 스타일의 머리는 그의 나머지 얼굴에 비해 너무나 튀는 매 같은 코를 강조해 더욱 섹시한 이미지를 만들었다. 그다음에는 꿰뚫어 보는 것 같은 우묵한 눈과 늘씬한 상체를 따라 물결 모양을 이루는 빨래판 복근이 있었다. 그가 런웨이에 선 시간은 단 30초도 안 됐다. 하지만 몇 주 후, 앤디 옹의 생일 파티에서 그가 V넥 티셔츠와 빛바랜 회색 청바지를 입고 나타나자 그가 옷을 제대로 갖춰 입었음에도 불구하고 그녀는 그를 즉시 알아볼 수 있었다.

이번에는 마이클이 그녀를 먼저 봤다. 그는 옹 방갈로의 정원에서 앤디 및 몇몇 친구들과 튀어나온 바위에 기대어 있었다. 그때 아스트리드가 섬세하게 레이스 커팅된 긴 백색 리넨 원피스를 입고 위층 테라스에 나타났다. 〈이 여자는 이 파티에 전혀 어울리지 않는데.〉 그는 혼자 그렇게 생각했다. 여자는 곧 생일을 맞은 남자가 어디에 있는지를 봤다. 그러고는 그들을 향해 곧장 내려오더니 앤디를 꼭 안아 줬다. 그의 주변에 있던 남자들은 입을 헤벌리고 쳐다봤다.

「생일 축하해!」 아스트리드가 큰 목소리로 인사하며 보라색 실크로 정교하게 포장한 작은 선물을 주인공에게 건넸다.

「아이야, 아스트리드, 윰 사이 라![13]」 앤디가 말했다.

「이건 그냥 파리에 있을 때 네가 좋아할 것 같아서 산 건데 별거 아니야.」

「그래서 그 도시는 완전히 질리도록 즐긴 거야? 이제

13 광둥어로 〈진짜 이러지 않아도 됐는데〉라는 뜻.

완벽히 돌아온 거야?」

「아직 잘 모르겠어.」 아스트리드가 조심스레 말했다.

남자들은 다들 앞다투어 그녀의 앞에 줄을 섰다. 앤디는 그들을 그녀에게 소개하는 것이 별로 탐탁지는 않았지만 그러지 않는 것 또한 무례하겠다는 생각이 들었다.「아스트리드, 이쪽은 리 센웨이, 마이클 테오, 그리고 테렌스 탄이야. 내 군대 친구들이지.」

아스트리드는 모두를 향해 달콤한 미소를 보낸 뒤 마이클에게 시선을 고정시켰다.「내가 잘못 기억하는 게 아니라면 전에 그쪽이 수영복 차림이었을 때 본 것 같은데요.」 그녀가 말했다.

남자들은 그녀의 발언에 반은 멍하고 반은 당황한 상태가 됐다. 마이클은 그냥 고개를 끄덕이더니 웃었다.

「어…… 그녀가 무슨 얘기를 하는 거야?」 센웨이가 물었다.

아스트리드는 넉넉한 티셔츠 차림에도 훤히 두드러지는 마이클의 조각 같은 상체를 흘깃 봤다.「그래요. 당신이 맞네요, 그렇죠? 10대 쇼핑 중독자들을 돕기 위해 열렸던 처칠 클럽의 패션쇼에서 말이에요.」

「마이클, 너 패션쇼에 모델로 섰었어?」 센웨이가 믿을 수 없다는 투로 물었다.

「수영복 차림으로?」 테렌스가 덧붙였다.

「자선 행사였어. 난 그냥 휘말린 거였다고!」 마이클

이 말을 버벅거렸다. 그의 얼굴이 홍당무처럼 빨개졌다.

「그럼 전문적으로 모델 활동을 하는 건 아니신가 봐요?」 아스트리드가 물었다.

남자들이 모두 웃기 시작했다. 「해! 얘는 한다고! 얘가 마이클 쥬랜더[14]지.」 앤디가 배꼽을 잡았다.

「아니, 저는 진지하게 말씀드리는 거예요.」 아스트리드가 고집했다. 「전문적으로 모델이 되고 싶은 생각이 있다면 말해요. 파리에 당신과 기꺼이 계약할 모델 에이전시들을 몇 군데 알고 있어요.」

마이클은 마냥 아스트리드를 쳐다봤다. 그녀의 말에 어떻게 반응해야 할지 몰랐다. 긴장된 분위기가 확연해졌다. 그리고 남자들도 전부 할 말을 잃은 상태였다.

「있잖아, 나 배고파 죽겠어. 그 맛있어 보이던 미 레부스[15]를 좀 먹어야겠어. 집 안에 있던데.」 아스트리드가 말하며 앤디의 볼에 빠르게 뽀뽀를 한 뒤 성큼성큼 집으로 향했다.

「자, 랭 차이,[16] 뭘 그렇게 꾸물거리는 거야? 저 여자는 너한테 관심 있는 게 분명한데.」 셴웨이가 마이클에게 말했다.

「테오, 너무 기대하지는 마. 그녀는 건드릴 수 없는

14 영화 「쥬랜더」는 남자 모델 데릭 쥬랜더가 주인공인 코미디 영화이다 — 옮긴이주.

15 말레이시아 요리로 계란 국수를 매콤달콤한 카레 소스에 볶은 것.

16 광둥어로 〈꽃미남〉이라는 뜻.

여자야.」 앤디가 경고했다.

「건드릴 수 없다니. 그게 무슨 말이야?」 셴웨이가 물었다.

「아스트리드는 우리 계층 사람들과 연애하지 않아. 그녀가 누구와 결혼할 뻔했는지 알아? IT계의 억만장자 우 하오리안의 아들, 찰리 우. 그들이 약혼까지 했는데 그녀가 마지막 순간에 결혼식을 취소했어. 그녀의 가족들은 그런 남자조차도 그녀에게는 부족하다고 생각했거든.」 앤디가 말했다.

「그래? 네 말이 틀렸다는 걸 여기에 있는 테오가 증명할 거야. 마이크, 저건 장담컨대 두 팔 벌려 환영하는 초대였어. 친구, 그렇게 키아수[17]하게 굴지 마!」 셴웨이가 소리쳤다.

마이클은 자신의 건너편에 앉아 있는 이 여자에 대해 어떻게 생각해야 좋을지 몰랐다. 우선, 이 데이트는 벌어지지 말았어야 하는 것이었다. 그녀는 그의 취향에 맞는 여자가 아니었다. 오차드 로드의 비싼 부티크 가게에서 쇼핑하고 있거나 화려한 호텔 로비의 카페에서 은행가 남자 친구와 함께 더블샷 디카페인 마키아토를 마시고 있을 법한 부류의 여자였다. 그는 왜 자신이 그

17 호키엔어로 〈질까 봐 겁내다〉라는 뜻.

녀에게 데이트를 신청했는지도 확실히 몰랐다. 그는 원래 이렇게 대놓고 여자를 쫓아다니지 않았다. 평생 동안 여자에게 먼저 다가갈 필요도 없었다. 그들이 언제나 그의 품 안으로 자신들을 기꺼이 던져 줬다. 처음에 친형의 여자 친구가 열넷이었던 그에게 그랬던 것처럼 말이다. 이번에도 엄밀히 말하자면 아스트리드가 먼저 꼬리를 친 것이었다. 그래서 자신이 그녀를 쫓아가는 것이 신경 쓰이지 않았다. 〈넘볼 수 있는 여자가 아니다〉라고 했던 앤디의 이야기는 그를 제대로 자극했다. 그래서 그녀와 잔 뒤 앤디의 앞에서 그것을 노골적으로 들먹이는 것만 해도 재미있겠다는 생각을 했다.

마이클은 그녀가 데이트를 승낙할 것이라고는 절대 생각도 못 했다. 하지만 첫 만남으로부터 일주일도 지나지 않은 이 순간, 그들은 이곳에 있었다. 모든 테이블마다 코발트블루 유리 촛대들이 놓여 있는 뎀프시 힐의 레스토랑에. (요새 유행하는 스타일의 레스토랑이자 그가 싫어하는 앙 모들이 가득한 곳이기도 했다.) 둘은 그렇게 서로에게 별로 할 말이 없는 채로 앉아 있었다. 그들에게는 둘 다 앤디를 안다는 것 외에 공통점이 없었다. 그녀는 직업이 없었다. 그리고 그의 일은 기밀 사항이었기에 그것에 대해서 얘기할 수 있는 상황도 아니었다. 그녀는 지난 몇 년을 파리에서 살았기 때문에 싱가포르의 최근 물정에도 굉장히 어두웠다. 젠장, 저 영국식 억양과 습관을 보면 그녀가 진짜 싱가포르인 같지도 않았다.

그럼에도 불구하고 그는 어쩔 수 없이 그녀에게 굉장히 끌렸다. 그녀는 그가 평소에 사귀던 부류의 여자들과는 완전 반대였다. 부유한 가족 출신이라면서도 전혀 명품 옷이나 보석 액세서리로 치장하지 않았다. 화장조차도 안 하고 있는 것 같았지만 그래도 엄청 예뻤다. 이 여자는 그가 예상했던 것만큼 세오 치에[18]가 아니었으며 저녁을 먹은 뒤 당구 시합을 하자고 제의하기도 했다.

보아하니 그녀는 꽤나 치명적인 당구 실력자였다. 그래서 그녀가 더더욱 섹시해 보였다. 하지만 그녀는 그가 가볍게 사귈 수 있는 부류의 여자가 아니라는 것이 확연했다. 그러려고 생각했다는 사실이 부끄러워지려고 했다. 그래도 오로지 그녀의 얼굴만을 쳐다보고 싶은 마음이었다. 그녀의 얼굴은 계속 봐도 부족했다. 부분적으로는 그가 그녀에게 너무 정신이 팔려 있었기 때문에 그녀와의 당구 게임에 졌다고 확신했다. 데이트가 끝나 갈 무렵, 그는 그녀를 차까지 바래다줬다. (놀랍게도 차종이 혼다 어큐라로 수수한 편이었다.) 그리고 그녀가 차에 탈 수 있도록 문을 열어 주면서 그때 그들의 인연이 끝일 것이라고 확신했다.

아스트리드는 그날 밤, 침대에 누워 베르나르앙리

18 광둥어로 〈깍쟁이〉 또는 〈까다롭게 구는 애〉라는 뜻.

레비[19]의 신간을 읽으려고 했지만 집중할 수가 없었다. 처참했던 마이클과의 데이트가 계속 떠올랐다. 그 불쌍한 놈은 소소한 대화를 할 줄도 몰랐고 속수무책일 정도로 세련되지 못했다. 그럴 만도 했다. 그렇게 생긴 남자들은 별 노력 없이도 여자들에게 좋은 인상을 심어 줄 수 있었으니까. 그런데 그에게 무언가가 있었다. 그 무언가 때문에 거의 야생적이다 싶은 아름다움이 깃들어 있었다. 그는 무조건 그녀가 이제껏 본 가장 완벽한 남성상의 표본이었다. 그래서 그녀로부터 자신에게 내재되어 있었는지도 몰랐던 심리 반응을 일으켰다.

아스트리드는 침대 옆의 등을 껐다. 그러고는 어둠 속에서 가보로 내려온 페라나칸 침대의 모기 망 안에 누워 마이클이 바로 이 순간, 그녀의 생각을 읽을 수 있었으면 좋겠다고 생각했다. 그가 야간 위장용 군복을 입고 경비원들과 순찰을 돌고 있는 셰퍼드들을 피하며 아버지의 저택 벽을 기어오르기를 바랐다. 창 옆의 구아바 나무를 타고 올라 소리 없이 그녀의 침실에 들어오기를 바랐다. 오로지 흘겨보는 검은 그림자의 모습으로 잠시 동안 그녀의 침대 발치에 서 있기를 바랐다. 그런 다음 그가 그녀의 옷을 찢어 버린 뒤 그의 저속한 손으로 그녀의 입을 막기를 바랐다. 그래서 그녀를 새벽

19 Bernard-Henri Lévy(1948~). 프랑스의 철학자이자 작가 — 옮긴이주.

까지 끊임없이 탐하기를 바랐다.

그녀는 스물일곱이었다. 그리고 난생처음으로 성적으로 남자를 원하는 것이 어떤 기분인지를 깨달았다. 핸드폰을 집어든 그녀는 자신의 행동을 막을 새도 없이 마이클의 번호를 눌렀다. 핸드폰이 두 차례 울린 뒤 그가 전화를 받았다. 아스트리드는 그가 무슨 시끄러운 술집에 있다는 것을 소리로 알 수 있었다. 그렇게 바로 전화를 끊었다. 15초 뒤, 그녀의 핸드폰이 울렸다. 그녀는 그것을 다섯 차례 울리도록 놓아둔 뒤 받았다.

「왜 내게 전화하고는 끊은 거야?」 마이클이 낮은 목소리로 침착하게 말했다.

「전화 안 했어. 핸드폰이 가방 안에 있었는데 어쩌다 보니 실수로 네게 전화가 갔나 봐.」 아스트리드가 아무렇지도 않게 대답했다.

「아, 그래.」

오랫동안 침묵이 이어졌다. 그러다 마이클이 가볍게 입을 열었다. 「나 지금 해리스 바에 있어. 그런데 레이디힐 호텔로 가서 방을 잡을 계획이야. 레이디힐은 너희 집에서 꽤 가깝지 않아?」

아스트리드는 그의 뻔뻔함에 깜짝 놀랐다. 이 남자는 대체 자기가 누구라고 생각한단 말인가? 그녀는 얼굴이 뜨거워지는 것이 느껴졌다. 다시 그의 전화를 끊어 버리고 싶었다. 하지만 그러는 대신, 그녀는 자신도 모르게 침대 옆의 등을 켜고 있었다. 「방 번호를 문자로 보내.」 그녀가 한 말은 그것뿐이었다.

싱가포르, 2010년

아스트리드는 구불구불한 클러니 로드를 따라 운전했다. 그러는 동안 그녀의 머리는 오만가지 생각 속에 잠겼다. 타이어살 파크에서의 저녁을 시작할 때만 해도 그녀는 남편이 어떤 별 하나짜리 호텔에서 문란한 메시지나 보내는 홍콩의 창녀와 함께 열정적인 관계를 갖는 상상을 나름 즐겁게 하고 있었다. 가족들과 자동 대화 모드로 얘기를 나누던 동안에도 자신이 마이클과 그 창녀가 있는 추잡한 방에 불쑥 쳐들어가 그들을 향해 가능한 모든 물건들을 던지는 모습을 그리고 있었다. 램프 등이든, 물 주전자든, 저렴한 플라스틱 커피 머신이든 뭐든지…….

하지만 올리버의 말을 들은 이후부터 그녀는 더욱 어두운 상상에 사로잡혔다. 이제 그녀는 올리버가 실수하지 않았으며 홍콩에서 그가 봤던 남자는 그녀의 남편이 맞다고 확신하고 있었다. 다른 사람을 마이클로 착각하기에는 그가 너무 튀었다. 그리고 반(半) 계략가이자 반평화주의자인 올리버는 명백하게도 그녀에게 암호 메시지를 보내고 있었던 것이었다. 하지만 그 남자아이는 누구였단 말인가? 마이클에게 또 하나의 아들이 있을 수 있단 말인가? 아스트리드가 달비 로드를 향해 차를 오른쪽으로 꺾었다. 그 순간 그녀는 단 몇 미터 앞에 주차돼 있는 트럭을 보지 못했다. 트럭 앞에서는 야간 인부들이 높은 가로등을 고치고 있었다. 인부들 중 한 명이 갑자기 트럭의 문을 열었고, 아스트리드는 숨을 내쉬기도 전에 차를 오른쪽으로 급격히 틀었다. 앞 유리가 깨졌다. 그녀가 의식을 잃기 전에 마지막으로 본 것은 반얀 나무의 복잡한 뿌리들이었다.

닉과 레이철

싱가포르

레이철이 탄화 파티 다음 날 아침에 기상했을 때, 닉은 그들의 스위트룸 거실에서 전화기에 대고 조용히 속삭이고 있었다. 시야의 초점이 천천히 돌아오는 동안, 그녀는 그 자리에 고요히 누운 채, 닉을 바라보며 지난 24시간 동안 벌어졌던 모든 일들을 받아들이려고 노력했다. 어젯밤은 마법 같았다. 하지만 그럼에도 불구하고 마음속에서는 불편한 감이 커질 수밖에 없었다. 그녀가 어쩌다 비밀의 방에 들어갔다가 남자 친구가 이중생활을 하고 있다는 사실을 발견한 기분이었다. 그들이 뉴욕에서 두 명의 젊은 대학 교수로서 이끌어 가던 평범한 삶은 닉이 이곳에서 영위하는 황제 뺨치도록 화려한 삶과 전혀 딴판이었다. 그래서 레이철은 머릿속으로 그 둘을 어떻게 융합시켜야 할지 몰랐다.

레이철도 부의 세계에 대해 마냥 모르고 있는 건 아

니었다. 케리 추는 레이철과 초기에 고생을 한 뒤 자신의 힘으로 일어서서 실리콘 밸리가 인터넷 붐으로 들어서던 바로 그 시기에 부동산 중개인 자격증을 땄다. 그 결과, 레이철은 디킨스 소설에 나올 법할 정도로 열악했던 어린 시절을 뒤로 하고 부유한 샌프란시스코 베이 에어리어에서 10대를 보낼 수 있었다. 또 미국의 최고 명문대인 스탠퍼드와 노스웨스턴 대학교를 다녔다. 페익린이나 부모의 신탁 자금으로 대학을 다니는 다른 애들도 그곳에서 만났다. 이제 그녀는 미국에서 가장 물가가 비싼 도시에서 살면서 학계의 엘리트들과 어울리고 다녔다. 하지만 레이철의 이런 모든 경험들도 그녀가 아시아에서 겪게 될 첫 72시간을 대비시켜 주지 못했다. 이곳에서 과시되는 부는 너무 극단적이었다. 그녀는 이런 식의 부를 난생처음 봤다. 그리고 단 한 순간도 그녀의 남자 친구가 이런 세계의 일부일 것이라고는 상상하지 못하고 있었다.

닉이 뉴욕에서 살던 삶의 방식은, 진짜 검소하다고 할 수는 없어도 수수하다고 표현할 수 있었다. 그는 모턴가(街)의 반독립적인 공간이 딸려 있는 아늑한 스튜디오를 임대했으며 그 안에도 노트북 컴퓨터와 자전거, 그리고 쌓여 있는 책들을 제외하면 그다지 값이 나가는 물건도 없었다. 또 옷은 튀면서도 편안해 보이게 입고 다녔다. 물론 레이철은 (영국의 맞춤 정장에 대해 전혀 아는 바가 없었기에) 헌츠맨이나 앤더슨 & 셰퍼드 라벨이 달린 그 구겨진 블레이저 상의들이 얼마나 비싼지 깨닫지 못하고 있었다. 레이철이 보기에 닉이 돈을 헤프게 쓸 때는 유니언 스퀘어 그린 마켓에서 장을 볼 때나 어떤 뛰어난 밴드가 그들의 동네에서 콘서트를 연다고 해서 좋은 자리를 예매할 때뿐이었다.

하지만 이제 모든 것이 이해되기 시작했다. 닉에게는 언제나 어떤 특별한 면이 있었다. 그것은 레이철이 지금까지는 설명할 수 없었던 것이었다. 하지만 그것 때문에 그는 그녀가 알았던 그 어느 누구와도 달라 보였다. 그가 사람들과 교류하는 방식이라든지, 벽에 기대는 방식이라든지……. 그는 언제나 주변 배경 속에 묻혀 지내도 그것을 편안해했다. 하지만 그렇게 함으로써 남들보다 튀기도 했다. 그녀는 그의 그런 면이 그의 잘생긴 외모와 가공할 만한 지성의 덕이었다고만 여겼다. 닉처럼 축복받은 사람은 남에게 자신을 증명해 보여야 할 필요를 못 느끼는 법이니까. 하지만 이제 그녀는 그 이유뿐만이 아니라는 것을 알았다. 이 사람은 소년 시절에 타이어살 파크 같은 곳에서 자라난 사람이었다. 세상 속의 다른 모든 것들은 그곳에 비해 밋밋했을 것이다. 레이철은 닉의 어린 시절에 대해, 그의 무서운 할머니에 대해, 그녀가 어제 만났던 사람들에 대해 더 알고 싶었다. 하지만 그에게 수백 가지 질문을 퍼부으며 아침을 시작하고 싶지는 않았다. 그렇지 않아도 이번 여름 내내 이 새로운 세계를 탐구할 수 있을 테니까.

「어이, 잠자는 숲속의 공주.」 닉은 전화를 끊고 나서 레이철이 깨어났다는 것을 깨닫고 인사했다. 그는 그녀가 막 잠에서 깼을 때의 모습이 너무 좋았다. 너무나 매혹적으로 헝클어져 있는 긴 머리에 눈을 뜨자마자 보여주는 졸리고도 행복한 미소란…….

「지금 몇 시야?」 레이철이 물으며 쿠션이 대어진 침대 머리판에 대고 기지개를 켰다.

「한 9시 반 정도 됐어.」 닉이 말하며 그녀의 쪽으로 성큼성큼 다가갔다. 그리고 침대 이불 속으로 들어가 그녀를 자신의 몸 쪽으로 끌어당기며 뒤에서 안았다. 「백허그 타임!」 그가 장난스럽게 선언하며 그녀의 목덜미에 몇 차례 키스를 했다. 레이철은 그와 마주하기 위해 돌아 누운 뒤 그의 이마부터 턱까지 손가락으로 따라 그렸다.

레이철이 입을 열던 찰나였다. 「누가 말한 적이 있으려나? 자기는 가장 완벽한…….」

「내가 가장 완벽한 얼굴 옆선을 갖고 있다고?」 닉이 웃으며 레이철이 하려던 말을 직접 마무리했다. 「내 아름다운 여자 친구가 매일 그렇게 말해 주던데. 그녀는 분명 정신이 나간 게 분명하다니까. 잘 잤어?」

「시체처럼. 어젯밤 행사에서 정말 진을 뺐나 봐.」

「네가 정말 대견하다고 생각해. 그렇게 많은 사람들을 만났으니 많이 지쳤을 거야. 하지만 다들 네 매력에 홀딱 빠졌던데.」

「으으으. 너는 그렇게 말하지. 샤넬 정장을 입고 있던 자기의 숙모는 그렇게 생각하지 않았던 것 같은데. 자기 고모부, 해리도 그렇고. 싱가포르의 역사와 정치와 미술에 대해 1년은 꼬박 공부했어야 했나 봐.」

「에이, 아무도 네가 동남아시아 전공 학자일 것이라고 기대하지 않았어. 다들 그냥 너를 만나서 즐거워했는걸.」

「자기의 할머니도?」

「당연하지! 사실, 우리보고 다음 주에 할머니 댁에서 지내라고 초대까지 하셨는걸.」

「정말?」 레이철이 말했다. 「우리가 타이어살 파크에서 지내는 거야?」

「물론이지! 할머니께서는 너를 마음에 들어 하셨어. 너를 알아 가고 싶으시대.」

레이철이 고개를 저였다. 「내가 할머님께 인상을 남기기는 했다는 것도 믿기지 않는데.」

닉이 레이철의 이마로 내려온 머리 한 올을 그녀의 귀 뒤로 부드럽게 넘겨줬다. 「먼저, 우리 할머니께서는 굉장히 낯을 가리신다는 것을 알아줬으면 좋겠어. 그래서 가끔은 그런 태도가 거리를 두는 것처럼 보이기도

해. 하지만 할머니께서는 사람들을 굉장히 예리하게 관찰하시는 분이야. 두 번째로, 너는 할머님께 인상을 남기려고 노력할 필요가 없어. 그냥 너답게 있으면 충분할 거야.」

레이철은 그녀가 다른 사람들로부터 주워들은 이야기들을 모아 봤을 때, 닉의 말에 확신이 서지 않았다. 하지만 지금 당장은 그것에 대해 걱정하지 않기로 마음을 먹었다. 그들은 서로를 끌어안은 채로 침대에 누워 물이 튀기는 소리와 아이들이 소리 지르는 고음에 귀를 기울였다. 몸을 둥글게 만 채 수영장으로 뛰어드는 소리였다. 닉이 갑자기 일어나 앉았다. 「우리 아직 뭐를 안 했는지 알아? 룸서비스를 안 시켰네. 그게 호텔에서 묵었을 때의 장점 중 하나인데! 자, 이 호텔의 조식이 얼마나 잘 나오는지 보자.」

「자기가 내 생각을 읽어 버린 것 같네! 그런데, 콜린의 가족이 정말 이 호텔의 소유주야?」 레이철이 물으며 침대 옆에 놓인 가죽 장정의 메뉴판을 집어 들었다.

「응, 맞아. 콜린이 알려 줬어?」

「아니, 페익린이. 어제 우리가 콜린의 결혼식에 갈 예정이라고 말했다가 그 집 가족이 거의 졸도할 뻔했거든.」

「왜?」 닉이 잠시 당황하며 물었다.

「다들 그냥 정말 흥분했던 것 같아. 그게 다야. 자기도 콜린의 결혼식이 그렇게 큰 이슈가 될 거라고는 안 알려 줬잖아.」

「별로 큰 이슈가 안 될 줄 알았지.」

「아시아에서 발행되는 모든 신문과 잡지의 표지 기사로 떴던데.」

「신문사들도 참 할 일 없네. 세상에 그렇게 많은 일들이 벌어지는데 그런 기사나 내보내다니.」

「에이, 크고 화려한 결혼식만큼 판매 부수를 올리는 기사가 어디 있겠어.」

닉이 한숨을 쉬더니 바로 누워 나무 대들보가 설치된 천장을 응시했다.「콜린은 너무 스트레스를 받고 있어. 나는 정말 걔가 걱정 돼. 그는 절대 거대한 결혼식을 원하지 않았어. 하지만 피할 수 없었겠지. 들은 바에 의하면 아라민타와 그녀의 엄마가 그냥 다 알아서 한 것 같더라. 꽤나 엄청난 걸작이 될 거라던데.」

「그래. 나는 그냥 손님들 사이에 앉아 있어도 된다는 게 감사하네.」 레이철이 히죽 웃었다.

「너는 그래도 되지. 하지만 나는 무대 위, 서커스 같은 대혼란 한복판에 있겠지. 말이 나와서 생각났는데, 버나드 타이가 총각 파티를 기획하고 있어. 그도 꽤나 호화 행사를 꾸미는 것 같더라. 우리는 다 같이 공항에서 만나 어떤 비밀 목적지로 갈 거야. 내가 자기를 며칠 방치하면 많이 속상할 것 같아?」 닉이 그녀의 팔을 부드럽게 쓰다듬으며 물었다.

「내 걱정은 하지 마. 자기는 자기의 의무를 다해. 나는 알아서 이 나라를 탐구하고 있을게. 그리고 아스트리드와 페익린이 둘 다 이번 주말에 관광을 시켜 주겠대.」

「그게, 또 하나의 선택지가 있는데. 아라민타가 오늘 아침에 전화를 했어. 오늘 오후에 있을 그녀의 처녀 파티에 네가 정말 와줬으면 하더라고.」

레이철이 잠시 입술을 꼭 다물었다.「아라민타가 그냥 예의상 하는 말이 아니었을까? 그녀의 가장 친한 친구들과 즐기는 파티에 내가 나타나면 좀 이상할 것 같은데?」

「그렇게 생각하지 마. 콜린은 내 가장 친한 친구야. 그리고 아라민타는 워낙 사교계의 여왕벌 같은 애라 여러 사람들과 어울리기를 좋아해. 꽤나 많은 여자애들이 함께할 것 같은데. 그러니 너도 가면 재미있을 거야. 그녀에게 전화해서 둘이 상의해 보는 게 어때?」

「알았어. 근데 먼저 메이플 시럽 버터를 올린 벨기에 와플들을 좀 시키자.」

엘리너

선전

로레나 림이 핸드폰에 대고 베이징어로 얘기하고 있을 때 엘리너가 조식실에 들어왔다. 그녀는 로레나의 맞은편에 앉아 그 유리 요새에서 안개 낀 아침 풍경을 감상했다. 그녀가 이 도시에 들를 때마다 이곳의 크기가 두 배로 불어나는 것 같았다.[20] 하지만 한참 성장기를 겪는 중인 키만 멀쑥한 청소년처럼 급히 세운 건물들 중 다수가 10년도 안 됐는데 벌써 철거당하고 있었

20 전에는 광둥 해안에 있는 지루한 어촌이었으나 지금은 비극적으로 천박한 고층 건물들, 거대 쇼핑몰들이 밀집해 있고 걷잡을 수 없이 환경 오염이 만연한 대도시다. 달리 말해, 멕시코 티후아나의 아시아 버전이다. 선전은 돈이 많은 이웃 나라 사람들이 값싸게 다녀오기에 최고인 여행지가 됐다. 특히나 홍콩과 싱가포르에서 온 관광객들은 전복이나 상어 지느러미탕 같은 요리를 배 터지게 먹고, 명품 이미테이션으로 가득한 지하 상점들에서 자정까지 쇼핑하고, 향락적인 스파 서비스를 받는 것을 굉장히 즐긴다. 여기서는 같은 활동을 하더라도 자국에 비해 비용이 굉장히 적게 들기 때문이다.

다. 더 반짝이는 타워들을 위해 자리를 내주는 것이었다. 로레나가 최근에 산 이곳도 그런 타워였다. 여기도 진정 반짝이기는 했다. 하지만 인테리어의 미적 감각은 굉장히 뒤쳐져 있었다. 예를 들어 이 조식실의 모든 표면은 유난히 썩은 것 같은 빛깔의 주황색 대리석으로 덮여 있었다. 왜 본토 개발업자들은 다들 대리석을 더 많이 깔면 무조건 좋을 것이라고 생각할까? 엘리너가 조리대들이 무채색의 사일스톤[21]으로 깔린 것을 상상하고 있는데 하녀가 그녀의 앞에 김이 모락모락 나는 생선죽 한 그릇을 차려 줬다. 「아니, 아니에요. 죽은 먹지 않을 거예요. 토스트와 마멀레이드를 준비해 주겠어요?」

하녀는 엘리너가 시도하는 베이징어를 이해하지 못하는 것처럼 보였다.

로레나가 전화 통화를 끊고는 핸드폰을 끄며 말했다. 「아이야, 엘리너, 너는 지금 중국에 있어. 최소한 이 맛있는 죽이라도 좀 먹어 봐.」

「미안, 나는 아침 첫 끼부터 생선을 먹지는 못해. 아침에는 토스트를 먹는 것이 익숙하다고.」 엘리너가 고집을 부렸다.

「이 사모님 좀 봐! 너는 아들이 너무 서구화됐다고 불평하지. 그러면서 너도 일반적인 중국식 아침 식사를

21 수정과 천연 광물을 합성해서 만든 고가의 신소재 — 옮긴이주.

즐기지 못하잖아.」

「나는 영가 사람과 너무 오랜 세월 살았잖아.」 엘리너가 단순히 핑계를 댔다.

로레나가 고개를 저었다. 「방금 내 로방[22]과 통화한 거였어. 우리는 그를 오늘 밤 8시에 리츠칼튼 호텔 로비에서 만날 거야. 그럼 그는 우리를 레이철 추에 대한 내막을 아는 사람에게 데려다 줄 것이고.」

캐럴 타이가 럭셔리한 라일락색 실내복 차림으로 바람처럼 조식실에 들어왔다. 「엘리너와 만나기로 한 사람들은 대체 누구야? 이 일이 안전하다고 장담할 수 있어?」

「아이야, 걱정하지 마. 다 괜찮을 거야.」

「그럼 그때까지는 우리 뭐 해? 데이지 언니와 나딘은 기차역 옆에 있던 그 거대한 쇼핑몰에 가고 싶어 하는 것 같던데.」 엘리너가 말했다.

「루오후 백화점을 말하는구나. 나는 모두를 그보다 더 좋은 곳으로 먼저 데려가려고 했지. 하지만 그곳에 대한 얘기는 일급비밀이어야 해. 알았어?」 캐럴이 음모를 꾸미듯 속삭였다.

부인들이 아침 식사를 마치고 그날 하루를 위해 자신들을 꾸몄다. 그러고는 캐럴이 무리를 선전 시내에 있는 수많은 익명의 사무실들 중 한 곳으로 데려갔다. 머

22 말레이 은어로 〈인맥〉이라는 뜻.

쑥한 젊은이가 길가의 연석에 서 있었다. 핸드폰으로 문자 메시지를 열심히 보내는 것처럼 보이던 그가 고개를 들었다. 메르세데스 벤츠의 신형 세단 두 대가 길가에 주차되더니 한 무리의 여자들이 차에서 내렸다.

「당신이 제리인가요?」 캐럴이 베이징어로 물었다. 그녀는 눈살을 찌푸리며 데일 듯이 뜨거운 오후의 햇볕 아래에 서 있는 그 어린 남자를 봤다. 그는 핸드폰으로 게임을 하고 있었다.

젊은 남자는 1분가량 부인 무리를 자세히 관찰하며 그들이 잠복 중인 경찰들이 아닌지를 확인했다. 그렇다. 이들은 명백하게도 돈 많은 부인 무리였으며 이들의 외모로 미루어 봤을 때 싱가포르에서 왔을 것이었다. 싱가포르인들은 그들 특유의 뒤죽박죽 스타일로 옷을 입고, 언제나 도둑맞을까 봐 두려워 보석 장신구는 다른 나라 사람들보다 덜 하고 다녔다. 홍콩 여자들은 다들 똑같이 옷을 입고 거대한 보석을 주렁주렁 하고 다니는 경향이 있었다. 또 반투명 선 캡과 지퍼 달린 주머니들을 꼭 지니고 다니는 일본 여자들은 골프를 치러 필드에 나갈 것처럼 하고 다녔다. 그는 그들에게 이를 한껏 드러낼 정도로 활짝 미소를 지은 뒤 말했다. 「네, 제가 제리예요! 사모님들, 환영합니다. 환영해요. 부디 저를 따라오십시오.」

제리는 그들을 이끌고 건물의 회색 유리문들을 통과

해 긴 복도를 따라 내려간 뒤 뒷문으로 나갔다. 그들은 갑자기 다시 바깥으로 나와 있었다. 골목이었으며 길 건너편에는 나왔던 건물보다 더 작은 사무실 타워가 자리하고 있었다. 그곳은 아직도 건설 중이거나 처분되기 일보 직전인 것 같아 보였다. 그 안의 로비는 새까맸으며 빛이라고는 제리가 방금 연 문으로부터 들어오는 것뿐이었다. 「부디 조심하세요.」 그가 주의를 주며 그들을 데리고 화강암 타일들과 합판, 그리고 건설 도구들로 채워진 상자들이 너부러진 어두운 공간을 지났다.

「캐럴, 이거 정말 괜찮은 거야? 이런 곳에 올 줄 알았으면 내 새 로저 비비에 구두를 신지 않았을 텐데.」 나딘이 불안해하며 불평했다. 그녀는 언제라도 무언가에 걸려 넘어질 것 같은 기분이었다.

「나를 믿어, 나딘. 다 괜찮을 거야. 조금 있으면 내게 고맙다고 할걸.」 캐럴이 차분하게 대답했다.

출입구 하나가 드디어 침침하게 불이 켜진 엘리베이터 통로로 이어졌다. 제리는 녹슨 엘리베이터 소환 버튼을 반복적으로 눌러 댔다. 마침내 엘리베이터가 도착했다. 부인들은 그 좁은 공간에 모두 비집고 탔다. 실수로라도 먼지가 많이 쌓인 벽에 닿지 않으려고 서로서로 붙어 있었다. 17층에 다다르자 엘리베이터가 열리면서 형광등으로 켜진 밝은 통로가 모습을 드러냈다. 통로 양끝에는 각각 강철 이중문이 하나씩 달려 있었다. 그리고 천장에 CCTV 두 대가 설치돼 있다는 것이 유독 엘리너의 눈에 들어왔다. 20대 초반의 매우 마른 여자애가 철문들 중 하나를 열고 나왔다. 「안녕하세요, 안녕하세요.」 그녀는 부인들을 향해 고개를 숙이며 영어로 인사했다. 그리고 그들을 잠시 검사한 그녀는 놀랄 정도로 엄하고 딱딱한 말투로 말했다. 「부디 전화기는 꺼주십시오. 카메라도 금지입니다.」 그녀는 인터폰 쪽으로 이동한 뒤 그것에 대고 부인들이 아무도 알아듣지 못하는 초스피드 방언으로 말했다. 그러자 보안 자물쇠 한 세트가 크게 딸깍 소리를 내며 풀렸다.

부인들이 문을 통과하자 갑자기 화려하게 장식된 고가의 물건들이 그녀들을 둘러쌌다. 바닥은 윤을 낸 분홍색 대리석이었으며 벽지들은 전부 물결무늬 연분홍 비단이었다. 또 그들이 서 있는 자리에서 복도를 내려다보면 옆방의 쇼룸 내부를 살필 수 있었다. 각 방마다 한 가지 명품 브랜드에만 집중하고 있었으며 전면 전시장들에는 최신 핸드백과 장신구들로 가득했다. 디자이너 한정품들은 신중히 위치를 선정해, 할로겐 스포트라이트 밑에서 빛나고 있었다. 그리고 잘 차려입은 쇼핑객들이 각 쇼룸마다 가득했다. 그들은 의욕적으로 물건들을 사들이고 있었다.

「이곳은 가장 잘 만들어진 이미테이션으로 유명한 곳이야.」 캐럴이 선언했다.

「오, 주님!」 나딘이 흥분해서 고음으로 내질렀다. 그러자 캐럴이 그녀를 째려봤다. 괜히 주님의 이름을 난발한 그녀가 못마땅해서였다.

「이탈리아 브랜드들은 이쪽에 있고 프랑스 브랜드들은 반대편에 있습니다. 어떤 것을 원하십니까?」 마른 여자애가 물었다.

「고야드 핸드백도 있어요?」 로레나가 물었다.

「하이야! 네, 네. 요새는 모두들 〈고야〉를 원하죠. 저희는 최고의 고야를 취급합니다.」 그녀가 말하며 로레나를 쇼룸들 중 한 곳으로 안내했다. 판매대 뒤로는 꼭 가져야 한다는 최신의 고야드 토트백들이 상상 가능한 모든 색깔들로 줄줄이 전시돼 있었다. 그리고 쇼룸 한가운데에서는 스위스 남녀 한 쌍이 고야드 여행 가방의 바퀴를 시험하며 서 있었다.

데이지가 엘리너의 귀에 대고 속삭였다. 「봐, 여기서 쇼핑하는 사람들은 우리 같은 관광객들밖에 없어. 요새 중국 본토 사람들은 진짜만을 원한대.」

「그래. 이번만큼은 나도 중국 본토 사람들과 생각이 같네. 사람들이 왜 가짜 명품 가방을 들고 다니고 싶어 하는지 절대 이해가 안 되더라고. 그것을 살 능력이 안 된다면 갖고 다니는 척할 이유도 없는 것 아니야?」 엘리너가 콧방귀를 뀌었다.

「아이야, 엘리너. 너나 내가 이런 것들 중 하나를 들면 그걸 가짜라고 생각하는 사람이 절대 없지 않겠어?」 캐럴이 말했다.「모두들 우리가 진짜를 살 수 있는 능력이 된다는 걸 알잖아.」

「이것들이 진짜와 정말 똑같이 생기긴 했네. 고야드 관계자도 가품 구별을 못 하겠어.」로레나가 말하며 믿어지지 않는다는 듯이 고개를 저었다.「이 바느질이랑 엠보싱이랑 라벨 좀 봐.」

「로레나, 이것들이 그렇게 진짜 같아 보이는 건 실질적으로 진짜이기 때문이야.」캐럴이 설명했다.「그래서 사람들은 이것들을 〈진짜 이미테이션〉이라고 불러. 중국에 있는 공장들은 명품 브랜드들로부터 생산 허가를 받았어. 가령 브랜드 회사에서 1만 개를 주문했는데 공장에서 실제로는 1만 2천 개를 만들었다고 치자. 그럼 그들은 남은 2천 개를 〈이미테이션〉이라는 이름으로 암시장에 몰래 내다 팔 수 있게 되지. 실제로는 진짜와 완전히 똑같은 소재로 만들어져 있는데 말이야.」

「어이, 아가씨들, 구에이 도 세이, 아![23] 이것들이 전혀 싸지 않은데.」데이지가 가격표 하나를 확인하고는 주의를 줬다.

「그래도 싼 거야. 이 가방은 싱가포르에서 사려면 4천5백 달러를 줘야 해. 여기서는 6백 달러밖에 안 하는데 완전 똑같이 생겼어.」로레나가 말하며 가방의 독

23 광둥어로 〈너무 비싸서 죽겠어〉라는 뜻.

특한 감촉을 확인했다.

「오, 신이시여. 나는 색깔별로 하나씩 다 갖고 싶어!」 나딘이 고음으로 소리쳤다.「이 가방은 지난달,『브리티시 태틀러』잡지의 〈잇 리스트〉에서 봤던 거야!」

「프란체스카도 이런 가방 몇 개 갖고 싶어 할걸.」로레나가 말했다.

「아니, 아니야. 나는 절대 그 까다로운 딸에게 아무것도 안 사줘. 프란체스카는 진짜만을 들고 다니려 해. 그것도 〈다음 시즌〉 상품만 골라서.」나딘이 응답했다.

엘리너는 하릴없이 다음 방으로 이동했다. 그곳에는 옷들이 줄줄이 걸려 있었다. 그녀는 가짜 샤넬 정장을 자세히 살폈다. C자 두 개가 교차된 모양의 금단추들이 재킷 소매를 따라 달려 있는 모습을 보고 마음에 안 들어 하며 고개를 저었다. 그녀가 생각하기에 그녀의 나이와 사회적 위치에 있는 여성이 입을 법한 이런 종류의 전형적인 명품 드레스는 입으면 언제나 나이가 들어 보였다. 엘리너가 추구하는 의상 스타일은 전략적인 것이었다. 그녀는 홍콩이나 파리, 또는 그녀가 여행 간 곳의 부티크에서 파는 더 젊고 유행에 민감한 의상들을 선호했다. 그렇게 함으로써 그녀는 세 가지 목표를 달성했다. 하나는 싱가포르의 그 누구도 입지 않는 독특한 의상을 입는다는 것이고, 또 하나는 그녀의 친구들보다 옷에 돈을 훨씬 덜 들인다는 것이며, 마지막으로는 그녀가 실제 나이보다 10년은 젊어 보인다는 것이었다. 그녀는 샤넬 정장의 소매를 다시 옷걸이에 제대로 정리해 놓고는 에르메스만 전시해 놓은 것 같은 방으로 걸어 들어갔다. 그리고 거기에서 다름 아닌 재클린 링과, 말 그대로 얼굴을 마주하게 됐다. 〈나이를 속이는 얘기를 하자면 이년은 악마와 무슨 거래를 한 게 틀림없어.〉

「여기서 뭐 해?」 엘리너가 놀라서 물었다. 재클린은 그녀가 제일 싫어하는 사람들 중 한 명이었으나, 그녀조차도 재클린이 이미테이션 가방을 들고 다닐 것이라고는 상상도 못 했다.

「오늘 아침에 방금 여기로 날아왔어. 그런데 친구 한 명이 내게 여기에 와서 이 타조 가죽 핸드백들 중 하나를 사다 달라고 부탁하더라고.」 재클린은 이런 곳에서 엘리너와 마주친 것에 조금 허둥지둥하며 대답했다. 「이 도시에 온 지 얼마나 된 거야? 그래서 어젯밤에 타이어살 파크에서 너를 못 봤구나.」

「나는 여자 친구들과 주말 스파를 즐기러 왔어. 그럼 너는 우리 시어머니 댁에서 벌어졌던 금요일 저녁 모임에 갔던 거야?」 엘리너가 그다지 놀라지 않으며 물었다. 재클린은 싱가포르에 들를 때면 언제나 니키의 할머니에게 잘 보이려고 노력했다.

「응. 수이 부인께서 막판에 탄화꽃들이 핀다고 소소

한 파티를 열기로 결정하셨거든. 꽤 많은 사람들을 초대하셨어. 네 아들, 니키를 봤지…… 그리고 그 여자애도 만났고.」

「그래. 그래서 그녀는 어땠는데?」 엘리너가 조급하게 물었다.

「오, 아직 그녀를 만나 보지 않은 거야?」 재클린은 엘리너가 침입자를 최대한 일찍 처리하고자 할 것이라고 생각했다. 「너도 알다시피 그녀는 전형적인 ABC야. 과하게 자신감 넘치고 과하게 모든 사람들에게 친근하지. 니키가 그런 사람에게 넘어갈 것이라고는 생각도 못 했는데.」

「그들은 그냥 연애하는 것일 뿐이야, 라.」 엘리너가 약간 방어적으로 쏘았다.

「내가 너라면 그렇게 확신하지는 않을 텐데. 이 여자애는 이미 아스트리드와 올리버하고는 많이 친해졌어. 게다가 저택을 사방으로 멍하니 쳐다보며 입을 헤벌리고 있던데. 그 모습을 너도 봤어야 했어.」 재클린이 말했다. 물론 그녀는 레이철의 그런 모습을 전혀 본 적이 없었다.

엘리너는 재클린의 발언에 당황했다. 하지만 곧 아주 드문 경우지만, 이 문제에 있어서만은 둘이 원하는 바가 겹친다는 사실을 깨달았다. 「네 딸 맨디는 요새 어떻게 지내? 그녀가 자기 나이의 두 배나 먹은 유대인 은행가하고 사귄다고 들었는데.」

「오, 너도 그건 정말 하릴없는 소문이라는 것을 잘 알잖아.」 재클린이 재빨리 말했다. 「그쪽에 있는 언론사들이 우리 딸에 너무 매혹돼서 그녀를 뉴욕에 있는 모든 조건 좋은 남자들과 이어 주려고 하더라고. 어쨌든, 네가 직접 아만다에게 물어봐. 그녀도 쿠의 결혼식에 참석하러 올 거야.」

엘리너는 놀란 표정이었다. 아라민타 리와 아만다 링은 최대의 라이벌 사이였다. 그리고 2개월 전, 아만다는 『스트레이츠 타임스』에 〈쿠의 결혼식에 왜 다들 그렇게 난리인지 모르겠네요. 상류층으로 기어올라가려고 하는 모든 사람들의 결혼식까지 참석하러 싱가포르에 들르기에는 제가 너무 바빠서요.〉[24]라는 말을 해 작은 스캔들 비슷한 것을 일으켰었다.

바로 그 순간, 캐럴과 나딘이 에르메스 방에 들어왔다. 나딘은 재클린을 바로 알아봤다. 수년 전, 그녀를 갈라 파티의 영화 상영회 중에 멀리서 본 적이 있었기 때문이었다. 이번에야말로 그녀가 소개를 받을 수 있는 기회였다. 「어머, 엘 좀 봐. 얘는 어디를 가나 아는 사람들과 마주친다니까.」 그녀가 쾌활하게 말했다.

가짜 에르메스 켈리 가방에 더 관심이 있었던 캐럴은 방의 반대편에서 그들을 향해 미소를 짓고는 계속 쇼핑

24 그렇다. 쿠가와 링가도 혼인을 통해 친척 관계로 묶인 가문들이다.

에 몰두했다. 그사이에 나딘은 두 여자들에게로 직행했다. 재클린은 그녀를 향해 다가오는 여자를 확인했다. 그러고는 그 여자의 화장 두께를 보고 깜짝 놀랐다. 오, 신이시여. 이 사람은 사교계 잡지에 항상 등장하는 그 끔찍한 쇼가 여자잖아. 그녀 못지않게 천박한 딸과 함께 목을 빼고 포즈를 취하던데. 그리고 캐럴 타이는 그 비열한 억만장자의 아내였고. 엘리너라면 당연히 이 무리와 어울려 다니겠지. 참, 그녀답네.

「재클린, 만나서 정말 반가워요.」 나딘이 야단스럽게 손을 내밀며 말했다.

「그래. 나는 이제 가봐야겠네.」 재클린은 엘리너에게 말했다. 그리고 나딘과는 눈도 안 마주치며 그 여자가 제대로 된 소개를 주고받자고 하기 전에 민첩히 출구로 향했다.

재클린이 방을 떠나자 나딘이 말을 쏟아 내기 시작했다. 「엘, 재클린 링을 안다는 얘기는 한 번도 안 했잖아! 와, 그녀는 아직도 정말 아름다운데! 지금 나이가 몇 살쯤 됐을까? 그녀도 얼굴 리프팅 시술을 받았을까?」

「알라막, 내게 그런 질문은 하지 마, 나딘! 내가 어떻게 알겠니?」 엘리너가 짜증을 내며 말했다.

「너는 그녀를 꽤 잘 아는 것 같던데.」

「재클린과는 수년째 알고 지내는 사이야. 오래전에 그녀와 홍콩으로 여행도 갔었어. 거기서도 그녀는 끊임없이 자기 자신을 구경거리로 만들었지. 우리가 어디를 가든 멍청한 남자들이 떼로 쫓아오며 그녀를 사랑한다고 외쳤고. 악몽이었어.」

나딘은 계속 재클린에 대해 이야기를 하고 싶었다. 하지만 엘리너의 정신은 이미 딴 곳에 팔려 있었다. 그래서 아만다가 마음을 바꾸고 결국 콜린의 결혼식에 참석하러 고향에 온다는 말이네. 이 얼마나 흥미로운 일인가. 그녀가 재클린을 끔찍하게 생각하기는 했지만, 아만다가 니키에게 굉장히 어울리는 배필이 될 것이라는 사실은 인정할 수밖에 없었다. 운명의 별들이 제자리를 찾으며 그녀를 돕기 시작했다. 그녀는 오늘 밤에 만날 로레나의 비밀 정보원이 무슨 정보를 넘겨줄지 궁금해서 견디기 힘들 지경이었다.

레이철

싱가포르

아라민타의 처녀 파티가 보통 행사는 아닐 것이라는 암시를 레이철이 처음 받았던 순간은, 택시가 창이 공항의 제트키 CIP 터미널에서 그녀를 내려 줬을 때였다. 그곳은 전용기를 타는 무리들을 위한 터미널이었다. 두 번째 암시를 받았던 순간은 레이철이 세련돼 보이는 라운지에 걸어 들어가 20명의 또래 여자들과 대면하게 됐을 때였다. 그들은 지난 네 시간 내내 머리 스타일과 화장에 공을 들인 사람들처럼 보였다. 레이철은 바다색의 푸른 튜닉 톱을 하얀 데님 치마와 조합시킨 그녀의 의상이 꽤나 예쁘다고 생각했다. 하지만 패션쇼 무대에서 방금 내려온 것처럼 보이는 이 여자애들의 의상과 비교하니 그것이 조금은 초라해 보였다. 아라민타는 어디에도 보이지 않았다. 그래서 레이철은 그냥 주변을 얼쩡거리며 모두를 향해 미소나 지었다. 그러는 동안 토막 토막의 대화들이 그녀에게도 들려왔다.

「나 그 핸드백을 구하려고 온 세상을 다 뒤졌는데. 파리에 있는 편집숍 레클레르에서도 구해 주지 못하더라고…….」

「톰프슨 로드에 있던 그 방 세 개짜리의 오래된 복합 건물이야. 내 감에 따르면 거기가 묶여서 팔리고 내 돈은 세 배로 불어날 것 같아…….」

「대박이야, 칠리 크랩 요리 맛이 최고인 새로운 식당을 찾았어. 거기가 어디에 있는지는 너도 절대 믿지 못할 거야…….」

「스위트룸은 레인즈버러 호텔의 것이 클래리지 호텔의 것보다 마음에 들어. 그런데 캘소프 호텔이야말로 진정 묵을 만한 곳이지…….」

「말도 안 돼, 라! 노 사인보드 시푸드 레스토랑이 여전히 가장 맛있는 칠리 크랩 요리를 만들어…….」

「있잖아, 이건 캐시미어가 아니야. 아기 비쿠냐 털이야…….」

「스위린이 그녀의 포시즌스 아파트를 750만 달러에 팔았다는 소식 들었어? 중국 본토에서 온 젊은 부부가 현금으로 지불했다는데…….」

그렇다. 이들은 진정 그녀와 어울릴 만한 무리가 아니었다. 갑자기 지나치게 피부를 태우고 머리에는 금발 붙임 머리 시술을 받은 여자애가 라운지에 들어와 소리쳤다. 「아라민타가 방금 도착했어!」 공간이 조용해지면서 모두들 고개를 뺀 채 유리 미닫이문 쪽을 쳐다봤다. 레이철은 출입구로 들어온 여자를 거의 못 알아볼 뻔했다. 며칠 전에 잠옷 바지 바람으로 나타났던 여학생 대신 매트한 금색 점프 수트에 금색의 뾰족한 부츠를 착장하고 구불거리는 짙은 밤색 머리는 느슨하게 정수리 위로 틀어 올린 여성이 등장했다. 전문가가 한 듯 안 한 듯 가볍게 얹어 준 화장 덕에 그녀의 소녀답던 이목구비는 슈퍼 모델의 것으로 변모했다. 「레이철, 네가 와줘서 너무 기뻐!」 아라민타가 신나게 말하며 그녀를 꼭 껴안았다. 「나와 같이 가자.」 그녀는 말하면서 레이철의 손을 잡았으며 둘은 라운지 한가운데로 이동했다.

「모두들 안녕! 중요한 공지부터 먼저 하자. 모두에게 내 멋진 새 친구, 레이철 추를 소개할게. 그녀는 콜린의 신랑 들러리, 니컬러스 영이 초대한 손님으로 뉴욕에서 왔어. 부디 그녀를 따뜻하게 환영해 줬으면 해.」 모두의 시선이 레이철을 향하고 있었다. 레이철은 얼굴을 살짝 붉혔다. 그녀가 할 수 있는 것이라고는 현재, 그녀의 모든 마디마디까지 해부하는 것 같은 저 관중들을 향해 상냥하게 미소를 짓는 것뿐이었다. 아라민타가 말을 이었다. 「너희는 내 가장 소중한 친구들이야. 그러니 너희에게 특별한 선물을 주고 싶어.」 그녀는 극적인 효과를 위해 잠시 뜸을 들였다. 「우리 엄마가 소유하는 동

인도네시아의 섬이 있는데 오늘, 우리는 그곳의 리조트에 갈 거야!」 무리에서 놀라 탄성을 지르는 소리들이 들려왔다. 「오늘 밤에는 해변에서 춤을 추고, 맛있고 칼로리 낮은 요리들을 마음껏 먹을 거야. 그리고 주말 내내 스파에서 마사지 서비스를 받으며 말도 안 되는 호화 생활을 즐길 거야! 얘들아, 가자! 파티를 시작하자고!」

레이철이 아라민타의 말을 완벽히 이해하기도 전에 그들은 주문 제작된 보잉 737-700 항공기 안으로 안내됐다. 그곳은 등받이를 낮추고 길이를 늘인 하얀 가죽 소파들과 윤이 나는 가죽 콘솔 테이블들로 꾸며진 극적으로 세련된 공간이었다.

「아라민타, 이건 정말 과한데! 이게 네 아빠의 새 비행기야?」 여자애들 중 한 명이 이 상황이 믿기지 않는다는 듯이 물었다.

「사실 우리 엄마 거야. 내가 들은 바에 의하면 이목을 피해 은둔해야 하는 어떤 모스크바 재벌한테 샀대.」

「그래. 그럼 실수로 이 비행기를 폭파시키는 사람이 없기만을 바라자.」 그 여자애가 농담했다.

「아니, 그럴 일은 없어. 우리가 이걸 다시 페인트칠했거든. 원래는 코발트블루였어. 그런데 당연하게도 우리 엄마는 이걸 엄마식의 젠 스타일로 재단장해야 했지. 세 차례나 페인트칠을 다시 시킨 후에야 엄마는 딱

원하는 빙하 같은 백색이라며 만족해하셨어.」

레이철은 다음 선실로 생각 없이 굴러들어 갔다 생기 넘치게 수다를 떨고 있는 두 명의 여자애들을 만났다.

「그녀라고 내가 말했잖아!」

「내가 생각했던 그런 사람이 전혀 아니었어. 아니, 그녀는 대만에서 가장 부유한 가족 출신이라고 했잖아. 그런데 나타나 보니 무슨…….」

레이철의 존재를 알아챈 여자애들은 갑자기 입을 닫더니 그녀를 향해 쑥스러운 미소를 보내고는 통로를 따라 도망쳤다. 반면, 레이철은 그들의 대화 내용을 전혀 듣지 못했다. 이미 비둘기빛 회색 가죽 연회용 테이블들과 광을 낸 멋진 독서용 니켈 램프들이 천장에 달려 있는 모습에 온 신경을 빼앗긴 상태기 때문이었다. 한쪽 벽면에는 납작한 텔레비전들이 줄지어 걸려 있었으며 다른 쪽 벽면의 은색 사다리형 선반에는 최신 패션 잡지들이 꽂혀 있었다.

몇 명의 여자애들에게 구경을 시켜 주고 있던 아라민타가 선실에 들어왔다. 「자, 여기는 도서관 겸 미디어 룸이야. 정말 아늑해 보이는 게 너무 좋지 않아? 이제 이 비행기에서 내가 가장 좋아하는 공간을 보여 줄게. 요가 스튜디오야!」 레이철은 그 무리를 따라 다음 방으로 갔다. 그곳은 자갈 타일을 붙인 벽면과 따뜻하게 열을 올린 소나무 바닥을 겸비한 최첨단 아유르베다 요가 스튜디오였다. 그런 요가 스튜디오를 항공기 안에 설비해 놓을 수 있을 정도로 부자인 사람들이 있다니! 그녀는 그것이 도저히 믿기지 않았다.

여자들 한 무리가 고음으로 깔깔거리며 들어왔다. 「알라막, 프란체스카는 이미 그 잘생긴 이탈리아 승무원을 구석에 몰아넣고 제일 큰 침실을 차지했어!」 과하게 피부를 태운 여자애가 노래하는 것 같은 억양으로 탄성을 질렀다.

아라민타는 그 이야기가 마음에 안 들어 인상을 찌푸렸다. 「완디, 그녀에게 침실은 출입금지라고 전해 줘. 지안루카에게도 마찬가지야.」

「어쩌면 우리 모두 이탈리아 종마들과 함께 고도 1마일 클럽[25]에 가입해 버리는 것이 좋을지도.」 낄낄거리던 여자애들 중 한 명이 말했다.

「누가 가입해야 한대? 나는 이미 열세 살 때부터 그 클럽 회원이었는걸.」 완디가 자랑하며 군데군데 금발로 탈색한 머리를 어깨 뒤로 넘겼다.

할 말을 잃은 레이철은 가장 가까운 안락의자에 앉아 안전벨트를 매고 이륙 준비나 했다. 그녀의 옆에 앉아 있던 얌전해 보이는 여자애가 미소를 지었다. 「너도 완디가 저러는 것에 곧 익숙해질 거야. 그녀는 메가하르

25 비행 중인 여객기 내에서 섹스를 하면 가입된다는 가상의 클럽 — 옮긴이주.

토가(家) 사람이거든. 그 가문 사람들이 어떤 식인지는 내가 굳이 안 알려 줘도 알만 하지? 참, 나는 파커 요야. 네 사촌 비비안과 아는 사이야!」 그녀가 말했다.

「미안하지만 내게는 비비안이라는 사촌이 없는데.」 레이철이 재미있어하며 말했다.

「너 레이철 추 아니야?」

「맞아.」

「네 사촌이 비비안 추 아니야? 네 가족이 타이베이 플라스틱 회사를 소유하지 않아?」

「애석하게도 아니야.」 레이철이 말하며 눈을 굴리지 않으려고 노력했다. 「우리 가족은 원래 중국에서 왔어.」

「오, 미안해. 내가 실수했네. 그럼 네 가족은 무슨 일을 해?」

「음, 우리 엄마는 팰로앨토에서 부동산 중개인으로 활동하셔. 사람들이 계속 말하는 타이베이 플라스틱 사람들은 누구야?」

파커는 그냥 히죽 웃었다. 「말해 줄게. 그런데 잠시만 내가 실례 좀 할게.」 그녀는 자리의 안전벨트를 푼 뒤, 뒤쪽 선실로 곧장 향했다. 그들이 비행하는 동안 레이철이 파커를 본 것은 그때가 마지막이었다.

「애들아, 내가 특종 중의 특종을 물어 왔어!」 파커는 여자애들이 바글바글 모여 있는 메인 선실의 문을 박차고 들어갔다. 「방금 레이철 추라는 애 옆에 앉아 있었는데 그거 알아? 그녀는 타이베이 추 가문 사람이 아니야! 그들에 대해 들어 보지도 못했대!」

침대 한가운데에 늘어져 있던 프란체스카 쇼는 파커에게 멸시하는 눈빛을 보냈다. 「그게 다야? 그건 몇 달 전에 나도 알려 줄 수 있었던 내용이다. 우리 어머니가 니키 영의 어머니와 제일 친한 사이인데 나는 배 하나를 침몰시킬 정도로 레이철 추에 대해 많이 안다고.」

「어서, 라. 우리에게 속속들이 다 풀어놔 봐!」 완디가 애원하며 기대감에 침대에서 몸을 위아래로 튕겼다.

위험할 정도로 짧은 활주로를 따라 비행기가 극적으로 착륙하자 레이철은 날렵한 흰색 쌍동선을 타게 됐다. 그들이 더 외딴 섬들 중 한 곳으로 빠르게 이동하는 동안 소금기 다분한 바닷바람이 레이철의 머리카락 사이로 쌩쌩 지나갔다. 바닷물은 눈부시도록 밝은 청록색이었으며 차분한 수면에는 여기저기에 작은 섬들이 생크림 덩이처럼 떠 있었다. 곧 쌍동선이 상대적으로 큰 섬들 중 하나 쪽으로 급격히 돌았다. 그리고 그들이 섬에 가까워지는 동안 눈에 띄는 디자인의 목조 건물 단지가 보이기 시작했다. 높낮이가 다른 그 건물들은 초가지붕으로 덮여 있었다.

이곳은 아라민타의 호텔리어 어머니, 애너벨 리가 구상한 낙원이었다. 그녀는 세련되고 현대적인 럭셔리가 어때야 하는지에 대한 그녀의 까다로운 기준에 따라 궁극의 휴양지를 창조하는 일에 전혀 비용을 아끼지 않았다. 그 산호섬은 길이가 4백여 미터밖에 안 됐다. 하지만 섬의 얕은 산호초 지대에 세운 지주 위로 30개의 별장들이 지어져 있었다. 배가 부두로 들어서자 선홍색 빛깔의 유니폼을 입은 종업원들이 반듯한 차렷 자세로 한 줄을 이루며 모히토가 담긴 쟁반들을 들고 있었다.

아라민타가 가장 먼저 부축을 받으며 배에서 내렸다. 그리고 모든 여자애들이 칵테일을 한 잔씩 들고 부두에 모이자 그녀가 발표했다. 「삼사라로 온 것을 환영해! 산스크리트어로 〈흘러가다〉, 즉 불교 존재론의 단계들을 거쳐 간다는 뜻이야. 우리 엄마는 환생을 경험하며 갖가지 다른 단계의 행복을 경험할 수 있는 특별한 곳을 창조하고 싶어 하셨어. 이 섬은 우리의 것이야. 그러니 너희도 나와 함께 이번 주말에 각자의 행복을 찾을 수 있기를 바라. 하지만 먼저, 이 리조트의 부티크에서 쇼핑을 왕창 하는 행사를 준비했어! 애들아, 우리 엄마가 주는 선물로 너희 모두 각각 다섯 벌의 옷을 골라 가도 돼. 그리고 이 행사에 재미를 살짝 더 가미하고 우리가 해 질 녘에 칵테일을 마시는 시간을 놓치지 않도록 하기 위해, 어려운 조건 하나를 걸기로 했어. 너희에게 쇼핑할 시간은 단 20분만 줄 거야. 건질 수 있는 건 뭐든 건지도록. 왜냐하면 20분 뒤에는 부티크가 닫을 테니까!」 여자들은 흥분하며 소리를 꽥 지르더니 방파제를 따라 미친 듯이 뛰어갔다.

자개로 장식한 벽면, 자바산 티크재로 된 바닥, 그리고 초호를 내려다보는 창문의 효과로 평상시의 삼사라 컬렉션 부티크는 문명화된 평온함 그 자체였다. 하지만 오늘은 여자들이 들이닥쳐서 다른 이보다 더 돋보이는 의상을 찾기 위해 공간을 뒤지는 덕에 그곳은 투우 축제 중인 스페인의 팜플로나 같았다. 그들이 가장 탐나는 옷을 서로 쟁취하기 위해 손톱을 세우며 당기다 보니 패셔니스타들 간의 줄다리기가 벌어졌다.

「로런, 이 콜레트 디니건 스커트를 놓으라고! 이러다 찢어지기 전에!」

「완디, 이 싸가지 없는 년, 내가 이 토머스 마이어 상의를 먼저 봤다고! 게다가 너는 새로 성형한 가슴 때문에 이 옷이 맞지도 않을 거잖아!」

「파커, 그 피에르 아르디 플랫 슈즈를 내려놔! 아니면 이 니컬러스 커크우드 구두 굽으로 네 눈을 찔러 버릴 테야!」

아라민타는 계산대에 걸터앉아 눈앞의 광경을 만끽하며 1분마다 남은 시간을 외쳐 그녀의 소소한 게임에 긴장감을 더했다. 레이철은 광란의 현장을 피하기 위해 나머지 여자애들이 간과한 행거 앞으로 피신했다. 그 행거에 걸린 옷들에는 재빨리 알아볼 만한 브랜드 라벨이 하나도 없었기 때문에 다들 눈여겨보지 않은 모양이었다. 프란체스카는 인근의 행거 앞에 서서 기형 생식기들이 담긴 의학 사진을 점검하듯 옷들을 넘겨보고 있었다. 「이건 옷을 고르기도 불가능하잖아. 이 이름 없는 디자이너들은 다 누구야?」 그녀가 아라민타를 향해 외쳤다.

「〈이름이 없다〉니 무슨 말이야? 알렉시스 마비유, 타쿤, 이자벨 마랑…… 우리 엄마는 가장 잘나가는 디자이너들만 직접 선별해서 이 부티크에 들여놓는다고.」 아라민타가 방어적으로 말했다.

프란체스카가 그녀의 길고 구불거리는 검은 머리카락을 어깨 뒤로 홱 넘긴 뒤 콧방귀를 꼈다. 「내가 딱 여섯 디자이너의 옷들만 입는다는 건 너도 알잖아. 샤넬, 디올, 발렌티노, 에트로, 그리고 내 사랑스러운 친구 스텔라 맥카트니, 또 시골에서 보낼 주말을 위해 브루넬로 쿠치넬리. 아라민타, 우리가 여기에 온다는 걸 알려줬으면 좋았잖아. 그럼 내 최신 샤넬 리조트 웨어를 챙겨 왔을 텐데. 캐럴 타이 아주머니의 기독교 자선 단체를 위한 패션 모금 행사에서 이번 시즌에 나온 컬렉션을 전부 샀거든.」

「그래. 그럼 이틀 밤은 그냥 네 샤넬 없이 대충 추레하게 지내야겠네.」 아라민타가 응답했다. 그녀는 레이철을 향해 음모를 꾸미는 것 같은 윙크를 날리더니 속삭였다. 「내가 프란체스카를 주일 학교에서 처음 만났을 때, 그녀는 통통하고 둥근 얼굴형을 갖고 있었고, 옷도 물려받아 입었었어. 그녀의 할아버지는 유명한 수전노여서 온 가족이 에메랄드 힐에 있는 주상 복합에서 비좁게 살았었다고.」

「상상하기 힘든 그림인데.」 레이철이 말하며 행거 너머의 프란체스카가 완벽히 화장을 하고 러플 달린 에메랄드 초록빛 랩 원피스를 입은 모습을 확인했다.

「그래. 그녀의 할아버지가 뇌졸중에 제대로 걸려서 혼수상태에 빠졌고 그녀의 부모님은 마침내 모든 돈을 손에 쥘 수 있게 됐어. 거의 하룻밤 사이에 프란체스카는 새 광대뼈를 갖게 됐고 파리에서 날아온 의상들로 옷장을 한가득 채우게 됐지. 그녀와 그녀의 어머니가 얼마나 빨리 자신들을 변모시켰는지는 절대 믿지 못할 거야. 〈빨리〉라는 말이 나와서 말인데, 레이철, 시간이 거의 다 되어 가네. 너도 어서 쇼핑해야지!」

아라민타가 모두에게 의상을 다섯 벌씩 골라 가라고 초대했음에도 불구하고 레이철은 그녀의 호의를 받아들이는 것이 불편했다. 레이철은 소매를 따라 작은 러플 장식이 달린 귀여운 흰색 리넨 블라우스를 골랐다. 또 여름다운 칵테일 드레스도 몇 벌 건지게 됐다. 세상

가벼운 고급 무명으로 만들어진 그 드레스들을 보면 재클린 케네디가 60년대에 입었던 단순한 시프트 드레스들이 연상됐다.

레이철은 탈의실에서 흰색 블라우스를 입어 보다 옆 탈의실에서 두 여자애들이 한껏 수다 떠는 소리를 엿듣게 됐다.

「그녀가 입은 옷은 봤어? 그 저렴해 보이는 튜닉 톱은 어디서 샀대? 망고?」

「그녀에게 일말의 패션 센스가 있으리라고 기대하는 게 무리지. 미국 『보그』에서라도 옷 입는 법을 배웠으려나? 하하하.」

「사실, 프란체스카는 그녀가 ABC도 아니라 하더라. 중국 본토에서 태어난 애래!」

「그럴 줄 알았어! 우리 하인들마다 보이는 그 구차하고도 필사적인 표정을 똑같이 보이고 있더라.」

「어쨌든 이번에야말로 그녀도 좀 괜찮은 옷들을 얻을 기회가 생겼네!」

「너도 두고 봐. 그 엄청난 영 가문의 돈으로 그녀의 외모도 꽤나 빨리 발전할걸!」

「두고 보자고. 세상에 있는 돈을 전부 다 가졌다 하더라도 센스는 갖고 태어나지 않으면 구할 수 없는 거잖아.」

이 여자애들은 그녀에 대해 얘기하고 있는 중이었

다. 레이철은 그것을 깨달으며 당황했다. 충격을 받은 그녀는 탈의실 밖으로 뛰쳐나가다 아라민타와 부딪힐 뻔했다.

「너 괜찮아?」 아라민타가 물었다.

레이철은 재빨리 평정을 되찾았다. 「응, 괜찮아. 그냥 이 광기에 사로잡히지 않으려고 노력하는 중이야. 그것뿐이야.」

「그 광기 때문에 이게 이렇게 재미있는 거야! 너는 뭘 집었는지 보자!」 아라민타가 들뜬 상태로 말했다. 「오, 너 보는 눈이 있는데! 이것들은 자바 출신 디자이너가 만든 거야. 이 원피스의 무늬들은 전부 수작업으로 그린 거래.」

「정말 예뻐. 이것들은 내가 사도록 해줘. 너희 어머님의 호의를 도저히 받을 수 없겠어. 아니, 너희 어머님께서는 나를 알지도 못하시잖아.」 레이철이 말했다.

「말도 안 되는 소리! 그냥 다 네 거 해. 그리고 우리 엄마는 너와 만나기를 정말 많이 고대하고 있어.」

「그래. 너희 어머님께 이것만은 칭찬을 드려야겠어. 정말 멋진 가게를 꾸리셨어. 모든 의상들이 정말 독창적이야. 이것들을 보고 있으니 닉의 사촌이 입고 다니는 옷들이 생각나더라고.」

「아, 아스트리드 렁! 우리는 그녀를 〈여신〉이라고 불렀었지.」

「정말?」 레이철이 웃었다.

「그래. 우리 모두 학창시절에 그녀를 완전히 숭배했어. 그녀는 언제나 정말 멋져 보였거든. 정말 노력 없이도 세련됐고.」

「아스트리드가 어젯밤에도 꽤 멋져 보이기는 했지.」 레이철이 숙고했다.

「오, 어젯밤에 그녀를 봤다고? 그녀가 정확히 무슨 의상을 입었었는지 알려 줄래?」 아라민타가 의욕적으로 물었다.

「그녀는 흰색 민소매 상의를 입고 있었는데 내 생에 본 가장 섬세한 레이스 자수가 붙어 있었어. 그리고 통이 아주 좁은 오드리 햅번 스타일의 회색 실크 바지를 입고 있었지.」

「디자이너는 누구……?」 아라민타가 재촉했다.

「전혀 모르겠어. 그런데, 오, 진짜 튀었던 건 시선을 붙드는 그녀의 귀걸이였어. 그것은 약간 나바호 드림캐처와 흡사했는데 다만 전부 비싼 보석들로 만들어진 것이었지.」

「정말 멋졌겠는데! 그 귀걸이의 디자이너도 누군지 알았으면 참 좋겠다.」 아라민타가 여념 없이 말했다.

레이철이 미소를 지었다. 마침 발리 스타일의 벽장 맨 밑에 귀여운 샌들 한 쌍이 눈에 띄었다. 해변에 갈 때 완벽하겠는데. 그녀는 그렇게 생각하며 더 자세히 보기 위해 샌들에 가까이 다가갔다. 그것들은 그녀에게 살짝 컸다. 그래서 레이철은 그녀가 있던 자리로 돌아왔다. 그런데 그녀가 골라 놨던 의상들 중 두 개가, 즉 흰색 블라우스와 수작업으로 그린 실크 원피스 하나가 사라져 있었다. 「어, 내 옷들이 어디로…….」 그녀가 물었다.

「여러분, 시간이 다 됐네요! 부티크는 이제 닫겠습니다!」 아라민타가 선언했다.

쇼핑 시간이 드디어 끝났다는 것에 안도한 레이철은 그녀의 방을 찾으러 갔다. 그녀의 카드키에는 〈빌라 14번〉이라고 적혀 있었다. 그래서 안내판에 명시된 대로 중앙 방파제 길을 따라 내려갔다. 그 길은 굽이굽이 산호초의 중심부로 이어졌다. 빌라는 화려하게 장식된 나무 방갈로로 벽은 옅은 산호색이었으며 가구들은 공기처럼 가벼운 느낌의 백색이었다. 방갈로 뒤쪽에는 망이 쳐진 나무 문 한 쌍이 있었으며 그것이 열리면 갑판이 나왔고 갑판에는 다시 바다로 곧장 이어지는 계단들이 있었다.

레이철은 계단 끄트머리에 앉아 발가락을 물속에 담갔다. 바닷물은 완벽하게 시원하고도 얕아서 그녀의 발을 베개 같은 백색 모래 속으로 푹 집어넣을 수 있었다. 그녀는 자신이 이곳에 있다는 것이 믿겨지지 않았다. 이런 방갈로에서 하룻밤을 묵으면 돈이 얼마나 들까?

자신이 인생에서 한 번쯤, 어쩌면 신혼여행을 가서 이런 리조트에 들를 수 있을 정도로 운이 좋을까? 그녀는 언제나 그런 의문들을 품었었다. 하지만 처녀 파티에 참석하느라 홀로 이곳에 오게 되리라고는 단 한 번도 상상하지 못했다. 갑자기 닉이 보고 싶어졌다. 그도 이곳에 와서 이렇게 비밀스러운 낙원을 그녀와 공유할 수 있었으면 좋았을 것이었다. 그녀가 갑자기 이런 젯셋족 라이프 스타일에 던져진 것은 닉 때문이었다. 그리고 그는 바로 이 순간 어디에 있을지 궁금했다. 여자들이 인도양에 있는 리조트 섬에 왔다면 남자들은 대체 어디로 갔단 말인가?

닉

마카오

「제발 저런 걸 또 탄다는 얘기는 하지 마.」 비행기에서 내리자마자 백색으로 통일된 롤스로이스 팬텀들이 함대를 이루고 대기하는 모습을 보자 메흐메트 사반치가 닉을 향해 인상을 쓰며 말했다.

「오, 이건 전형적인 버나드지.」 닉이 미소를 지었다. 메흐메트는 이스탄불의 가장 귀족적인 가족 출신이자 서양 고전학 학자였다. 반면, 리무진에서 나오는 버나드 타이는 민트색의 초크 스트라이프 재킷과 주황색 페이즐리 무늬 애스컷 넥타이, 그리고 노란 스웨이드 로퍼 차림이었다. 메흐메트가 그런 버나드를 보면서 무슨 생각을 할까 닉은 궁금했다. 다토 타이 토루이의 외동아들, 버나드는 〈과감한 패션 센스〉로 유명했다. (『싱가포르 태틀』 잡지에서 듣기 좋게 포장한 표현이다.) 그는 또 아시아에서 가장 인생을 즐기며 사는 사람이었다. 끊임없이 정신 나간 파티들을 주최했으니까. 그것도 꼭 그해에 젯셋족들 사이에서 유행하지만 사회적으로 용납이 안 되는 리조트들에서 벌였다. 또 언제나 가장 유명한 DJ들을 부르고, 가장 시원한 음료들과 제일 섹시한 여자들을 동원시켰다. 그리고 많은 이들이 속삭이기를, 가장 뿅 가게 하는 마약들도 준비시킨다고 했다. 「흑형들 마카우우우우에 왔섭!」 버나드가 의기양양하게 외치며 양팔을 래퍼 스타일로 들어 보였다.

「B. 타이! 우리가 이 낡아빠진 통조림 캔을 타고 오게 만들다니! 네 G5가 이륙하는 동안 내 수염도 기를 수 있겠던데! 그냥 다 같이 우리 집의 팔콘 7X를 타고 올걸 그랬어.」(펑 전자를 소유한 가문의) 에반 펑이 불평했다.

「우리 아빠는 G650이 출시 될 때까지 기다리고 있는 거야. 그걸 사기만 해봐. 그땐 내 엉덩이에 뽀뽀나 하라고, 이 곰〈펑〉이 자식!」 버나드가 펑에게 응답했다.

(량 금융 그룹 가문의) 로더릭 량이 대화에 끼어들었다. 「나도 봄바디어 항공기를 갖고 있는데. 우리 집의 글로벌 6000은 선실이 정말 커서 통로를 따라 뒤로 공중제비도 돌 수 있을 정도야.」

「아 구아스[26]들아, 너희 비행기 크기는 그만 좀 비교하고 제발 카지노나 가자?」 조니 팡이 대화를 끊었다.

26 호키엔어로 〈남자 동성애자〉 또는 〈호모〉와 같은 의미.

(조니의 어머니는 어우가 사람이었다. 그 유명한 어우 가문 말이다.)

「자 그럼 애들아, 놀라지 말라고. 내가 우리 모두를 위해 정말 특별한 걸 준비했으니까!」 버나드가 공표했다.

닉은 지친 기색으로 탱크 같은 차량들 중 하나 안으로 기어들어 갔다. 그는 콜린의 총각 파티를 벌이는 주말 동안 아무런 사건 사고만 없기를 바랄 뿐이었다. 콜린은 이번 주 내내 신경이 곤두서 있었다. 그런 그가 테스토스테론과 위스키로 충전된 놈들과 함께 세계의 도박 수도로 향하는 것은 재앙을 부르는 일 그 자체였다.

「이건 내가 예상했던 옥스퍼드 대학교 동창회가 아닌데.」 메흐메트가 닉에게 낮은 목소리로 말했다.

「그래. 그런데 콜린도 그의 사촌 라이어널과 우리 둘을 제외하면 여기에 있는 사람들을 하나도 모를걸.」 닉이 비아냥거리며 다른 승객 몇몇을 쳐다봤다. 베이징에서 온 왕자님들과 대만에서 온 응석받이 금수저들은 확실히 버나드의 무리에 더 가까웠다.

롤스로이스 함대가 섬 외곽의 해안 고속 도로를 따라 달리는 동안 수 킬로미터 떨어진 곳에서 카지노의 거대한 간판들이 번쩍이는 모습이 보였다. 곧 카지노 리조트들이 작은 산 무리처럼 나타났다. 그것들은 오후 중반의 안개 속에서 야한 색을 뿜어내는 유리와 콘크리트의 거대 기업 단지였다. 「바다 전망이 있다는 것만 빼면

라스베이거스와 똑같네.」 메흐메트가 감탄했다.

「라스베이거스는 애들이 노는 곳이고. 진짜 목돈을 거는 사람들은 여기서 놀아.」 에반이 설명했다.[27]

롤스로이스들이 마카오의 구시가지에 있는 펠리시다데의 비좁은 통로들 사이를 간신히 지나갔다. 그러는 동안 닉은 19세기에 지어진 포르투갈식의 주상 복합 건물들이 알록달록하게 줄줄이 늘어선 광경을 감상했다. 콜린의 결혼식이 끝난 후, 레이철을 데리고 오기 좋을 것 같다는 생각이 들었다. 리무진들이 마침내 알판데가 거리에 한 줄로 늘어선 우중충한 가게들 앞에 섰다. 버나드는 오래된 한약재상으로 보이는 가게 안으로 무리를 이끌고 들어갔다. 가게에서는 금이 간 유리 캐비닛 안에 인삼 뿌리, 식용 제비집, 말린 상어 지느러미, 가짜 코뿔소 뿔 등 모든 종류의 진기한 약재들을 전시해 팔고 있었다. 몇 명의 노부인들이 작은 텔레비전 앞에 모여 앉아 광둥어로 나오는 중국 드라마를 보고 있었다. 그동안 막대기처럼 마른 중국인 남자는 빛바랜 하와이안 셔츠 차림으로 뒤쪽 판매대에 기대서 지루해하는 눈빛으로 손님 무리를 눈여겨봤다.

버나드는 그 남자를 바라보더니 야단스럽게 물었다.

27 중국 본토에 있는 1억 5천만 명의 의욕적인 도박꾼들 덕분에 마카오에서 1년에 벌어들이는 수익은 2백억 달러를 넘는다. 그 액수는 라스베이거스에서 매년 벌어들이는 수익의 3배다. (셀린 디온, 당신은 뭐 하고 있었나요?)

「인삼 로열 젤리를 사러 왔어요.」

「무슨 종류를 원하세요?」 남자는 관심 없다는 투로 물었다.

「프린스 오브 피스 브랜드 걸로요.」

「얼마나 큰 걸로요?」

「69온스짜리요.」

「있는지 한번 확인해 보죠. 저를 따라오세요.」 남자가 말했다. 그의 말투가 갑자기 예상치 못했던 오스트레일리아 억양으로 바뀌었다. 무리는 그를 따라 가게 뒤편으로 향했고 바닥부터 천장까지 마분지 상자들을 줄줄이 차곡차곡 쌓아 놓은 침침한 창고로 들어갔다. 모든 상자에는 〈중국 인삼, 수출용〉이라고 찍혀 있었다. 남자는 구석에 쌓여 있는 널찍한 상자들을 가볍게 밀쳤다. 그러자 그쪽 편의 상자들이 쉬이 뒤로 떨어지더니 코발트블루 LED 조명으로 밝혀진 긴 통로가 나타났다. 「이쪽으로 곧장 가시면 됩니다.」 그가 말했다. 남자들이 통로를 따라 정처 없이 내려가다 보니 먹먹했던 울림 소리가 점점 커졌다. 그리고 통로 끝에 다다르자 회색 유리문들이 자동으로 열리면서 놀라운 광경이 펼쳐졌다.

패인 구덩이 양쪽으로 관람석들이 놓여 있어 일종의 실내 체육관이 연상되는 그 공간에는 혈기 넘치게 응원하며 서 있는 관람객들이 가득했다. 관람객들 너머의 광경이 보이지는 않았지만 개들이 서로의 몸을 물어뜯으며 소름 돋게 으르렁거리는 소리가 들려왔다.

「세계에서 가장 훌륭한 투견장에 오신 걸 환영합니다!」 버나드가 자랑스럽게 발표했다. 「여기에서는 프레사 카나리오 마스티프 품종만 써. 이놈들은 핏불 테리어보다 백 배는 더 사납지. 야, 이거 제대로 시오크[28]할 거라고!」

「돈은 어디서 거는 거야?」 조니가 흥분하며 물었다.

「어…… 이거 불법 아니야?」 라이어널이 물으며 메인 경기가 벌어지는 우리를 불안한 시선으로 살폈다. 닉이 보기에 라이어널은 다른 곳으로 시선을 돌리고 싶어 하는 것 같았다. 하지만 그러면서도 호기심에 이끌려 근육과 힘줄과 송곳니밖에 안 보이는 거대한 두 마리의 개가 투견장에서 자기들의 피를 뒤집어쓴 채 사납게 뒹구는 모습에서 눈을 못 떼고 있었다.

「당연히 불법이지!」 버나드가 대답했다.

「버나드, 이게 잘하는 짓인지 잘 모르겠다. 콜린과 나는 결혼식 직전에 이런 불법 투견장에서 놀다 걸리고 싶지는 않은데.」 라이어널이 말을 이었다.

「너 정말 전형적인 싱가포르인이다! 모든 일에 그렇게 겁이나 처먹고! 그렇게 버러지처럼 지루하게 굴지

28 말레이 은어로 환상적이거나 이 세상 것이 아닌 듯한 경험을 지칭할 때 쓰는 말이다. (주로 음식에 대해 표현할 때 쓴다.)

말자, 좀.」 버나드가 경멸적으로 말했다.

「버나드, 그게 문제가 아니잖아. 이건 그냥 잔인하기 그지없는 짓이야.」 닉이 항의했다.

「알라막, 네가 무슨 그린피스 회원이냐? 지금 너는 굉장한 전통 스포츠를 보고 있다고! 이 개들은 수백 년간 카나리아섬에서 오로지 투견이 될 목적으로만 키워졌어.」 버나드가 눈을 찡그리며 씩씩거렸다.

경기가 소름끼치는 절정에 다다르자 관중들의 응원 소리는 귀청이 떨어질 정도로 커졌다. 두 개들은 서로의 목덜미를 꽉 문 채 둘 다 어찌할 수 없는 자세를 유지하고 있었다. 갈색 개의 목 주변 피부가 반쯤 찢어져 나가 다른 개의 코언저리에서 너덜거리고 있는 것이 닉의 눈에 들어왔다. 「나는 충분히 본 것 같아.」 그는 인상을 찌푸리며 싸움의 현장으로부터 등을 돌렸다.

「에이, 그러지 마, 라. 이건 총각 파티라고! 귀여운 니키, 남들 재미있게 놀고 있는데 분위기 깨는 소리 좀 하지 말자.」 버나드가 응원 소리 너머로 고함쳤다. 개들 중 한 마리가 높게 비명을 질렀다. 다른 마스티프가 그의 부드러운 배를 콱 문 것이었다.

「이런 건 전혀 재미있지 않아.」 메흐메트가 확고히 말했다. 그는 따뜻한 피가 사방으로 뿜어져 나오는 광경에 구역질이 나왔다.

「어이, 브하이 싱,[29] 네 나라에서는 염소와 섹스하는 게 전통 아니었냐? 다들 염소 보지가 진짜랑 가장 비슷하다고 생각한다며?」 버나드가 싸움을 걸었다.

닉은 이를 꽉 깨물었다. 하지만 메흐메트는 그냥 웃어넘겼다.「마치 네 경험에서 우러나온 말 같은데.」

버나드는 자신이 모욕을 당한 것인지 헷갈려 하며 콧구멍을 벌름거렸다.

「버나드, 너는 여기에 있는 게 어때? 여기에 있기 싫은 사람들은 먼저 호텔로 가도록 하자. 그리고 다들 나중에 만나면 되잖아.」 콜린이 중재를 하려고 노력하며 제안했다.

「나는 그래도 괜찮아.」

「그러자 그럼. 내가 가겠다는 무리를 호텔로 데리고 갈게. 그리고 다들 만날 장소는…….」

「와 란![30] 내가 너를 위해 이 자리를 특별히 마련한 건데 너도 안 남겠다고?」 버나드는 당황해했다.

「어…… 솔직히 말하자면 나도 이런 걸 별로 즐기지 않아.」 콜린은 최대한 미안해 보이는 표정을 지으며 말했다.

버나드는 잠시 멈칫했다. 그는 극도로 갈등하고 있었다. 개싸움을 즐기고도 싶었다. 하지만 그들이 리조

29 시크교도에 대한 인종 차별주의적인 은어. 이 경우에는 종교와 관계 없이 중동 출신인 사람을 지칭했다.

30 호키엔어로 〈오, 거시기〉라는 뜻. 굉장히 흔히 쓰이는 이 용어는 어투에 따라 〈와, 세상에〉부터 〈오, 젠장〉까지 다용도로 쓰일 수 있다.

트에 도착하자마자 호텔 경영진이 그에게 하염없이 퍼부을 아첨을 모두가 지켜봐 줬으면 좋겠기도 했다.

「그래, 라. 네 파티지 내 파티냐.」 버나드가 부루퉁하게 투덜거렸다.

윈 마카오의 호화로운 로비는 중국 십이지 동물들이 그려진 거대한 금박 천장 벽화를 자랑했다. 그리고 모여 있는 무리의 반 이상은 그곳의 동물들이 피 대신 금으로 덮여 있다는 사실에 안도했다. 접수 데스크에서 버나드는 전 세계 어디서든 행사하기로 유명한 그 특유의 억지를 부리고 있었다.

「젠장, 대체 뭐야! 나는 이곳의 VVIP라고. 그리고 이 호텔에서 가장 비싼 스위트룸을 거의 일주일 전에 예약했어. 어째서 그 방이 준비가 안 됐다는 거야?」 버나드가 호텔 지배인에게 분노를 토했다.

「정말 죄송합니다, Mr.타이. 프레지덴셜 펜트하우스는 체크아웃이 4시입니다. 그래서 이전 손님들이 아직 퇴실을 안 하신 상태랍니다. 하지만 그분들이 퇴실하시면 곧바로 룸을 신속히 정리한 뒤 손님께 내드리겠습니다.」 호텔 지배인이 말했다.

「그 개새끼들은 대체 누구야? 아마 홍콩 새끼들이겠지! 야 야[31]한 그 홍콩 새끼들은 항상 자기네가 세상을 소유하는 줄 알더라!」

버나드가 장황하게 비난하는 중에도 지배인은 단 한 번도 미소를 잃지 않았다. 그는 다토 타이 토루이의 아들과 벌이는 사업에 위해가 될 만한 일은 절대 하고 싶지 않았다. 이놈은 호텔 카지노의 바카라 테이블에만 앉으면 돈을 우라지게 잘 잃어 주니까. 「손님의 파티를 위해 예약해 두신 그랜드 살롱 스위트룸들 중 몇몇은 준비가 됐습니다. 부디 손님을 그쪽으로 안내하게 해주십시오. 손님께서 가장 좋아하시는 크리스털 와인 몇 병을 같이 넣어 드리겠습니다.」

「그런 쥐구멍에 발을 들이면서 내 토즈 신발을 더럽힐 수는 없지! 내 복층 스위트룸 말고는 아무것도 받아들이지 않겠어.」 버나드가 안달하며 말했다.

「버나드, 우리 카지노에 먼저 들르는 게 어때?」 콜린이 침착하게 제안했다. 「방에 들어갔어도 어차피 그렇게 했을 거잖아.」

「그럼 카지노로 가겠어. 하지만 우리에게 지금 바로 최고로 좋은 개인 VVIP 게임 살롱을 내주도록 해.」 버나드가 지배인에게 요구했다.

「물론이죠, 물론이에요. Mr. 타이, 저희는 언제나 저희의 가장 프라이빗한 게임 살롱을 손님께 드리잖습니

31 자바어에서 기원한 싱가포르 은어로 〈거만한〉, 〈잘난 체하는〉이라는 뜻.

까.」 지배인이 교묘히 말했다.

바로 그때, 앨리스터 청이 하릴없이 로비 안으로 들어왔다. 그는 살짝 흐트러진 모습이었다.

「앨리스터, 우리가 있는 곳까지 잘 찾아와서 너무 다행이다!」 콜린이 그를 진심으로 반겼다.

「문제 없을 거라고 했잖아. 여기는 하이드로포일[32]을 타면 홍콩에서 30분밖에 안 걸려. 그리고 나는 마카오를 내 손바닥 보듯 훤히 알고 있는걸. 학창시절에 항상 수업을 째고 친구들과 이곳에 왔었거든.」 앨리스터는 말하면서 닉을 발견했다. 그래서 닉에게 다가가 그를 안았다.

「아이요, 정말 깨가 쏟아지네. 귀여운 니키, 얘가 네 남자 친구니?」 버나드가 비웃는 투로 말했다.

「앨리스터는 내 사촌이야.」 닉이 설명했다.

「그래서 너희 둘은 함께 크면서 서로의 거시기를 만지고 놀았구나.」 버나드가 닉을 조롱하며 자신의 농담에 혼자 웃었다.

닉은 버나드를 무시했다. 어떻게 저 자식은 초등학교 때 이후로 하나도 변하지 않은 것일까? 닉은 다시 그의 사촌을 향하며 물었다. 「어이, 이번 봄에 나 보러 뉴욕에 온다고 했었잖아. 어떻게 된 거야?」

32 수중익(水中翼)을 장치한 쾌속 선박으로, 주로 여객선이나 순시선 따위로 쓰인다 — 옮긴이주.

「여자가 생겼어, 닉 형.」

「정말? 그 행운의 여자가 누군데?」

「그녀의 이름은 키티야. 대만에서 온 굉장히 재능 있는 배우지. 다음 주에는 형도 그녀를 만날 수 있을 거야. 그녀를 콜린의 결혼식에 데리고 갈 거거든.」

「와, 항상 여자들의 마음에 상처나 주고 다니던 놈이. 그런 네 마음을 차지한 여자를 만날 생각을 하니 기대되는데.」 닉이 그를 놀렸다. 앨리스터는 스물여섯 살밖에 안 됐다. 하지만 그의 출중한 베이비페이스와 편안한 성격 덕에 이미 그와 이별의 아픔을 겪은 여자들이 환태평양 전역에 깔린 상태였다. (홍콩, 싱가포르, 태국, 타이베이, 상하이에서 사귀던 전 애인들, 그리고 어느 여름에 밴쿠버에서 한번 가볍게 사귀던 여자를 제외하고도, 시드니에서 그와 대학을 같이 다니던 외교관의 딸이 그에게 심히 집착한 나머지 오로지 그의 관심을 받기 위해 베나드릴을 과하게 복용한 유명한 사건이 있었다.)

「아, 형도 여자 친구를 싱가포르로 데려왔다며.」 앨리스터가 말했다.

「소문 참 빨리 돌아, 그렇지?」

「우리 엄마는 〈아시아 뉴스 라디오 제1 방송국〉으로부터 들었어.」

「있지, 요새 커샌드라가 나를 감시하고 있는 게 아닐

까 의심이 되기 시작한다니까.」 닉이 얼굴을 찌푸리며 말했다.

우리는 드넓은 카지노에 들어섰다. 그곳의 게임 테이블들은 복숭아 같은 금빛을 발했다. 콜린은 호화로운 말미잘 무늬 카펫을 지나 텍사스 홀뎀 포커 테이블로 다가갔다. 「콜린, VIP실들은 이쪽이야.」 버나드는 거액을 거는 도박꾼들을 위해 남겨지는 호화로운 도박실들 쪽으로 콜린을 이끌어 보려고 했다.

「하지만 5달러 포커 게임을 하는 게 더 재미있는걸.」 콜린이 항의했다.

「아니, 안 돼. 친구, 우리는 거물들이라고! 아까는 내가 일부러 호텔 지배인과 그 난리를 친 거였어. 그래야 우리가 제일 좋은 VIP실을 배정받을 테니까. 어째서 바깥에서 이렇게 냄새나는 중국 본토 사람들과 어울리려고 하는 거야?」 버나드가 설득했다.

「그냥 여기서 나 몇 판만 하게 해줘. 그다음에 같이 VIP실로 가자. 그럼 안 될까?」 콜린이 애원했다.

「나도 같이 칠게.」 앨리스터가 게임 테이블에 스르륵 앉으며 말했다.

버나드가 딱딱한 미소를 지었다. 그 모습은 광견병에 걸린 보스턴 테리어 같았다. 「그래. 나는 우리 VIP실로 가겠어. 이런 유아 풀장에서는 못 놀겠다. 나는 한 게임에 최소 3만 달러씩은 걸어야 흥분이 된단 말이야.」 버나드의 측근들 중 대부분은 그와 함께 갔다. 닉, 메흐메트, 그리고 라이어널은 따라가지 않았다. 콜린의 얼굴이 어두워졌다.

닉은 남아 있는 콜린의 옆자리에 앉았다. 「너희에게 미리 경고하는데, 뉴욕에서 2년을 있다 보니 나도 꽤나 카드 게임계의 꾼이 됐어. 달인으로부터 가르침을 받을 준비나 해……. 콜린, 근데 이게 무슨 게임이라고?」 그는 그렇게 분위기를 띄워 보려고 노력했다. 딜러가 숙련된 솜씨로 카드들을 테이블 건너편으로 나눠 주는 동안, 닉은 화를 억누르고 있었다. 버나드는 언제나 문제아였다. 이번 주말이라고 상황이 다르겠는가?

싱가포르, 1986년

모든 일이 너무 빨리 벌어졌다. 닉이 다음으로 기억나는 것은 목덜미에서 느껴지는 차갑고 축축한 진흙의 촉감과 그를 내려다보는 이상한 얼굴이었다. 어두운 피부, 주근깨, 풍성한 흑갈색 머리…….

「너 괜찮아?」 까무잡잡한 남자애가 물었다.

「그런 것 같은데.」 닉이 말했다. 시야의 초점이 천천히 돌아오고 있었다. 밀려서 도랑 안에 빠졌기에 그의 등 전체가 진흙물로 흠뻑 젖어 있었다. 그는 천천히 일어나 주변을 살폈다. 화가 난 노인처럼 팔짱 낀 버나드가 불그죽죽한 얼굴로 그를 째려보고 있었다.

「네 엄마에게 네가 나를 때렸다고 이를 거야!」 버나드가 남자애에게 외쳤다.

「그러면 나는 네 엄마에게 네가 약자들을 괴롭히는 놈이라고 이를 거야. 게다가 나는 너를 때리지 않았어. 너를 밀쳐 냈을 뿐이지.」 남자애가 응답했다.

「네가 상관할 바가 전혀 아니었잖아! 나는 이 조막만 한 멍청이에게 예의 좀 가르치려고 했던 것뿐이라고!」 버나드가 씩씩거렸다.

「네가 그를 어떻게 도랑으로 밀어 버렸는지 봤어. 그는 너 때문에 진짜 다칠 뻔했다고. 그냥 네 체급에 맞는 애들이나 골라 괴롭히지 그래?」 남자애가 침착하게 맞받아쳤다. 그는 조금도 버나드를 겁내지 않았다.

바로 그때, 광택이 나는 금색 메르세데스 벤츠 리무진이 학교 밖의 진입로 갓길에 주차를 했다. 버나드는 그 차를 잠깐 확인하더니 다시 닉을 향했다. 「이 일은 아직 안 끝났어. 내일 2부를 겪을 준비나 해 둬. 너를 제대로 훈 툼[33]할 테야!」 그는 차의 뒷좌석에 탄 뒤 문을 쾅 닫았다. 차는 그대로 가버렸다.

닉을 구하러 온 남자애는 그를 바라보며 말했다. 「너 괜찮아? 네 팔꿈치에서 피 난다.」

닉은 내려다보고 나서야 그의 오른쪽 팔꿈치에 피투성이 상처가 난 것을 확인했다. 그것에 대해 어떻게 해

33 말레이 은어로 〈주먹으로 치다〉, 〈패다〉 또는 〈죽여 버리다〉라는 뜻.

야 할지 몰랐다. 금방이라도 그의 부모님 중 한 분이 그를 데리러 올 것 같았다. 그리고 그 사람이 그의 어머니일 경우, 어머니는 그가 이렇게 피를 흘리는 모습을 보고 완전 간 치엉[34]할 것이 분명했다. 남자애는 주머니에서 완벽히 접은 흰색 손수건을 꺼내더니 그것을 닉에게 건넸다. 「자, 이걸 써.」 그가 말했다.

닉은 자신을 구해 준 아이로부터 손수건을 받은 뒤 그것을 팔꿈치에 댔다. 이 애를 오며 가며 본 적이 있었다. 콜린 쿠였다. 그는 이번 학기에 전학을 온 애였다. 그리고 그의 짙은 캐러멜빛 피부, 그리고 앞쪽 한 가닥만 이상하게 옅은 갈색으로 탈색한 곱슬머리 덕에 눈에 유독 띄는 애였다. 그들은 같은 반이 아니었지만 닉은 체육 시간에 그 애가 코치 선생님과 단독으로 수영 연습하는 모습을 봤었다.

「뭘 했기에 버나드를 저렇게 빡치게 만든 거야?」 콜린이 물었다.

닉은 누군가가 〈빡친다〉는 표현을 쓰는 것을 처음 들었다. 하지만 그것이 무슨 의미인지는 알 수 있었다. 「그가 내 수학 시험지를 보고 커닝하려고 하더라고. 그래서 응 선생님에게 일렀어. 그게 문제가 돼서 그가 치아 교감 선생님에게 불려 갔거든. 그랬더니 이제 내게 싸움을 거는 거지.」

34 광둥어로 〈매우 당황하다〉, 〈걱정하다〉라는 뜻.

「버나드는 모두에게 싸움을 걸어.」 콜린이 말했다.
「그와 친한 사이야?」 닉이 조심스럽게 물었다.
「별로. 그의 아버지가 우리 가족과 사업을 하니까 그에게 잘 대해 주라는 얘기를 듣기는 하지.」 콜린이 말했다. 「그런데 사실을 말하자면 그의 옆에 있기도 싫은 마음이야.」
닉이 미소를 지었다. 「휴! 잠깐이었지만 버나드에게 진짜 친구가 한 명 있는 줄 알았네!」
콜린이 웃었다.
「너 미국에서 왔다는 게 진짜야?」 닉이 물었다.
「나는 여기서 태어났지만, 두 살 때 로스앤젤레스로 이사 갔어.」
「LA는 어때? 할리우드에 살았었어?」 닉이 물었다. 미국에서 살았다는 그의 또래를 처음 만난 것이었다.
「할리우드는 아니고. 그런데 거기서 별로 떨어지지 않은 곳에서 살았어. 집이 벨에어에 있었거든.」
「나도 유니버설 스튜디오에 가보고 싶은데. 유명한 영화배우들은 본 적 있어?」
「항상 봤지. 거기에 살면 그런 일은 흔해.」 콜린은 닉을 바라봤다. 마치 그를 잠시 가늠하는 것 같았다. 그러다 말을 이었다. 「네게 비밀 하나를 알려 줄게. 그런데 먼저 아무에게도 얘기를 안 하겠다고 맹세해야 해.」
「알았어. 물론이지.」 닉이 진심으로 말했다.

「〈나는 맹세한다〉라고 말해.」

「나는 맹세한다.」

「너 실베스터 스탤론이라는 배우 들어 봤어?」

「당연하지!」

「우리 옆집에 살았어.」 콜린이 거의 속삭이다시피 말했다.

「말도 안 돼. 뻥이지?」 닉이 말했다.

「뻥치는 것 아냐. 사실이야. 내 침실에는 스탤론이 사인해 준 사진도 있는걸.」 콜린이 말했다.

닉은 도랑 앞에 놓인 금속 가드레일에 뛰어오르더니 줄타기 곡예사처럼 민첩하게 균형을 잡고 그 얇은 난간 위를 앞뒤로 이동했다.

「너는 왜 이렇게 늦게까지 여기에 있는 거야?」 콜린이 물었다.

「나는 언제나 여기에 늦게까지 있어. 우리 부모님이 너무 바쁘셔서 가끔씩 나를 데리러 오는 것도 잊으시는걸. 너는 왜 여기에 있는 건데?」

「베이징어 과목에 대한 특별 시험을 봐야 했어. LA에서 매일 베이징어 수업을 들었는데도 어른들은 내 베이징어 실력이 부족하다고 생각하더라고.」

「나도 베이징어는 완전 못해. 내가 제일 싫어하는 과목이야.」

「같은 처지네.」 콜린이 말하며 그와 함께 난간 위를

올라탔다. 바로 그때, 거대한 검은색 빈티지 자동차가 그들 앞에 섰다. 그 뒷좌석에 편하게 앉아 있는 사람은 닉이 이제껏 본 가장 신기한 여성이었다. 통통한 몸집에 이중 턱이 심하게 두툼했고 60대 정도로 보였다. 또 온통 검은색으로 차려 입은 데다가 검은 모자를 쓰고 검은 망사로 얼굴을 덮기까지 했다. 얼굴은 심할 정도로 새하얗게 분칠을 한 상태였다. 그녀는 무성 영화에서 바로 튀어나온 환영 같았다.

「내 차 왔다.」 콜린이 쾌활하게 말했다. 「다음에 또 봐.」 유니폼을 입은 운전기사가 차에서 내려 콜린을 위해 문을 열어 줬다. 닉의 앞에서 그 차의 문은 일반 차들이 열리는 방식의 반대 방향으로 열렸다. 운전석에 가까운 쪽부터 바깥으로 열리는 문이었다. 콜린은 그 여성의 옆자리에 올라탔다. 그녀는 콜린에게 몸을 숙여 그의 볼에 뽀뽀를 했다. 그는 창밖의 닉을 바라보며 그 장면을 친구에게 들켰다는 사실에 확연히 쑥스러워했다. 차에 시동이 걸리는 동안 여성은 닉을 가리키며 콜린과 이야기를 했다. 잠시 후, 콜린이 다시 차에서 뛰어내렸다.

「우리 할머니께서 네게 집까지 태워다 줬으면 좋겠냐고 물어보시는데.」 콜린이 물었다.

「아냐, 아냐. 우리 부모님도 오고 계셔.」 닉이 대답했다. 콜린의 할머니가 창문을 내리더니 닉에게 가까이

다가오라고 손짓했다. 닉은 머뭇거리며 그녀에게 다가갔다. 노부인이 꽤나 무섭게 생겼기 때문이었다.

「거의 7시다. 누가 너를 데리러 올 거니?」 그녀는 벌써 주위가 어두워지기 시작한다는 것을 깨닫고 걱정하며 물었다.

「아마 저희 아빠가 오실 거예요.」 닉이 말했다.

「그래도 네가 혼자서 여기서 기다리기에는 너무 시간이 늦었구나. 네 아버지의 성함이 어떻게 되니?」

「필립 영이요.」

「세상에, 필립 영이라니. 제임스의 애구나! 제임스 영 경이 네 할아버지시니?」

「네, 맞아요.」

「나는 네 가족을 굉장히 잘 안단다. 네 고모들도 다 알고. 빅토리아, 펠리시티, 알릭스. 그리고 해리 렁은 네 고모부지. 아니, 우리는 실질적으로 가족이나 다름이 없단다! 나는 위니프리드 쿠란다. 너는 타이어살 파크에 살지 않니?」

「저희 부모님과 저는 작년에 튜더 클로스로 이사를 갔어요.」 닉이 대답했다.

「거기는 우리 집과 정말 가깝구나. 우리는 버리마 로드에 살아. 네 부모님께 전화를 드려 그분들이 오고 있는지만 확인하자꾸나.」 그녀가 말하더니 그녀의 앞에 놓인 차량용 전화기를 집어 들었다. 「얘야, 전화번호는 알고 있니?」

콜린의 할머니는 일을 신속히 진행했다. 곧 하녀를 통해 닉의 어머니는 그날 오후, 불시에 스위스로 날아갔으며 아버지는 일에 비상이 걸려 못 오고 있었다는 것을 알게 됐다. 「부디 일터에 계신 영 선생님께 위니프리드 쿠가 니컬러스 도련님을 집으로 보내 드린다고 전해 주세요.」 그녀가 말했다. 닉은 자신에게 무슨 일이 벌어지고 있는지 깨닫기도 전에 벤틀리 마크 VI에 태워졌다. 그는 콜린과 검은 망사 모자를 쓴 푹신한 부인 사이에 끼어 앉았다.

「네 어머니께서 오늘 해외로 나가신다는 걸 알고 있었니?」 위니프리드가 물었다.

「아니요. 그런데 자주 그러세요.」 닉이 조용히 대답했다.

〈엘리너 영! 그렇게 무책임해서야 쓰나! 샹 수이 부인이 어쩌다 아들이 그 숭가 여자애들 중 한 명과 결혼하게 놔뒀는지 모르겠어. 절대 이해가 안 된다니까.〉 위니프리드가 생각했다. 그녀는 닉을 돌아보며 그를 향해 미소를 지었다. 「이런 우연이 있나! 너와 콜린이 친구라 정말 기쁘구나.」

「우리는 방금 만났어요.」 콜린이 끼어들었다.

「콜린, 무례하게 굴지 말거라! 니컬러스는 네 학우잖니. 그리고 우리는 그의 가족을 아주 오랜 기간 알아 왔단다. 너희 둘은 당연히 친구지.」 그녀가 닉을 바라보며 잇몸이 보이도록 미소를 지은 뒤 말을 이었다. 「콜린은 싱가포르로 다시 이사 온 뒤로 친구를 정말 조금밖에 못 사귀었단다. 그래서 애가 다소 외로워해. 너희가 같이 놀 수 있는 시간을 꼭 마련해 보자꾸나.」

콜린과 닉은 몹시 당황하며 그 자리에 그대로 앉아 있었다. 하지만 각자의 나름대로 다소 안도하기도 했다. 콜린은 평상시에 친구라면 무조건 못마땅해하는 그의 할머니가 닉에게 얼마나 친근하게 대하시는지를 보고 놀랐다. 특히나 할머니는 이전에 그들의 집으로 어느 누구도 부르지 말라고 하셨기 때문이었다. 그는 수영 모임 후 세인트앤드루스 학교 출신의 남자애를 집으로 초대해 보려고 한 적이 있었다. 「콜린, 너도 알다시피 우리는 아무나 집으로 부를 수가 없단다. 부를 사람의 가족이 누구인지를 먼저 알아야 해. 여기는 캘리포니아와 달라. 여기서는 네가 어떤 부류의 사람들과 어울리는지를 정말 조심해야 한단다.」 그때도 할머니께서 그렇게 말씀하셔서 실망했었다.

반면 닉의 경우, 그는 집까지 태워 줄 사람이 생겨서 마냥 기뻤으며 콜린에게 진짜로 람보가 사인한 사진이 있는지 보게 될지도 모른다는 생각에 들떠 있었다.

10

에디, 피오나, 그리고 아이들

홍콩

에디는 옷방의 백합 무늬 카펫 위에 앉아 이탈리아에서 갓 배송된 턱시도의 포장을 조심스럽게 풀었다. 그것은 콜린의 결혼식을 위해 특별히 주문한 것이었다. 그는 커다란 옷상자를 덮고 있는 휴지 같은 포장지에서 조심스럽게 양각 스티커를 벗겨 냈다. 스마이슨 가죽 스크랩북에 그의 명품 브랜드 의상들의 라벨과 스티커를 모아 두기를 좋아했기 때문이었다. 그 후, 그는 천천히 상자 안에서 옷이 담긴 가방을 꺼냈다.

그가 제일 처음으로 한 일은 짙은 남색 바지를 입어 보는 것이었다. 젠장 빌어먹을. 바지가 너무 조였다! 그는 허리춤의 단추를 끼워 보려고 했지만 아무리 배를 집어넣어도 이 빌어먹을 것이 잠기지를 않았다. 그는 순식간에 바지를 벗어 버리고는 안감 단에 바느질되어 있는 치수 라벨을 분석했다. 〈90 사이즈〉라고 쓰여 있었다. 그럼 맞을 텐데. 그의 허리둘레는 36인치였으니까. 단 3개월 만에 자신이 그렇게 많이 쪘단 말인가? 그럴 리가 없다. 그 빌어먹을 이탈리아 놈들이 치수를 잘못 표기했을 것이다. 정말 빌어먹게도 그놈들다웠다. 그들은 아름다운 상품을 만들어 냈지만 언제나 그것들에 이런저런 문제들이 딸려 왔다. 그가 한때 갖고 있던 람보르기니처럼 말이다. 그 똥 덩어리를 치워 버리고 애스턴 마틴을 산 것에 대해서 신께 감사하나이다. 내일은 제일 먼저 카라체니에서 일하는 필릭스에게 전화해 그의 엉덩이에 새 똥구멍을 뚫어 줘야겠다. 그들은 그가 다음 주에 싱가포르로 가기 전까지 이 문제를 해결해야 할 것이었다.

에디는 흰 정장 셔츠와 검은 양말, 하얀 팬티 외에는 아무것도 입지 않은 채 거울 벽 앞에 서서 두 줄로 단추가 달린 턱시도 재킷을 입어 봤다. 신이여 감사하나이다. 최소한 재킷은 잘 맞는 것 같았다. 그러나 그는 재킷 맨 위의 단추를 잠그고는 경악했다. 배 부분의 천이 조금 당기는 것이었다.

그는 인터폰으로 걸어가 버튼 하나를 누르고는 고래고래 소리쳤다. 「피! 피! 내 옷방으로 당장 튀어 와!」 몇 분 뒤, 피오나가 방에 들어왔다. 그녀는 검은 슬립만을 입고 침실용 슬리퍼을 신고 있었다. 「피, 이 재킷 너무 작은 것 같아?」 그가 다시 재킷 단추를 잠그고는 소매의 느낌을 보기 위해 거위가 날갯짓을 하듯 양 팔꿈치를 움직여 보이며 물었다.

「팔 좀 그만 움직이면 봐줄게.」 피오나가 말했다. 「뒤쪽 좀 봐. 중앙 이음매가 벌어지고 있잖아. 에디, 당신 살쪘어.」

「헛소리! 지난 몇 개월간 거의 1킬로그램도 안 쪘다고. 그리고 이 정장을 맞추기 위해 치수를 쟀던 지난 3월 이후로는 당연히 안 쪘고.」

피오나는 그냥 그 자리에 서 있었다. 명백한 사실을 두고 남편과 다투기 싫었기 때문이었다.

「애들은 검사받을 준비가 됐나?」 에디가 물었다.

「지금 애들한테 옷을 입히고 있어.」

「애들에게 5분 남았다고 해. 러셀 윙이 3시에 와서 결혼식 하객 복장을 한 우리 가족의 사진을 몇 장 찍을 거야. 『오렌지 데일리』도 우리 가족이 결혼식에 참석한다는 기사를 낼지도 모르고.」

「러셀이 오늘 온다는 말은 안 해줬잖아!」

「방금 생각났어. 바로 어제 그에게 전화했거든. 내가 어떻게 모든 것을 기억하고 다녀? 더 중요한 일들을 생각하고 다녀야 하는데. 안 그래?」

「하지만 사진을 찍을 거면 내게 준비할 시간을 더 줘야지. 지난번에 『홍콩 태틀』을 위해 사진 찍었을 때 어떻게 됐는지 기억 안 나?」

「그래서 지금 알려 주잖아. 그러니 시간 그만 허비하고 가서 준비해.」

콘스탄틴, 오거스틴, 그리고 칼리스트는 바닥이 낮게 팬 중후한 인테리어의 거실 중앙에 고분고분히 한 줄로 서 있었다. 모두 랄프 로렌 키즈의 새 옷을 입은 상태였다. 에디는 고급 벨벳 소파 위에 너부러진 자세로 아이들을 한 명씩 검토했다. 그동안 피오나, 중국인 하녀, 그리고 필리핀 유모들 중 한 명이 현장 가까이에서 맴돌았다.「오거스틴, 그 의상에는 발리 모카신이 아니라 구치 로퍼를 신는 게 나을 것 같다.」

「어느 구치 로퍼요?」오거스틴이 물었다. 그의 작은 목소리는 거의 속삭임에 가까웠다.

「뭐라고? 크게 말해!」에디가 말했다.

「어느 것을 신어야 할까요?」오거스틴이 다시 말했다. 이전보다 별로 큰 목소리는 아니었다.

「주인님, 어느 구치 로퍼를 신길까요? 그에게 두 개가 있잖아요.」필리핀 유모, 라아르르니가 끼어들었다.

「당연히 빨간색과 초록색 밴드가 달린 버건디색 신발이지.」에디가 대답하며 그의 여섯 살짜리 아들을 깔아뭉개는 시선으로 쳐다봤다.「네이 치 신, 아? 정말 카키 바지와 함께 검은색 신발을 신어도 된다고 생각하는 것은 아니겠지? 응?」에디가 아들을 혼냈다. 오거스틴의 얼굴이 빨개져 눈물을 터뜨리기 일보 직전이었다.

「그래. 그 정도면 다례 행사에 입고 갈 옷은 얼추 해결됐고. 자, 가서 결혼식에 입고 갈 옷으로 갈아 입거라. 서둘러. 5분 줄 거야.」 피오나, 유모, 그리고 하녀가 급히 아이들을 그들의 침실로 데리고 갔다.

10분 후, 피오나가 비대칭 소매의 미니멀한 회색 오프 숄더 드레스를 입고 나선 계단을 따라 내려왔다. 에디는 자신의 눈앞의 광경을 믿을 수 없었다. 「야우 모 가우 초르?[35] 그건 대체 뭐야?」

「무슨 말이야?」 피오나가 물었다.

「그 드레스! 장례식에 가는 것 같아 보이잖아!」

「질 샌더 드레스야. 나는 정말 마음에 드는데. 당신한테 사진을 보여 줬었고 당신도 허락했잖아.」

「이 드레스 사진을 본 기억이 없는데. 내가 이런 걸 허락했을 리는 절대 없어. 무슨 노처녀 미망인 같잖아.」

「에디, 노처녀 미망인이라는 게 어디 있어. 노처녀는 결혼 안 한 사람을 말하는 거잖아.」 피오나가 무미건조하게 말했다.

「상관없어. 다른 사람들은 이렇게 잘 차려입는데 당신만 그렇게 다 죽어 가는 것처럼 보이기야? 당신 애들이 얼마나 예쁘고 알록달록하게 입었는지 봐봐.」 그가 말하며 아이들에게 손짓을 했다. 그들은 부끄러움에 몸을 움츠렸다.

35 광둥어로 〈너 실수했어?〉라는 뜻.

「여기에 다이아몬드와 비취 목걸이를 할 거야. 그리고 비취 아르데코 귀걸이도 하고.」

「그래도 장례식장에 가는 것처럼 보일 거야. 우리는 올해 가장 화제가 되는 결혼식에 가는 거라고. 왕들과 여왕들과 세상에서 가장 부자인 사람들과 내 친척들이 모두 모이는 자리야. 내가 내 아내에게 제대로 된 드레스도 못 사 주는 놈처럼 보이고 싶지 않다고.」

「에디, 우선 말하건대, 이 드레스는 내 돈으로 내가 직접 샀어. 당신은 절대 내 옷을 사 주지 않으니까. 그리고 이건 내가 산 드레스들 중에서 굉장히 비싼 편에 속한다고.」

「그래도 충분히 비싸 보이지 않아.」

「에디, 당신은 언제나 모순되는 말을 해.」 피오나가 말했다. 「언제는 내게 당신의 사촌, 아스트리드처럼 더 고급스러워 보이게 옷을 입으라고 하더니 그다음에는 내가 사는 것마다 비방하잖아.」

「그건 네가 그렇게 싸 보이는 옷을 입을 때 비방하는 거지. 네가 그렇게 입고 다니면 내 체면이 뭐가 돼. 애들 체면은 뭐가 되고.」

피오나는 지쳐서 고개를 저었다. 「에디, 당신은 뭐가 싸 보이는지도 전혀 몰라. 당신이 입고 있는 그 반짝이는 턱시도처럼 말이야. 그거야말로 싸 보여. 특히나 그렇게 바지를 잡고 있는 옷핀들이 다 보일 때는 더 그래.」

「헛소리하기는. 이 턱시도는 6천 유로짜리야. 모두들 이 소재가 얼마나 비싸고 얼마나 잘 재단된 옷인지 알아볼 수 있을 거라고. 특히나 제대로 몸에 맞으면 더 그렇지. 옷핀들은 일시적인 거야. 사진 찍을 때만 재킷을 여밀 거야. 그럼 아무도 그것들을 못 볼 테지.」

교향곡 멜로디를 정교하고도 과하게 울려 퍼뜨리는 초인종 소리가 들려왔다.

「러셀 윙인가 보다. 칼리스트, 안경 벗어라. 피, 가서 옷 갈아입고 와. 당장.」

「당신이 내 옷장에 가서 내가 입었으면 좋겠는 것을 직접 골라 주는 게 어때?」 피오나는 더 이상 남편과 싸우고 싶지 않아 하며 말했다.

바로 그 순간, 유명인 전문 사진작가, 러셀 윙이 거실에 들어섰다.

「청가 여러분, 와! 굼 랭, 아![36]」 그가 말했다.

「안녕하세요, 러셀 씨.」 에디가 환히 웃으며 인사했다. 「감사합니다. 감사해요. 오직 당신만을 위해 이렇게 세련되게 차려입은 거랍니다!」

「피오나, 그 드레스를 입으니 너무나 아름다우시네요! 그거 라프 시몬스가 디자인한 다음 시즌의 질 샌더 작품 아닌가요? 대체 어떻게 그걸 손에 넣었나요? 바로 저번 주에 『보그 차이나』를 위해 매기 청이 이 드레스를

36 광둥어로 〈정말 아름답다〉라는 뜻.

입은 모습을 사진 찍었는걸요.」

피오나는 아무 말도 하지 않았다.

「오, 러셀 씨, 저는 언제나 제 아내가 최고만을 가질 수 있게 하죠. 어서 오세요, 어서. 시작하기 전에 러셀 씨가 제일 좋아하는 코냑 좀 드시고 시작하세요. 움 사이 학 헤이.[37]」 에디가 쾌활하게 말했다. 그러고는 피오나를 향해 말했다. 「자기야, 자기의 다이아몬드는 어디에 있어? 어서 가서 다이아몬드와 비취 아르데코 목걸이를 하고 와. 그래야 러셀 씨가 사진을 찍기 시작하실 수 있지. 그의 시간을 너무 많이 뺏으면 안 되잖아, 그렇지?」

청 가족은 현관에 있는 거대한 말 동상 앞에서 포즈를 취하고 있었고 러셀이 마지막으로 가족사진을 몇 장 찍고 있었다. 그 순간 에디의 머릿속에 또 하나의 걱정거리가 떠올랐다. 러셀이 카메라 장비와 선물로 받은 카뮈 코냑 한 병을 들고 문밖으로 나서자마자 에디는 그의 여동생 세실리아에게 전화를 했다.

「세실리아, 너와 토니는 콜린의 결혼식 무도회에서 무슨 색의 의상을 입을 거야?」

「네이 공 무트 예?」[38]

37 광둥어로 〈그렇게 예의 바르게 행동할 것 없다〉라는 뜻.

38 광둥어로 〈너 무슨 말을 하는 거야?〉, 또는 더 제대로 표현하자면 〈대체 뭔 말을 씨불이고 있는 거야?〉라는 뜻.

「네 드레스의 색 말이야, 세실리아. 네가 무도회에 입고 갈 거.」

「내 드레스의 색? 그걸 내가 어떻게 알아? 결혼식까지 일주일이나 남았잖아. 에디 오빠, 나는 아직 뭐를 입고 갈지 생각도 안 해봤는데.」

「결혼식에 입고 갈 새 드레스를 안 샀다고?」 에디는 동생의 말을 믿을 수 없었다.

「응. 내가 왜 사?」

「믿을 수 없군! 토니는 뭘 입을 건데?」

「아마 그의 짙은 파란색 정장을 입겠지. 그가 언제나 입는 것 있잖아.」

「그럼 턱시도도 안 입는다는 거야?」

「안 입겠지. 에디 오빠, 그의 결혼식도 아니잖아.」

「세실리아, 초대장에 〈화이트 타이〉[39]라고 쓰여 있었어.」

「에디 오빠, 여기는 싱가포르야. 아무도 그런 사항을 진지하게 지키지 않아. 싱가포르 남자들에게 스타일이란 없어. 그리고 내가 장담컨대 남자들의 반쯤은 정장도 안 입고 있을 거야. 다들 그 지독한 바틱 무늬 셔츠를 바지에 안 집어넣은 채 입겠지.」

「세실리아, 네가 잘못 생각하는 것 같아. 이건 콜린

39 드레스 코드 중의 하나로, 저녁 시간에 입는 의상 중에 가장 높은 격식의 차림새를 일컫는다 — 옮긴이주.

쿠와 아라민타 리의 결혼식이라고. 상류층 사람들 전부가 그 자리에 올 것이고 모두들 감탄을 자아낼 만한 의상을 입고 올 거야.」

「그래, 오빠. 오빠는 그렇게 입어.」

〈빌어먹을 젠장.〉 에디가 생각했다. 그의 가족 전부가 서민처럼 차려입고 결혼식에 나타날 것이었다. 너무나 빌어먹게도 그의 가족다웠다. 그가 부모님이나 남매들로부터 최대한 멀리 떨어져 앉을 수 있도록 콜린에게 자리를 바꿔 달라고 부탁하면 들어줄까?

「엄마와 아빠는 무슨 옷을 입고 가실 건지 알아?」

「믿거나 말거나, 에디 오빠, 나도 몰라.」

「그래. 세실리아, 그래도 한 가족으로서 색을 서로 맞춰 입어야 하잖아. 거기에 언론 기자들도 많이 와 있을 거야. 그래서 나는 우리가 서로 상충되는 색을 입지 않았으면 좋겠어. 메인 행사에 회색인 것은 절대 입고 오지 마. 피오나가 회색 질 샌더 드레스를 입을 거야. 그리고 만찬에는 짙은 라벤더 빛깔의 랑방 드레스를 입을 거고. 그리고 교회 행사에는 샴페인빛 캐롤리나 헤레라를 입고 갈 거야. 네가 전화해서 엄마에게도 그렇게 전해 줄 수 있겠어?」

「물론이지, 에디 오빠.」

「피오나가 무슨 색 옷을 입을 건지 문자로 다시 보내줄까?」

「그래. 마음대로 해. 에디 오빠, 나 이제 가봐야 해. 제이크가 또 코피가 나네.」

「오, 잊을 뻔했네. 제이크는 무슨 옷을 입고 갈 거야? 우리 아들들은 짙은 보라색 커머밴드가 딸린 랄프 로렌 턱시도를 입을 거야…….」

「에디 오빠, 나 진짜 가봐야 해. 걱정하지 마. 제이크는 턱시도를 안 입고 갈 거야. 셔츠라도 바지 안에 넣어 입는다면 다행이지.」

「기다려, 기다려. 가기 전에 이것만. 앨리스터와 얘기해 봤어? 그는 아직도 거기에 그 키티 퐁이라는 여자를 데려올 생각인 건 아니지?」

「너무 늦었어. 앨리스터는 어제 떠났어.」

「뭐라고? 그가 일찍 출발할 계획이라는 말은 아무에게서도 못 들었는데.」

「에디 오빠. 앨리스터는 진작부터 금요일에 출발할 계획이었어. 우리와 더 자주 연락했다면 오빠도 그걸 알았겠지.」

「그런데 걔는 왜 싱가포르에 그렇게 빨리 갔대?」

「싱가포르에 가지 않았는데. 콜린의 총각 파티에 참석하러 마카오로 갔어.」

「뭐어어어라고? 콜린의 총각 파티가 이번 주말이었어? 대체 누가 콜린의 총각 파티에 앨리스터를 초대했단 말이야?」

「내가 정말 그것까지 대답해야 해?」

「하지만 콜린은 나와 더 친하단 말이야!」 에디가 고함을 쳤다. 그의 머리에 압력이 높아지는 게 느껴졌다. 그러더니 그때, 뒤쪽에서 이상하게 시원한 기운이 느껴졌다. 그의 바지 엉덩이 부분이 활짝 찢어진 것이었다.

11

레이철

삼사라섬

아가씨들은 긴 테이블에 앉아 해 질 녘의 만찬을 즐기고 있었다. 위로는 바람에 나부끼는 오렌지색 비단들이 지붕을 이루고 있었고 아래에는 티끌 하나 없어 보이는 하얀 모래가 깔려 있었으며 주변으로는 은색 랜턴들이 빛을 발하고 있었다. 게다가 땅거미의 빛까지 부드러운 파도를 에메랄드색 물거품으로 변모시키니, 그곳의 전경은 여행 잡지 『컨데나스트 트래블러』에서 곧바로 튀어나온 사진이라고 해도 믿을 법한 것이었다. 다만 저녁 식사 중의 대화 내용이 그 환상을 깨뜨렸다. 첫 번째 코스는 베이비 양상추의 어린잎과 종려나무 순에 코코넛 밀크 드레싱을 함께 곁들인 요리였다. 그것을 즐기는 동안 레이철의 왼쪽에 앉은 여자애들 무리가 다른 여자애 한 명의 남자 친구에 대해 신랄하게 평가하고 있었다.

「그래서 그가 이사로 임명된 지 얼마 안 됐다는 거지? 그런데 투자 은행계가 아니라 소매업계에 종사하고. 맞아? 내 남자 친구 로더릭과 얘기해 봤는데 그는 사이먼이 운이 좋아야 기본 연봉이 60만에서 80만 정도 될 것 같다고 했어. 게다가 투자 은행 종사자들처럼 수백만 달러씩 보너스를 받는 것도 아니고.」 로런 리가 콧방귀를 뀌었다.

「또 하나의 문제는 그의 가족이야. 사이먼은 장남도 아니잖아. 5남매 중 막내 바로 위에 태어났던데.」 파커 요가 거들먹거렸다. 「우리 부모님은 팅가를 정말 잘 아는데 이것만 말할게. 그들이 어느 정도 존경받는 가문이기는 하지만 너나 내가 부자라고 생각할 정도로 돈이 있지는 않아. 우리 엄마의 말로는 그들에게 최대 2억 정도 있을 거라고 하던데. 그걸 다섯 명에게 나눈다고 생각해 봐. 사이먼이 4천만 정도 받으면 잘 받은 거라고. 그리고 그것도 아주 한참 후에야 받겠지. 그의 부모님은 아직 꽤 젊으시잖아. 그의 아버지가 다시 국회 의원 선거에 출마하지 않나?」

「이자벨, 우리는 네게 최선만을 바라.」 로런이 그녀의 손을 동정하듯 토닥이며 말했다.

「하지만…… 하지만 나는 그를 정말 사랑하는 것 같단 말이야…….」 이자벨이 말을 더듬거렸다.

프란체스카 쇼가 끼어들었다. 「이자벨, 내가 현실을

있는 그대로 말해 줄게. 여기에 있는 모두가 상냥하게 구느라 시간 낭비를 하고 있으니까. 너는 사이먼과 사랑할 재정적 여력이 안 돼. 하나씩 차근차근 설명해 주지. 좀 후하게 쳐서 사이먼이 80만 달러라는 쥐꼬리만 한 연봉을 벌어 온다고 하자. 거기서 세금과 CPF[40]를 떼고 나면 그는 집으로 고작 50만 달러를 가져올 거야. 그런 돈으로 어떻게 생계를 꾸려 갈래? 생각해 봐. 집을 살 때 방 하나당 1백만 달러는 들잖아. 그리고 최소한 방 세 개은 돼야 할 것 아니야. 그럼 부킷 티마에 있는 아파트 한 채 사는 데 3백만이 들지. 그건 주택 담보 대출 이자와 재산세로 매년 15만 달러씩 나간다는 얘기야. 그런 다음, 애가 둘 있다고 생각해 봐. 그럼 그 아이들을 제대로 된 학교에 보내고 싶겠지. 아이 한 명당 학비는 매년 3만 달러니까 6만 달러가 들겠지. 거기에 매년 2만 달러씩 과외 선생님들을 고용하는 데에 또 들고. 그럼 학교만 보내는 데 매년 10만 달러가 든다는 얘기

40 중앙 적립 기금Central Provident Fund의 약자. 이는 싱가포르인들이 자신들의 은퇴 문제, 건강 관리, 그리고 주택 문제에 보조를 받기 위해 매달 의무적으로 돈을 내는 제도이다. 약간은 미국의 사회 보장 프로그램과 유사하나 CPF는 그와 달리 조만간 파산할 위험이 없다. CPF 통장 개설자들은 매년 평균 5퍼센트의 이자를 얻으며 정부도 주기적으로 시민들에게 보너스 이자와 특별 수당을 선물한다. 이로써 싱가포르는 전 세계에서 국가 경제가 잘 굴러갈 때 모든 시민들에게 배당금을 나눠 주는 유일한 나라가 됐다. (여러분도 이제 왜 페이스북의 공동 창립자가 싱가포르로 귀화했는지 이해가 갈 것이다.)

야. 하인과 유모 얘기도 해보자. 두 명의 인도네시아인이나 스리랑카인 하녀들을 고용하면 또 3만 달러씩 들 거야. 그들 중 한 명이 스위스인이거나 우리 언어를 배우러 온 프랑스인이기를 바란다면 매년 하인들에만 8만 달러씩 나가게 되겠지. 자, 네 자신의 품위 유지는 또 어떻게 할 건데? 밖에 나왔을 때 창피하지 않으려면 최소한으로 따졌을 때 계절당 열 벌의 새 의상이 있어야겠지. 신께 감사하게도 싱가포르에는 계절이 둘 밖에 없잖아. 더운 계절과 심하게 더운 계절. 그러니 현실적으로 생각해 네가 의상 하나당 4천 달러만 쓸 거라고 치자. 그럼 의상비만 매년 8만 달러가 들어. 거기에 매 시즌마다 좋은 핸드백 하나와 새 신발 몇 켤레 살 돈으로 2만 달러를 더 추가하자. 그다음에는 네 기본적인 미모 유지를 위한 비용들이 있지. 미용실비, 얼굴 마사지비, 손톱과 발톱 관리비, 브라질리언 왁싱과 눈썹 왁싱비, 전신 마사지비, 척추 지압비, 침 치료비, 필라테스비, 요가비, 코어 근육 운동비, 개인 트레이너를 고용하는 비용 등 말이야. 그럼 매년 추가적으로 4만 달러씩 나가겠지. 우리는 이미 사이먼의 수입에서 47만 달러를 썼어. 그럼 남은 3만 달러로 다른 나머지를 모두 해결해야 해. 그 돈으로 어떻게 식비와 애들 옷값을 댈 거야? 그래서야 1년에 두 번씩 아만 리조트에 놀러 갈 수나 있겠어? 게다가 우리는 아직 처칠 클럽과 폴라우 클럽의 멤버십을 갱신하기 위해 내야 하는 돈은 따지지도 않았잖아! 아직도 모르겠어? 네가 사이먼과 결혼하는 건 불가능해. 네게 네 나름의 돈이 있었다면 우리도 걱정을 안 했지. 그런데 너도 네 상황을 잘 알잖아. 네 예쁜 얼굴도 한때야. 적자 나는 관계는 청산할 때가 됐어. 너무 늦기 전에 로런에게 괜찮은 베이징 갑부들 중 한 명을 소개시켜 달라고 해.」

이자벨은 눈물바다가 됐다.

레이철은 자신의 귀를 의심할 수밖에 없었다. 이 무리는 뉴욕의 어퍼이스트사이드 여자애들을 메노파 교도들처럼 보이게 만들었다. 그녀는 관심을 다시 음식으로 돌리려고 노력했다. 두 번째 코스 요리가 방금 나왔다. 놀라울 정도로 맛있는 바닷가재와 칼라만시 라임 젤리 소스가 얹어진 테린이었다. 불행하게도 이번에는 그녀의 오른쪽에 앉아 있는 여자애들이 앨리스터와 키티라는 이름의 연인에 대해 크게 수다를 떠는 것처럼 보였다.

「아이야, 그가 그녀의 어떤 점을 좋아하는지 모르겠다고.」 클로이 호가 애통해했다. 「그녀는 가짜 억양에 가짜 가슴에, 모든 게 다 가짜잖아.」

「나는 그가 그녀의 어떤 점을 좋아하는지 정확히 알겠는데. 그 가짜 가슴들이 좋은 거야. 그 외에 딴 건 필요 없는 거고!」 파커가 깔깔거렸다.

「세리나 오가 지난주에 렁 킹 힌 레스토랑에 갔다가 그들을 우연히 보게 됐대. 그런데 키티는 머리끝에서부터 발끝까지 온통 구치였다는데. 구치 핸드백, 구치 홀터 톱, 구치 새틴 초미니 반바지, 그리고 구치 파이톤 가죽 부츠까지.」 클로이가 말했다. 「그리고 저녁 식사 내내 구치 선글라스를 끼고 있었대. 게다가 보아하니 그것을 낀 채로 앨리스터와 테이블에서 애정 행각도 벌인 모양이더라고.」

「알라마아아아악, 사람이 얼마나 더 싸구려일 수 있는 거야!」 완디가 씩씩거리며 다이아몬드와 아쿠아마린이 박혀 있는 티아라를 두드렸다.

파커가 갑자기 테이블 반대편에서 레이철을 불렀다. 「잠깐, 레이철, 너 그들을 만난 적 있어?」

「누구?」 레이철이 물었다. 마침 그녀는 여자애들의 외설스러운 수다를 듣고 있기보다는 그들을 무시하려고 노력하는 중이었다.

「앨리스터와 키티!」

「미안, 사실 제대로 안 듣고 있었거든…… 그들이 누구라고?」

프란체스카가 레이철을 흘깃 보더니 말했다. 「파커, 시간 낭비하지 마. 레이철이 아무도 모른다는 게 명백하잖아.」

레이철은 왜 프란체스카가 그녀에게 유독 그렇게 냉

랭히 대하는지 이해가 안 됐다. 그냥 그 발언을 무시하기로 결정한 그녀는 자신의 피노 그리 와인을 한 모금 마셨다.

「그럼 레이철, 어떻게 니컬러스 영과 만났는지 얘기해 주라.」 로런이 큰 소리로 물었다.

「글쎄다. 그다지 흥미로운 이야기는 아닌데. 우리 둘 다 뉴욕 대학교에서 학생들을 가르치고, 내 동료가 우리를 소개해 줬어.」 레이철은 테이블의 모든 시선들이 그녀에게 고정됐다는 것을 인지하며 대답했다.

「오, 그 동료는 누구였어? 싱가포르 사람이었어?」 로런이 물었다.

「아니, 그녀는 실비아 웡-슈워츠라는 중국계 미국인이야.」

「그녀는 어디서 어떻게 니컬러스를 알았대?」 파커가 물었다.

「음, 무슨 위원회에서 만났대.」

「그럼 그녀도 그를 잘 알지는 못했던 거네?」 파커가 말을 이었다.

「응, 그랬던 것 같아.」 레이철이 대답하며 이 여자애들이 무슨 의도로 이런 질문을 하나 궁금해했다. 「왜 실비아에게 그렇게 관심이 많은 거야?」

「오, 나도 내 친구들에게 만남을 주선시켜 주기를 정말 좋아해. 그래서 네 친구가 두 사람을 소개시켜 주게

된 동기가 궁금했을 뿐이야.」 파커가 미소를 지었다.

「그래. 실비아는 좋은 친구야. 언제나 내게 소개팅을 시켜 주려고 했고. 그녀는 닉이 귀엽다고 생각했고, 그를 잡으면 대박이라고…….」 레이철은 곧바로 자신의 단어 선택을 후회했다.

「그 부분에 대해서는 그녀가 제대로 잘 조사한 것처럼 들리는데. 그렇지?」 프란체스카가 날카롭게 웃음을 터뜨리며 말했다.

저녁 식사 후, 여자애들이 부두에 위태롭게 세워진 천막 디스코장으로 향한 사이, 레이철은 홀로 해변의 바에 갔다. 그곳은 외딴 만을 내려다보는 그림 같은 정자였다. 그 안에는 키가 크고 건장한 바텐더 외에 아무도 없었다. 그녀가 바에 들어서자 바텐더는 그녀에게 환히 미소를 지었다. 「시뇨리나, 특별한 음료를 제조해 드릴까요?」 그는 거의 우스꽝스러울 정도로 유혹적인 억양으로 말했다. 〈세상에, 아라민타의 어머니께서는 잘생긴 이탈리아 남자들만 고용하시는 거야?〉

「저는 사실 맥주가 계속 마시고 싶었거든요. 맥주 있어요?」

「물론이죠. 어디 보자. 코로나, 두벨, 모레티, 레드 스트라이프, 그리고 제가 개인적으로 가장 좋아하는 맥주인 라이언 스타우트가 있네요.」

「마지막 것은 처음 들어 보는데요.」

「스리랑카에서 만든 거예요. 부드럽고 달콤 쌉쌀하죠. 위쪽은 풍미 깊은 황갈색이고요.」

레이철은 웃음이 나오는 것을 참을 수 없었다. 그는 마치 자신을 묘사하는 것처럼 들렸다. 「그게 당신이 가장 좋아하는 맥주라면 저도 한번 마셔 봐야겠네요.」

바텐더는 차갑게 얼려 둔 기다란 유리잔에 맥주를 부었다. 그러는 사이에 레이철이 전에 보지 못했던 또래 여자 한 명이 바에 들어와 그녀의 옆자리 의자에 슬쩍 앉았다.

「나 말고도 여기에 맥주를 마시는 사람이 있다니 신께 감사하게 되네! 그 쓸데없는 저칼로리 칵테일들에 정말 진절머리가 난다니까.」 여자가 말했다. 그녀는 중국인이었지만 오스트레일리아인의 억양을 구사했다.

「거기에 건배하자.」 레이철이 응답하며 여자를 향해 그녀의 잔을 기울였다. 여자는 코로나를 시키더니 바텐더가 그것을 유리잔에 따르기도 전에 병째 낚아채 버렸다. 바텐더가 상처받은 표정을 보이는 동안 그녀는 고개를 뒤로 젖히더니 맥주를 한껏 벌컥벌컥 넘겼다. 「레이철 맞지?」

「맞아. 그런데 대만인 레이철 추를 찾는 거라면 잘못 왔어.」 레이철이 미리 쏘아붙였다.

여자는 어리둥절해하며 미소를 보였다. 그녀는 레이철의 반응에 살짝 당황한 상태였다. 「나는 아스트리드의 사촌, 소피야. 걔가 너를 잘 돌봐 주라고 하더라고.」

「오, 안녕.」 레이철은 소피의 친근한 미소와 깊은 보조개에 무장 해제된 채 인사했다. 경쟁하듯 최신 리조트 패션 의상을 차려입은 다른 여자애들과 달리, 소피는 민소매 면 티셔츠에 카키색 반바지의 평범한 차림을 하고 있었다. 또 굉장히 진지해 보이게 만드는 단발머리를 하고 있었으며 화장도 하지 않았고 손목에 찬 플라스틱 스와치 시계 외에는 아무런 액세서리도 착용하지 않았다.

「너도 우리와 함께 비행기를 타고 왔었나?」 레이철이 그녀를 기억해 보려고 노력하며 물었다.

「아니, 아니야. 나는 혼자 날아와 좀 전에 방금 도착했어.」

「너도 개인 항공기를 소유하고 있어?」

「아니, 안타깝게도.」 소피가 웃음을 터뜨렸다. 「내가 바로 가루다 항공의 이코노미석을 타고 온 행운아야. 병원 회진을 좀 해야 했어. 그래서 오늘 오후 늦게야 나올 수 있었지.」

「혹시 간호사야?」

「소아외과 의사야.」

다시금 레이철은 겉만 보고 속을 판단하면 안 된다는 것을 깨달았다. 특히나 아시아에서는 더욱 그랬다. 「그럼 너는 아스트리드와 닉의 사촌이야?」

「아니, 그냥 아스트리드만. 렁가 쪽이거든. 그녀의 아버지가 우리 엄마의 오빠야. 하지만 물론 나도 닉을 알지. 우리는 다 같이 컸는걸. 그리고 너는 미국에서 자랐다며. 맞아? 어디서 살았었어?」

「10대 시절은 캘리포니아에서 보냈지만 열두 군데의 각기 다른 주에서 살아 봤어. 내가 더 어렸을 때는 우리 가족이 꽤나 이사를 다녔거든.」

「왜 그렇게 많이 이사를 다녔던 거야?」

「우리 엄마께서는 중식당에서 일하셨어.」

「거기서 무슨 일을 하셨는데?」

「보통은 접객 담당이나 서빙 종업원으로 시작하셨지만 언제나 빨리 승진하셨지.」

「그럼 어머니께서는 자신이 있는 곳이 어디든 너를 꼭 데리고 다니셨던 거야?」 소피는 진심으로 흥미로워하며 물었다.

「응. 우리는 내가 10대가 되어서 캘리포니아에 자리를 잡기 전까지 집시의 삶을 살았어.」

「네게는 그것이 외로운 경험이었니?」

「글쎄다. 그 삶은 내가 아는 전부였는걸. 그래서 내게는 평범하게 느껴졌어. 나는 교외의 번화가 레스토랑의 뒷길들을 꽤나 잘 알게 됐지. 그리고 전반적으로는 언제나 책벌레였기도 했고.」

「그럼 네 아버지는?」

「내가 태어나자 곧 돌아가셨대.」

「오, 물어서 미안해.」 소피는 급히 사과하며 자신의 질문을 후회했다.

「괜찮아. 나는 한 번도 우리 아빠를 안 적이 없었는걸.」 레이철이 미소를 지으며 소피의 마음을 풀어 주려고 노력했다. 「게다가 어쨌든 나쁘지 않은 삶이었어. 우리 엄마는 야간 학교를 다니셨고 대학 졸업장도 따셨고 그 후로 지금까지 수년간 성공적인 부동산 중개업자로 활동하시고 계셔.」

「굉장히 훌륭하시다.」 소피가 감탄했다.

「별로 그렇지도 않아. 우리는 사실 4년마다 정치인들이 공약을 내세우면서 상투적으로 도용하는 수많은 〈아시아 이민자의 성공담〉들 중 하나인걸.」

소피가 낄낄거렸다. 「왜 닉이 너를 좋아하는지 알겠다. 너희 둘 다 건조하게 농담하는 버릇이 있네.」

레이철이 미소를 지으며 부두 위의 천막 디스코장을 향해 고개를 돌렸다.

「혹시 나랑 얘기하느라고 댄스파티에 못 가는 거야? 아라민타가 이비사섬에서 유명한 DJ들을 불러왔다고 들었는데.」 소피가 말했다.

「사실, 이 순간을 즐기고 있어. 하루 종일 제대로 한 대화는 이게 처음이거든.」

소피가 여자애들을 쳐다봤다. 대부분은 쿵쾅거리는

유로트랜스 디스코 음악에 맞춰 몇몇 이탈리아 종업원들과 미친 듯이 몸을 비틀고 있었다. 소피는 어깨를 으쓱했다.「그래. 이 무리와 함께였다면 그랬다고 해도 놀랍지 않네.」

「네 친구들 아니야?」

「몇몇은 친구 맞아. 그런데 대부분은 나도 모르는 애들이야. 물론 그들의 얼굴은 알지.」

「그들은 누구야? 그들 중 몇몇은 유명인들이야?」

「그들의 머릿속에서는 그럴지도 모르겠네. 이들은 상대적으로 더 〈사교적인〉 여자애들이야. 언제나 잡지에 등장하고 자선 갈라 파티마다 다 참석하는 부류 말이야. 내가 어울리기에는 너무 화려한 무리지. 미안하지만 나는 12시간 교대로 일해야 해서 호텔에서 벌어지는 자선 파티에 갈 시간이 없다고. 내 환자들에게 먼저 자선을 베풀어야 하는걸.」

레이철이 웃었다.

「일 얘기가 나와서 말인데…….」 소피가 덧붙였다.「나는 새벽 5시부터 깨 있었어. 그래서 지금 자러 들어가야겠어.」

「나도 그래야겠다.」 레이철이 말했다.

그들은 부두를 따라 내려가 그들의 방갈로로 향했다.

「필요한 게 있으면 연락해. 나는 이 길 끝에 있는 빌라에 묵으니까.」 소피가 말했다.

「잘 자.」 레이철이 말했다. 「함께 얘기할 수 있어서 즐거웠어.」

「나도 마찬가지야.」 소피는 다시 보조개가 깊이 들어가는 특유의 미소를 보이며 말했다.

레이철은 그녀의 빌라에 들어갔다. 진 빠지는 하루의 끝에 드디어 고요와 평화가 다시 찾아와 기뻤다. 스위트룸 안에 불은 전혀 켜져 있지 않았다. 하지만 밝은 은색의 달빛이 열린 망사문 사이로 은은히 반짝이며 벽면을 따라 뱀 같은 잔물결 무늬들을 드리웠다. 바다가 지극히 안정되어 있어서, 물이 나무 기둥에 천천히 반복적으로 부딪히는 소리가 최면 효과를 일으켰다. 바다에서 야간 수영하기 완벽한 환경이었다. 그것은 그녀가 한 번도 해본 적 없는 일이기도 했다. 레이철은 비키니를 찾으러 침실로 사뿐사뿐 걸어 들어갔다. 화장대를 지나는 사이에 보니, 그녀가 의자에 걸어 놨던 가죽 가방에서 무슨 액체가 흘러나오는 것 같았다. 그녀는 가방을 향해 걸었다. 그것은 완전히 젖어 있었고 갈색 물이 한쪽 모퉁이에서 흘러나와 침실 바닥에 거대한 웅덩이를 이루고 있었다. 대체 무슨 일이 벌어졌단 말인가? 그녀는 테이블 옆에 놓인 등을 켜고 가방의 앞쪽 덮개를 열었다. 그러고는 비명을 질렀다. 공포심에 뒤로 물러서다가 테이블 램프를 넘어뜨리기까지 했다.

그녀의 가방은 심하게 난도질당한 생선으로 차 있었

다. 커다란 생선의 아가미 사이로는 피가 흘러나왔다. 의자 위에 자리한 화장대 거울에는 메시지 하나가 생선 피로 난폭하게 휘갈겨져 있었다.「이거나 잡아라, 이 비열한 꽃뱀아!」

제 2권에 계속

옮긴이 이윤진 원광대학교 한의학과를 졸업하고 동 대학교 한방병원에서 전문의로 근무했다. 현재 낮에는 한의사이자 엄마, 밤에는 전문 번역가로 활동 중이다. 옮긴 책으로 사이먼 리치의 『천국주식회사』, 『지상의 마지막 여친』, 제인 니커선의 『푸른 수염의 다섯 번째 아내』, 앤 러브와 제인 드레이크의 『당신이 살아 있는 진짜 이유 : 무시무시하지만 이유 있는 전염병과 의학의 세계사』, 피어스 브라운의 『골든 선』, 『모닝 스타』, E. O. 키로비치의 『거울의 책』 등이 있으며 윤문영의 『평화의 소녀상』을 영어로 번역하기도 했다.

크레이지 리치 아시안 1

발행일 **2018년 11월 10일 초판 1쇄**

지은이 **케빈 콴**
옮긴이 **이윤진**
발행인 **홍지웅 · 홍예빈**
발행처 **주식회사 열린책들**

경기도 파주시 문발로 253 파주출판도시
전화 **031-955-4000** 팩스 **031-955-4004**
www.openbooks.co.kr

ISBN 978-89-329-1923-2 04840
ISBN 978-89-329-1922-5 (세트)

이 도서의 국립중앙도서관 출판예정도서목록(CIP)은 서지정보유통지원시스템 홈페이지(http://seoji.nl.go.kr)와 국가자료공동목록시스템(http://www.nl.go.kr/kolisnet)에서 이용하실 수 있습니다.(CIP제어번호:CIP2018019659)